감동적인 세계명작 이야기

감동적인 세계명작 이야기

1판 1쇄 발행 | 2025년 07월 10일

저　　자 | 예영수
발 행 인 | 예영수
발 행 처 | 엠북스
출판등록 | 2008년 10월 1일

주　　소 | 08644 서울특별시 금천구 독산로10길 96, 1-1301
전　　화 | 010-5474-6591

값 18,000원

ISBN 978-89-97883-23-3 03800

감동적인 세계명작 이야기

예영수 박사 지음
(Ph. D., Th. D., S.Ed. D.)

엠북스

노벨상 수상자(85명)을 배출한
세계명작 이야기

『세계명작 101 스토리와 성경의 만남』을 2014년 5월에 1판 1쇄를 출판하여 2016년 4월에 1판 5쇄를 출판하여 많은 독자들의 호평으로 절찬리에 판매되었었기에 이번에 『감동적인 세계명작 이야기』와 『흥미진진한 세계명작 스토리』, 두 권을 출판하게 되었습니다.

"명문" 시카고 대학은 석유 재벌 록펠러가 세운 학교입니다. 완전 3류 대학이었습니다. 1929년 5대 총장으로 부임한 로버트 허친스(대학 졸업 후 8년 만에 30세에 총장이 됨)가 시카고 대학을 뒤바꿔 놓았습니다.

허친스 총장은 학생들에게 4년 동안에 고전 100권을 외울 정도로 읽게 했습니다. 학생들은 우리의 지능에 걸맞게 공부를 시키라고 반발했습니다. 10권, 20권까지 별다른 변화가 없었습니다. 50권을 넘어가면서 학교분위기가 바뀌기 시작했습니다. 학생들은 질문을 던지고, 토론을 하고, 사색에 잠겼습니다. 고전 100권을 마스터하면서 지성의 숲을 통과한 학생들은 자신감에 차게 되었습니다. 허친스 총장이 부임한 지 85년이 지난 현재 시카고 대학은 85명의 노벨상 수상자를 배출했습니다.

세인트존스 대학도 4년 간 고전 100권 돌파가 전부입니다. 소위 명문 아이비리그에서는 월급쟁이들이 배출 되는데, 세인트존스에서는 미래의 학자, 사상가, 사회리더가 쏟아져 나옵니다. 1년이면 25권이니, 2주일에 1권꼴입니다.

필자는 한국과 미국 대학에서 영미 문학을 공부하고, 또 강의하면서 많은 명작들을 접하게 되었습니다. 세계명작들을 읽고 강의 할 때 마다, 그 책들 속에 있는 주인공들의 다양한 삶의 경험을 마치 필자의 경험인 것처럼 받아들임으로서 필자 자신의 삶에 풍요로움을 더하게 할 수 있었습니다.

그 이후 신학을 공부하고 강의하는 동안에 신구약 성경에 있는 그 풍요로운 삶의 이야기, 특히 구약에 있는 수많은 주인공들의 삶의 이야기들을 우리의 창조주이신 하나님과의 관계에서, 그리고 신약에서는 우리의 구세주이신 예수님과의 관계에서, 그리고 제자들과의 관계에서 생각하게 되었습니다. 성경에서 읽게 되는 수많은 사건들은 문학으로도 최고의 것이었습니다. 탕자의 비유나 우물가의 사마리아 여인의 이야기는 최고의 단편이면서 최고의 장편화 할 수 있는 작품이었습니다.

밀턴의 『실낙원』과 단테의 『신곡』을 읽고 강의할 때, 하나님과의 관계에서 그 많은 인물들의 삶은 필자의 마음에 감동과 기쁨을 주기도 하지만 한숨과 서글픔을 주기도 했습니다.

　어느 날 도서출판 두란노의 〈목회와 신학〉에서 "문학과 말씀의 만남"을 주제로 글을 3회 써달라는 요청을 받았습니다. 그 3회의 글들이 1994년부터 1998년까지 5년간의 연재로 이어졌습니다. 그 이후 〈기독교신문〉, 〈목회자신문〉, 〈목사장로신문〉, 캐나다 토론토의 〈한겨레미션〉 등의 요청으로 계속 연재를 하게 되어서 감사했습니다.

　"세계명작과 말씀의 만남"을 계속 연재하는 동안, 필자는 소설 같은 사건들을 경험하기도 했습니다. 여러분의 목회자들이 필자가 원장으로 있는 〈국제크리스천 학술원〉 앞으로 자신들의 신학사상을 검증해 달라는 요청이 오고, 한국기독교총연합회에서도 신학사상검증을 위한 요청이 왔습니다. 그래서 저명한 학자들(주로 대학 총장과 대학원장들)로 신학사상검증위원회를 구성하고 그들 목회자들의 신학사상을 철저히 검증한 결과 이단성이 없다는 보고서를 제출했습니다. 이단사냥꾼들의 지능적인 조작과 무자비한 인격살해를 보면서 바리새적인 인간들의 잔인함에 분노를 느꼈습니다.

　필자가 미국 극작가 아스 밀러의 『시련』에서 취급한 잔인한 마녀사냥 이야기를 남의 일처럼 강의를 하곤 했는데, 그런 잔인하고 비극적인 일들이 실제로 한국교계에서도 부패한 정치꾼들의 장난으로 발생하고 있음을 깨닫게 되어 문학이란 세계만국의 정신분석학적 체험적 언어임을 실감했습니다. 단테의 『신곡』, 도스토예프스키의 『카라마조프의 형제들』, 셰익스피어의 『햄릿』에 나오는 이야기들이 삶의 실상임을 깨우치게 되어 감사했습니다.

　그 결과 필자는 그동안에 읽고 강의한 세계명작 이야기들을 성경과

관련 지어 책으로 출판함으로서, 작가들의 인생경험을 많은 독자들
과 나누어 갖고 싶었습니다.

좋은 책을 저술하도록 격려하며 간식과 커피로 밤중에도 수고를
아끼지 않은 아내 배선애 권사에게 감사를 드립니다.

이 책을 읽는 모든 분들이 저명한 작가들이 표출하는 여러 가지
기쁘기도 하고 슬프기도 한 다양하고 풍요로운 삶의 체험들을 자신의
것으로 누림으로서, 삶의 지적인 국면을 확대해나가는 큰 즐거움의
시간을 함께 갖기를 바라는 마음 간절합니다. 감사한 마음뿐입니다!

저자 碧松 예영수

제 1 장
은혜와 사랑

1

배신당한 벤허와 나사렛 청년과의 만남

루이스 월리스, 『벤허』
(lewice wallace, *Ben Hur*)

시편 1:1에서 "복 있는 사람은 악인들의 꾀를 따르지 아니하며 죄인들의 길에 서지 아니하며 오만한 자들의 자리에 앉지 아니하고"라고 노래했다.

미국 법률가요 소설가인 루이스 월리스(1827-1906)는 『벤허』에서 유대인 벤허는 로마인 친구 메살라에게 배신당하여 로마군 갤리선의 노예로 전락하여, 갤리선으로 압송되어 가는 도중에, 목수인 요셉의 아들 나사렛 청년(예수님)으로부터 물을 받아 마시게 되는 감동적인 이야기를 하고 있다.

동방박사 세 사람(이집트인 발타사르, 인도인 멜키오르, 그리스인 가스파르)이 왕으로 탄생하신 아기 예수님께 경배하고 선물을 드린 후 20여 년이 지난 어느 날, 유대인 유다 벤허와 로마인 메살라 사이에 어린 시절부터 행복했든 우정이 파괴되는 쓰라린 경험을 하게 된다. 로마에서 5년간 교육을 받고 돌아온 메살라의 로마인으로서의 냉소주의와 거만함 때문이었다.

벤허가 옥상에서 구경하다가 우연히 밀려난 기왓장에 새로 임명된 로마 총독 그라투스가 크게 부상당했다고 해서, 메살라는 친구인 벤허를 갤리선의 노예로 보내고, 재산을 몰수하고, 어머니와 여동생을 지하 감옥에 보냈다.

십인 대장과 열 명의 기병이 소년 죄수 한 명을 난폭하게 끌고 가다가, 우물가에서 물을 마시기 위해 말에서 내렸다. 길바닥에 흙먼지 위로 고꾸라진 소년 죄수(벤허)는 완전히 탈진 상태였다. 그때 목수 요셉과 함께 온 한 나사렛 청년(예수)이 연장들을 내려놓더니 우물에서 사발에 가득 물을 떠가지고 조용하게 소년 죄수에게 물을 먹이고 있었다. 나사렛 청년이 주는 물은 "생수"이기에 소년 죄수의 생명은 어떤 어려움에도 안전하리라. 나사렛 청년이 부드럽게 어깨에 손을 올리자 소년 죄수는 눈을 들어 나사렛 청년을 바라보았다. 한 번 보면 결코 잊을 수 없는 얼굴이었다. 그 청년은 자기 또래로서, 그의 눈길은 사랑과 거룩한 목적으로 가득 차 있기에, 소년 죄수의 마음은 어린아이처럼 유순해졌다. 소년 죄수가 물을 다 마시고 나자, 나사렛 청년은 손을 소년 죄수의 머리로 옮겨 축복해 주었다. 그리고서 나사렛 청년은 연장을 챙기고 목수 요셉에게로 돌아갔다. 우물에서의 일은 이것으로 끝이 났다. 그렇게 벤허는 목수의 아들 예수와 처음으로 만났다. 그때부터 십인 대장의 성품도 전과 다르게 변화되어, 손수 소년 죄수를 땅에서 일으켜 세우더니 부축하여 말에 탄 병사 뒤에 태워 주었다.

벤허는 3년 동안 갤리선의 노예로 노를 저었다. 해적들의 공격으로 로마 갤리선단이 파괴되었다. 벤허는 퀸투스 아리우스 지휘관을 익사 직전에 구출한 공로로 아리우스의 아들로 입적하게 되고, 그의 재산도 상속받게 되었다.

벤허는 가문의 모든 재산이 그라투스 총독과 메살라에 의해 몰수되었으나, 아버지의 충직한 히브리 노예인 시모니데스의 현명한 투자로 막대한 돈과 재산을 넘겨받게 되어 굉장한 갑부가 되었다.

벤허는 메살라가 4두 전차를 몰고 군중을 향해 돌진해 오는 것을 보았다. 하마터면 노인과 젊은 딸이 4두 전차에 깔릴 뻔한 순간 벤허가 용감하게 메살라의 4두 전차를 멈추게 했다. 벤허의 도전적인 시선과 메살라의 놀란 듯한 시선이 서로 마주쳤다. 배신자와 배신당한 자의 운명적인 만남이었다. 메살라는 비웃는 웃음소리를 내며 제 갈 길로 갔다.

그 노인은 이집트인 발타사르라고 했다. 성경 속의 동방박사 중의 한 사람으로 인도인 멜키오르와 그리스인 가스파르와 함께 베들레헴으로 가서 아기 예수께 예물을 드린 분들이다. 그의 딸은 이라스라고 하였다. 정말 아름다운 여자로 벤허의 지위와 재산 때문에 그를 유혹하지만, 나중에 배신하고, 아버지를 버리고 메살라의 정부가 되지만 후에 메살라를 죽여 버린다.

발타사르는 아랍인 일데림 족장의 초대를 받아 가는 길이라고 하고, 감사의 뜻으로 벤허를 식사에 초대했다. 일데림 족장은 발타사르 일행(동방박사들)이 헤롯왕을 피해 이곳 천막으로 온 것이 27년 전 마지막 달 12월이라고 했다. 발타사르는 자신이 왕이 되실 분을 찾아뵙고 예물과 경배를 드렸을 당시 그분이 어머니 무릎에 있던 아기였다고 했다. 시모네데스는 "왕께서는 태어나셨고 틀림없이 청년이 되었을 것입니다."라고 했다. 벤허는 어릴 때부터 메시아에 관한 이야기를 들어왔다. 발타사르는 아기 예수는 메시아로서 구세주로 안다고 했으나, 벤허는 아기 예수를 로마에 대항할 유대인의 왕으로 이해하고 있었다.

　　마침내 6명이 참가한 목숨을 건 숙명의 4두 전차 경주가 시작되었다. 경기 도중 메살라는 부정한 변칙으로 벤허의 아랍 말들을 채찍으로 내리치는 순간, 두 전차가 부딪치면서 메살라의 전차가 튀어 올랐다가 땅으로 떨어지면서 산산조각이 나버렸다. 메살라는 4마리 말들에게 짓밟히고 뒤집힌 전차 바퀴에 깔렸다. 벤허는 최후 승리자의 영광을 누리게 되었다. 그 이후 불구가 된 메살라가 벤허를 암살하려 했으나 실패했다.

　　빌라도가 유대 5대 총독으로 취임하자, 유대에 있는 모든 감옥을 조사하게 하는 과정에서 기소된 적이 없는 수많은 사람이 풀려났다. 못된 인간도 어쩌다 한번은 좋은 일을 할 때가 있는 것 같다. 안토니아 성채의 지하 감옥에서 8년 동안 어둠 속에 있던 벤허의 충실한 어머니와 여동생 티르자도 풀려났다. 그러나 그들은 문둥이가 되어 있었다. 벤허 가문의 충실한 이집트 노예 암라호가 문둥이가 된 마님과 아씨를 돌보았다.

　　그때 자신을 유대인의 왕이라고 하시는 분께서 죽은 자를 살리고, 병자를 치유하며, 문둥병자를 고치신다는 소문이 자자했다. 벤허는 그분이 유대의 왕이 되어 로마와 대항할 때를 기다리고 있었다. 암라호는 마님과 아씨를 예수님께로 모시고 갔다. 수천 명이 예수님을 따라다녔다. 그 북새통에 그분께서 벤허의 어머니 앞에 멈춰 섰다. 평온하며 자비롭고 말할 수 없이 아름다운 커다란 두 눈에는 인자한 마음이 가득 담겨 있었다. 벤허의 어머니는 "오 선생님! 당신은 저희의 고통을 알고 계십니다. 저희를 깨끗하게 해 주실 수 있습니다. 저희에게 자비를 베풀어 주소서. 당신은 메시아 십니다." "여인아, 네 믿음이 크도다. 네가 원하는 대로 될지어다." 기적이 일어나기

시작했다. 그들 모녀는 완전히 깨끗하게 되었다. 그들은 아들 벤허와
도 만났다. 너무 놀로서 아무 말도 안 나왔다.

　예수님을 십자가에서 처형하려는 음모가 진행되었다. 벤허는 자신
이 훈련한 군사를 동원하여 "제가 구하겠다고 하면 받아들이겠습니
까?"하고 나사렛 청년(예수)에게 제안했으나, 나사렛 청년은 자신이
죽는 것은 하나님의 뜻이라고 했다. 나사렛 그분은 가시관에 눌린
상처에서 피를 흘리시면서 창백한 얼굴을 돌려 벤허 일행(어머니,
여동생, 발타사르, 암라호, 시모니데스)을 찬찬히 바라보셨다. 그들
은 그 모습을 평생 잊지 않았다. 골고다에서 나사렛 그분과 함께
두 강도도 십자가에 못 박혔다. 한 제사장이 "지금 십자가에서 내려와
보시지. 그러면 우리가 믿을 터인데."라고 조롱했다. 한 강도가 나사
렛 사람을 향해 말했다. "주님, 주님의 나라에 들어가실 때 저를
기억해 주십시오." "내가 진실로 너에게 말한다. 너는 오늘 나와
함께 낙원에 있을 것이다!" 구경꾼들은 깜짝 놀랐다. 벤허는 예전에
로마 수비대에 의해 끌려가다가 나사렛 그분이 시원한 물 한 잔을
주시던 그 거룩한 표정이 떠올랐다.

　그리고 어머니와 누이에게 베풀어 주신 기적도 생각났다. "나는
부활이요 생명이다."라는 그분의 말씀이 귓전에 들려왔다. 벤허는
해면을 집어 포도주를 적신 후 십자가를 행해 달려가서, 해면을 나사
렛 그분의 입술에 대주었다. 그때 나사렛 그분은 "다 이루었다!"
하시고, "아버지, 제 영을 아버지 손에 맡깁니다."라고 하셨다. 사랑
만이 가득했던 그분의 심장이 멎었다.

　발타사르는 "베들레헴에서 아기로 오신 왕에게 경배를 드리고,
이제 십자가에 달리신 왕을 뵙게 되었구나!"라고 중얼거렸다. 벤허는

발타사르를 살폈다. 땅에 엎드린 채 꼼짝도 하지 않고 있었다. 그 훌륭한 노인은 이미 숨져 있었다. 주님을 따라 낙원에 들어간 것이다.

벤허는 히브리 노예 시모니데스의 아름답고 정숙한 딸 에스더와 결혼하여 자기의 힘과 재산을 나사렛 사람을 따르는 그리스도인들이 숨어있는 카타콤 지하 묘지를 위해 사용했다.

시편 23:1에서 다윗은 "여호와는 나의 목자시니 내게 부족함이 없으리로다"라고 노래했다. 다윗은 여호와는 "한 목자(a shepherd)", "그 목자(the shepherd)", "우리의 목자(our shepherd)"라고 하지 않고 "나의 목자(my shepherd)"라고 했다. 시편 23편의 목자와 다른 시편에서의 목자(28:9; 80:1이하; 95:7; 100:3)와 크게 구별된다. 그 이유 중의 하나는 시편 23편에서의 목자는, 너무나 강렬하게 개인적으로 목자의 사랑을 받음으로 "나의 목자(my shepherd)"라고 했다.

우리가 선한 목자의 양들 중의 하나임을 어떻게 알까? 선한 목자이신 여호와는 그의 참된 양들은 그분의 음성을 듣고 그분을 따른다고 하셨다(요 10:27). 그분은 양들에게 "영생(eternal life)"을 주신다고 하셨다(요 10:28). 요한복음 10:14-15에서 "나는 선한 목자라 나는 내 양을 알고 양도 나를 아는 것이 아버지께서 나를 아시고 내가 아버지를 아는 것 같으니 나는 양을 위하여 목숨을 버리노라"라고 하셨다.

2
사랑의 힘과 천사의 웃음

레오 톨스토이, 『사람은 무엇으로 사는가?』
(Lep Tolstoy, *What Men Live By*)

요한일서 4:7-8에서 "사랑하는 자들아 우리가 서로 사랑하자 사랑은 하나님께 속한 것이니 사랑하는 자마다 하나님으로부터 나서 하나님을 알고 사랑하지 아니하는 자는 하나님을 알지 못하나니 이는 하나님은 사랑이심이라"고 하셨다.

러시아 소설가 레오 톨스토이(1828-1910, 『전쟁과 평화』, 『안나 카레니나』, 『부활』 등의 작가)의 단편소설 『사람은 무엇으로 사는가?』에서 사랑의 힘과 천사의 웃음에 대하여 감동적인 이야기를 하고 있다.

집도 땅도 없는 구두 수선공 시몬(Simon)은 어느 농가에서 세 들어 살면서, 구두를 만들거나 수선해서 버는 얼마 안 되는 수입으로 그의 아내 마트료나(Matryona)와 자식들과 함께 어렵게 생계를 유지해 나가고 있었다.

시몬에게는 모직 외투가 한 벌 있었는데, 아내와 번갈아 가며 입어서, 낡아져 누더기가 된 지 오래였다. 시몬은 이 년째 새 외투를 만들 양가죽을 사기 위해 잔뜩 벼르고, 돈을 가까스로 얼마간 모았다. 그 돈에다가 농부들에게서 받을 돈을 합치면 필요한 양가죽을 살

수 있었다. 그러나 농부들은 하나같이 지금은 돈이 없다고 하고 겨우 몇 푼만 받았다. 구두 수선공은 나뭇가지를 하나 꺾어 지팡이로 삼고, 외상으로 양가죽을 사기 위해 시장에 갔으나, 모피 장수는 외상으론 양가죽을 못 준다고 했다.

몹시 속이 상한 시몬은 가진 돈으로 보드카를 마시고, 술에 취해, 온몸이 확 달아오른 상태에서, 씩씩거리며 집으로 돌아오던 구두 수선공은 이윽고 길모퉁이에 있는 교회에 이르렀다. 이미 어둠이 잦아든 늦가을, 어떤 젊은이가 추위에 벌거벗은 몸으로, 살았는지 죽었는지 모르지만, 꼼짝도 하지 않고 교회 담벼락에 기대어 앉아있었다. 구두 수선공은 겁이 덜컥 났다.

구두 수선공 시몬은, 혹시 무슨 봉변이라도 당하면 어떡하나 하는 생각으로, "에라, 모르겠다. 그냥 가버리자!"라고 속으로 말하면서, 그곳을 그대로 지나쳐서 걸음을 재촉했다. 가다가 뒤를 돌아보니 그 젊은이는 조금 움직이는 것처럼 보이더니, 그대로 앉아 있었다.

교회를 벗어나자, 구두 수선공은 내면 깊을 곳에서 "시몬, 도대체 너는 무엇을 하고 있는 거지? 사람이 어려운 일을 당해 죽어가고 있는데, 겁을 먹고 도망을 치다니!" 하는 소리가 들렸다. 시몬은 뒤돌아 갔다. 알몸의 젊은이는 몸이 꽁꽁 얼어붙어 덜덜 떨고 있었다. 시몬은 자신의 낡은 외투를 젊은이에게 입혀주고, 자신의 장화도 신겨 준 후 부축하여 집으로 데려갔다.

시몬의 아내 마트료나는 놀란 표정으로 남편과 낯선 젊은이를 번갈아 바라보았다. 시몬은 아내에게 태연스레 "어서 저녁 차려 줘야지요."라고 했다. 시몬은 화가 난 표정의 아내에게 죽을 뻔한 젊은이를 데려온 경과를 설명했다. 마트료나가 낯선 젊은이를 쳐다보고는 입을 다물고, 내일 먹을 마지막 남은 빵을 내놓고, 따뜻한 보리차를 준비했다. 마트료나는 젊은이를 바라볼 때 왠지 모를 평온한 기운이 자신을 휘감는 것을 느꼈다.

구두 수선공 내외는 젊은이에게 이름을 묻고 "왜 당신은 옷을 벗고 길바닥에 쓰러져 있었죠?"라고 물었다. 젊은이의 이름은 미하일(Michael)이며 "저는 하나님께 벌을 받았습니다."라고 대답했다. 그리고 벗은 몸으로 죽어가는 자기에게 아저씨는 외투를 입혀주시고 장화를 신겨 주어서 살려주시고, 또한 아주머니는 자기를 불쌍히 여겨 먹고 마실 것을 주시니 "두 분께는 틀림없이 하나님의 은총이 있을 겁니다."라고 했다.

미하일은 시몬을 도와서 구두 수선 일을 하기 시작했다. 미하일은 어떤 작업이든 금세 배웠으며, 필요 없는 말이나 농담은 하지 않고, 웃지도 않았다. 유일하게 웃었던 때는 처음 왔던 날 마트료나가 저녁을 대접했던 바로 그 순간뿐이었다. 일 년이 지난 후에도 미하일은 여전히 시몬의 집에서 함께 일을 했다. 멋진 구두를 만들고 구두수선을 잘 한다는 소문이 나자, 다른 마을에서도 주문이 밀려들었다. 덕분에 시몬의 수입은 차츰 늘어났다.

어느 겨울날, 삼두마차를 타고 고급 모피 외투를 걸친 신사가 나타나 값비싼 독일제 가죽을 주면서 "내 발에 꼭 맞는 장화를 만들어 달라고."라고 했다. 미하일은 장화를 주문하는 신사를 보고는 기분 좋게 웃었다. 시몬은 신사의 발 치수를 조심스럽게 재었다. 시몬은 미하일에게 "자네가 눈이 밝으니 치수대로 재단해 보게."라고 했다. 그런데 미하일은 신사의 가죽으로 장화 대신 슬리퍼를 만들어 놓은 것을 보고 경악을 금치 못했다. 시몬이 미하일에게 "손님은 굽이 높은 장화를 주문했는데 슬리퍼를 만들어 놓았잖아. 이런 비싼 가죽을 어디서 구할 수도 없는 노릇이고….”라고 힐책하려 했다.

그 찰나, 독일제 가죽 장화를 주문한 신사의 하인이 들어와서, “주인님이 갑자기 돌아가셨습니다. 주인마님께서 그 가죽으로 슬리퍼를 급히 만들어 달라고 하십니다.”라고 했다. 미하일은 하인에게 슬리퍼를 건네주었다.

6년이 지나갔다. 단정하게 차려입은 한 부인이 똑 닮은 쌍둥이 두 딸을 데리고 와서 가죽구두를 주문했다. 한 아이는 왼발을 절룩이며 들어왔다. 두 딸아이는 까만 눈동자에 도톰한 두 뺨은 붉게 물들어 있는 귀여운 얼굴이었다. 미하일은 두 딸에게서 눈을 떼지 못하고 있었다. 시몬은 왼발을 저는 아이의 치수를 재면서 “어쩌다 이렇게 되었습니까?”하고 물었다.

그 부인은 자기는 친어머니가 아니고, 두 딸은 모두 자기 젖으로 키운 양녀라고 했다. 아이들의 아버지는 숲에서 나무를 베다가, 큰 나무가 쓰러지면서, 그 나무에 깔려 화요일에 죽었으며, 그의 쇠약해진 아내는 그 주간 금요일에 쌍둥이를 낳고 세상을 떠났다는 것이다. 그런데 죽을 때 아이 위로 쓰러지는 바람에 이 아이의 왼쪽 다리를 짓눌러 버렸다고 했다.

마을 사람들이 의논한 결과 두 부부의 장례를 치러주고, 마침 자기가 팔 주밖에 안 되는 첫아들에게 젖을 먹이고 있었기에 마을 사람들이 “마리아(Mary) 아주머니, 당분간 두 쌍둥이를 맡아주시면 감사하겠어요.”라고 했다는 것이다. 하나님이 자기에게 풍성한 젖을 주셨기에 자기 아들과 두 쌍둥이를 키울 수 있었다고 했다. 마리아 아주머니의 아들은 3살 때 하나님 곁으로 갔다는 것이다. 살림도 차츰 나아져 지금은 남편과 함께 방앗간 일을 하면서 두 양 딸과 행복한 나날을 보내고 있다고 했다. 마리아 부인은 왼쪽 다리가 불편한 딸아이를 가슴에 꼭 끌어안으며 흐르는 눈물을 닦았다. 구두 수선공의 아내 마트료나는 "부모 없이는 자랄 수 있지만, 하나님 없이는 살 수가 없다고 하더니, 정말 그 말이 맞나 보군요."라고 했다.

갑자기 미하일이 빙그레 웃더니, 그로부터 발산하는 환한 빛이 구둣방 안을 매웠다. 미하일은 밝은 미소를 지으며 하늘을 응시하고 있었다. 미하일은 하던 일을 멈추고 일어나 앞치마를 벗더니 구두 수선 부부에게 공손히 인사를 했다. 그리고 "이제 하나님께서 저를 용서해 주셨습니다. 그러니 두 분도 부디 저를 용서해 주세요."라고 했다. 구두 수선공 부부는 그제야 미하일의 몸이 찬란하게 빛나고 있다는 사실을 깨달았다.

미하일(Michael, 미가엘)은 "제 몸에서 빛이 나는 이유는 이제 하나님께서 저를 용서해 주셨기 때문입니다."라고 했다. 미하일 천사는 하나님의 말씀을 거역한 죄로 벌을 받았다고 한다. 하나님께서 한 여인의 영혼을 데려오라고 지시하셨는데, 이승으로 내려와 보니, 남편은 나무에 깔려서 죽고, 부인은 쌍둥이 딸까지 낳았는데, 참아 그 부인을 데리고 갈 수 없어서 그냥 하늘나라로 돌아갔다고 한다.

하나님께서는 미하일 천사에게 다시 가서 그 여인의 영혼을 데리고 오라고 하시고, 그리고 ① 사람의 마음에는 무엇이 있는가? ② 사람에게 주어지지 않은 것은 무엇인가? ③ 사람은 무엇으로 사는가? 이 세 가지 질문에 대한 진리를 깨달은 후에 다시 하늘로 돌아올 수 있을 것이라고 했다는 것이다.

미하일 천사가 벌거벗은 젊은이로 교회 담벼락에 있을 때 시몬

아저씨가 도와주시고 마트료나 아주머니가 남은 빵으로 지기를 먹여 줄 때, 사람의 마음에는 사랑이 있다는 사실을 깨달았으며, 그래서 처음으로 웃었다고 한다.

삼두마차를 타고 온 신사가 값비싼 독일제 가죽으로 장화를 주문했 을 때 그 사람 뒤에 죽음의 천사가 서 있는 것을 보고서 장화 대신에 슬리퍼를 만들었는데, 사람에게 주어지지 않는 것은 자신에게 필요 한 것이 무엇인지를 아는 능력이 주어지지 않았다는 것임을 알고, 두 번째 웃었다고 한다.

6년이 지나 쌍둥이 두 딸을 자기 딸처럼 사랑하며 키우는 마리아 아주머니를 보고, 그 부인에게서 살아 계신 하나님의 모습을 보았으 며, 사람은 자신에 대한 걱정으로만 살아가는 것이 아니라, 사랑으로 살아간다는 사실을 깨달았으며, 그래서 세 번째 웃었다고 한다.

미하일 천사는 "사랑으로 살아가는 사람은 하나님 안에 사는 사람 입니다. 다시 말해 하나님은 그 사람 안에 계시는 것입니다. 하나님이 곧 사랑이기 때문입니다."라고 했다. 천사는 하나님을 찬양하는 노래 를 부르기 시작했다. 갑자기 한 줄기 불기둥이 땅에서 치솟아 하늘까 지 솟구쳤다. 구두 수선공 시몬과 아내 그리고 딸아이들은 모두 바닥 에 납작 엎드렸다. 미하일 천사의 어깨에는 날개가 돋아났고, 미하일 천사는 하늘로 날아올라 갔다.

요한일서 4:12은 "어느 때나 하나님을 본 사람이 없으되 만일 우리가 서로 사랑하면 하나님이 우리 안에 거하시고 그의 사랑이 우리 안에 온전히 이루어지느니라"라고 말씀하셨다.

3
형제의 갈등과 화해

셰익스피어, 『뜻대로 하세요』
(Shakespeare, *As You Like It*)

에베소서 4:32에서 바울은 "서로 친절하게 하며 불쌍히 여기며 서로 용서하기를 하나님이 그리스도 안에서 너희를 용서하심과 같이 하라"라고 했다. 믿는 자는 새사람의 옷을 입으라는 것이다.

"친절하다"라는 말은 부드럽고, 돌보며, 도움이 되고, 예의 바르며, 선하고, 유익하며, 주며, 그리고 사람들에게 호의를 보이는 것을 의미한다. "불쌍히 여긴다"라는 말은 깊은 동정심, 자비심, 이해심, 사랑함, 부드러움, 따뜻함을 보이는 것을 의미한다. 사람의 상처, 고통, 문제, 어려움, 감정과 정신 형편과 육체적 영적 상태를 아는 것을 의미한다. "용서한다"라는 말은 사람에게 우아한(정중한) 마을을 갖는 것, 어떤 잘못한 일에 대해 그를 용서하는 것을 의미한다. 사람이 잘못했을 때, 그가 우리에게 상처를 주고 고통을 주었으나, 그럼에도 그를 용서하라는 것이다. 우리가 서로를 용서해야만 하는 이유는 하나님께서 우리를 용서하셨기 때문이다. 예수님께서 우리의 죄를 대신해서 우리를 위해 죽어 심으로 우리가 용서함을 받게 되었기 때문이다.

영국의 극작가 셰익스피어(1564-1616)는 『뜻대로 하세요』에서 형제간의 갈등과 용서와 화해를 스릴 있게 다루고 있다.

귀족 가문의 막내아들인 올란도는 늙은 하인 아담에게 형 올리버가 막내동생인 자기를 무시하고 멸시한 일에 대해 더 이상 참지 못하겠다고 불평을 털어놓았다. 아버지의 유언에 의하면, 유산을 받은 장남 올리버는 막내아들 올란도에게 귀족 신분에 합당한 부양비를 주라고 했다. 그런데, 형 올리버는 막내동생 올란도를 동물 이하로 취급했다. 왜냐하면 올란도는 너무나 인기가 있었기 때문에 올리버는 형이면서도 올란도를 질투하여 보기조차 역겨워하고, 심지어는 죽이고 싶어 했다. 올리버는 올란도에게 "유산으로 받은 네 몫의 일부를 줄 터이니, 꺼져버려!"라고 하고, 레슬링 선수 찰즈를 은밀히 불러 곧 열리는 궁중 레슬링 시합 때 올란도의 목을 부러뜨려버리라고 했다.

올란도는 저명한 기사 로우렌드 공의 세 아들 중 막내로서 뛰어난 젊은이였다. 그는 신사다운 기질로 숭고한 성품을 가졌으며, 아버지에게 충성스러운 아들이었다. 그는 강인한 체격에 힘이 세고 용감하고 독립심이 강하면서도 겸손했다. 셰익스피어 시대에 이상적인 젊은이였다. 그 반면에, 맏형인 올리버는 독재적이요 위선적이요 증오심에 불타는 자였다.

궁중에서도 형제간의 갈등으로, 지금의 프레드릭 공작은 시니어 (형) 공작자리를 찬탈하고, 형을 추방하여, 아든 숲에서 살도록 했다. 프레드릭 공작은 포학하고 변덕스러우면서 의심이 많고 질투심이 강하였다. 그 반면에 시니어 공작은 관용하고 인도적이었으며 철학적인 침착함이 있었기에 백성들에게 인기가 있었다.

궁전 잔디밭에서 레슬링 시합이 열리고 있었다. 프레드릭 공작과 궁신들과 수많은 구경꾼은 환호성을 지르고 있었다. 레슬링 챔피언인 찰즈는 벌써 3명의 도전자의 갈빗대를 분질러 놓았다. 다음은 올란도와의 경기였다.

프레드릭 공작의 딸 셀리아는 로자린드를 위로하고 있었다. 로자린드는 아버지(시니어 공작)의 추방으로 우울한 인상을 짓고 있었기 때문이다. 그러나 찰즈에게 대항하여 싸울 올란도를 보자, 셀리아와 로자린드가 보기에, 올란도로서는 그 거대하고 숙련된 찰즈의 상대가 되지 않는다고 생각하여, 올란도에게 찰즈와의 시합을 하지 말라고 만류했다. 로자린드가 올란도의 안전을 염려한 것은, 힘이 있고 미남인 올란도를 보는 순간 사랑에 빠졌기 때문이다. 올란도도 로자리드를 보는 순간 절망적으로 사랑에 빠지게 되었다. 경기가 시작되자, 올란도는 재빨리 찰즈를 제압하여 이겼다. 셀리아와 로자린드는 찰즈에게 이긴 올란도에게 축하 인사를 하고, 로자린드는 자기 목걸이를 벗어서 올란드에게 주면서, "정말 레슬링을 잘하던데요. 제가 압도 되었답니다."라고 했다.

그때, 프레드릭 공작이 나타나서 로자린드를 추방한다고 명령했다. 로자린드는 백성들에게 많은 사랑을 받고 있었기에 프레드릭 공작은 정치적인 악영향을 두려워했기 때문이다. 셀리아가 아버지 공작에게 명령을 취소해 달라고 간청했으나 공작은 화를 내면서 가버렸다.

로자린드는 다소 큰 키에 날씬함 몸매에 아름다운 처녀로서, 강하면서도 온전하고, 지적인 분별력이 있으면서도 온화하고, 진지하면서도 쾌활했다. 로자린드는 영국 엘리자베스 조의 이상적인 여성상이었다. 셀리아는 로자린을 많이 닮았으나, 로자린드 보다 작은 키에, 미모도 로자린드보다 뒤지는 편이었으나, 담대하고 재치 있는 말을 잘했다.

셀리아는 로자린드를 따라 아덴 숲으로 가기로 한다. 키가 큰 로자린드는 소년으로 변장하고 손에 멧돼지 잡는 창을 잡고 뽐내기로 하고, 셀리아는 그 소년의 여동생으로 변장했다. 프레드릭 공작은 딸 셀리아가 로자린드와 함께 밤 동안에 도망친 것을 알게 되자, 올리버에게 셀리아와 로자린드를 잡아 오라고 명령했다.

추방당한 시니어 공작은 허식적이고 인위적인 궁중 생활보다 아덴 숲에서 훨씬 행복한 나날을 보내고 있었다. 시니어 공작은 "역경을 이용하는 것도 아름답구나,/ 공적 일에 시달리지 않는 우리의 삶은,/ 나무에서도 혀가 있고, 흐르는 시냇물에서도 책이 있고,/ 돌에서도 설교가 있고, 모든 것에 좋은 것을 발견하나니,/ 이런 삶을 바꾸지 않으리."라고 감탄한다. 셰익스피어의 아덴 숲은 이상향의 숲이다. 그러나 셰익스피어의 숲은 겨울바람의 추위와 매서움도 있다고 한다.

올란도는 형 올리버의 살의에 찬 미움을 피해 아덴 숲으로 가기로 한다. 충복한 하인 아담은 80이 된 노인으로 평생 모은 500냥을 모두 올란도에게 주면서 자신을 데리고 가 달라고 애원한다. 올란도는 감동하여 아담을 데리고 아덴 숲으로 간다.

올란도와 아담은 아덴 숲을 헤매게 되고, 아담은 굶주림과 쇠약함에 지쳐 죽어가고 있었다. 시니어 공작과 그 일행이 숲에서 저녁 식사를 준비하고 있을 때 올란도는 칼을 빼 들고 나타나서 아담을 위해 먹을 것을 달라고 한다. 올란도는 시니어 공작이 아버지의 친구임을 알게 된다. 올란도가 달려가서 죽어가는 아담을 데려오자, 시니어 공작과 그의 일행은 노래로서 올란도와 아담을 환영하고, 올란드의 하인을 위한 배려에 칭송의 말을 한다.

시니어 공작 일행의 환대에도 불구하고, 올란도는 단 한번 만난 로자린드만을 생각하면서, 사랑의 시를 써서 나무에 붙이고, 나무 둥치마다 "로자린드"란 이름을 새겨놓는다. 남장한 로자린드는 올란도에게 명랑하게 여인들과 나무 둥치에 "로자린드"란 이름을 새기는 상사병에 걸린 젊은이에 대해 이야기한다. 올란도는 자기가 나무 둥치에 "로자린드"란 이름을 새긴 불행한 놈이라고 고백한다. 변장한 로자린드는 올란도에게 자기를 상대로 사랑의 연습을 하게 하지만, 올란도는 시니어 공작의 수종을 들기 위해 가보아야 한다고 한다. 그들은 다음날 2시에 만나서 사랑의 연습을 계속하기로 하고 헤어진다. 그 다음 날 2시가 되었는데도 올란도가 나타나지 않자, 로자린드는 초조한 기색을 감추지 못한다.

그때 올리버가 피투성이가 된 손수건을 들고 들어와서 일어난 사건을 설명했다. 올란도가 숲속을 거닐고 있을 때 그의 형(올리버)이 고목 아래서 잠들고 있는 것을 발견했다고 한다. 큰 뱀 한 마리가 잠자는 형의 목을 휘감고 있었는데, 올리버가 나타나자 뱀은 슬그머니 사라져 가버렸다고 한다. 그런데 올란도는 굶주린 암사자 한 마리가 올리버에게 덤벼들 기세를 하는 것을 발견하고, 목숨을 걸고 암사자와 용감하게 싸워 암사자를 죽이고 형 올리버의 생명을 구했다는 것이다.

올리버는 잠에서 깨어 일어나서, 동생 올란도가 자신의 위험을 무릅쓰고 형의 목숨을 구한 것에 감동되어, 동생을 죽이려는 악한 마음을 먹은 것을 뉘우치고, 동생과 화해하고, 시니어 공작에게로 왔다고 했다. 손수건은 사자가 올란도의 팔을 할퀴었을 때 감았던 것이라고 한다. 그래서 2시에 만나기로 한 총각(변장한 로자린드)에게 시간 약속을 지키지 못한 것을 대신 사과한다고 했다. 그 소리를 들은 로자린드는 기절한다.

치료를 받고 돌아온 올란도는 놀랐다. 그동안에 벌서 형 올리버가 셀리아와 사랑에 빠져 그다음 날에 결혼하기로 했기 때문이다. 남장한 로자린드는 올란드에게 자신이 로자린드임을 고백한다. 시니어 공작은 딸 로자린드와 셀리아와 올란도와 올리버를 환영한다.

결혼식 날에 올리버와 올란도의 중간인 제이퀴즈가 놀랄 만한 소식을 가지고 왔다. 프레드릭 공작이 군사를 동원하여 형을 체포하여 처형하기 위해 아덴 숲으로 왔다가, 고명한 수도승을 만나 설교를 듣고 설득되어, 공국을 추방당한 시니어 공작에게 돌려주고, 자신은 은퇴하여 아덴 숲에서 여생을 보내기로 했다는 것이다. 제이퀴즈만 프레드릭 공작을 따라가고, 시니어 공작과 궁신들과 모든 연인은 아덴 숲에서 평화로운 춤 파티에 참석한다.

에베소서 5:2에서 "그리스도께서 너희를 사랑하신 것 같이 너희도 사랑 가운데서 행하라 그는 우리를 위하여 자신을 버리사 향기로운 제물과 희생제물로 하나님께 드리셨느니라"라고 했다.

4

탕자와 어머니의 꿈

성 어거스틴, 『참회록』

(St. Augustine(Aurelius Augustinus), *Confessions*)

갈라디아서 5:19, 21에서 "육체의 일은 분명하니 곧 음행과 더러운 것과 호색과 투기와 술 취함과 방탕함과 또 그와 같은 것들이라…"라고 하시고 이런 일을 하는 자들은 하나님의 나라를 유업으로 받지 못할 것이라고 했다.

기독교 초기의 교부 어거스틴(성 아우구스티누스, 354-430)은 『참회록』에서 63세의 나이로부터 과거를 회고하면서, 젊었을 때 탕자와 같은 길을 걸었음을 회고하고 있다.

16세 때 정욕의 가시들이 어거스틴의 머리 위로 자라 올라오고 있었으나, 그것을 뽑아 줄 손이 없었다. 어머니께서 간음과 우상숭배에 빠져서는 안 된다고 하시고, 무엇보다 다른 남자의 아내와 간음을 해서는 안 된다고 간절히 훈계를 하셨다. 그는 어머니의 충고가 바로 하나님의 경고라는 것을 깨닫지 못했다. 하나님께서 어머니를 통해 말씀하고 계시는 때도, 그런 말씀을 하는 분은 하나님이 아니라 어머니라고 믿었다. 그는 어머니 안에 계시는 하나님을 비웃고 있었다.

어거스틴은 눈먼 사람처럼 방탕의 길을 걸었다. 친구들이 자기의 추행을 자랑하듯 떠벌릴 때 그들의 뻔뻔함에 뒤지는 것이 창피해서,

그는 친구들로부터 경멸을 받지 않으려고, 마음껏 방탕한 생활을 즐겼다. 그는 도둑질을 해 보고 싶었다. 필요에 의해서가 아니라 단순히 훔쳐보고 싶은 욕망 때문이었다. 어거스틴과 못된 짓을 일삼는 그의 친구들은 밤중에 배나무 집에 가서 배나무를 흔들어 한 아름씩 배를 가지고 와서, 맛을 본 후, 돼지우리에 던져 넣었다. 배가 먹고 싶어서가 나이라, 금지 된 일을 하는 것이 즐거웠기 때문이었다. 그는 사악함에는 동기가 없었다고 했다. 나쁜 짓을 한 것은 타락한 짓이 쾌락 자체였으며, 악을 행하는 무리와 함께 저지르는 범죄 자체가 스릴 있는 것이었다고 했다.

어거스틴은 19세 때, 공부하기 위해 카르타고로 갔다. 카르타고는 가마솥이 펄펄 끓어오르는 것 같은 욕망을 사로잡는 향락의 도시였다. 어거스틴의 주된 즐거움은 여자와 놀아나는 것이고, 극장 구경을 가는 것이었다. 그는 사랑의 대상을 찾아 헤매었다. 사랑하고 사랑받는 것은 달콤한 일이었다. 사랑하는 여인의 몸을 즐기고 누릴 때면 더욱 즐거웠다. 그래서 그는 허영의 마음으로 부도덕함에 빠져 있으면서, 교양 있는 시민으로 보이기를 원하는 이중적인 인간이었다. 그는 교회에서 엄숙한 예배의식을 행하면서도, 소녀를 탐하는 정욕을 품어, 죽음의 열매를 맺는 애정행각을 벌이기도 했다.

어거스틴은 연극을 관람하는 일에 사로잡혔다. 자신은 겪지 않기를 원하지만, 다른 사람들의 슬프고 비극적인 사건들을 지켜보면서, 고난의 방관자로서, 그 고통을 간접적으로 자기의 것으로 체험하기를 원했다. 왜냐하면 그런 때에 고통 자체가 쾌락으로 와 닿았기 때문이다. 그는 이런 고통을 자기가 직접 당할 때는 "불행"이라 하지만, 다른 사람들이 당하는 것을 보면 연민의 정으로 느끼기에, 그것을

"동정"이라 한다고 했다. 연극을 보고 더 슬퍼할수록, 슬픈 장면을 실제처럼 재연한 배우에 대해 더 큰 찬사를 보내지만, 그렇지 못한다면 화를 내었다고 했다. 사람들은 아무도 비참해지기를 원하지 않으면서도, 다른 사람을 불쌍히 여기기를 원한다고 했다. 무대 위에서 배우들이 하는 행동이 허구라고 해도, 그들이 헤어지면서 느끼는 고통으로 괴로워하면, 그도 동정을 느끼면서 그들의 슬픔을 함께 나누었다고 한다. 어거스틴은 기쁨과 슬픔을 동시에 좋아했다고 했다. 그의 눈에서 더 많은 눈물이 나올수록 더 큰 매력을 느끼곤 했지만, 그는 직접 비극을 경험하고 싶지는 않았다고 했다.

어거스틴은 수사학 학교에서 수석을 차지했다. 그는 자신의 성공한 모습을 보면서 만족하고 있었으며, 자만심으로 우쭐대고 있었다. 그는 친구들과 함께 악당의 일원이 되지 않는 것을 수치스럽게 여겨, 친구들의 잘못된 행동을 혐오하면서도, 그들이 보여주는 우정에 기쁨을 느끼기도 했다. 그는 저주받을 자만심에 가득 차서 웅변가로 두각을 나타내고 싶었으며, 인간의 허영심에 기쁨을 취하고 싶었다. 그래서 그는 모든 사람들이 추앙하고 있는 키케로의 『호르텐시우스』(지금은 소실된 책)란 책을 읽었다. 이 책을 읽고 그는 지혜를 사랑하는 마음에 불을 붙이게 한 결과, 철학에 관심을 갖게 되었다.

어거스틴의 어머니 모니카의 희망은 어거스틴이 크리스천이 되는 것이었기에, 성경을 읽어 보았다. 그러나 키케로의 위엄 넘치는 책과 비교해 볼 때, 성경의 소박한 문체는 열등한 것으로 너무나 무가치하게 보였다. 어거스틴의 부풀어 오는 자만심은 성경에 나오는 문체를 싫어했고, 그의 통찰력은 결코 성경의 깊은 곳까지 꿰뚫어 보지 못했다.

　그 결과 어거스틴은 교만한 육적인 말쟁이들에게 빠지게 되어, 페르시아의 종교 지도자인 마니(216-277)가 창설한 마니교에 심취하게 되었다. 마니교는 선과 악의 반대 되는 두 세력을 전제로 하는 이원론을 가르쳤다. 강력하지만 전능하지 않는 선한 세력(하나님)은 반(半)영원한 악한 세력(사탄)과 맞서게 된다고 했다. 인간이란 이들 세력들의 전쟁터로, 빛과 어둠의 영향아래 있다고 했다. 어거스틴은 비참하게도 마니교에서 진리를 찾으려고 했다.

　하나님의 신실한 종인 어거스틴의 어머니 모니카는 아들 어거스틴을 위해 수없이 많은 날을 눈물로 호소했다. 하나님께서 모니카를 격려해 주시기 위해 꿈을 주셨다. 그 꿈을 꾼 후에야 모니카는 아들을 집에 들어오게 하여 살게 하고, 한 상에서 식사를 하게 했다. 그 전에는 아들이 지은 잘못을 극도로 혐오하고 싫어한 나머지 집에서 식사를 못하게 했다.

　모니카는 꿈에서 자신이 나무로 만든 잣대 위에 서서 슬퍼하고 괴로워하는 환상을 보았다. 그 때 한 젊은이가 자기에게로 다가왔다. 준수하면서도 생기가 넘치는 그 젊은이는 슬픔으로 피곤해진 모니카에게 따뜻한 웃음을 지어 주었다. 그 젊은이는 모니카에게 왜 낙담하며 매일 같이 눈물을 하염없이 흘리느냐고 물었다. 모니카는 아들이 지옥에 빠져 영원한 죽음을 맞게 될까 봐 애통해하고 있다고 했다. 그 젊은이는 염려하지 말고 자세히 자기를 보라고 했다. 모니카가 정신을 차리고 눈을 들어 쳐다보니 거기에아들이 자기 옆에 서 있는 것을 보았다. 어그스틴은 하나님께서 불꽃 같은 눈으로 어머니의 마음을 보시고 꿈을 통해 아들의 장래를 보여주신 것이라고 했다.

　그러나 어머니 모니카의 꿈은 9년이란 오랜 세월 후에야 이루어졌다. 어거스틴은 계속 거짓과 오류의 어둠 속에 빠져 있었다. 19세부터 28세까지 어거스틴은 여러 가지 욕망에 빠져 남을 속이기도 하고 속기도 했으며, 유혹당하기도 하고 유혹하기도 하면서 살았다.

어거스틴은 수사학을 가르쳤다. 그는 상대방을 이길 수 있는 방법을 가르치고, 속이는 재주를 가르쳐 주었다고 했다. 그는 점성가라고 하는 협잡꾼들을 찾아다니기도 했다. 점성가들은 인간이 죄를 짓는 것은 하늘에서 결정했기 때문이요, 인간이 한 일은 금성이나 토성이나 화성에게 책임이 있다고 했다. 그렇게 말함으로서 이들은 기독교의 온전한 구원의 교리를 파괴하고 있었다.

소년 시절 함께 자랐고, 학교에 같이 다녔으며, 즐겁게 같이 놀기도 한 동갑내기 한 친구와는 달콤한 우정을 나누면서 공통된 관심사를 추구하면서 성숙해 갔다. 그런데 어거스틴은 그를 부추겨, 미신과 마니교 쪽으로 그를 빠져들게 했다. 그런지 채 1년도 되지 않은 어느 날, 그는 세상을 떠나갔다. 그의 죽음은 어거스틴에게 너무나 아픈 고통이었다.

그가 열병으로 온몸에 땀으로 흠뻑 젖어 무의식 속에 누워 있을 때, 그는 세례를 받았다. 그는 진정으로 예수님을 받아들였다. 그는 어거스틴이 가까이 없는 사이에 열병이 재발하여 세상을 떠났다. 어거스틴은 하나님께서 어거스틴이 닿을 수 없는 곳으로 그를 데려가셨다고 했다. 그것은 어거스틴에게서 그 친구를 보호하기 위한 하나님의 뜻이었다고 했다.

어거스틴은 자신의 죄가 더욱 쌓여 갔다고 했다. 그와 함께 살고 있던 여인과의 사이에 사생아까지 태어났다. 그렇지만 그의 정혼에 걸림돌이 되었기에 그 여인은 그의 곁을 떠나야만 했다. 그는 그녀에게 너무나 푹 빠져 있어서 깊은 상처로 서로 껴안고 울었다. 그녀는 절대로 다른 남자를 만나지 않을 것이라 하고 어거스틴과의 사이에 낳은 아들을 남겨 두고 아프리카로 돌아갔다. 그로부터 2년이란 지루한 세월이 흘러간 후에야 정혼한 소녀를 아내로 맞아 들였다. 그것도 결혼을 하고 싶어서가 아니라, 정욕의 노예가 된 탓에, 결혼이라는 정식 절차를 통하지 않고 또 다른 여인을 만났다고 했다.

어거스틴은 "제가 더 깊은 불행에 빠질수록 하나님은 제게 더 가까이 오셨습니다."라고 하고, 하나님의 오른손은 그를 붙잡고 계셨고, 이미 그를 진흙탕에서 건져 내어 깨끗하게 씻어 주려 하셨으나, 어거스틴은 그것을 몰랐다고 했다.

시편 37:24에서 다윗은 "그는 넘어지나 아주 엎드러지지 아니함은 여호와께서 그의 손으로 붙드심이로다"라고 찬양했다.

5
자신을 희생하는 낭만적인 사랑

에드몽 로스탕, 『시라노 드 베르주라크』
(Edmond Rostand, *Cyrano De Bergerac*)

로마서 13:8에서 "서로 사랑하는 것 외에는, 아무에게도 빚을 지지 마십시오. 남을 사랑하는 사람은 율법을 다 이루었습니다"라고 했다.

프랑스 극작가 에드몽 로스탕(1868-1918)은 『시라노 드 베르주라크』에서 시라노 드 베르주라크는 도량이 넓고, 욕심이 없고, 정직하고, 시도 잘 짓고, 칼을 잘 쓰는 완벽한 사나이다운 용맹스러운 검객이지만, 기형적으로 끝이 툭 튀어나온 코를 가졌기에 항상 자신 없이 수줍어했다. 그는 사촌 여동생 록산을 사랑했지만, 사랑을 고백하지 못하고, 친구인 크리스티앙을 위해 대신 사랑을 고백해 주는 기막힌 이야기를 하고 있다.

시라노는 사랑스러운 사촌 여동생 록산을 사랑하고 있지만, 자신의 추하게 높은 코 때문에 사랑을 고백하지 못하고 있기에, 그는 최근에 특별히 우울한 심정이라고 친구 레 브레에게 고백했다. 레 부레는 시라노에게 자신감을 가지라고 격려하고 있는데, 그때 마침 록산의 샤프롱(나이 많은 보호자)이 나타나서 시라노에게 쪽지를 전달해 주면서, 록산이 시라노를 만나고 싶어 한다고 했다. 시라노는 기쁨의 감정에 사로잡히게 되었다.

만나자는 장소는 라 구에노 선술집이었다. 시라노는 일찍이 가서 예쁜 사촌 록산을 기다리면서, 록산에게 주기 위해 조건 없는 깊은 사랑의 편지를 썼다. 시라노는 서명을 하지 않고 록산에게 직접 전달할 생각이었다. 록산이 나타나서, 시라노에게 사랑하는 사람이 있다고 고백했다. 시라노는 잠깐 동안 록산이 사랑하는 사람은 시라노 자기라고 생각하여 잠깐 동안 황홀한 감정에 사로잡히게 되었다. 그러나 잠시 후에 록산은, 시라노의 마음도 모르고, 자기가 사랑하는 사람은 시라노가 소속된 부대에 새로 전입해 온 크리스티앙이라고 하고, 록산은 그 금발의 미남을 보고는 한눈에 반했다고 했다. 록산은 시리노에게 크리스티앙을 전쟁의 혼란에서 보호해 달라고 간절히 부탁했다. 시라노는 실망했지만 그렇게 하겠다고 약속했다.

그 후에 크리스티앙은 시라노의 이상한 코를 두고 계속 농담을 했지만, 시라노는 록산을 위해 자신을 자제했다. 크리스티앙은 시라노가 록산의 사촌임을 알게 된 후로는 그는 록산의 사랑을 받을 수 있도록 시라노에게 도와달라고 간절히 부탁했다. 크리스티앙은 군인으로서 용사였으나, 연인으로서 사랑을 고백하는 지혜와 기지는 없기에 사랑의 말이나 우아한 편지를 쓰는 능력이 없었다. 크리스티앙은 낙담한 상태였다. 시라노는 록산에게 주려고 쓴 편지를 크리스티앙에게 주면서 서명을 해서 록산에게 보내라고 했다.

며칠 후에 시라노는 록산을 만나 크리스티앙과의 사랑의 관계가 잘 진행되느냐고 물었다. 록산은 크리티앙으로부터 받은 최근의 편지로, 그가 재치 있고 감정이 풍부한 가슴(사랑)과 머리(지력)가 있는 남성이라고 격찬했다. 시라노는 록산에게 그 편지는 자기가 쓴 편지라는 것을 말하지 않았다.

록산은 시라노에게 그 편지 내용을 줄줄 외우는 것이었다. "당신이 나의 가슴으로부터 더 많은 것을 가져갈수록, 나의 가슴은 더욱 풍요로워진답니다. 나는 뛰는 가슴을 하나만 가졌기에, 당신은 나의 가슴을 가지세요, 나는 당신의 가슴을 가질게요." 시라노는 "그 친구 처음엔 너무 많이 가졌다가, 그리고서는 너무 적게 가졌잖아, 그 친구 얼마나 큰 가슴을 원하는데?"라고 비꼬듯 말했다. 록산은 "당신은 나를 화나게 하는군요! 질투하시는 거예요?"라고 했다. 록산은 "다음 구절이 더 좋아요."라고 하고는 또다시 줄줄 외웠다. "내 가슴이 그대에게 말하고 싶은 모든 것은 바로 이런 것입니다. 나의 팬으로 이 편지지에 키스를 보냅니다. 숙녀여, 이 편지를 당신의 입술로 읽으소서." 시라노는 "그 편지를 모두 외우고 있어?"라고 물었다. 록산은 "예, 구절구절 다 외운다고요."라고 했다.

크리스티앙은 시라노에게 이젠 자신이 직접 록산에게 사랑을 고백하는 말을 하겠다고 했다. 어느 날 저녁에 록산이 발코니에 나타났다. 정원에서 크리스티앙은 발코니를 향해 "사랑합니다."라고 말을 해놓고, 더 이상 할 말이 없었다. 그때 시라노가 숲속에 숨어서 크리스티앙이 록산에게 해야 할 말을 알려주었다. 록산은 크리스티앙의 사랑의 풍요로운 말에 감동이 되어서 크리스티앙에게 키스를 보냈다.

크리스티앙이 소속한 부대의 드 기슈 연대장도 록산을 사랑하여 출전하기 전에 록산에게 작별 인사차 방문했다. 그는 스페인과의 전투를 지휘할 것이라고 하고는 이 기회에 시라노 그 건방진 자식을 단단히 혼내 주겠다고 했다. 록산은 드 기슈에게 아양을 떨면서 시라노와 그의 가관생들을 후방에 둠으로써 연대장님이 영광을 누리시라고 했다.

두 연인이 만나는 자리에서 크리스티앙은 록산에게 유혹하는 말을 몇 마디 했더니, 웃음거리가 되어버린다. 록산은 헷갈리고 화가 나서 집안으로 달려 들어가 버린다. 시라노는 재빠르게 생각하여, 크리스티앙으로 하여금 록산의 발코니 앞에 서 있게 하고는 록산에게 말하게 한다. 시라노는 발코니 밑에 서서 크리스티앙에게 속삭이는 말로 해야 할 말을 알려준다. 결국 시라노는 크리스티앙을 옆으로 밀어제치고, 어둠 속에서, 크리스티앙의 음성으로 가장하여 록산에게 사랑을 호소한다. 그런 과정에서 록산은 크리스티앙에게 키스를 보낸다.

록산과 크리시티앙은 수도회 수사의 주례로 비밀리에 결혼한다. 그들의 행복은 오래가지 못했다. 드 기슈 사령관은 록산을 잃은 것에 분노하여 크리스티앙과 시라노와 사관생들을 스페인과의 전투 전방에 보냈다. 록산은 시라노에게 부탁하여, 크리스티앙으로 하여금 매일 편지를 하도록 해달라고 했다. 시라노는 그렇게 하겠다고 약속했다. 시라노는 하루 두 번씩 크리스티앙의 이름으로 편지를 써서, 적군의 전선을 뚫고 편지를 록산에게 전달했다.

드 기슈 연대장은 프랑스 사관생들로 하여금 보급품이 올 때까지 전선을 사수하라고 했다. 그때 마차 한 대가 도착하더니, 록산이 나타났다. 록산은 스페인군 몰래 마차에 음식과 물을 숨기고 와서 군사들에게 나누어 주었다. 록산은 크리스티앙을 보고 싶은 간절함과 함께, 프랑스 사관생들에게 음식물을 가져다주어야겠다는 간절함도 있었다.

록산은 크리스티앙에게 그녀가 위험한 전선을 넘어 크리스티앙을 찾아온 것은 크리시티앙이 보낸 편지들 때문이라고 했다. 록산이 크리스티앙의 마음과 영혼을 알게 된 것은 록산의 정원 발코니 밑에서 자기에게 사랑의 고백을 하던 밤이었다고 했다.

시라노는 크리스티앙에게 그동안 크리스티앙의 이름으로 매일 록산에게 편지를 써서 보냈다는 것과 혹시 죽은 다음의 마지막 편지까지 썼다는 이야기를 해주었다. 록산이 그 편지들에 담긴 크리스티앙의 아름다운 영혼을 사랑하게 되었다는 것도 말해주었다.

크리스티앙은 남자다운 정직함이 있었다. 편지에 대한 진실을 록산에게 솔직하게 말하자고 했다. 크리스티앙은 록산이 사랑한 사람은 자기가 아니라 시라노라고 했다. 왜냐하면 록산은 편지들의 저자를 사랑했으며, 발코니 아래서 그녀에게 말한 사람을 사랑했기 때문이라고 했다. 록산에게 진실을 말함으로써 록산으로 하여금 두 사람 사이에 선택을 하도록 하자고 했다. 그 찰나 적군이 습격하여 쏜 총탄이 크리스티앙에게 명중하여 크리스티앙은 죽게 된다. 록산은 기절한다. 시라노는 편지에 대한 진실을 말할 수 없었다.

15년이 지난 후, 파리 근교에 있는 수녀원에서 록산은 크리스티앙에 대한 사랑하는 감정을 영원히 간직하고서 살고 있었다. 록산은 시라노가 항상 하는 것처럼 외부 세계의 소식을 가지고 토요일마다 방문하기를 기다리고 있었다. 그날 시라노는 록산에게 오는 도중에, 시라노의 정적들이 건물 위에서 던진 큰 통나무에 머리를 강타당했다. 시라노는 자신의 최후가 가까이 온 것을 감지하고서, 록산에게 크리스티앙의 마지막 편지를 달라고 하여 큰 소리로 읽어주었다. "록산, 안녕히! 난 오늘 저녁에 죽을 것 같아요. 나의 가슴은 내가 표현할 수 없는 사랑으로 너무 무거워요. 죽는다는 것은 나의 눈으로 그대의 아름다움을, 다른 사람들은 볼 수 있는데, 나는 볼 수 없다는 것이에요. 나는 그대에게 '안녕히'라고 부르짖고 싶어요. 나의 가장 사랑하는 이여. 그대는 나의 사랑으로부터 결코 벗어나지 못하리. 내기 지금 가는 곳에, 그곳엔 측량할 수 없는 나의 사랑…."

록산은 어두워 글자가 보이지 않는데도, 편지를 줄줄 읽어가는 것을 보고서, 그때야 비로써 이때까지의 모든 편지는 크리스티앙의 이름을 빌린 시라노의 편지임을 알게 된다. 록산이 시라노의 사랑을 알자마자, 시라노는 마지막 숨을 거둔다. 록산은 "나는 단지 한 사람만을 사랑해 왔는데, 두 번 그 사람을 잃어버리게 되었어요."라고 했다. 그때 아름다운 록산은 35세의 중년 부인이었다.

히브리서 10:24은 "그리고 서로 마음을 써서, 사랑과 선한 일을 하도록 격려합시다"라고 했다.

6
백성을 위한 이상향

토마스 모어, 『유토피아』
(Thomas More, *Utopia*)

레위기 26:6에서 "내가 그 땅에 평화를 줄 것인즉 너희가 누울 때 너희를 두렵게 할 자가 없을 것이며 내가 사나운 짐승을 그 땅에서 제할 것이요 칼이 너희의 땅에 두루 행하지 아니할 것이며"라고 함으로서 하나님께서 나라를 지켜주신다고 말씀하고 있다.

영국의 사회 철학자, 저자, 정치가, 르네상스 인도주의자, 가톨릭교회 성자인 토마스 무어(1478-1535)는 『유토피아』에서 유토피아에 대한 이상향을 기술하고 있다.

토마스 모어는 1515년 지방 출장에서 친구 피터 자일스를 만나게 되고, 그의 소개로 숙련된 여행객 라파엘 히스로데이를 만나게 된다. 이들의 정부에 대한 대화의 내용이 『유토피아』에 관한 내용이다. 라파엘은 먼저 영국의 율법, 정부, 경제를 비판적으로 분석했다.

영국의 부패한 정치 현실: 라파엘은 캔터베리 주교인 몰톤 추기경의 집에서 영국 법관을 만났다. 그 법관은 영국 정의(just-ice) 체계의 효율성을 자랑하면서, 그 이유는 영국의 절도범 처형률이 세계 최고이기 때문이라고 했다. 그러나 라파엘은 절도범을 사형이란 너무나 가혹한 형벌보다는 절도질을 해야만 하는 원인을 제거하는 것이 더 좋다고 했다.

라파엘은 영국에서 도둑이 많은 이유는, 불구가 되어 퇴역한 많은 노병들이 국가의 도움 없이 거리에서 방황하고 있으며, 귀족들이 노쇠해진 하인들을 해고해 버렸기에, 그들이 도둑과 거지로 전락해 버린 결과라고 했다. 라파엘은 도둑을 사형에 처한다면, 증거를 없이 하기 위해 살인까지 할 것이라고 했다. 도둑은 사형보다 중노동에 처하는 것이 좋다고 했다. 영국 귀족과 중산층의 향락과 죄악 때문에 술집, 사창가, 도박장이 많아졌다고 했다.

장관들과 아첨꾼들은 통화 정책 조정으로, 전쟁 위협으로, 질서문란 죄의 적용으로, 세금과 벌금을 올림으로 왕실의 재정을 풍부하게 하자고 했다. 정부 관료들은 왕권신수설을 주장했지만, 모어와 라파엘은 왕권보다 백성 중심사상을 주장했다.

유토피아의 조직체계: 『유토피아』 제2부에서 토마스 모아와 자일스는 라파엘 히스로데이로부터 유토피아란 정치적 이상향에 대한 설명을 듣고, 질문도 했다.

"유토피아"는 가로 200마일, 새로 500마일의 초승달 모양의 대서양의 이상적인 섬나라로, 54개 도시가 있으며, 각 도시의 인구는 6,000여 명이다. 도시는 4개 구로 분할되고, 각 구의 중심에는 시장(市場)이 있다. 각 도시 외곽에는 4개의 대형 병원이 설치되어 환자들을 치료했다. 11마일의 항구는 접근하기 어려운 지형으로 쉽게 방어할 수 있도록 설계되었으며, 초기 지도자 유토포스는 유토피아를 본토와 분리하기 위해 15마일의 운하를 팠다. "유토피아"는 '어디에도 없는 곳'이란 뜻이다.

유토피아에서는 30가정에 행정관 1명을 뽑고, 이를 "시포그란트"라 하고, 큰 홀에서 함께 식사를 했다. 10명의 시포그란트들 위에는 "트라니볼"이 있고, 국가를 대표하는 행정수반은 "프린스(왕)"라고 했다. 왕은 종신직으로 시포그란트 회의에서 4명의 후보를 내고, 투표로 선정하여 추대했다. 왕은 계승권으로가 아니라 투표로 추대되었다. 왕은 3일 간격으로 트라니볼 회의(의회)를 소집해야 하지만, 필요하면 더 자주 소집할 수 있다.

도시의 모든 집은 3층으로 단단하게 건축되었으며, 10년마다 추첨으로 집을 바꾸어 거주했다. 시포그란트와 제사장과 무역에 종사자 이외의 모든 시민은 생산직에 종사하여 하루 6시간 일을 해야 했다. 나머지 시간은 공부를 하고 여가를 즐겼다.

각 농장은 40여 명의 남녀와 2명의 노예로 구성되었다. 노예는 중범죄로 형을 받은 자이거나 전쟁 포로들이었다. 포로들은 처형 대신에 노예가 되기로 자원한 자들이다. 그들의 자녀들은 자유인이 되며, 그들이 개선되면 노예 신분에서 벗어났다.

경제: 유토피아의 경제는 모든 시민이 종사하는 농촌의 생산으로 충분했다. 모든 시민은 농촌에서 2년간 일해야 하고, 그런 다음 절반은 도시로 옮겨갔다. 잉여 농사 물은 곡간에 저축했다가, 농사를 실패하는 경우에 배급하게 했으며, 외국에 판매하여 번 돈은 국고에 보내어, 전쟁이 발생할 경우에 비용으로 사용하게 했다. 유토피아에서 개인은 돈을 갖지 않는다. 모든 귀금속은 국가의 소유로 어린이들의 장난감으로 사용하고, 형무소에서 주로 사용함으로 백성은 심리

적으로 귀금속에 관심이 없었다.

도덕철학과 학문: 그들은 도덕철학에 관심을 가지고서, 즐거움이 행복의 근원이라 했다. 인간의 영혼은 영원하다고 믿었기에, 악행에는 형벌이, 선행에는 하늘의 보상이 따른다고 믿었다. 덕은 자연법에 순응하는 것이며, 이성(理性)이야 말로 신이 주신 것으로, 자연법의 목표를 성취하게 하는 안내자로 보았다. 타인의 즐거움을 위해 자신의 즐거움을 절제하는 것은 마음에 만족감을 갖게 한다고 했다. 거짓된 즐거움에는 좋은 옷, 가문의 귀족 성, 소유, 보물, 사냥, 도박성 등을 포함했다. 진정한 즐거움에는 먹고 마시는 것, 사랑의 행동, 복지와 건강을 포함 시켰다. 생명 보존과 번식은 신의 섭리로 진정한 즐거움에 속하며, 지식추구는 육체적 즐거움보다 차원 높은 즐거움이라 했다.

유토피아 사람들은, 희랍인들처럼, 음악, 논리학, 수학, 기하학에 뛰어났으며, 특히 천문학에 뛰어났으나, 점성학 같은 것은 무시했으며, 일기예보에 밝았다. 라파엘은 유토피아 인들에게 희랍의 플라톤, 아리스토텔레스, 호머, 소포클레스, 유리피데스, 플루타크 등 많은 저서들을 선물하고, 종이 만드는 법과 인쇄술을 가르쳐 주었다.

전쟁: 유토피아 인들은 전쟁을 증오했다. 전쟁은 동물들도 하지 않는 비인간적인 짓이며, 가장 더러운 짓거리로 취급했다. 전쟁에서 영광이란 불명예스러운 것이라 했다. 그러나 전쟁이 일어나면 반드시 이겨야 하며, 국민들의 생명 희생을 최소한으로 줄여야 한다고 했다. 그들은 전쟁을 위한 훈련을 계속했다. 첫째, 나라를 방어하기

위해서이며, 둘째, 그들의 친구들을 방어하기 위해서이며, 셋째, 약소 국가를 독재자로부터 구원하기 위해서였다.

전쟁이 발발하면, 적국에 전단지를 뿌려 큰 보상금을 지불함으로서 적국의 왕이나 지도자를 암살하여 전쟁을 끝내기를 원했다. 그들은 많은 보상금으로 용감 무상한 용병들을 고용했다. 전쟁에서 많은 용병들이 전사하면 많은 보상금을 지불할 필요가 없었다. 출전하는 군인들의 부인들도 남편 곁에서 전투에 참가하여 전투에 필요한 보급품을 수송했다.

제사장도 전쟁에 참여하여(지금의 군목 제도), 전쟁의 승리를 기도하고, 군인들에게 영감을 불러일으켰으며, 아군이나 적군에게 과격한 살상을 하지 못하게 했다.

종교: 유토피아에는 공식적인 종교는 없었으며 종교의 자유를 보장했다. 대부분은 전능한 유일신 "미트라(옛 페르시아의 빛과 진리의 신)"를 믿었으며. 태양, 달, 덕 있는 인물을 섬기는 자들도 있었다. 왕국을 창립한 유토푸스는 모든 국민은 자기가 선택하는 종교를 가질 수 있다고 선포했다. 무신론자는 관직을 갖지 못했다.

성전은 크고 웅장하며 고상하게 장식하여 항상 아늑하게 불을 켜 놓았다. 예배는 매달 첫날과 마지막 날에 보며, 매년 초하루와 마지막 날에 보았다. 모든 교단이 모두 참석하여 다른 교단 사람들의 기분을 상하지 않게 예배를 드렸다. 모든 예배 자들은 흰 옷을 입어야 하고, 제사장들은 아름다운 여러 색깔의 깃털로 된 의상을 입게 했다. 모든 악기를 동원하여 찬양을 했으며, 국가와 좋은 성전을 주신 것에 감사했다.

제사장들은 경건한 분들로서, 비밀투표로 선택되었으며, (신학)대학에서 성별 훈련을 받았다. 도시마다 13명의 제사장들이 있었으며, 1사원에 1제사장이 있었다. 제사장은 젊은이들을 교육하고, 학문과 예절을 가르쳤다. 여사제는 연세가 많은 과부에 국한했다.

예수의 복음을 가르침 받았을 때, 많은 사람이 깊은 감동으로 새로운 진리로 받아들였다. 라파엘과 그의 동료들이 개종자들에게 세례를 주었으나, 안수받은 성직자가 없었기에, 성찬식은 베풀지 못했다. 기적이 일어나면 하나님이 함께 하시는 증거라고 했다. 그들은 환자들을 돌보고 가난한 자들을 도와주었다. 라파엘은 유토피아의 법률과 관습에 찬사를 보내고, 기독교의 복음을 쉽게 받아들인 것에도 감사를 했다. 러시아 공산주의자는 유토피아가 공산주의 사상과 유사한 맥락의 것이라고 환영했다.

"너희가 만일 성경에 기록된 대로 네 이웃 사랑하기를 네 몸과 같이 하라 하신 최고의 법을 지키면 잘하는 것이거니와"(약 2:8)란 말씀은 국가가 더불어 화평하게 사는 길이리라. 성경이 말씀하는 사랑은 "최고의 법"으로 3가지 이유에서이다. 첫째, 사랑은 하나님 나라의 법이요, 하나님으로 인해 주어졌으며 예수 그리스도로 인해 강조되었다. 둘째, 사랑은 모든 다른 법을 포용하는 것이다. 셋째, 사랑은 영원한 생명으로 인도하는 계명이다. 그리스도의 사랑이 있는 곳이 바로 유토피아이리라.

7

집시 소녀를 사랑한 노틀담의 꼽추

빅토르 위고, 『노틀담의 꼽추』
(Victor Hugo, *The Hunchback of Notre Dame*)

요한1서 4:18에서 "사랑에는 두려움이 없습니다. 완전한 사랑은 두려움을 내쫓습니다. 두려움은 형벌과 맞물려 있습니다. 두려워하는 사람은 아직 사랑을 완성하지 못한 것입니다."(표준)라고 했다.

프랑스의 문호 빅토르 위고(1802-1885)는 『노틀담의 꼽추』에서 노트르담 대 성전의 종 치기 꼽추 콰지모도가 아름다운 집시 아가씨 에스메랄다를 자신의 생명처럼 사랑하고 있음을 감동적으로 묘사하고 있다.

프랑스 파리의 노트르담 사원 광장에서 군중들이 모여 무슨 구경을 하고 있었다. 한 집시 아가씨가 춤을 추고 있었다. 그녀는 천사인지 인간인지 구별할 수 없을 만큼 눈부시도록 아름다웠다. 날씬한 몸매에 빛나는 살결을 지니고 있었다. 춤을 추면서 빙그르르 돌 때마다 그녀의 검고 커다란 눈에서는 광채를 발하고 있었다. 그 아가씨가 상아 같이 흰 두 팔을 들어 올려 조그만 북을 치면서 춤추는 자태를 사람들은 모두 입을 벌린 채 바라보고 있었다. "아! 저건 요정이야, 여신이야, 바쿠스 신의 무녀야." 그녀는 에스메랄다였다. 그녀가 방울 달린 북을 사람들에게 내밀자, 북 안으로 동전이 비 오듯 쏟아졌다.

수많은 얼굴 가운데 그 누구보다도 그녀의 마력에 사로잡혀 그녀를 유심히 바라보는 사나이가 있었다. 준엄하고 침착하면서도 침울한 표정의 얼굴을 가진 35세의 노트르담 사원의 클로드 부주교였다. 그는 한때 청렴했으나, 지금은 여인들에 빠지고 연금술과 강신술(마술)을 연구하는 자이다.

클로드의 부모는 그를 성직자가 되도록 키웠다. 그는 16살 때 이미 신비 신학, 율법 신학, 스콜라 신학에 대하여 자신의 학설을 주장할 정도였으며, 그는 교령 술에도 정통하고, 의학, 어학, 식물학, 향초(香草) 약학도 연구했으며, 라틴어, 희랍어, 히브리어도 공부했다.

1466년 여름 페스트가 창궐할 때 클로드의 부모님들은 돌아가시고, 요람 속에 버려진 채 울고 있는 어린 동생을 키우며 살아가야 했다. 젊은 나이에 가장이 된 그는 어린 동생에게 모든 열성을 다하였다. 그는 20세 때 교황청의 신부가 되고, 노트르담 대성전을 관리하게 되었다. 그러나 동생에게 쏟은 애정에 몹시 실망한 클로드는 더욱 열정적으로 학문에 빠져들었다. 그는 성직자로서 더욱 엄격해지고 인간으로서는 더욱 우울해졌다. 그는 더욱 엄격해져서 항상 여자들을 멀리했으며, 특히 집시 여자들이 성당 앞 광장에 와서 춤추고 북 치는 것을 싫어하여 금지하는 포고를 내리도록 주교에게 청하기도 했다.

어느 날 클로드 부주교는 자루 속에 버려진 아기를 꺼내 보니 보통 기형아가 아닌 꼽추였다. 왼쪽 눈 위에 물사마귀, 어깨 속으로 들어간 머리, 활처럼 휘어진 등뼈, 비틀려진 추악한 다리. 부주교는 불쌍한 생각으로 이 괴물을 양자 아들로 키웠다. 그의 이름을 콰지모도(부활절 후의 첫 일요일을 의미함)라고 불렀다. 1482년 콰지모도가 14살 때 노트르담 대성당의 종 치기가 되었다.

　종 치기 콰지모도의 외모는 너무나 기형이고 추했다. 네모난 코, 말발굽 같은 입, 커다란 물사마귀 아래 덥힌 오른쪽 눈, 붉은 눈썹에 가려진 왼쪽 눈, 여기저기 빠진 누런 이빨, 갈라진 턱, 두 어깨 사이에 달린 커다란 혹, 뒤틀린 다리, 괴물 같은 손. 그러나 그는 힘이 세고 동작은 날랜 표범 같았다. 그는 교회의 종 치기였기에 불행하게도 종소리에 귀머거리가 되었다.

　예수 공현(公顯) 축일의 풍습으로, 미치광이들, 병신들, 도둑들, 비렁뱅이들을 대표하는 "바보들의 교황"을 뽑았다. 노트르담의 종 치기 꼽추가 "바보들의 교황"으로 뽑혔다. 그는 군중들의 박수갈채를 진짜 교황처럼 즐기고 있었다. 지기 백성이 미치광이들과 병신들과 도둑들과 비렁뱅이들의 무리라고 해도 상관하지 않았다. 그럼에도 그들은 자기 백성임에 틀림이 없었고, 자신은 그들의 임금님인 것이었다. 군중들은 "바보들의 교황"으로 뽑힌 노트르담의 꼽추에 대한 존경과 환호 속에서도 꼽추를 약간 두려워하고 있었다. 왜냐하면 비록 그는 꼽추이지만 강하였고, 절름발이지만 날쌔고, 귀머거리였지만 심술궂었기 때문이었다. 이 3가지 면 때문에 군중들은 꼽추를 향해 심하게 조롱하지는 못했다.

　이들 거지의 행렬이 멈추었다. 군중 속에서 성직자의 제복을 입은 노트르담의 클로드 부주교가 튀어나와 격분하여, 꼽추의 손에서 광인 교황의 표지인 금빛 나는 나무 지팡이를 빼앗았기 때문이다. "바보들의 교황" 꼽추는 부주교 앞에 무릎을 꿇었다. 부주교는 꼽추의 머리에 씌워진 관을 벗겨버리고, 지팡이를 부러뜨리고, 번쩍거리는 법의를 찢어버렸다. 부주교는 화를 내면서 꼽추를 행해 따라오라고 하자, 거지 떼거리들은 옥좌에서 쫓겨난 자신들의 교황을 지키려 했다. 꼽추 콰지모도는 성난 호랑이처럼 두 주먹으로 부주교를 지키면서 사라졌다.

두 사나이가 어두운 골목길에 들어온 집시 아가씨를 납치하려고 했다. 그때 마침 순찰하던 친위 헌병대의 페뷔스 중대장과 부하들이 나타나서 집시 아가씨를 구했다. 한 명의 사나이는 도망쳤는데, 그는 집시 아가씨에게 반한 클로드 부주교였다. 다른 한 명은 잡혔는데, 노트르담 대성당의 종 치기 꼽추였다. 꼽추는 난동을 부린 죄로 태형에 처해지게 되고, 공시 대에 묶여있게 되었다. 그는 물을 달라고 계속 외쳤다. 그때 집시 아가씨가 자기를 납치하려던 범인인 꼽추의 입술에 작은 물통을 가져다 대고 마시게 했다. 꼽추는 물을 마시면서, 감사의 눈물을 흘렸다. 군중들도 모두 감동하게 되고, 꼽추는 집시 아가씨를 사랑하게 되었다. 클로드 부주교는 찬란하게 아름다운 에스메랄다에 매혹되어 자신이 주어서 키운 꼽추 콰지모도와 함께 변장하여 집시 아가씨를 납치하려고 한 것이다.

집시 아가씨 에스메랄다와 페뷔스 중대장이 만나는 자리에 괴한이 나타나서 페뷔스 중대장을 찔렀다. 에스메랄다는 기절했다. 범인은 에스메랄다를 겁탈하려는 클로드 부주교로서 도망가 버렸다. 에스메랄다는 마녀재판에서 광장에서 교수형에 처해지게 되었다. 재판장은 에스메랄다가 페뷔스 중대장을 찔렀다고 했다. 사형 집행관이 그녀의 목에 밧줄을 거는 순간, 성당 종탑으로부터 어떤 괴물이 굵은 밧줄을 타고 미끄러져 오더니, 쏜살같이 형대로 올라가서, 사형 집행관을 때려누이고, 에스메랄다를 어깨 위로 들어 올리고는 성당 안으로 들어가 버렸다. 노트르담의 꼽추 콰지모도였다. 성당은 성역이라

아부도 에스메랄다를 체포하려고 들어가지 못했다.

집시 아가씨는 꼽추에게 "왜 나를 살려냈나요."하고 물었다. 꼽추는 대답했다. "제가 무섭죠? 정말 추하게 생겼죠? 아가씨는 참으로 아름다운데, 저는 지금처럼 제 추함을 느낀 적은 한 번도 없었어요. 왜 아가씨를 살렸느냐고요? 아가씨는 잊으셨어요. 어느 날 밤 자기를 겁탈하려 했던 악당을, 그리고 아가씨는 바로 그 이튿날 죄인 공시대에 묶여있던 제게 한 모금의 물과 동정을 베풀어 주셨어요. 그것은 제 목숨을 가지고도 다 갚을 수 없을 것에요."라고 했다. 한 방울의 눈물이 꼽추 종 치기의 눈 속에 돌고 있는 것이 보였다.

파리의 6천여 명의 거지 떼들은 "우리의 누이동생 에스메랄다는 마녀란 죄목으로 억울하게 사형선고를 받아 성당 안에 숨어 있다. 에스메랄다를 구하러 가자!"라고 외치면서, 노트르담 성당을 습격했다. 꼽추는 에스메랄다를 체포하러 오는 줄로 알고, 거대한 대들보와 큼직한 돌멩이들을 아래로 던지고, 뜨거운 납물을 종탑 위에서 퍼부었다. 국왕 기병대들이 거지 떼를 공격했다. 성당 앞에 시체를 산더미처럼 남겨 두고 거지 떼들은 도망쳤다.

검은 옷을 입은 남자가 에스메랄다를 노트르담 성전에서 빼내어 보트에 태워 도망치게 했다. 클로드 부주교였다. 부주교는 에스메랄다에게 "너는 죽거나 아니면 내 것이 되어야만 한다."라고 했다. 함께 사랑을 나누겠다고 하면 살려주겠다고 했다. 그녀는 "이 악마야, 당신은 용서하지 못할 살인자야!"라고 했다. 클로드 부주교는 에스메랄다를 경찰에 넘겨 교수형에 당하게 했다.

꼽추는 종탑 위에서 에스메랄다가 교수형에 처해 있는 것을 보고 있었다. 클로드 부주교는 악마의 웃음을 웃고 있었다. 꼽추는 그

투박한 손으로 부주교의 등을 밀쳐버렸다. 부주교는 단말마의 소리를 지르면서 아래로 떨어졌다. 꼽추는 밧줄에 목이 매인 집시 아가씨를 바라보면서, 한 번도 울어 본 적이 없는 꼽추의 눈에서는 눈물이 방울방울 떨어지고 있었다.

이 사건이 있은 지 일 년 반쯤 후, 납골당에서 해골들 사이에서 한 송장이 또 하나의 소장을 이상하게 껴안고 있는 것이 발견되었다. 하나는 여자였고, 그 송장을 꼭 껴안고 있는 또 한 송장은 남자로서, 등뼈가 구부러졌고 머리가 어깨에 들어가 있었다. 사람들이 그가 껴안고 있는 송장에서 그를 떼어 내려고 하자, 그것은 곧 먼지로 화해 버렸다.

디모데후서 1:7에서 "하나님이 우리에게 주신 것은 두려워하는 마음이 아니요 오직 능력과 사랑과 절제하는 마음이니"라고 했다.

8

형벌과 보답

알렉상드르 뒤마, 『몬테 크리스트 백작』
(Alexandre Dumas, *The Count of Monte-Cristo*)

잠언 5:22-23에서 "악인은 자기의 악에 걸리고, 자기 죄의 올무에 걸려들어서, 훈계를 받지 않아서 죽고, 너무나 미련하여 길을 잃는다."라고 하여 악한 자는 결국 자기의 더 큰 악에 걸려 파멸됨을 말씀하고 있다.

프랑스 소설가 알렉상드로 뒤마(1802-1870)는 『몬테 크리스트 백작』에서 악을 행한 자는 자신의 사악함과 범죄로 더 큰 악에 걸려 파멸된다는 시적 정의를 그리고 있다.

에드몽 당테스가 19세에 파라옹 호의 선장이 되고 아름다운 약혼녀 메르세데스와 결혼하게 되는 행운을 누리게 된다. 그러나 질투하는 자들에 의해 나폴레옹 비밀 당원으로 밀고 당하여 이프 성채의 지하 감옥에 투옥되었다. 같은 배의 회계사 당글라르는 당테스의 성공을 시기하여, 패르낭은 당테스의 약혼녀를 짝사랑하여, 이웃의 양복 재단사 카드루스는 단순한 부러움으로 당테스를 검찰에 반역죄로 고발했다. 검사 대리 빌포르는 당테스가 전하려는 나폴레옹 편지의 수취인이 자기 아버지 누아르티 빌포르인 것을 알고, 자신의 안전을 위해 당테스를, 정치범을 수용하는 이프 감옥에 투옥했다.

　당테스는 이프 감옥에서 만난 파리아 사제로부터 학문과 영어, 독어, 스페인어와 검술까지 배우게 된다. 당테스가 수감 된 지 14년째 되는 해에 파리아 사제가 중병으로 죽으면서 당테스에게 몬테크리스토섬에 막대한 보물을 숨겨둔 위치를 알리는 지도를 유산으로 주었다. 당테스는 사제의 시체를 넣은 자루에 대신 들어가 바다에 던져져서 살아나게 된다.

　당테스는 몬테크리스토 섬에서 큰 떡갈나무 상자에 담긴 금화, 금괴, 다이아몬드, 진주, 루비를 발견했다. 당테스는 보물섬의 이름을 따서 자신을 몬테크리스토(그리스도의 산이란 뜻) 백작이라 했다. 당테스는 부조니 신부로 변장하여, 카드 루스로부터 배신한 자들에 대한 정보를 얻었다. 검사 대리 빌포르는 검사 총장이며, 페르낭은 당테스의 약혼녀와 결혼하여 장군 모르세르 백작이며, 당글라르는 백만장자 은행가로서 당글라르 남작이라고 했다.

　부조니 신부로 변장한 몬테크리스토는 다이아몬드 1개를 선물함으로써 카드루스가 재생하든지 아니면 탐욕 때문에 파멸하도록 했다. 카드루스는 베네데토란 전과자로 하여금 망을 보게 하고, 몬테크리스토의 저택에 침입하여 보물을 훔치려 했다. 부조니 신부는 "카드루스 씨, 이 시각에 무슨 용건입니까?"하고 물었다. 카드루스는 단도로 신부의 가슴을 찔렀다. 신부는 카드루스의 손목을 비틀어 단도를 빼앗고는 "돈을 조금 줄 터이니, 파리를 떠나서, 정직하게 살게!"라고 했다. 카드루스가 담을 넘어 가자, 망을 보던 공범자가, 자기 신분을 감추려고, 카드루스를 찔렀다. 카드루스는 죽으면서 "신부님, 나를 찌른 자는 안드레아 카발칸티란 이름을 사용하는 자로 당글라르의 따님과 결혼하려는 놈입니다."라고 했다. 부조니 신부는 종이에다가 그 사실을 적은 후 카드루스가 서명하게 했다. 백작은 "카드루스, 이것은 하나님의 심판이다."하고 신부의 가발을 벗어 던지고는 "에드몽 당테스"란 이름을 속삭였다. 카드루스는 "오, 하나님, 저를 거두어 주소서!"하고 숨을 거두었다.

오후 8시 반, 당글라르 남작 저택의 큰 객실에서, 빌포르의 아들 안드레아 카발칸티가 외제니 당글라르 양과 결혼 계약서에 서명하는 날이었다. 갑자기 경찰관이 와서 신랑 안들레아를 카드루스를 죽인 살인범으로 체포해 갔다. 객실에서의 혼란한 틈을 타서, 신부 외제니는 가위로 긴 머리를 잘라 남장하고, 친구와 함께 여행을 떠나가 버렸다. 몬테크리스토가 모든 것을 주선해 주고서, 2만3천 프랑과 보석까지 주어서 2년간 살 수 있도록 했다.

안드레아 카발칸트의 재판 날에 온 파리가 떠들썩했다. 검사 총장 빌포르가 피고의 이름을 물었다. "저는 제 이름은 모릅니다마는 제 아버지 이름은 압니다. 검사 총장 빌포르라고 합니다. 아버지는 갓 태어난 나를, 어머니에게는 사산했다고 속이고, 수건으로 싸서 정원에다 생매장했어요. 그때 한 도둑이 아버지가 땅에 묻은 것이 보물인 줄 알고, 흙을 팠는데, 아직 숨을 쉬고 있는 나를 발견하고, 데려다가 키웠답니다. 나의 이름을 베네데토라고 지어주었으며 코르시카에서 자라났습니다. 어머니가 누군지 모릅니다."

빌포르는 마차에서 내리자, 아내를 불렀다. 빌 포르부인은 손에 독 병을 쥔 채 아들 에두아르와 함께 죽어있었다. 그때 몬테크리스토가 "24년 전, 이프 지하 감옥에 처넣은 에드몽 당테스다."라고 했다. 빌포르는 별안간 웃더니 미쳐버렸다.

1838년 5월 21일 파리의 모르세르 백작댁에서 백작의 외아들

알베르 모르세르는 초청한 친구들에게, 몬테크리스토 백작은 자기를 산적에게서 구해준 생명의 은인이라고 했다. 물론 몬테크리스토 백작이 산적들과 짜고 한 연극이었다.

그날 신문 기사에 "모르세르 백작은 젊은 시절 페르낭이라 불렸는데, 지니나 총독 알리 밑에서 프랑스 사관으로 있을 때, 자니나 성과 성주를 터키군에 팔아넘겼다."라고 했다. 의회에서 알리 총독이 죽는 현장에 있었다는 눈이 부실 정도로 아름다운 여인이 의회에서 증언했다. 그 여인은 그 당시 4살로, 알리 총독과 그의 부인 사이에서 태어난 딸 에데라고 했다. 에데는 페르낭을 향해 "당신은 페르낭 몽데고로서, 아버지의 군사 교관인 자가, 지나니 성을 적에게 팔아넘기고, 아버지를 죽이고, 저의 어머니와 저를 노예상에게 팔아넘긴 자입니다."라고 했다. 국회 의장은 모르세르 백작을 반역, 배신, 파렴치한이라고 선포했다. 의장은 에데에게 어디서 사느냐고 물었다. 에데는 "몬테크리스토 백작의 저택에서 살고 있습니다. 그분은 저를 사 주신 은인이며, 저의 제2의 아버지입니다."라고 했다.

어머니 메르세데스와 아들 알베르는 파리에서 살기 위해 아버지 모르세르 백작의 집을 떠났다. 모르세르 백작 페르낭은 한방의 총성과 함께 악한 생애를 마감하고 말았다.

몬테크리스토 백작은 파리에서 오를레앙 언덕 위에 있는 탑 신호소로 와서, 신호수에게 평생을 부자로 살도록 2만 5천 프랑을 주고서, 백작이 말하는 내용을 신호를 보내게 했다. 신호 통신을 받은 내무부의 비서관은 마차로 급히 당글라르 부인에게 달려가서 스페인 공채를 팔아야 한다고 했다. 망명 중이던 스페인 국왕의 왕자가 탈출하여 스페인으로 돌아왔기에 공채가 폭락할 것이라고 했다. 당글라르 남작은 부인 말만 듣고 6백만 프랑의 공채를 팔아치웠다. 그러나 그다음 날 신문에 어제의 카를르스 왕자의 탈출 기사는 오보라고 했다. 폭락한 공채는 그 값이 배로 뛰었다. 당글라르는 하루에 1백만 프랑을 손해 본 것이다.

당글라르 남작은 자기 딸 외제니와 결혼하도록 한 이탈리아 귀족 백만장자 카벌칸티의 아들 안드레아가 가지고 온 4만 프랑의 어음과 2만 4천 프랑의 어음을 받고 현금으로 주었다. 안드리아는 빌포르 검사 총장의 사생아로서 카드루스를 죽인 범인으로 체포되어 갔다.

당글라르 남작은 로마에 있는 프랑스 톰손 상회에서 5~6만 프랑이란 거액의 돈을 바꾸고, 베네치아에 가서 재산의 일부를 정리하고, 빈으로 가기 위해 역마차를 불렀다. 역마차가 로마 교외를 지나갔을 때, 사방이 어두워지기 시작했다. 당글라르는 많은 돈 때문에 불안해지기 시작하여, 마부를 향해 빨리 말을 몰라고 했다. 3~4명이 장정들이 당글라르를 역마차에서 내리게 하여 무성한 숲속에 있는 동굴 속으로 끌고 들어갔다. 당글라르는 4일간 굶게 되자, 산 송장처럼 되었다. 그때 두목 같은 사나이가 외투를 벗어 던졌다. 몬테크리스토 백작이었다. "나는 지옥까지 갔다가 온 사나이다. 너 같은 인간 때문에 아버지를 굶어 죽게 하는 죄를 지은 사람이다. 난 에드몽 당테스다!" 그 이름을 들은 당글라르는 "아!"하는 소리를 지르고는 그 자리에 쓰러졌다. 당테스는 "일어나라, 나는 너를 용서해 준다."라고 했다. 당글라르는 맛있는 음식과 이탈리아에서 최고급 포도주의 대접을 받은 후, 냇가에 버려졌다. 당글라르는 갈증을 느껴, 냇물을 마시려고, 허리를 꾸부렸을 때, 기절할 뻔했다. 자기의 머리카락은 모두 백발이 되어 있었기 때문이다.

당테스가 14년간 수감 되어 있는 동안 아버지를 잘 돌보아주었으며 당테스를 위해 검찰에 여러 번 탄원서를 제출한 모렐 선장과 그의 자녀들에게는 보은을 철저히 했다.

영국인으로 가장한 당테스(몬테크리스토 백작)는 모렐 씨를 찾아와서 28만 7천5백 프랑의 어음 증서를 보이고, 채권 지불 기한을 3개월 연장해 주겠으니 9월 5일 오전 11시에 다시 뵙겠다고 하고 떠나가면서, 딸 쥘리에게 "아가씨는 얼마 후에 선원 신드바드라는 사람으로부터 편지 한 통을 받게 될 것이니, 그 편지에 적혀 있는 대로 꼭 실행하셔야 해요."하고 사라졌다.

모렐 씨의 딸 쥘리양은 오빠인 막시밀리앵에게 급히 집으로 오라는 편지를 보냈다. 막시밀리앵이 집으로 달려오는 날, 한 남자가 심한 이탈리아 사투리로 "쥘리양에게 전하는 편지입니다."하고 사라졌다. 그 편지에는 "지금 즉시 메이야 골목 15번지의 집으로 가서 문지기로부터 5층 열쇠를 받아 방의 벽난로 위에 있는 빨간 명주 지갑을 가져다 아버지에게 드리도록 하십시오. 반드시 오전 11시까지 드려야만 합니다. 선원 신드바드"라고 적혀 있었다.

죽으려고 유언장을 쓴 아버지에게 쥘리가 빨간 명주 지갑을 높이 쳐들고 "아빠, 이제, 살았어요."라고 큰 소리로 했다. 빨간 지갑 속에는 28만 7천5백 프랑의 지불 어음과 개암나무 잎만큼 큰 다이아몬드 한 개가 들어 있었다. 작은 종이에 "쥘리의 결혼 지참금"이라고 적혀 있었다. 그때 시계가 11을 쳤다. 그때 쥘리의 신랑 될 에마뉘엘이 흥분된 소리로 "모렐 씨, 파라옹 호가 항구로 들어오고 있습니다."라고 했다.

이런 광경을 멀리서 바라보고 있던 당테스(몬테크리스토 백작)는

"이제 보은행사는 이만하면 되었다."라고 하고 요트를 타고 사라졌다.

저녁 6시경, 가을의 태양이 지중해의 푸른 수면을 물들이고 있을 때, 백조처럼 우아한 요트 한 척이 원추형의 금은 섬의 작은 항구에 닻을 내리고, 수문 안내자와 4명의 수부가 젊은 신사 한 분을 데리고 나타났다. "잘 오셨소. 막시밀리앵 군." "몬테크리스토 백작님! 웃고 계시는 군요." 몬테크리스토 백작은 막시밀리앵을 동굴 안으로 안내했다.

몬테크리스토 백작은 금으로 만든 열쇠로 문을 열고는, 벽장 안에 있는 은 상자를 끄집어냈다. 그 상자 속에는 황금, 루비, 사파이어, 에메랄드 등이 찬란하게 빛나고 있었다. "막시밀리앵 군 당신과 당신이 사랑하는 빌랑턴 양에게 이것을 결혼 선물로 드립니다. 두 분에게 외톨이로 남을 에데를 잘 부탁합니다."라고 하고는, 등 뒤에 서 있는 에데를 보고 "에데야 이제부터 너는 자유의 몸이다."라고 했다. "저를 버리고 떠나시겠다는 말씀입니까?" "너를 노예에서 풀어준다. 에데, 행복하게 살아다오." "당신은 내 주인이시고, 저는 노예일 뿐입니다. 저를 떠나시면, 저는 죽을 뿐입니다. 저는 주인님을 정말로 사랑하고 있습니다. 이 세상에서 가장 훌륭하신 분입니다."

그 순간 백작은 가슴에 사랑이 부풀어 오르는 것을 느꼈다. 에데는 기쁨에 찬 표정으로 백작의 품에 안겼다. 백작은 "에데의 사랑 덕분에 나는 다시 살고 싶은 희망을 갖게 되었구나."라고 했다.

다음 날 아침, 요트의 선장이 막시밀리앵 군에게 가까이 오더니 "몬테크리스토 백작님께서 전하라고 했습니다."하고 편지 한 통을 전해 주었다. 그 편지에는 "동굴 속에 있는 모든 것과 샹젤리제의 저택과 노르망디의 작은 집 모두를 에드몽 당테스가 두 분의 결혼 선물로 드린다"라고 하고는, "기다려라, 그리고 희망을 가져라!"라고 적혀 있었다. 선장은 바다 멀리를 향해 손으로 가리켰다. 하늘과 바다가 닿는 곳에 갈매기 날개 같은 흰 돛 하나가 멀리 보였다.

고린도전서 15:10에서 "그러나 내가 나 된 것은 하나님의 은혜로 된 것이니 내게 주신 그의 은혜가 헛되지 아니하여 내가 모든 사도보다 더 많이 수고하였으나 내가 한 것이 아니요 오직 나와 함께 하신 하나님의 은혜로라"라고 했다.

9

말괄량이 아내를 길들이기

셰익스피어, 『말괄량이 길들이기』
(Shakespeare, *The Taming of the Shrew*)

골로새서 3:18에서 "아내들아 남편에게 복종하라 이는 주 안에서 마땅하니라"라고 함으로서 아내는 남편에게 순종해야 함을 말씀하고 있다.

영국의 극작가 셰익스피어(1564-1616)는 『말괄량이 길들이기』에서 갓 결혼한 남편이 성 잘 내는 말괄량이 신부를 길들여서 마침내 최고로 순종 잘하는 신부로 만드는 흥미진진한 이야기를 하고 있다.

젊고 부자인 여행객 루센쇼는 하인을 대동하고 이탈리아의 예술의 중심지요 번화한 도시 파두어로 여행함으로써 교육을 매듭짓기로 했다. 파두어의 부호 사업가 베프티스타 미노라는 카타리나와 비안카란 두 딸이 있었다. 큰딸 카타리나는 너무나 난폭한 성격의 말괄량이라 아무도 결혼하려 하지 않았다. 그러나 둘째 딸 비안카는 성격이 온화하고 말씨도 조용하여, 열렬한 두 구혼자 젊은 청년과 노총각이 있었다. 사업가는 말괄량이 딸 카타리나가 결혼하기 전에는 비안카를 결혼시키지 않겠다고 선언했다. 비안카를 사랑하게 된 젊은 루센쇼는 이 소문을 듣고, 하인을 자기 자리에 안 쳐 놓고, 자신은 변장하여 비안카의 가정교사로 들어간다.

페트루치오란 원기 왕성한 젊은이가 오로지 부자 아내와 결혼할 목적으로 파두아로 와서 "내가 부자에게 장가를 들어야, 파두아에서 부자로 살지./부자로 살아야, 파두아에서 행복하게 살지."라고 한다. 그는 루센쇼의 친구였다. 루센쇼는 페트루치오를 카타리나의 아버지 사업가에게 장래 사위로 소개한다. 페트루치오는 변장한 루센쇼를 비안카를 지도할 음악 선생님으로 소개하기로 한다. 루센쇼는 하인을 훌륭한 신사로 변장시켜 비안카의 다른 구혼자로 나타나서 주인인 루센쇼를 돕도록 한다.

카타리나는 아버지의 처사에 분노하고, 비안카를 질투하여, 온 집안을 돌아다니면서 신경질을 부린다. 페트루치오는 카타리나가 난폭한 여자라는 말을 듣고는, 자신이 직접 그녀의 성정을 판단하기 위해 그녀를 찾아온다. 페트루치오는 카타리나에게 플루트 부는 법을 가르친다면서, 플루트를 불어보라고 하고, 의도적으로 카타리나의 손가락 놀림이 잘못되었다고 책망한다. 카타리나는 직선적인 성격이라, 플루트로 페트루치오의 머리를 갈겨서 플루트를 부숴버린다. 페트루치오는 아무렇지도 않은 듯이 행동하면서, 카타리나를 분명히 길들일 수 있다고 한다.

페트루치오나 카타리나는 두 사람 모두가 의지가 강한 젊은이들이라 서로가 페어플레이 같은 것은 아랑곳없이 상대방을 눌러버릴 궁리만을 한다. 카타리나가 고함을 지르면, 페트루치오는 "난 당신의 달콤하고 부드러운 음성을 사랑해요."라고 했다. 카타리나가 거실의 장식이 어쩌고저쩌고하고 화를 내면, 페트루치오는 그녀의 매력적인 걸음걸이에 경탄한다고 했다. 페트루치오는 여러 사람에게 카타리나가 자기를 헌신적으로 사랑한다고 부드럽게 말한다. 카타리나는 목매어 죽어 버리는 것이 좋겠다고 말했다. 그런데도, 페트루치오는 "오는 토요일에 카타리나와 결혼할게요."라고 했다.

카타리나가 페트루치오와 약혼하게 되었다. 이제 비안카의 구혼자들 사이에 경쟁이 붙었다. 노총각과 변장한 루센쇼의 하인은 서로 다투면서 비안카의 아버지 장사꾼에게 거액의 돈을 주겠다고 하고, 음악 선생으로 변장한 루센쇼와 진짜 음악 선생은 비안카에게 음악과 라틴어를 가르치겠다고 하면서 구애를 하지만, 비안카는 언니 결혼식에 가버린다.

결혼식은 특이했다. 신랑 페트루치오는 미친 사람처럼 옷을 입고, 곧 쓰러질 듯한 말을 타고, 거지처럼 변장한 하인과 함께 결혼식에 늦게 도착했다. 결혼식을 하는 동안에도 그는 미친 사람처럼 행동했다. 주례 성직자를 당황하게 하고, 교회 관리인의 얼굴에 술을 던지고, 신부에게 "쪽" 하고 요란스럽게 소리 나는 키스를 했다. 신부가 신랑에게 결혼식 만찬에 참석하자고 하자, 페트루치오는 신부를 송두리째 번쩍 들고는 도둑들로부터 구원해야 한다고 하면서 열렬하게 "두려워 말아요, 아름다운 촌색시야, 도둑놈들은 감히 그대를 다치지 못하리라!"라고 고함을 지르면서 달려나갔다.

페트루치오의 시골 저택에서는 잘 훈련된 하인들이 주인과 신부님을 맞이할 준비를 갖추고서 "과연, 신부님이 소문대로 아주 센 말괄량이인가요?"라고 하면서 큰 관심을 보였다. 하인들은 양쪽에 열을 지어 서서 신랑과 신부를 맞이했다. 신랑은 저택 입구에 물을 부어 질퍽하게 해 놓았다. 말이 미끄러져서 신부가 말에서 떨어져 옷이 흙투성이가 된다. 하인이 말을 일으키려 하자 페트루치오는 하인을 향해 말보다 신부님을 먼저 돌보아야지 하고 신랄하게 꾸중했다.

카타리나는 어리둥절한 상태에서 반은 얼어붙어 있었으나, 페트루치오는 완전히 주도권을 쥐고 있었다. 신랑 페트루치오는 저녁 밥상을 차리는 하인들에게 "딱정벌레 대가리야, 파리 귀 귓구멍 가진 악당아!"라고 부르면서 명령했다. 기대했던 저녁 식사의 비프스테이크가 너무 타서 신부에게 해롭다고 야단을 치는 통에 신부는 결국 저녁밥을 조금도 먹지 못했다. 신랑은 침상에서 베개가 어떠니 이불이 어떠니, 하고, 너무나 신부를 위한다면서 소란을 피워, 신부는 한숨도 잠을 자지 못했다. 페트루치오는 이런 모든 소란을 피우면서도, 신부에게는 "아름다운 신부님"하고 최대로 따듯하게 배려하는 자세를 보였다. 결국 친절로 사람을 죽이는 꼴이었다. 신랑의 난폭함은 신부의 최악 경우보다 훨씬 강한 것이었다. 신랑의 이런 모든 행동은 신부를 위로하기 위한 것이라고 하니, 신부는 할 말이 없었다.

신부 카타리나는 너무나 배가 고픈 나머지 하인에게 애걸한다. "애걸해 본 적도 없는 나, 애걸할 필요도 없었던 내가,/ 배가 고파죽겠어요. 잠자지 못해 핑 돌아요./ 욕설을 퍼부어 잠 깨우고, 대소동으로 밥 먹이듯 하니,/ 무엇보다 나를 지치게 하는 것은 모든 것은 완전한 사랑의 핑계로 한단 말이야./ 마치 내가 먹고 잠자면 내가 치명적으로 병들든지 죽든지 하는 것처럼 말이야./ 제발 먹을 것 좀 가지고 와요." 하인 그루미오는 주인 페트루치오를 닮은 자라, 신부의 입장을 지극히 동정하여 도움을 주는 것처럼 하더니, 고기는 빼고, 겨자만 가져다 주었다.

페트루치오는 신부 카타리나를 돈으로 살 수 있는 최고의 의상으로 성장하여 파두아에 있는 장인어른 베프티스타의 집을 방문하겠다고 한다. 신랑은 양장점 주인에게서 가운을, 장신 수상에게서 모자를 가져오라고 한다. 카타리나는 모자가 너무나 마음에 들었다. 신랑은 “당신 말이 맞아요. 하찮은 모자야. 그런 모자를 좋아하지 않으니, 당신을 더 사랑하게 되는군.”이라고 했다. 카타리나는 “당신이 나를 사랑하든 않든 상관없어요. 난 그 모자가 좋아요. 그 모자 아니면 아무것도 사지 않겠어요.”라고 했다. 신랑은 양장점 주인과 장신구 상에게 “당신들은 벼룩이야, 몸의 이야, 겨울의 귀뚜라미야, 당신은 실타래를 가지고 내 집에서 무례한 짓거리를 해! 누더기 장수, 이 찌꺼기, 형편없는 재단사, 내 집에서 썩 물러가란 말이야!”하고 호통 쳤다. 신랑 페트루치오는 양장 상과 장신구 상에게 미리 돈을 주고 일을 꾸민 것이다.

카타리나는 이런 전쟁은 결코 이기지 못한다는 것을 알기 시작했다. 파두아로 가는 도중에 페트루치오가 해를 보고 달빛이라고 말했다. 카타리나가 달이 아니라 해라고 했다. 페트루치오가 “달이잖아.”라고 하자, 카타리나는 “아, 참 달이네요.”라고 했다. 페트루치오가 다시 “해구먼.”이라고 하자, 카타리나는 “정말 해네요.”라고 말을 재빨리 바꾸었다. 파두아로 가다가 루센쇼의 늙은 아버지를 만났다. 카타리나는 젊은 아기씨를 만났다고 했다. 왜냐하면 페트루치오가 그렇게 말했기 때문이다. 페트루치오가 말을 바꾸자, 카타리나는 잘못 말씀을 드렸다고 정중히 사과했다. 카타리나는 완전히 겸손하고 순종하는 숙녀가 되었다.

루센쇼는 비안카와 결혼하여 장인어른에게 정중히 인사를 했다. 새로 결혼한 부부들이 축하 파티를 갖기로 했다. 파티 석상에서 새로 결혼한 남편들이 페트루치오에게 말괄량이 색시와 결혼하게 된 것에 대해 동정한다고 했다. 페트루치오는 어느 신부가 제일 순종하는지

내기를 하자고 했다. 두 남편은 자신들이 이길 것을 확신하고 내기에 동의했다. 부인들을 오라고 하기로 했다. 루센쇼가 자기 신부에게 호텔 휴게실의 난로 있는 곳에서 보자고 했으나, 비안카는 바쁘다는 핑계로 오지 못한다고 했다. 과부와 결혼 한 노총각 남편이 자기 부인에게 오라고 간청했으나, 부인은 쌀쌀하게 거절했다. 그래서 페트루치오가 부인에게 오라고 전갈을 보내자, 카타리나는 즉시 나타났다. 카타리나는 순종하지 않는 두 부인에게 아내는 남편에게 순종해야 한다고 연설까지 했다. 페트루치오는 부인에게 박수를 보내고 "저기, 내 색시가 있군. 와서 키스하렴, 카타리나!"라고 하자, 카타리나는 달려와서 키스하고는 침실로 갔다. 말괄량이가 길든 것이다. 모든 것이 행복한 결말로 매듭을 지은 것이다. 남편에게 순종하는 아내의 집안은 평화와 안전과 사랑이 있음을 증언하고 있다.

베드로전서 3:1에서 "아내 여러분, 이와 같이 여러분도 남편에게 순종하십시오. 그렇게 하면, 비록 말씀에 순종하지 않는 남편이라 할지라도, 아내의 말없이 행하는 행실을 통하여 구원을 얻게 될 것입니다."라고 했다.

10
친절에 보답한 죄수의 위대한 유산

찰스 디킨스, 『위대한 유산』
(Charles Dickens, *Great Expectations*)

룻기 2:2에서 모압 여인 룻이 시어머니 나오미에게 "원하건대 내가 밭으로 가서 내가 누구에게 은혜를 입으면 그를 따라서 이삭을 줍겠나이다"라고 하니 나오미가 그렇게 하라고 함으로서 룻이 누구에겐가 은혜를 입는 것을 말하고 있다.

영국 소설가 찰스 디킨스(1812-1870)은 『위대한 유산』에서 핍이란 고아가 도망 다니는 죄수를 도와주었는데, 훗날 그 죄수가 핍에게 큰 유산을 남겨 줌으로서 은혜를 갚는다는 충성과 깨우침의 이야기를 흥미진진하게 그리고 있다.

핍은 약 7살 된 고아로 20세나 나이가 더 많은 누나와 마을 대장장이인 자형 조 갈걸이 집에서 살고 있었다. 1812년 크리스마스 전야에, 핍은 멀리서 들려오는 바다 소리를 듣기 위해 부모님들이 묻혀 있는 교회묘지를 찾아갔다. 갑자기 난폭하게 생긴 도망 죄수가 핍을 붙잡고 "내일 아침 음식과 쇠사슬을 끊을 줄을 가져 오란 말이야. 누구에게든지 말하면 네 목을 따버릴 거야! 나와 함께 여행하는 젊은 친구는 소년들의 간을 끄집어내어 먹는단 말이야!"라고 했다. 핍은 그 다음 날 아침 크리스마스를 위해 준비해둔 빵과 치즈와 큰 파이와 브랜디

한 병과 자형 조의 도구 상자에서 쇠 끊는 줄을 꺼내어가지고 도망한 죄수에게 가져다주었다. 그 죄수는 춥고 배가 고파서 벌벌 떨면서 브랜디를 마시고, 주위를 살피면서, 음식을 먹어치웠다.

그 때 늪 속에서 또 다른 죄수 한 사람이 나타나서, 두 죄수들은 서로 필사적으로 싸우다가 모두 출동한 군인들에게 체포되어 끌려갔다. 처음 죄수는 핍에게 자기를 도와준 은혜를 언젠가는 갚을 것이라고 했다.

삼촌인 펌불추크는 부유한 곡물 상인으로 거만하고, 으스대는 위선자요, 독선적이요, 알랑대는 사람으로 무슨 이득이라도 볼 생각이 있는지 핍을 귀족 미망인 미스 헤비샴의 거대한 저택에 데리고 가서 놀게 했다. 미스 헤비샴은 낡은 결혼 예복을 입고, 시계를 9시 20분 전으로 고정시켜서 집 도처에 두고 사는 기괴한 여인이었다. 그 여인의 결혼식 날에 신랑이 나타나지 않고 도망가 버렸기 때문이다. 핍은 매일 미스 헤비샴의 저택에 가서 에스텔라란 어린 처녀아이와 함께 놀았다. 미스 헤비샴은 에스텔라가 3살 때 양딸로 삼았다. 에스텔라는 아름답지만 냉정하고 냉소적이고 짓궂게 핍을 거칠게 놀리곤 했다. 그럼에도 핍은 에스텔라를 몹시 사랑하게 되어, 장차 부유한 신사가 되어 에스텔라를 아내로 맞이할 수 있도록 하겠다는 꿈을 갖게 되었다.

핍은 무식한 누나와 대장장이 자형 '조'의 가난한 집에서 함께 살면서 글을 배우기를 원했다. 그런 어느 날, 저명한 변호사 제걸즈가 찾아 와서, 어떤 후원자가 많은 유산을 핍에게 주었다고 하고, 두 가지 조건이 있다고 했다. 첫째 조건은 핍은 항상 "핍"이란 이름을 사용할 것, 둘째 조건은 후원자가 직접 자신의 이름을 밝히기 전에는 후원자의 이름은 항상 비밀에 붙여져야 한다는 것이다. 핍은 그런 조건에 동의했다. 핍은 즉시 런던으로 가서 신사가 되도록 공부를 해야 한다고 했다. 핍은 자신의 소망을 이루기 위해 기쁨으로 런던으로 갔다. 런던에서 핍은 미스 헤비샴의 젊은 친척인 헐버트 폭켓트와 함께 작은 아파트에서 삶을 시작했다. 돈이 필요하면 제걸즈 변호사에게 말하라는 지시를 받았다. 핍은 제걸즈 변호사에게 자기의 후원자가 누구인가를 물었다. 변호사는 때가 되면 후원자가 직접 말할 것이라고 했다. 핍은 그 후원자가 미스 헤비샴이라고 추측을 했다. 핍은 런던에서 훌륭한 신사가 되기 위해 열심히 공부를 했다. 핍은 곧 런던의 멋쟁이들 그룹과 교제하게 되었는데, 그들 중에는 핍의 마음에 들지 않는 벤트리 드럼레라는 자도 있었다. 제걸즈 변호사는 핍에게 1년 비용으로 500파운드를 주겠다고 했다.

핍이 21세 생일날에, 남루한 옷을 입고, 거칠고 추하게 생긴 60세 정도의 남자 방문객이 핍을 찾아왔다. 핍이 어릴 때 늪지에서 도와준 도망 죄수 그 자였다. 그는 아벨 멕위치라고 자기를 소개하고, 지금은 자기 신분을 숨기기 위해 "프로비스"란 이름을 사용한다고 했다. 멕위치는 죄수들 수용 선박에서 도망치다가 잡혀 호주로 수송당하여 여러 해 동안 충실히 복역한 결과 일을 하게 되었다고 했다. 열심히 고된 일을 한 결과 많은 돈을 벌었는데, 자신이 누리지 못한 신사로서의 특권을 핍이 누리기를 원한다고 했다. 영국 법에 의하면, 식민지에 유배된 죄수가 영국으로 돌아온다는 것은 바로 사형을 의미한다고 했다. 그렇지만 멕위치는 옛날 늪지에서 소년 핍으로부터 받은 친절에 대한 은혜를 갚기 위해 영국으로 몰래 돌아왔다고 했다.

핍은 자기에게 유산을 준 자가 비천한 죄수라는 사실에 불쾌감과 혐오감마저 갖게 되었다. 핍은 "저는 당신의 친구가 되기를 원하지 않아요. 당신과 나는 옛날에 한 번 만났지만, 지금은 서로 다른 삶을 살고 있잖아요. 떠나기 전에 한잔 하실래요?"하고, 그에게 잔을 건네 줄 때, 그를 바라보니, 그의 두 눈에는 눈물이 고여 있었다.

핍의 감정은 대단히 혼란스러웠다. 왜냐하면 여러 해 동안 자신의 교육과 행복을 위해 자신에게 유산을 남겨 준 자가 도망 죄수이긴 하지만, 핍을 보기 위해 생명의 위험을 무릅쓰고 찾아왔기 때문이었다. 멕위치가 핍의 손을 잡았을 때 핍은 혐오감으로 몸을 부르르 떨었다. 그러나 핍은 멕위치를 보호해야겠다고 생각했다. 핍은 멕위치의 설명을 들은 다음에야 비로소 미스 헤비샴은 결코 자기를 부유하게 한다든지 에스텔라와 결혼시킬 생각이 없었음을 알게 되었다.

멕위치는 핍에게 "핍, 이제 난 너의 제2의 아버지란 말이야. 너는 어떤 아들보다도 더 귀한 나의 아들이란 말이야. 내가 돈을 사용하는 곳은 오로지 너를 위한 것이야."라고 했다. 핍은 자신이 어린 소년일 때부터 자기에게 그렇게 진실한 사랑을 준 멕위치를 부끄러워 할 필요가 없다는 것을 깨달았다.

핍은 룸메이트인 헐버트와 의논하여 멕위치를 돕기로 했다. 그들은 멕위치의 과거에 대해 물었다. 멕위치는 부모가 누군지, 어디에서 태어났는지도 모른다고 했다. 그는 들에서 잠을 자고, 음식을 훔쳐 먹었으며, 닥치는 대로 일을 하며 살았다고 했다. 그러다가 20여년 전에 컴패이손이란 자를 만났는데, 그자는 미남으로 교육을 받은 자이기에 그를 믿고 동업을 했다고 했다. 그러나 그자는 사악하고 기만적이어서, 사람들을 속였다는 것이다. 그자는 부유한 미스 헤비샴을 사랑하는 척 가장하고 결혼하기로 해 놓고, 결혼식 날 도망쳤다는 것이다. 멕위치는 그자와 동업을 하게 된 것이 잘못되었다고 했다. 그들은 사기 행각을 하다가 결국 체포되어 재판을 받았는데, 그자는 모든 죄를 멕위치의 탓으로 돌렸으며, 그 결과 그자는 7년 징역형을, 자기는 14년 징역형을 받아서 죄수 수송선으로 옮겨졌다고 했다. 헤비샴은 도망쳤으며, 콤페이손도 도망쳤다는 것이다. 늪지에서 싸운 자도 그자였다고 했다.

핍과 헐버트는 멕위치의 문제를 변호사 제걸즈에게 도움을 요청하기로 했다. 변호사 제걸즈는 법률적으로 멕위치를 돕는 것은 불가능하며, 체포되면 사형을 받게 될 것이라고 했다. 그리고 변호사 제걸즈는 멕위치가 젊었을 때 젊은 여인과 결혼을 하여 예쁜 딸을 가졌다고 했다. 그런데 그 부인은 질투심이 강하여 다른 여자와 싸움질을 하다가 칼로 찔러 죽였다는 것이다. 다행히도 변호사 제걸즈가 변호를 잘하여 그 여인을 무죄로 석방하게 했는데, 그 부인은 현제 변호사 제걸즈의 식모로 있으며, 그녀의 딸이 에스텔라라는 것이다. 미스 헤비샴은 에스텔라가 3세 때 양딸로 입양을 했다는 것이다.

핍은 헐버트와 의논하여 멕위치를 안전하게 프랑스로 도피시킬 계획을 하였다. 그들은 멕위치를 보트에 태우고 프랑스로 가는 대형 항해선인 헴버그 호에 몰래 태우기 위해 보트를 저어 갔다. 그들의 보트가 거의 헴버그 호에 다다랐을 때 4명이 탄 세관 경찰 보트가 접근하여 검문을 했다. 멕위치는 자기의 어깨를 손으로 잡는 자의 망토를 끌어당겼다. 콤페이손이었다. 그들은 싸우기 시작했다. 그 때 헴버그 호가 작은 보트를 쳤다. 두 원수들은 함께 물에 빠져서 최후의 싸움을 싸웠다. 한 참 후에 멕위치만 크게 부상을 당한 몸으로 물 위로 올라 왔다. 멕위치는 체포되어 형무소 병원에 수감 되었다.

핍은 매일 멕위치를 방문하여, 글을 읽어주고, 이야기 하고, 할 수 있는 모든 일을 했다. 변호사 제걸즈의 말대로 멕위치는 사형 선고를 받았다. 핍은 모든 노력을 다하여 멕위치를 구하려고 정부 요인들에게 탄원서를 제출했으나, 아무런 효과가 없었다. 멕위치는 쇠약해져서 죽어가면서 핍에게 "고맙네. 하나님의 축복이 있을 것이네. 사랑하는 소년아, 넌 나를 버리지 않았어!"라고 했다. 멕위치는 두 손을 핍의 손 위에 얹었다. 핍은 "멕위치 씨, 내 말 잘 들어요. 당신은 옛날에 어린 딸이 있었는데 잃어버렸지요. 그 딸은 살아있답니다. 그 딸은 아름다운 숙녀가 되었답니다. 그리고 나는 그 딸을 사랑합니다."라고 했다. 멕위치는 핍의 손을 힘주어 꼭 쥐었다. 멕위치의 눈은 점점 감기드니, 고개를 조용히 떨어뜨렸다.

핍은 멕위치의 헌신적인 애정에 감동되어 사회적인 지위가 사람이 가져야 할 가장 중요한 요소가 아님을 인식하게 되었다. 핍은 어릴 때 다니던 미스 헤비샴의 허물어져 가는 저택을 방문했다. 그 곳에서 결혼에 실패하고 혼자 슬슬하게 살고 있지만 아직도 아름다운 에스텔라를 만났다. 에스텔라는 핍에게 "고통은 다른 모든 경험보다 더 강한 것 같아요. 난 망가졌어요. 그러나 난 더 좋아졌어요."라고 했다. 둘은 서로 손을 잡고 함께 미래를 같이하기로 했다. 위대한 유산은 바로 미래에 대한 위대한 기대이기에!

고린도전서 1:1에서 "내가 사람의 방언과 천사의 말을 할지라도 사랑이 없으면 소리 나는 구리와 울리는 꽹과리가 되고"라고 하고, 고린도전서 13:13에서 "그런즉 믿음, 소망, 사랑, 이 세 가지는 항상 있을 것인데 그 중의 제일은 사랑이라"라고 하였다.

11

사랑과 관용과 화해

셰익스피어, 『폭풍우』
(Shakespeare, *The Tempest*)

스가랴 7:9에서 "나 만군의 주가 이렇게 말한다. 너희는 공정한 재판을 하여라. 서로 관용과 자비를 베풀어라."하고 관용과 자비를 강조하고 있다.

영국의 극작가 셰익스피어(1564-1616)는 그의 말년 대표작 『폭풍우』(1611)에서 멀리 바다 가운데 있는 무인도에서 왕자 퍼디난드와 푸로스패로의 딸 미란다와의 사랑을 바탕으로 형제와 군신 간의 과거의 권력 투쟁의 갈등을 해소하고 관용과 화해의 삶을 그렸다.

나폴리의 왕 알론소는 그의 아들 퍼디난드와 밀라노의 대공 안토니오를 대동하고, 튀니스에서 거행한 그의 딸 결혼식에 참석한 후 배를 타고 돌아오다가 바다에서 폭풍우를 만나게 되었다(극의 이름을 "폭풍우"라고 했음). 선원들은 배를 구하기 위해 있는 힘을 다하는데, 나폴리 왕과 그의 일행이 갑판에 올라와서 선장을 오라고 했다. 갑판장은 너무나 위험한 상황에서 황급히 "으르렁거리는 파도가 왕들이나 높은 양반들이라고 사정을 봐주는 줄로 아세요? 선실로 내려가세요."하고 왕의 일행을 선실로 돌아가라고 명령했다.

왕의 고문인 곤잘로는 갑판장에게 "이 사람아, 지금 자네가 누구에게 말씀하고 있는지 아는가?"하고 경고했다. 갑판장은 "당신은 왕의 고문이잖아요. 당신들 권세로 폭풍을 잠잠하게 해보아요. 선실로 내려가서 죽기를 기다려요. 내 말 안 들려요."하고 고함질렀다. 곤잘로는 "저놈은 교수형에 당할 놈이군."하고 불평했다. 왕과 그의 일행은 선원보다 우위에 있지만, 폭풍이 치는 배에서는 성원들이 권위자였다. 선상에서의 갈등은 그 당시 영국 사회에서 발생하고 있는 사회적, 정치적, 종교적 갈등의 은유이기도 했다.

그 당시, 영국 사회는 정치적, 사회적, 종교적 갈등으로 요동치고 있었다. 화약음모사건(1605)은 신교의 제임스 1세 왕과 가톨릭 계열의 신하들 사이의 갈등이었다. 로마 가톨릭의 음모는 제임스 왕을 살해하고, 상하 의회의 위원들을 죽이려고 했으나, 실패로 돌아갔다. 제임스 왕의 낭비벽으로 빈부 격차가 극심했으며, 가장무도회에 드는 비용 때문에 세금 징수 문제로 혁명이 일어날 정도였다. 여기에 더하여, 영국의 식민지 정책으로 영국과 미국 식민지와의 사이에 갈등 문제가 있었다.

결국 배는 두 동강으로 부서지게 되고, 기도와 고함이 사라져 버렸다. 다행히 배에 탄 모두가 안전하게 무인도에 상륙하게 되었다. 그 섬에는 푸로스패로란 마술사와 15세 된 미란다란 딸이 도피 생활을 하고 있었다.

푸로스패로는 12년 전에 미란의 대공이었다. 그는 정권의 일부를 동생인 안토니오에게 맡기고, 자신은 책 읽기를 즐겼다. 안토니오는 나폴리의 알론소 왕과 결탁하여 대공의 자리를 찬탈하고, 형 푸로스패로와 그의 3세 된 딸 아기를 낡은 보트에 태워 바다에서 표류하다가

죽도록 했다. 왕의 고문인 곤잘로 경은 착한 사람이라, 음식과 물과 마술책들을 푸로스패로의 보트에 실어 주었다. 그 보트는 다행히도 지금의 무인도에 도달하게 된 것이었다.

이제, 12년이 지나, 나폴리 왕과 밀란의 대공인 안토니오와 그들의 모든 식솔이 탄 배가 파선되어 푸로스패로가 살고 있는 섬으로 오게 된 것이다.

그 섬에는 아리엘(중세 전설의 공기의 요정)과 캘리번이 살고 있었다. 마녀 시코랙스는 요정이 자기의 악한 명령에 복종하지 않자, 요정을 갈라진 소나무 속에 묶어 놓고는 죽었다. 푸로스패로가 와서 그 요정을 구해주고 자기의 하인으로 부렸다.

캘리번은 마녀 시코랙스의 아들로서 동물과 같은 수준의 인간이었다. 푸로스패로는 캘리번에게 교육을 시켜 지적으로 정상 인간의 수준으로 끌어올리려고 했다. 그러나 캘리번은 미란다를 보자 겁탈하려고 덮쳤다. 그때부터 푸로스패로는 마술의 힘으로 캘리번을 종으로 부렸다.

캘리번은 푸로스패로에게 말했다. "당신이 나에게 태양과 달과 빛과 모든 것을 가르쳐 주었기에, 내가 당신을 사랑하게 되고, 섬의 구석구석을 구경시켜 주었잖아요. 그런데, 당신이 이 섬을 탈취해 갔잖아요. 이 섬은 내 것이란 말이요. 우리 어머니 시코랙스가 나에게 이 섬을 주었단 말이요."

푸로스패로는 캘리번에게 "이 더러운 자식. 넌 내 딸을 겁탈하려고 했어."하고 고함을 질렀다. 캘리번은 "내가 당신 딸을 겁탈했더라면, 이 섬은 캘리번들의 종족으로 채워졌을 것인데."라고 탄식했다.

"캘리번"이란 이름은 "카니발(식인종)"이란 단어에서 발음을 변조해서 만든 이름이다. 캘리번은 문명화되지 못하고 길들어지지 않는 미개한 인간이었다. 캘리번은 왕의 일행 중에서 왕의 어릿광대를 새 주인으로 모시겠다고 했다. 그는 "이젠 댐을 구축하여 고기 잡는 일도 하지 않을 것이고, 명령을 받아 나무 나르는 짓도, 접시 닦는 일도 하지 않을 것이야. 이젠, 자유, 놀라운 날이야, 자유, 자유다!"하고 부르짖었다.

캘리번의 "자유"라고 부르짖는 소리는, 오랫동안 강대국에 지배당해 온 식민지의 인간들이 아첨하는 듯한 굴욕적인 태도와 함께 항상 반항하려는 심리를 대표한다. 이런 피지배자들의 이중적 심리를 정치적 용어로 "캘리번 심리(Caliban psychology)"라고 한다.

무인도에 상륙한 선원들은 잠들고, 선객들은 섬의 다른 지역에서 헤매고 있었다. 퍼디난드 왕자는 자기 혼자만 생존했다고 생각하여 슬픔에 잠겨있었다. 잠에서 깨어난 미란다가 처음 본 것은 퍼디난드 왕자였다. 퍼디난드는 미란다가 12년 만에 아버지 이외에 처음 보는 남자였다. 미란다의 눈에는 퍼디난드는 신과 같이 잘생긴 남자였다. 퍼디난드 왕자도 미란다의 아름다움에 감동적으로 바라보았다. 미란다는 순진하고, 부드럽고, 정직하며, 사랑스러웠다. 퍼디난드 왕자는 미란다에 어울리는 명예로운 상대였다. 서로 결혼에 관한 이야기와 사랑의 이야기를 나누었다. 퍼디난드가 미란다를 사랑한다고 말하자, 미란다는 눈물지었다. 둘은 서로 손을 맞잡고 사랑을 맹세했다.

푸로스패로는 다소 떨어진 곳에서 왕자와 딸을 바라보면서 기뻐했으며, 그들 가까이 왔다. 푸로스패로는, 퍼디난드 왕자가 미란다를 세자빈으로 삼겠다고 요청하자, 기꺼이 허락했다. 약혼식은 가면무도회로 이루어졌다. 가면은 희랍과 로마의 신화 전통에 따른 것으로 신비한 여신들을 초청하는 것이었다. 여신들은 풍요로움과 다산의 약속, 하늘의 조화와 사랑의 영원한 봄철을 상징했다. 이리스 여신(그리스 신화)의 가면은 무지개의 여신으로서 풍요로운 추수로 인도하는 봄비를 약속하고, 주노의 여신(로마의 신화, 그리스는 데메테르 여신이라 함)의 가면은 결혼을 축복하는 여신으로 행복한 결합으로 많은 자녀들을 약속하고, 케레스 여신(로마의 신화)의 가면은 농업 여신으로 결혼에 대한 자연의 축복을 나타내었다. 셰익스피어가 사랑의 여신인 비너스 여신(로마 신화)의 가면을 뺀 것은, 성적인 사랑을 배격하기 위해서였다.

섬의 다른 지역에서 나폴리의 왕 알론소와 그의 일행은 왕자의 실종을 몹시 슬퍼하고 있었다. 아리엘은 모든 사람을 잠들게 했는데, 두 사람만이 잠을 이루지 못하고 있었다. 나폴리 왕의 악한 동생 세바스천과 푸로스패로의 악한 동생 안토니오였다. 안토니오는 그의 형 푸로스패로의 대공 자리를 찬탈한 자로, 곤히 잠자는 나폴리의 왕을 시해해버리면, 쉽게 나폴리의 왕이 될 수 있겠다고 생각했다. 세바스천과 안토니오 두 음모자는 대검을 빼서 살인하려는 순간, 아리엘은 급히 왕과 곤잘로 경을 잠에서 깨어나게 했다. 두 음모자는 당황하면서도 사자의 울음소리를 듣고 칼을 뺐노라고 변명했다.
캘리반도 자기의 지배자를 죽이려고 했다. 캘리반은 어릿광대와 궁전관리인을 설득하여, 푸로스패로가 잠자는 동안 그놈의 머리통을 통나무로 박살을 내어버리고, 그놈의 마술책을 태워버리고, 그놈의 딸을 겁탈하고, 자기들 세 사람이 이 섬의 지배자가 되자고 했다.

그러나 푸로스패로와 아리엘이 사냥꾼과 사냥개로 변장하여 나타나자, 모두 도망가 버리고, 캘리반은 납작 엎드렸다. 푸로스패로의 마술로 극심한 고통을 당하지 않기 위해서였다.

왕과 그의 일행은 바다에서와 퍼디난드 왕자를 찾는 데 지치고 허탈해져서 해변에 주저앉았다. 푸로스패로가 12년간이란 오랜 세월 동안 기다렸던 복수할 수 있는 좋은 기회였다. 그렇지만 딸 미란다와 퍼디난드 왕자와의 사랑은 적대시된 가문들의 화해를 의미했다.

푸로스패로는 아리엘에게 "난 그들의 악행에 분개하지만, 그들에게 긍휼한 마음을 가지려 하네. 원수에 대한 미움보다 용서가 좋겠지!"라고 했다.

알론소 왕은 퍼디난드 왕자를 잃은 것을 슬퍼하고 있었다. 푸로스패로는 커튼을 당기자, 왕자와 미란다가 장기 두고 있는 것이 보였다. 왕자는 그동안 된 일과 미란다와 약혼한 사실을 부왕에게 알리자, 알론소 왕은 미란다를 세자빈으로 크게 환영한다고 했다. 푸로스패로는 세바스천과 안토니오의 역적의 죄를 용서한다고 했다. 안토니오는 밀라노의 대공 자리를 형 푸로스패로에게 돌려준다고 선언했다. 캘리반은 급히 푸로스패로 앞에 와서 용서를 구하고 은총을 베풀어 달라고 했다.

잠언 10:12에서 "미움은 다툼을 일으켜도 사랑은 모든 허물을 가리느니라"라고 했다.

12

사랑과 헌신의 즐거움

제임스 매슈 베리, 『어린 목사』
(J. M. Barrie, *The Little Minister*)

아가서 1:15에서 "내 사랑아 너는 어여쁘고 어여쁘다 네 눈이 비둘기 같구나"라고 하고 아가서 5:16에서 "입은 심히 달콤하니 그 전체가 사랑스럽구나 예루살렘 딸들아 이는 내 사랑하는 자요 나의 친구로다"라고 노래했다.

영국 스코틀랜드의 소설가 극작가인 제임스 매슈 베리(1860-1937)는 『어린 목사』에서 젊고 작은 목사 게빈 디스하트와 집시 소녀 베비와의 사랑을 그리고 있다. [베리 경은 "피터 펜(Peter Pan)"이란 날수는 있지만 자라나지 않은 자유분방하고 장난기어린 젊은 소년을 창조한 작가임]

게빈 디스하트(Gavin Dishart) 목사님이 스코틀랜드의 드름즈란 작은 마을의 올드 리히츠 교구의 목사로 왔을 때, 그는 21살의 나이에 키는 헌칠하고 소년티를 아직도 완전히 벗어나지 못한 젊은이였다. 그의 어머니 마가렛은 기꺼이 가난을 참고 견디면서 아들 게빈의 교육에 전력을 기울였다. 이제는 목사관에다가 80 파운드의 연봉까지 받게 되니 삶이 풍요로웠다. 게빈 목사에게나 어머니 마가렛에게 목회는 최고의 하나님의 부르심으로 여겼다.

드름즈의 사람들은 가난했으나 근면하고 헌신적이었다. 그들은 대부분 베 짜는 사람들로서, 생활은 준엄하고, 즐기는 것은 단순하고, 도덕은 엄격했다. 그리고 그들은 자기들의 안전이 위협을 받을 때는 과감했다.

온 마을 사람들은 어린 목사가 오는 것에 대해 호기심에 들떠 있었다. 그들은 게빈 목사님의 진지함과 유창한 설교와 교인들에 대한 사랑에 완전히 압도되었다. 게빈 목사의 취임에 가장 관심을 가진 분은 오길비 초등학교 교장선생님으로, 그는 게빈 목사님의 어머니 마가렛을 사랑하고 있었기에, 자연히 게빈 목사님을 사랑의 눈으로 지켜보고 있었다.

어느 주일 예배시간에, 로브 도우란 술꾼이 술에 취해 행패를 부리면서 교회에 들어와서 소란을 피웠다. 어린 목사님은 조금도 당황하지 않고 자기보다 훨씬 큰 키에 세 배나 장대하게 보이는 술꾼을 제압하여 조용하게 했다. 목사님은 술꾼을 향해 근엄하게 "앞으로 나와요."하고 명령했다. 술꾼은 마치 심판 날에 갑자기 명령을 받은 것처럼, 몸을 떨고 비틀거리면서 설교단 앞으로 나왔다. 목사님은 큰소리로 "죄에 볼꼴 사납게 된 당신은 거기 계단 위에 앉아서 내 설교를 들어요. 아니면 내가 이 설교단으로부터 내려가서 하나님의 집으로부터 당신을 끌어내겠어요."라고 했다. 그 후에 목사님은 사랑과 친절로 술꾼과 교제하여, 결국 두 사람은 서로 친구가 되었으며, 술꾼은 어린 목사님을 존경스러워 했다. 이 사건으로 인해서 게빈 목사님은 더욱 마을 사람들의 사랑을 받게 되었다. 게빈 목사님은 자기 직무에 만족했으며, 어머니 마가렛의 기뻐하는 모습에 즐거워 했으며, 교인들의 사랑에 행복했다.

그런데, 어느 날 문제가 발생했다. 드름즈 마을에 군인들이 와서 폭동을 일으킨 주동자들을 체포하겠다고 했다. 게빈 목사님은 범죄자들을 군인들에게 넘겨야 할 의무와 그들을 숨겨주어야 하는 긍휼한 마음 사이에 갈등이 생겼다. 게빈 목사님이 교인들에게 무기를 내려 놓으라고 설득하고 있는데, 한 여인이 강한 음성으로 시민의 권리를 지지해야 한다고 열변을 토했다. 선동자는 아름답고 매력적인 집시 소녀 베비였다.

교인들은 게빈 목사님의 권위를 무시하고 집시 소녀 베비의 말을 따랐다. 군인들이 마을에 왔을 때, 대부분의 남자들은 숨어버리고, 100여명의 여자들은 군인들이 마을에 들어오지 못하도록 길을 막고 군인들을 향해 흙과 돌을 던졌다. 집시 소녀는 게빈 목사님의 손에 흙덩어리 한 줌을 쥐어주고서, 군사 지휘관인 대위를 가리키면서 "던지세요!"라고 했다. 게빈 목사님은 마치 최면술에 걸린 듯이 흙덩어리를 던졌다. 흙덩어리는 대위의 머리를 쳤다.

집시 소녀 베비는 체포되었으나, 혼란한 틈을 타서, 게빈 목사님의 사모라고 보초들을 속여 무사히 도망쳤다. 집시 소녀가 자신을 사모라고 빙자한데 대해 게빈 목사님은 자신에게와 집시 소녀에게 화가 나서, 더욱 엄격해 졌으며, 여인들에 대한 지옥 불 설교를 했다. 그러면서도 게빈 목사님은 집시 소녀의 아름다움을 잊을 수가 없었다.

드름즈 마을의 넨니 웨브스트 부인은 너무나 가난하여, 그녀의 저항에도 불구하고, 빈민 구호소에 들어가게 했다. 집시 소녀가 웨브스트 부인을 찾아와서 도와주겠다고 약속했다. 그리고는 집시 소녀는 게빈 목사님에게 돈을 빌려달라고 했다. 게빈 목사님은 집시 소녀가 돈이 있다고 하는 말에 놀랐지만, 그녀의 정직성을 믿지 않을 수 없어서, 숲속에서 그녀를 만나 5파운드 라는 거액을 빌려주었다.

집시 소녀 베비는 약속한 날에 5파운드 돈을 돌려주었다. 집시 소녀는 목사님에게 제멋대로이고 거칠게 굴면서, 젊은 사람이 목사가 되어 소심하게 군다고 힐책했다. 목사님은 집시 소녀의 당돌함에 놀랐다. 그들은 말다툼을 했으나. 게빈 목사님은 자신이 집시 소녀의 아름다움에 매력을 느끼고 있으며, 사랑하고 있다는 것을 인식하게 되었다.

그 날 밤, 변덕스런 베비는 게빈 목사님 사택의 정원에 와서 등불을 흔들어서 목사님을 당황하게 했다. 게빈 목사님은 집시 소녀를 꾸짖기 위해 정원으로 나왔으나, 꾸짖는 대신에 집시 소녀와 키스를 했다. 집시 소녀도 목사님을 사랑하고 있었다. 게빈 목사님은 집시 소녀와 결혼을 하면 예의범절에 엄격한 교인들과의 목회는 끝난다는 것을 잘 알고 있었다. 그럼에도 목사님은 집시 소녀 베비를 신부로 맞이하겠다고 결심을 했다. 그러나 집시 소녀 베비는 사랑하는 목사님의 앞날을 생각한 나머지, 도망쳐 버렸다. 오랫동안 어린 목사님은 집시 소녀의 종적을 찾을 수가 없었다.

오길비 교장 선생님은 집시 소녀 베비가 있는 곳을 알고 계셨다. 그런데 게빈 목사님께서 술집에서 싸움을 만류하다가 살해되었다는 소문이 돌았다. 오길비 교장 선생님은, 집시 소녀를 넨니 웨브스트 부인의 오막살이에 있게 하고서, 술집으로 달려가 보았다. 어린 목사님은 다행히 아무런 부상도 입지 않고 있었다. 오길비 교장선생님은 젊은이들의 불행을 보고만 있을 수가 없어서, 게빈 목사님에게 집시 소녀 베비가 있는 곳을 알려주었다.

집시 소녀 베비는 게빈 목사님과의 다시 만남의 기쁨을 나눈 후에,

자신에 관한 진실을 목사님에게 털어놓았다. 베비는 언덕위의 성(城)을 소유한 린토울 백작의 피보호자였다. 여러해 전에 백작은 어린 집시 소녀를 발견했는데, 그 소녀의 아름다움에 끌려, 그 소녀를 교육적으로 우수하게 키웠다.

이제 백작은 자기가 키운 집시 소녀의 미모에만 끌려 그녀와 결혼하기로 결심을 하고서, 그 다음날 결혼식을 올리기로 했다. 게빈 목사님은 이 결혼식을 수용할 수가 없었다. 결혼식 날 저녁에 교회의 종이 울리고 있는 가운데, 게빈 목사님이 나타나지 않자, 장로님들은 목사님의 행동에 분노하게 되었다. 그런데, 그 시간에 집시 소녀 베비와 게빈 목사님은 집시들의 왕의 주례로 결혼하게 되었다.

이 이상한 결혼식이 진행되고 있는 동안에 폭풍이 일어나서 호수들이 삽시간에 범람하게 되었다. 신부 베비는, 신랑 게빈 목사님과 떨어져서 목사관에 피신을 하게 되고, 게빈 목사님은 마침내 오길비 교장 선생님의 집으로 피신하게 되었다. 게빈 목사님은 오길비 교장 선생님으로부터 이상한 이야기를 들었다. 오래전에 마가렛은 남편이 바다에서 익사했다는 소식을 듣게 되었다. 그래서 마가렛은 오길비 교장선생님과 결혼을 하여, 아들을 낳았는데, 그 아들이 게빈이란 것이었다. 그러나 마가렛의 남편이 구사일생으로 생존하여 돌아왔기에, 마가렛은 오길비 교장선생님과 비탄에 잠긴 채로 해어져야만 했다는 것이다.

게빈 목사님은 다른 사람들의 슬픔에 잠긴 이야기를 듣기 보다는 베비가 린토울 백작의 손에 들어가는 것을 염려하여, 홍수를 헤치고 서 베비를 찾아 나섰다. 게빈 목사님이 강에 도착했을 때, 부풀어 범람한 물 가운데 고립된 작은 섬 가운데 연적인 린토울 백작이 혼자 서서 당황하고 있는 것을 보았다. 게빈 목사님은 린토울 백작을 구하기 위해 있는 힘을 다하여 고립된 섬으로 갔다. 게빈 목사님과 린토울 백작은 함께 죽음을 기다려야만 했다.

작은 섬은 서서히 물에 씻겨 사라져가고 있는데, 마을 사람들은 강 언덕에서 안타깝게 바라보고만 있었다. 게빈 목사님과 린토울 백작이 최후를 기다리고 있는 동안, 게빈 목사님은 마지막 예배를 들였다. 게빈 목사님의 믿음과 용기에 드름즈 마을 사람들은 그들의 어린 목사님을 용서하고 그들의 마음속에 목사님을 다시 받아들였다.

모든 것이 끝나려 하는 순간에, 술주정꾼 로브 도우가 밧줄을 가지고 물에 뛰어들어, 사라져가는 작은 섬에 있는 목사님과 백작을 있는 힘을 다하여 구하고서, 자신은 기진하여 물에서 익사하게 되었다.

드름즈 마을에서는 불명예는 죽음보다 무서운 것으로 생각하고 있었다. 목사님이 집시 소녀와 결혼한다는 것은 드름즈 마을 사람들에겐 불명예였다. 그러나 마을 사람들은 어린 목사님의 용기와 과감함과 사랑에 감동하여, 어린 목사님이 집시 소녀와 결혼하는 것을 받아들였다. 그 결과 어린 목사님은 집시 소녀 베비와 결혼하게 되고, 드름즈 마을의 교구 목사로 계속 남게 되었다. 린토울 백작은 영국으로 돌아가 버렸다. 어린 목사님은 술꾼 로브 도우와 좋은 친구가 되었듯이, 술꾼의 아들 마이카와도 좋은 친구가 되었다.

요한복음 15:13에서 예수님은 "사람이 친구를 위하여 자기 목숨을 버리면 이보다 더 큰 사랑이 없나니"라고 하셨다.

13

아기 예수님이 탄생하신 날

존 밀턴, 『예수님 탄생하신 아침에』
(John Milton, *On the Morning of Christ's Nativity*)

마태복음 1:23-25에서 "보라 처녀가 잉태하여 아들을 낳을 것이요 그 이름은 임마누엘이라 하리라 하셨으니 이를 번역한즉 하나님이 우리와 함께 계시다 함이라 요셉이 잠을 깨어 일어나서 주의 사자의 분부대로 행하여 그 아내를 데려왔으나 아들을 낳기까지 동침치 아니하더니 낳으매 이름을 예수라 하니라"라고 했다.

영국의 시인 밀턴(1608-1674)은 『예수님 탄생하신 아침에』(1629)에서 메시아의 탄생을 다음과 같이 노래하고 있다.

I

이것은 행복한 달, 이것은 행복한 아침이어라!
하나님 나라의 영원하신 왕의 아드님
결혼한 처녀, 동정녀 어머니의 몸에서 탄생하셨다.
위로부터 우리의 위대한 구원자를 주셨다.
왜냐하면 거룩한 예언자들이 그렇게 노래했기에,
그분은 우리의 무거운 죄의 짐을 벗겨주시고
성부와 함께 영원한 평화를 우리에게 주셨다.

II

저 영광스러운 모습, 견디기 어렵도록 찬란한 빛,
그리고 저 위엄에 가득한 멀리까지 빛나는 광휘,
그 빛과 더불어 그분은 하나님 나라의 높은 보좌에 계셨는데,
삼위일체의 한가운데 앉아 계셨는데,
그 자리를 버리시고, 여기 이 땅의 우리와 함께 계시려고
영원한 날의 궁중을 버리시고,
우리와 함께 죽음을 맛보는 육체의 어두운 집을 택하셨다.

III

하늘의 시적 영감을 주는 뮤즈님이여! 성스러운 문체로
아기 하나님에게 선물로 드리지 않으시렵니까?
새로운 말구유에 오신 그분을 환영해 맞이하기에 합당한
시가 없나요, 찬미가 없나요, 엄숙한 곡조가 없나요!
지금 태양의 수레를 끄는 말에 밟히지 않고서,
가까이 접근하는 빛의 흔적도 남기지 않고서.
모든 빛나는 천군들이 찬란한 기병대의 모습으로 지켜보았겠지요?

IV

향기로운 유향을 들고 동방 박사들이 서둘러
동방에서부터 그 먼 길을 찾아왔는가 보아요,
아, 뛰어가시오, 그들보다 앞서서 그대의 겸허한 노래를 가지고,
그분의 축복 된 발밑에 나지막이 내려놓으시오.
그래서 그대가 주님을 첫 번째로 경배할 영광을 누리세요.
그리고 천사들의 찬양대에 그대의 목소리도 함께 끼어서
그분의 은밀한 제단으로부터 하늘의 찬양이 함께 하도록.

13. 아기 예수님이 탄생하신 날 97

밀턴은 그의 친구 찰즈 디오다티에게 "예수님 탄생하신 아침에"
대하여 다음과 같이 말했다. "나는 하늘에서 내려오신 왕, 평화를
가져오신 분을 찬양하고, 성스러운 책에서 약속하신바, 그 축복 된
시간을 찬양하는 것이다. 그리고 하나님의 어린양 예수 그리스도는
초라한 지붕 아래 마구간과 별들이 총총한 하늘, 하늘 높이에서 노래
하는 천사들의 무리, 그리고 갑자기 그들 사당에서 멸절되는 헛된
이방 신들에 대하여 노래한 것이다. 이 시는 예수 그리스도의 탄생하
신 날 그 아기 예수께 선물로 바치는 것이다."

제1연에서 시인은 동정녀 마리아의 몸에서 "하나님 나라의 영원하
신 왕의 아드님"이신 예수 그리스도가 탄생하신 것을 선포하고, 예수
그리스도가 탄생하신 그달은 행복한 달이요, 그 아침은 행복한 아침
임을 노래한다. 왜냐하면 그날은 그 아침은 예언자들이 노래한 구세
주가 탄생하신 그 거룩한 예언이 성취되는 날이기 때문이다. 아기
예수 그리스도는 십자가를 통해 우리를 대신하여 죄를 지심으로
"그분은 우리의 무거운 죄의 짐을 벗겨주시고" 영원한 평화를 우리에
게 주셨음을 노래하고 있다. 시인은 예수 그리스도의 탄생과 "영원하
신 왕의 아드님"이신 하나님이신 예수 그리스도가 "동정녀 어머니의
몸에서" 탄생하신 성육신을 연결하고 있으며, 아기 예수의 탄생은
십자가를 통한 구원의 목적이 있음을 노래하여 "그분은 우리의 무거
운 죄의 짐을 벗겨주시고/ 성부와 함께 영원한 평화를 우리에게
주셨다."라고 했다.

제2연에서 시인은 빛과 어둠을 대조하면서 "영원한 날의 궁중"과

"육체의 어두운 집"을 대조하고 있다. "영원한 날의 궁중"은 삼위일체 하나님이신 예수 그리스도가 "하나님 나라의 높은 보좌"에서 영광스럽고 "견디기 어렵게 찬란한 빛"의 모습으로 계셨으며, 위엄으로 가득한 빛나는 광휘는 멀리까지 빛나고 있음을 말하고 있다. 예수 그리스도는 빛으로 찬란한 "영원한 날의 궁중"을 포기하시고 "우리와 함께 죽음을 맛보는 육체의 어두운 집"을 택하셨음을 노래하고 있다.

제3연에서 시인은 "하늘의 시적 영감을 주는 뮤즈"에게 탄원하고 있다. 고대로부터 시인들은 시나 찬송이나 서사시를 쓸 때 뮤즈 신에게 영감을 불러일으켜서 좋은 시를 쓰도록 도와 달라고 하듯이 시인 밀턴은 뮤즈에게 "성스러운 문체로" 아기 예수님을 찬양할 수 있도록 영감을 달라고 하고 있다. "새로운 말구유에 오신 그분을 환영해 맞이하기에 합당한/ 시가 없나요, 찬미가 없나요, 엄숙한 곡조가 없나요!"하고 영감을 구하고 있다. 시인은 그 영감의 속도가 동쪽에서 서쪽으로 운행하는 태양의 빛보다 더 빠르게 "가까이 접근하는 빛의 흔적도 남기지 않고서" "모든 빛나는 천군들이 찬란한 기병대의 모습으로" 지켜보는 가운데 임해서 아기 예수님을 찬양할 수 있는 시와 찬미와 곡조를 달라고

제4연에서 시인은 동방 박사들이 황금과 유향과 몰약을 가지고 멀리 동방에서 찾아오기 전에 뛰어가서, 그들 동방 박사들보다 앞서서 시인의 "겸허한 노래를 가지고" 아기 예수님의 "축복된 발밑에" 나지막이 내려놓고 싶다고 한다. 그래서 시인은 동방 박사들보다

먼저 가서, 아기 예수님을 경배하고 보잘 것 없는 노래의 선물을 드릴 영광을 누리고 싶다고 하여 "그래서 그대가 주님을 첫 번째로 경배할 영광을 누리세요."라고 노래한다. 목자들에게 나타난 천군 천사들의 아기 예수님의 탄생을 위한 찬양을 함께하고 싶은 간절한 마음을 "천사들의 찬양대에 그대의 목소리도 함께 끼어서/ 그분의 은밀한 제단으로부터 하늘의 찬양이 함께 하도록."이라고 전하고 있다.

시인 밀턴은 "예수님 탄생하신 아침에"를 노래한 다음 "찬송가" 27연을 노래하고 있다. 아기 예수님은 거친 구유에 누워계시는데, 자연은 아기 예수님과 일치하는 마음으로 야한 옷을 벗어버리고, 흰 눈으로 덧입고 있다. 우주적인 평화가 내려오고 전쟁의 소리는 들리지 않는다. "빛의 왕자께서/ 평화의 통치를 지상에서 시작할 때/ 그 밤은 평화로 충만하도다." 별들은 놀라서 움직이지 않고 바라보며, 태양은 더 위대한 태양이 나타남을 보면서 부끄러워 그 얼굴을 숨겼도다. "목자들은 풀밭에서 단순히 환담을 하면서 앉아 있었다./ 위대하신 하늘나라 목자께서 친절하게도/ 그들과 함께 사시려고 이 땅에 오셨다는 것을/ 모르고 있었다." 하늘의 음악이 연주되고, 그룹 천사들과 스랍 천사들이 하늘의 음악을 노래한다. "위대하신 창조주께서 별자리들을 정하시고,/ 잘 균형 잡힌 세계를 돌쩌귀에 걸어 놓으시는 동안/ 아침의 옛 아들들(천사들)이 노래했을 때를 제외하고는/ 이러한 음악은 전에 결단코 들을 수가 없었다." 그런 노래가 다시 들리면, 시간은 뒤로 달려가서, 황금시대(인간의 타락 이전)를 가져다줄 것이다. 그땐 진리가 긍휼과 함께 정의는 인간에게 돌아갈 것이다. 그러나 아기 예수님은 아직은 웃으시는 아기로 누워 계신다. 아기 예수님은 "쓰라린 십자가 위에서/ 우리의 상실을 회복하셔야만 한다." 아기 예수님은 참 하나님이심을 보여주기 때문에 이방 신들은 감히 나타나지도 못할 것이다. 이제 침상의 태양이 동쪽의 파도 위에 뉘어지고, 밤의 수레들이 하늘을 가로지른다. 축복받은 성모 마리아는 아기 예수님을 쉬시도록 뉘어 놓으신다. "가장 젊은 별은 하늘에서 그의 빛나는 수레를 고정시키고/ 빛나는 천사들은 정렬해서 말구유 주위에 앉아 있다."

예수님이 탄생했을 때 천사들이 목자들에게 나타났다. 누가복음 2:13-14에서 "홀연히 수많은 천군이 그 천사들과 함께 하나님을 찬송하여 이르되 지극히 높은 곳에서는 하나님께 영광이요 땅에서는 하나님이 기뻐하신 사람들 중에 평화로다 하니라"라고 했다.

14

세 신들이 선한 사람을 찾다

베르톨트 브레히트, 『사천시의 선한 여인』
(Bertolt Brecht, *The Good Woman of Setzuan*)

창세기 18:22-32에 보면 사람 3명이 나타나서 소돔과 고모라의 죄악이 심하니 멸하겠다고 했다. 이에 아브라함의 탄원으로 의인 50명만 있으면, 45명, 40명, 30명, 20명, 아니 10명만 있으면 멸하지 마소서 라고 했다. 의인 10명을 찾지 못해 결국 소돔과 고모라는 불 심판을 받았다.

독일의 극작가 베르톨트 브레히트(1898-1956)는 『사천시의 선한 여인』에서 세 분의 신(神)들이 중국 사천성에 있는 여러 도시를 여행하면서 선한 사람을 찾아다니는 이야기를 하고 있다.

중국 사천시에서 물장사하는 왕 서방은 사천성에는 물이 귀하기 때문에 물을 기르기 위해 멀리 가야 하고, 물이 풍부할 때는 수입이 없어 어려움을 당한다고 투덜거렸다. 그러나 세계의 어느 지역이든 가난하다는 것은 전연 유별난 일이 아니기에 신들께서 가난의 문제를 해결해 주실 것을 믿는다고 했다. 많은 여행을 하는 소 장수로부터 세 분의 지고한 신들이 사천시 쪽으로 오시고 있다는 소식을 전해 왔다고 하면서, 그분 신들을 영접하기 위해 이제 3일 동안 사천시의 성문에서 기다린다고 했다. 장 서방은 하늘나라에서도 인간의 어떤 문제로 논란이 있었다는데, 그것이 어떤 문제일까 하고 생각하고 있다고 중얼거렸다.

마침내, 장 서방은 사천시의 성문에서 구식 옷을 입고서 신발에는 먼지가 잔뜩 묻은 채로 성문 가까이 오고 있는 세 사람을 보았다. 자세히 보니 사람의 모습을 한 세 분의 신(神)들이었다. 첫째 신이 나팔을 부는 듯한 음성으로 "그래, 우리를 기다렸군?"이라고 물었다. 왕 서방은 신들 앞에 부복하여 "예, 오실 줄 알고 기다리고 있었습니다. 명령하옵소서!"라고 하고는 물을 대접했다. 왕 서방은 신들의 방문 목적이 이 세상에는 아직도 선한 사람이 존재한다는 증거를 찾으려 한다는 것을 알고 있었다.

왕 서방은 신들 앞에 부복하여 "오실 줄 알고 기다리고 있었습니다. 명령하옵소서!"라고 했다. 첫째 신은 "우리가 하룻밤을 지낼 곳이 필요하니, 장소를 찾아주게."라고 했다. 왕 서방은 "온 도시가 환영할 것입니다. 어떤 종류의 장소를 원하십니까?"라고 물었다. "아들아, 저기 첫 집에 가보렴." "포 씨 집입니다." 왕 서방은 포시 집 문을 두드렸으나, 포 씨는 문을 열지도 않고 "No!"라고 했다. 왕 서방은 신들에게 다소 신경질적인 표정으로 포 씨가 부재중이라 하인들이 감히 어떻게 할 수 없는 형편이라고 변명했다.

왕 서방은 "다음 챙 씨 집입니다. 감동할 것입니다."라고 하고 문을 두드렸다. 챙 씨는 안에서 "우린 자신의 문제도 많은데, 당신이나 신들을 따르시오."라고 했다. 왕 서방은 신들에게 "챙 씨의 친척들이 잔뜩 왔는데, 그중에 운이 나쁜 자가 있었어, 그자가 신들을 보기 싫어한대요."라고 했다. 셋째 신은 "우리가 그렇게 무서운가?"라고 물었다. 왕 서방은 "나쁜 사람들도 있지 않겠습니까? '관' 지방에는 항상 홍수가 나니까요.”라고 했다. 둘째 신은 “댐을 쌓는데 게을리해서 그렇잖아.”라고 했다.

첫째 신은 “내 아들아, 아직 희망이 있는가?”라고 물었다. 왕 서방은 사천시의 사람들은 신들을 영접할 영광을 누리고자 날리라고 하고, 지금 보신 사람들의 행동은 우연이라고 하고는 그 자리를 떠나 버린다. 둘째 신은 “션 지방에서도, 관 지방에서도, 그리고 사천 지방에서도 같은 우연이라니, 사람들이 신앙심이 없다는 것인가? 사실을 직시합시다. 우린 실패했어요.”라고 탄식했다. 첫째 신은 곧 선한 사람을 만날 수 있을 것이라고 한다. 셋째 신은 두루마리를 펴서 읽어 보면서 “충분히 선한 사람을 찾으면, 세계를 그대로 두자고. 아 참, 물장수 왕 서방은 좋은 사람이잖아?”라고 했다. 둘째 신은 왕 서방이 신들에게 물을 준 잔의 밑바닥을 보여주면서 잔 안쪽과 잔 바깥쪽의 높이가 다른 것을 보여준다. 둘째 신은 “이 사람 겉보기와는 다른 협잡꾼이잖아!”라고 한다. 첫째 신은 “이 자는 빼버리자고. 사실 우리 편에 설 사람은 한 사람이면 족한데. 이 무신론자들이 말하기를 ‘아무도 좋은 사람이 없으니, 세상이 바뀌어야 한다고’라고 하잖아. 꼭 한 사람이라도 찾아보세.”라고 했다.

왕 서방이 돌아왔다. 그때, 한 신사가 신들 앞을 지나갔다. 왕 서방이 신사분에게 다가가서 말을 걸었다. “실례합니다. 세 분의 신들이 와서 계시는데, 높으신 신들을 하룻밤 재워주심으로써 축복받으소서!” 신사는 “공짜로 방들을 사용하겠다는 새로운 방식의 사기꾼들 같으니!”라고 했다. 왕 서방은 “나쁜 자식. 신을 믿지 않는 자가 서천시의 신사라고?”라며 혼자 투덜거렸다.

왕 서방은 “아이, 참, 창녀 셴태가 있지. 그 여잔 거절 못할 거야!”라고 하고는, "셴태, 셴태…"하고 큰 소리로 불렀다. 셴태가 덧문을 열고 밖을 내다보았다. 왕 서방은 "셴태, 나, 왕 서방이네. 이분들이 갈 곳이 없으니, 좀 받아주게!"라고 했다. 셴태는 "제가 지금 신사 손님을 한 분 받아야 하는데, 방값도 치루야 하니, 그 손님 받은 후에 보자고요."라고 했다. 왕 서방은 '신들이 그 신사를 보면 안 되는데, 그녀가 어떤 여자인지 알면 곤란한데' 라고 생각했다.

첫째 신이 사천시에서는 희망이 없다고 하자, 왕 서방은 방을 찾았으니, 잠깐만 기다리시라고 하고 이마에 땀을 훔친다. 신들은 계단에 앉아서 기다린다. 왕 서방은 땅에 앉는다. 왕 서방은 신들에게 "혼자서 사는 소녀인데, 서천 지방에서 제일 훌륭한 인간입니다."라고 했다. 신들은 "잘 되었네! 잠잘 곳 찾기가 힘들지?"라고 하자, 왕 서방은 "예, 조금 힘듭니다."라고 답한다. 이때 그 신사가 셴태와 재미를 본 후에 다시 나타나서 휘파람을 세 번 크게 불고는 만족한 표정으로 가버린다. 셴태가 거리로 나와서 여기저기 살피는 것을 보고, 왕 서방은 셴태가 딴 손님을 받으려는 것으로 알고 "내가 도저히 신들 앞에 다시 나타날 명목이 없군!"하고 자기 집으로 도망가 버린다.

이때, 셴태가 세 분의 신들을 보고는 "높으신 분들이시여, 저는 셴태라고 합니다. 저의 단칸방에라도 오셔서 세분이 쉬시면 영광이 겠습니다."라고 한다. 셋째 신은 "물장수는 어디에 있는가, 셴태?"라고 하자, 셴태는 "금방 있었는데, 어디 갔을까요?"라고 대답했다. 첫째 신은 "셴태가 나타나지 않을 것으로 생각하고, 우리 보기가 미안해서 가버린 것 같아."라고 했다.

첫째 신은 "셴태, 그대의 우아한 접대에 너무 감사하네, 절대로 잊지 않겠네, 우리에게 이렇게 선량한 사람을 보여준 물장수에게 감사하다고 말해주게.”라고 했다. 셴태는 “전 선량한 사람이 아니에요. 왕 서방께서 부탁했을 때 전 주저했어요.”라고 했다. 셋째 신은 “주저한 것 정도는 괜찮아. 우리에게 방을 내어 준 것은 그대가 생각한 것보다 더 큰 공로를 세운 거야. 아직도 세상에 선한 사람이 존재한다는 것을 증명한 것이야. 그 문제 때문에 최근 하늘에서도 논란이 있었단다.”라고 하고는 신들은 “잘 있게나.”라고 했다. 셴태는 “잠깐요, 존귀하신 분들이여! 저도 선한 사람이 되려고 노력은 했어요. 그러나 집세도 내야 하고, 살아야 하겠기에 몸을 팔고 있답니다. 그러나 그것도 너무나 경쟁이 심해서 수지가 맞지 않답니다. 저도 우리 부모님들의 명예를 실추시키지 않고 진실하게 살면서, 이웃을 탐내지 않으려고 노력한답니다. 그리고 저도 한 남자와만 살기를 원하지만, 존귀하신 분들이 명령하신 계명 중에 몇 계명은 위반하지 않을 수가 없었습니다.”라고 호소했다.

셋째 신은 무엇보다도 선하게 살도록 노력하라고 셴태를 타이른다. 셴태는 모든 것이 너무 비싸고 돈 쓸 일이 많아, 그렇게 살 수 있을 찌를 모르겠다고 한다. 둘째 신은 경제 문제는 자기들 소관이 아니라고 한다. 그러고서 세분 신들이 머리를 맞대고 의논하더니, 하룻밤 재워준 친절에 보답하기 위해서 방값을 치른다고 하면서 돈을 주고 떠났다.

셴태는 세 분의 신들에게서 받은 은전 일천 냥으로 신 씨 부인으로부터 담배 가게를 사들여서, 창녀의 삶을 청산하고, 새로운 삶을 시작하게 되었다. 셴태는 ‘사천시의 선한 여인’이 된 것이다.

15
인간 구원을 위한 고통당함

아이스킬로스, 『결박당한 프로메테우스』
(Aeschylus, *Prometheus Bound*)

베드로전서 2:24에서 "친히 나무에 달려 그 몸으로 우리 죄를 담당하셨으니 이는 우리로 죄에 대하여 죽고 의에 대하여 살게 하려 하심이라 그가 채찍에 맞음으로 너희는 나음을 얻었나니"라고 함으로서 예수님께서 우리의 구원을 위해 고난 당하셨음을 말씀하고 있다.

세계 최초의 위대한 극작가로 알려진 그리스의 비극 시인 아이스킬로스(525-456 B.C.)는 『결박당한 프로메테우스』에서 인간을 멸해 버리려는 제우스신의 뜻에 항거하여 프로메테우스가 하늘에서 불을 훔쳐 인간에게 주어 인류를 구원하려 했기 때문에, 제우스신의 분노를 사서 코카서스 산의 바위에 묶인 채 독수리에게 간을 먹혀 버리는 고난을 겪었음을 이야기하고 있다.

권력의 신과 폭력의 신(神)은 제우스신의 명령으로 프로메테우스를 세계에서 가장 황폐한 곳인 스키타이(옛날 흑해와 카스피해 북방에 있던 나라)에 있는 바위산의 절벽에 쇠사슬로 묶어 놓아야 한다고 말한다. 권력의 신은 따라오는 불의 신 헤패스투스에게 자기는 제우스신의 명령에 복종할 따름이라고 말하고, 프로메테우스는 제우스신의 대권을 인정하는 것을 배워야 하며 인간을 너무나 사랑하지 말아야 한다고 한다. 헤패스투스는 친척이 되는 프로메테우스를 쇠사슬로 묶고 싶지 않지만, 너무나 제우스신을 두려워하기 때문에 그의 명령에 불복종할 수 없다고 말한다.

프로메테우스가 인간을 사랑한 결과는 인간으로부터 격리되어야 하며, 쇠사슬로 바위에 묶여서, 낮에는 뜨거운 태양에 그슬려야 하고, 밤에는 추위에 얼어버리게 되고, 그리고 독수리가 그의 간을 종일토록 찢는 끝없는 고통을 당해야만 했다. 새로이 권력을 쥔 자가 모두 그러하듯이, 제우스신의 의지는 확고했고, 불통이었다. 권력의 신은 헤패스투스에게, 제우스신 분노를 더 사지 않기 위해서, 가차 없이 명령받은 대로, 바위에 못질하고, 프로메테우스를 쇠사슬에 묶고, 쇠 허리띠로 조여 매고, 쇠고랑을 채우고, 쐐기로 가슴으로 쪼이게 하라고 한다. 헤패스투스는 자기는 원하지 않지만, 제우스신의 명령이니 하는 수 없다고 하면서 권력의 신이 말 한대로 실행하고는 떠나가 버린다.

권력의 신은 프로메테우스의 소위 예지(미래를 아는 지식)의 지식을 가졌다는 것에 대해 조롱하고 그렇게도 돌봐준 인간들은 그 누구도 그를 도울 수 없다고 말하고는 떠나가 버린다. 인간이 프로메테우스를 도울 수 없다고 조롱하는 것은 아이러니이다. 왜냐하면 훗날 13세대 이후에 인간의 아들인 헤라클레스가 프로메테우스를 도와 석방해 주기 때문이다.

프로메테우스는 쇠사슬에 묶인 채로 홀로 되자, 바람, 물, 땅, 태양 등 모든 자연에게 신들이 자기에게 어떻게 고통을 주는 가를 증언하라고 하고, 현재 당하는 고통과 앞으로 당해야 하는 고통을 생각해 본다. 운명의 힘은 피할 수 없으므로 그는 최선을 다해 견뎌야 한다는 것을 인정하면서도, 그는 여전히 도전적이다. 그는 범죄 한 것이 아니라, 단순히 인간을 사랑했기 때문이라고 한다.

프로메테우스는 뚜렷하게 다음과 같은 신들에 관한 사실을 기억하고 있다. 혼동으로부터 대지(大地)의 여신 가이아가 나타나서, 우라노스 신을 낳고, 가이아(땅)와 우라노스(하늘) 사이에 많은 자녀를 두었는데, 12 타이탄도 그중에 포함되었다. 타이탄 중에 크로노스 신은 그의 아버지 우라노스를 물리치고 우주를 지배하는 신이 되었다. 타이탄 중에 이아페투스신 아틀라스(신들을 배반한 벌로 하늘을 짊어지게 됨), 에피메테우스(판도라의 남편), 프로메테우스를 낳았다. 크로노스는 제우스, 포세이돈(해신), 하데스(죽은 사람의 혼이 있는 황천), 헤라(제우스의 아내), 데메테르(농업 풍요 결혼의 여신), 그리고 헤스티아(화로 아궁이의 여신)를 낳는다.

제우스신은 형제자매들을 이끌고 아버지 크로노스에 반기를 들었다. 프로메테우스는 아버지 크로노스 신(神)에게 폭력이 아니라 지혜를 사용하여 반도들을 물리치라고 충고하였으나 듣지 않고 무시하였다. 그래서 프로메테우스는 제우스 편에 가서 충고한 결과 제우스신은 그 충고를 받아들여 승리하여 지고의 신이 되었다. 그런데 프로메테우스만이 훗날 제우스신의 후손 중에 누가 반역하여 제우스신을 폐위시키는가를 알고 있었다.

얼마 후에 제우스신은 인간이 너무나 부패하고 신들을 멸시하는 것을 보고, 인간을 완전히 멸해버리고, 다른 종족을 창조함으로써 제우스신에게 순종하고 섬기게 하도록 하려고 결정했다.

찰흙과 물로부터 인간이 창조되었다고 믿고 있는 프로메테우스는 유일하게 제우스의 결정에 반대하여, 금지된 불을 신들의 나라에서 훔쳐 인간들에게 가져다주고, 인간들에게 모든 재능(은사)을 알려 주었다. 마음의 사용법, 집 건축법, 계절의 사용과 관찰법, 숫자와 알파벳의 지식, 역사 기술, 가축 길들이는 일, 선박 건조법과 사용법, 약품 사용, 미래 예지와 예언, 신들에게 예배와 헌금, 금속 사용법, 언어 사용법, 등을 알려 주었다. 프로메테우스는 인간들이 이런 선물(지혜)을 받기 전에는 슬프고 가련한 상태에 있었는데, 지금은 인간들이 고귀하게 되었다고 한다. 프로메테우스는 인간의 마음속에 맹목적인 희망을 심어 준 데 대한 형벌을 제우스신으로부터 받게 된 것이다. 그러나 프로메테우스는 인간에게 희망을 준다는 것을 알기 때문에 자신의 고통당함을 알면서도 의도적으로 제우스신의 뜻에 항거하여 인간에게 불을 가져다준 것이다.

프로메테우스가 고통을 당하고 있는 동안 많은 사람이 그를 찾아왔다. 그중에 아이오도 찾아왔다. 아이오는 제우스의 사랑을 받은 여자로서, 제우스의 아내 헤라의 질투로 흰 암소로 변하여 세계를 방황하게 되었는데, 쇠파리가 계속 그녀를 찌르게 했다. 아이오는 프로메테우스에게 자신의 미래에 대해 말해 달라고 한다. 프로메테우스는 아이오가 수많은 해 동안 많은 땅을 지나서, 많은 강을 건너서, 아름다운 경치로 유명한 보스포러스 해협을 건너 전 세계를 돌아다니면서 여행을 계속해야 한다고 한다. 보스포러스 해협은 "암소의 얕은 여울"이란 뜻으로 암소로 변신한 아이오의 이름을 따라 명명한 해협으로, 흑해와 마르마라 사이에 있는 해협이다.

아이오는 제우스신이 사랑한다고 해서 단순히 한 사람의 인간에 불과한 자신에게 이런 부당한 고통을 줄 수 있느냐고 질문을 던진다.

프로메테우스는 제우스신의 욕정으로, 제우스신의 왕비 헤라의 질투로, 인간인 아이오가 암소로 변하여 쇠파리들에게 찔려 고통을 당하도록 한다는 것은 순진한 인간에게 고통을 주는 제우스의 괴물 같은 독재 때문이라고 규탄한다. (이 시점에서 작가 아이스킬로스는 인간 정부에서 독재는, 괴물과 같아서, 죄 있는 자나 선량한 자 모두에게 나쁜 영향을 준다는 것을 보여주고 있다.) 아이오는 프로메테우스에게 이런 독재적인 제우스신을 타도해 버릴 가능성은 전혀 없는지를 묻는다.

프로메테우스는 제우스신도 먼 훗날 그의 후손에 의해 폐위될 것이라고 하고, 제우스신이 구원받을 수 있는 길은 바위산의 절벽에 묶인 프로메테우스 자신을 석방하여 자유를 주는 길밖에 없다고 말한다. 왜냐하면 프로메테우스 자신만이 제우스의 어떤 후손이 제우스를 폐위시킬 것이라는 비밀을 알기 때문이라고 한다.

실제로 13세대 이후에 아이오의 후손인 헤라클레스가 나타나서 제우스신이 프로메테우스를 석방하게 하고, 제우스신은 자기 자리를 계속 유지하게 되지만, 독재적인 권력을 휘두르지 못하게 되고, 제우스신이 아이오를 만짐으로 아이오에게서 헤라의 저주가 풀려 고통스러운 방랑 생활을 끝나게 된다.

여하튼 제우스신과 아이오 사이의 사랑 이야기는 문제가 있는 것이다. 그리스의 지고의 제우스신과 하찮은 인간에 불과한 아이오 사이의 사랑은 균형이 맞지 않는다는 것이다. 지위가 동등하지 않거나, 재산이 동등하지 않은 상황에 있는 남녀 간의 결혼이나 사랑은 문제가 발생한다는 것이다. 그러기에 결혼과 사랑은 동등한 지위나 동등한 재산을 가진 남녀 사이의 결혼이나 사랑이 모든 사람을 위해서 좋다는 것이다.

그리스 극작가들은 삼부작을 썼는데, 아이스킬로스의 삼부작 중 첫 번째 작품이 『결박당한 프로메테우스』이고, 다른 두 작품은 아마도 『결박 풀린 프로메테우스』와 『프로메테우스 불을 가져온 자』라고 추정되고 있다.

학자들이 추정하는 것은, 아이스킬로스는 『결박 풀린 프로메테우스』에서 제우스신은 오랜 통치 후에 성숙하여져서 프로메테우스를 속박에서 풀어주어 자유를 주겠다고 결심하고, 프로메테우스는 자기만이 가진 비밀(누가 제우스를 폐위시키고 왕이 될 것이라는 비밀)을 제우스에게 알려 주겠다고 함으로서 상호 간에 화해가 이루어진 것이라고 한다. 인간들도 프로메테우스의 불의 선물로 진화하여 문명인이 된 것처럼, 제우스도 변하여 그의 통치는 지혜와 권력을 잘 조화하는 스타일로 되어졌을 것이라고 한다. 그리스는 민주주의를 신봉하는 나라이기에 상호 조금씩 양보하여 제우스의 권력과 프로메테우스의 지혜(정의)를 잘 타협하여 조화로운 합의를 이루었다고 한다.

골로새서 1:20에서 "그리스도의 십자가 피로 평화를 이루셔서, 그리스도로 말미암아 만물, 곧 땅에 있는 것들이나 하늘에 있는 것들이나 다, 기쁘게 자기와 화해시키셨습니다."라고 함으로서 예수님은 십자가의 피로 우주적인 평화와 화해를 이루었음을 말씀하고 있다.

16

애국의 외침과 삶의 현실

숀 오케이시, 『주노와 공작새』
(Sean O'Casey, *Juno and the Paycock*)

예레미야 14:18에 "내가 들에 나간즉 칼에 죽은 자요 내가 성읍에 들어간즉 기근으로 병든 자며 선지자나 제사장이나 알지 못하는 땅으로 두루 다니도다"라고 말씀하여 전쟁과 기근의 비참함을 말하고 있다.

영국령 아일랜드의 극작가 숀 오케이시(1884-1964)는 『주노와 공작새』에서 영국의 지배권에서 벗어나 독립을 쟁취하려는 아일랜드의 숨 막히는 현실 속에서 아일랜드 수도 더블린의 셋방에 살고 있는 보일(Boyle) 일가를 통해서 애국이란 구호보다는 삶의 현실이 더 거룩하다는 것을 잘 보여주고 있다. 애국이란 광신적 추상적 이념보다는 인간의 현실이 더 의미가 있다는 것은, 민족적인 명예란 핑계로 혁명이 많은 자녀의 생명을 앗아가기 때문이다.

가난이 더블린에 사는 셋방살이하는 보일 집안에 어느 때보다 심하게 죄어들었으며 불행 위에 불행이 쌓였다. 22살의 예쁜 딸 메리는 노동조합 때문에 파업하고 있었고, 20살이 갓 넘은 아들 자니(Johnny)는 싸움터에서 팔 하나가 잘렸으며, 엉덩이에 상처를 입어 절뚝발이가 되었으며, 계속되는 민감한 공포에 사로잡혀 있었다.

가족을 위해서 일하는 것은 '주노'라고 부르는 보일 부인뿐이었다. '주노'란 별명은 보일 부인의 남편인 잭 보일 대위가 그렇게 불렀기 때문이다. 부인은 "6월(June)"에 태어났으며, 남편을 만나서, 결혼하여, 아들을 낳은 것도 6월(June)이었기에 남편이 "주노(Juno)"라고 불렀다. 전날의 부인은 예쁘고 현명했으나, 45세가 된 지금 그녀의 삶은 뭉그러진 상태였다.

그녀의 남편인 "캡틴(선장) 보일"은 기죽지 않은 사람으로 공작새처럼 마을을 점잔 빼며 걸어 다니며, 맥줏값을 부인으로부터 얻어내어, 일을 교묘하게 피하여, 다른 놈팽이며 옛 친구인 조크스와 민요를 큰 소리로 부르고 다니는 자이다. 비록 그는 바다 이야기를 아는 체하고 말하지만, 그의 "선장"이란 호칭은 낡은 석탄 선에서 영국의 리버풀로 한번 여행한 들치기 명칭에 불과했다.

주노 부인은 변호사요 아들 자니는 부활절 폭동때 메리의 애인인 벤담에게 엉덩이에 부상을 당해 절뚝발이가 되었고, IRA(아일랜드 공화국 군대)를 위해 전투를 하다가 팔 하나를 잘렸음을 말한다.

자니는 "저는 다시 싸울 거예요. 어머니, 거룩한 원리를 위해 저는 다시 싸울 거예요."라고 한다. 자니는 거룩한 아일랜드를 위해서는 또다시 자신을 희생하겠다고 주장한다.

주노 부인은 "아, 아들아, 너는 너의 팔을 하나 잃었을 때 네 최고의 원리를 잃은 것이야. 팔이 유일한 종류의 원리란 말이야. 일꾼에게는 팔 이상 좋은 원리가 없단 말이야."라고 절규한다.

주노 부인은 삶을 필수적 인간 상황이란 면에서 보았다. 식탁 위의 빵과 가슴 속의 사랑, 이런 것들이 그녀에겐 진정한 의미를 갖는 유일한 현실이었다. 그녀는 빵과 사랑을 위해 아무런 영웅심리도 없이 투쟁한다. 주노 부인은 아일랜드 국가에 반대하는 것이 아니라 전쟁에 반대하는 것이다. 만일 어머니 주노가 그녀의 남편과 아들과 가정을 잃으면 그녀는 전쟁에서의 승리란 없는 것이다. 그녀는 전쟁에선 군인들만이 고통당한다는 환상을 거부한다. 군인들이 나라를 위해 용감하게 또 아름답게 죽는다는 환상 말이다. 그녀는 나라를 위해 남편과 아들들을 죽음의 터전으로 기꺼이 보낸다는 환상을 거부했다.

텐크레드 부인의 아들은 아일랜드를 위해 싸우다가 가슴에 총탄으로 구멍투성이가 되어 죽게 된다. 이웃 부인이 와서 슬프긴 하나 젊은이의 장한 죽음으로 아일랜드는 절대로 좌절되지 않을 것이라고 한다. 텐크레드 부인은 "아이고, 그게 나에게 무슨 상관이에요. 아일랜드가 잘 되든 못 되든 말이요. 나의 사랑하는 아들을 무덤에서 다시 살릴 수 없는데."라고 탄식한다. 이웃 부인이 "아들은 숭고한 죽음을 죽은 거예요. 우리는 그를 왕처럼 묻을 거예요."라고 한다. 탠크리드 부인은 "나는 거지처럼 계속 살아가겠지요. 나는 내 아들을 태어나게 하는데 고통을 당했고, 이제 그 아들을 묻을 때도 고통을 당하고 있다오. 나는 내 아들을 제일 먼저 보고, 지금은 그를 묻는데 제일 마지막으로 볼 것이요."라고 한다. 텐크레드 부인은 나의 독자 아들이 도시의 골목에 혼자서 몸을 뻗치고, 그 사랑스러운 머리를 땅에 대고, 밤 동안 누워있다니. 내 아들은 복병의 지도자로 활약을 했다고 한다. 그녀 옆집의 만닌 부인의 자유 전사 군인도 함께 죽었다. 이제 두 여인만 서로 바라보고 서 있다고 탄식한다. 텐크리드 부인은 "성모 마리아여, 우리 아들이 총알로 온몸이 벌집같이 구멍투성이가 될 때 어디 계셨나이까? 십자가에 못 박힌 거룩한 예수여, 우리 가슴의 증오심을 없이해 주시고 당신의 영원한 사랑의 마음을 주시옵소서."라고 기도한다.

주노 부인은 텐크리드 부인의 아들은 조용한 젊은인데, 처음도 아일랜드 공화국 마지막도 아일랜드 공화국, 모든 것이 아일랜드 공화국을 위한 젊은이라고 말하고, 자니와 같이 차도 마시고 항상 함께 다닌 친구라고 말한다. 그러나 자니는 텐크리드 아들은 자기와 친한 사이도 아니며 별로 관계도 없다고 말한다. 그는 대대장으로 있었고, 자니 자기는 조타수로 있던 사실 외에는 친구가 아니라고 한다. 젊은이가 와서 자니에게 대대 참모 회의에 참석하라고 통보하지만, 자니는 부상한 몸으로 갈 수 없다고 한다.

그때 두 사람의 비정규군인들이 들어와서 자니를 데리고 나가려 한다. 자니는 나는 아일랜드를 위해 팔까지 잃어버렸는데 가지 않겠다고 한다. 비정규군인들은 텐크리드 대장은 아일랜드를 위해 생명까지 잃었다고 한다. 자니는 그들에게 함께 싸운 옛 동지를 쏘려고 하느냐고 묻는다. 그들은 자니에게 텐크리드 대장을 누가 배신했느냐고 힐문한다. 자니는 "예수여 나에게 긍휼을 베풀어 주소서, 성모 마리아여 죽음의 고통을 당하는 나를 위해 기도해 주소서."라고 한다. 두 정규군인은 자니를 강제로 끌고 나간다.

두 경찰이 찾아와서 주노 부인을 보자고 한다. 그 이유를 물은즉 자니의 시신을 병원에 옮겨 놓았는데 함께 병원에 가자고 하는구나. 주노 부인은 "내 아들 자니야, 자니야!"라고 울부짖는다. 주노의 딸 메리는 "오, 소문이 사실이구나. 하나님이 계시지 않는구나. 하나님이 계신다면 이런 일이 일어나지 않게 해야 하잖아요."라고 절망하여 말한다. 주노 부인은 "메리야, 메리야, 그런 말을 해서는 않되. 우리는 하나님으로부터 그리고 성모 마리아로부터 모든 도움을 받고 있는 거야! 이런 일은 하나님의 뜻과는 아무런 상관도 없단다. 인간의 바보스러운 짓거리에 대해 하나님께서 무엇을 하실 수 있겠어!"

작가 오케이시는 감상적인 애국심을 통해서가 아니라 아일랜드 노동자들의 여인들의 실질적인 눈을 통해 전쟁의 잔인성을 보고 환상을 비웃은 것이다. 오케이시는 작가로서 중산층의 방관적 입장에서 하층민의 삶을 내려다보는 시점을 견지하는 것이 아니고, 하층민의 시점에서부터 사회주의적 이상을 지니고 외부 세계를 투영하고 있는 것이다. 오케이시의 사회주의 이념은 아일랜드 민족주의자들이 주장하는 사회 개혁 운동이나 탈식민지화 운동과는 다른 차원의 것으로서, 하층민의 경제적 빈곤으로부터의 해방을 의미하고, 안정된 가정생활을 영위하고, 생명의 존엄성을 보다 귀중하게 생각하는 것이다. 오케이시는 민족주의 운동에 적대감을 표시하지는 않았다 하더라도, 경제적 해방이 선행되지 않고 생명의 존엄성을 인정하지 않는 사회주의 이면이나 민족 해방에 대해선 매우 냉담한 반응을 보였다. 오케이시는 빈곤의 온상인 더블린의 뒷골목 빈민굴에서 오랫동안 눈병에 고생하며 가난에 쪼들린 생활을 하며 어렵게 생활했기에 그에게는 빈곤에서부터의 해방과 경제적 평등과 생명의 존엄성이야말로 인간의 존엄성과 최소한의 자유를 보장해 줄 수 있는 선행조건이었다.

사사기 6:15-16에서 여호와께서 기드온에게 "그러나 기드온이 그에게 대답하되 오 주여 내가 무엇으로 이스라엘을 구원하리이까

보소서 나의 집은 므낫세 중에 극히 약하고 나는 내 아버지 집에서 가장 작은 자니이다 하니 여호와께서 그에게 이르시되 내가 반드시 너와 함께 하리니 네가 미디안 사람 치기를 한 사람을 치듯 하리라 하시니라"라고 하셨다.

기드온은 어떻게 이스라엘을 구원하는 것이 가능한가를 물었다. 그는 그와 같은 거대한 과업을 수행하기엔 개인적으로 너무 연약하고, 너무 무능하고 부적절하다는 것이다. 씨족도 므낫세 부족 가운데 제일 허약하며, 그의 가족도 씨족 가운데 제일 보잘것없다고 했다. 그의 씨족까지도 므낫세 부족 가운데 가장 연약하다고 했다. 기드온 자신은 그의 요아스 문중에서 제일 적은 자라고 했다. 그러나 주님은 "내가 반드시 너와 함께하리니 네가 미디안 사람 치기를 한 사람을 치듯 하리라"라고 하셔서 모든 변명과 논쟁을 끝낼 직접적이고도 솔직한 응답을 주셨다. 하나님은 기드온에게 하나님이 기드온과 함께하심으로서 승리할 것이란 확신을 주셨다. 전쟁과 모든 인간사의 승리는 하나님의 수중에 있음을 말씀하고 있다.

17
영원한 현재: 영원과 신간의 만남

폴 틸리히, 『영원한 현재』
(Paul Tillich, *The Eternal Now*)

요한계시록 21:6은 "나는 알파와 오메가요 처음과 마지막이라"라고 함으로서 예수는 영원하신 분임을 말씀하고 있으며, 요한복음 1:14은 "말씀이 육신이 되어 우리 가운데 거하시매 우리가 그의 영광을 보니 아버지의 독생자의 영광이요 은혜와 진리가 충만하더라"라고 말씀하고 있다.

폴 틸리히(1886-1965는 『영원한 현재』(The Eternal Now)에서 예수께서 영원(Eternal)으로부터 시간 세계(temporal)에 오심으로 성육신하신 "영원한 현재(Eternal Now)"를 통한 구원의 개념을 극명하게 잘 설명하고 있다. (틸리히는 독일 북부에 있었던 프로이센 왕국에서 태어나 독일 대학에서 강의하다가 추방당하여 미국 유니온 대학, 하바드 대학, 시카고 신학대에서 교수함).

세계의 모든 것의 운명은 종말이 있다. 우리가 친밀하게 교제하던 사람들과도 헤어져야 하고, 일생의 삶의 끝이 다가오고, 늙어 연세 많은 사람을 보게 되고, 낙엽이 우수수 지는 우울한 자연의 풍경을 보게 된다. 이 모든 것이 "너도나도 또한 끝이 있다"를 말하고 있다. 이를 때마다, 시작이 있고, 끝이 있다는 말이 무슨 뜻인가 생각하게

된다. ·

우리는 "더 이상 없는(no more)" 그 무엇으로부터 와서, "아직도 (not yet)"의 그 무엇을 향해 가고 있다. 우리는 우리가 온 과거로 인해 현재의 우리가 결정된 것을 안다. 시작이 있으면 끝이 있다. 우리의 시간이 아니었든(not our time) 때(과거)가 있었다. 우리보다 나이 많은 사람들로부터 그것을 듣고, 역사책에서 그것을 읽고, 상상할 수 없는 수억 년 전을 그려본다. 우리는 우리의 "더 이상 없는 존재(being-no-more 과거)"를 상상하기 어렵지만, "아직 없는 존재(being-not-yet 미래)"를 상상하기도 힘이 든다. 우리는 지금(now) 여기에(here) 있다. 이것만이 우리의 시간이다. 이 우리의 시간을 잃어버리기 싫어한다. 우리는 죽음 후의 삶은 생각하지만, 태어나기 전의 우리의 존재는 자주 생각하지 않는다.

실제로 과거는 존재하지 않는다. 과거는 단지 우리의 기억(memo -ry) 속에 있을 따름이다. 존재하는 것은 지금(now) 여기(here)뿐 이다. 그러나 우리의 과거가 우리의 현재를 만들어 온 것이다. 우리 육체의 모든 세포가, 우리 얼굴의 모든 특성이, 우리 영혼의 모든 순간이, 즉 우리의 과거가 현재를 만들어 온 것이다. 그래서 우리의 과거는 현재이다. 우리의 현재 안에 과거에 계속된 모든 일들이 있다. 어린 시절의 경험이 우리의 성격에 영향을 끼친다. 옛날의 사건들에서 남겨진 상처들을 알고 있다. 희랍 비극작가나 유대 예언자들이 안 것을 우리는 재발견한다. 과거는 저주로나 축복으로 우리 안에 현재로 존재한다. 개인이나, 나라나, 세계까지도 과거가 현재를 형성해 왔다.

역사는 과거로부터 살고 유산으로부터 살고 있다. 국가들의 영광은 오랜 풍요로운 전통으로부터 온다. 전통의 축복은 국가의 분열과 투쟁의 저주와 혼합되어 있다. 피비린내 나는 싸움은 수 세기에 걸쳐서 국가를 파괴의 지경으로 몰고 간다. 나라의 삶이 과거로부터의 축복일 수도 있으나, 미래를 위협하는 저주가 될 수도 있다. 과거가 돌아와서, 현재를 점령하고, 사람을 파괴할 수 있다. 개인이나, 국가나, 세계의 삶을 위협하는 과거로부터 오는 저주를 제거해 버릴 수 있을까? 과거가 현재에 영향 주는 힘을 없이해 버릴 수 있을까?

우리가 알아야 하는 것은 우리는 피할 수 없는 과거의 희생자가 아닐 수 있다. 우리는 과거를 과거에만 남아있게 할 수 있다. 이것을 할 수 있는 행동을 회개(repentance)라고 한다. 회개는 잘못한 행동에 대한 후회나 슬픈 감정을 갖는 것이 아니다. 회개는 하나님 앞에서 예수의 보혈을 통한 전 인격체의 행동이다. 자신을 과거의 존재로부터 분리해 과거 속으로 던져 버려버리는 것이다. 더 이상 현재에 어떤 힘으로 사용하지 못하도록 말이다.

한 개인, 한 그룹, 한 국가가 회개함으로써 과거의 저주로부터 그 자신을 분리시킬 수 있을까? 그 가능성에 따라 한 개인, 한 그룹, 한 국가의 희망이 달려 있다. 교회의 역사가, 요나 앞의 니느웨의 역사가, 이스라엘 역사가 가능함을 보여주고 있다. 지극히 고통스러운 것이기는 하지만 가능하다.

미래는 어떻게 과거를 취급하느냐에 달려 있다. 과거의 저주스러운 요소들을 버리느냐 아니냐에 달려 있다. 각자의 삶에서 과거에 대한 투쟁은 진행되고 있다. 축복은 저주와 전쟁을 하고 있다. 무의식적으로 우린 과거의 축복보다 저주를 더 보는 경향이 있다. 과거에는 또한 공허함이란 것이 있다. 풍요로운 경험도 있으나, 지금은 기억

못하고 사라져 버린 경험도 있다. 그래서 황홀감이 사라지고 공허함
으로 바뀐다. 성공과 실패, 즐거움과 헛됨 이런 것들은 이런 성격의
것이다. 의학적인 치유는 이런 갈등을 해결할 수 없다. 어떤 의학적인
치료도 과거를 변화시킬 수 없기 때문이다.

역사적 사실들은 변화시킬 수 없다. 발생한 것은 발생한 것이고
영원히 그렇게 남아있다. 변화시킬 수 없는 것 같이 보이는 과거를
변화시키는 것도 축복이다. 그 변화의 이름은 용서(forgiveness)의
경험이다. 과거가 용서로서 변화된다면, 미래에 주는 영향도 또한
변화된다. 저주도 떨쳐 버리게 된다. 용서에는 변화시키는 힘이 있으
므로 축복이 될 것이다.

나 개인이 관계되는 과거는 회개로써 제거해 버릴 수 있으며, 다른
사람들과의 과거는 용서로써 제거해 버릴 수 있다. 그러기에 예수님
은 회개와 용서를 계속 강조하고 있다.

실제로 미래는 존재하지 않는다. 미래는 단지 우리의 기대(expec
-tation) 속에 있을 따름이다. 존재하는 것은 지금(now) 여기(here)
뿐이다. 많은 사람은 지금(now)과 끝(the end) 사이에 오랜 삶을
기대한다. 끝이 가까운 늙은 사람도 끝이 연기되기를 희망한다. 죽은
다음에 삶이 계속되리라 희망한다. 미래가 있다는 것은 하나의 기쁨
이기도 하다. 풍요로운 삶을 기대하고, 무엇인가 새로운 것을 창조하
려 하기 때문이다. 그러나 미래에 숨겨진 것에 대한 근심도 있다.
결국 종말이 올 것이란 어두운 협박 때문이다.

우리는 피조물이다. 우리는 한정된 시간의 기간을 우리의 시간으
로 살고 있다. 우리는 끝없는 미래를 생각하지만, 끝없는 미래는 기독
교적인 사고가 아니다. 우리는 영원한 시간의 바탕으로부터 와서

영원한 시간의 바탕으로 돌아간다. 영원은 무시간(timelessness)도 아니고 끝이 없는 시간(endless time)도 아니다. 시간의 끝을 향해 간다는 것은 우리의 시간(our time)을 말한다. 기독교적인 메시지는 시간을 초월(above time)하는 영원(eternity)을 말한다.

예수는 "나는 알파와 오메가요 처음과 마지막이라"라고 하셨다. 그리스도의 영원(eternity)을 말한다. "말씀이 육신이 되어 우리 가운데 거하시매"(요 1:14)하는 그때가, 예수가 영원으로부터 시간 세계에 오시는 그때요, 그것을 "성육신(Incarnation)"이라고 한다. 폴 틸리히는 그 순간을 "영원한 현재(Eternal Now)"라고 한다. 어거스틴(성 아우구스티누스, 기독교의 교부, 354-430)에 의하면, "영원한 현재"는 "하늘의 도시(heavenly city, 하나님 나라)"가 "땅의 도시(earthly city)에 임하는 때이며, 영원이 시간의 세계에 임하는 때이다.

예수는 "아브라함이 태어나기 전부터 내가 있다(새 번역) (before Abraham was born, I am!)"(요 8:58)라고 하셨다. 아브라함이 태어난 것은 과거 시제이지만, 예수는 아브라함 이전부터 "내가 있었다(I was)"가 아니라 "내가 있다(I am)"라고 하여 영원한 현재이시다. 아브라함은 시간의 어느 한 지점의 과거로서, 시작이 있으면 끝이 있음을 말한다.

미래의 신비와 과거의 신비는 현재의 신비 속에 결합되어 있다. 우리의 시간은 우리가 시간 속에 존재하는 시간이다. 우리의 현재 순간은 그것을 생각하는 순간 가버린다. 현재는 과거와 미래 사이의 언제나 옮겨가는 경계 사이에 있다. 그런데 신비로운 것은 우리가 현재(present)를 가지고 있다는 것이다. 만일 우리가 시간의 끝없는 흐름을 생각한다면 현재는 없다. 현재(now)가 의미를 갖는 것은 모든 시간을 함유하는 것, 시간 너머 있는 것, 즉 영원과 만나는 것이다. 우리의 "일시적 지금(temporal now)"이 영원과 만나는 순간이 "영원한 현재(Eternal Now)"이다. 성육신하신 그리스도를 만나는 순간이 "영원한 현재"를 경험하는 순간이요 구원의 순간이다.

이제도 있고, 전에도 있었고, 장차 올 자요 전능한 자 그분, 알파와 오메가요, 처음과 마지막이요, 시작과 마침이신 그분, 그분과의 만남을 경험하는 "영원한 현재"를 통하여서만 우리는 영원을 경험하고, 영원한 구원의 쉼을 경험하게 된다. 소멸하는 시간의 힘을 능가하는 힘은 영원(the eternal)이다.

요한복음 14:20에서 예수님은 "그날에는 내가 아버지 안에, 너희가 내 안에, 내가 너희 안에 있는 것을 너희가 알리라"라고 하셨다. 내가, 우리가 하나님 아버지 안에 그리고 예수 안에 있는 것이 바로 "영원한 현재"를 경험하는 순간이다.

18

겨울이 오면 봄이 머지않으리!

펄시 B. 셸리, 『서풍에 부치는 노래』
(Percy B. Shelley, *Ode to the West Wind*)

시편 43:5에서 시편 기자는 "내 영혼아 네가 어찌하여 낙심하며 어찌하여 내 속에서 불안해 하는가 너는 하나님께 소망을 두라 그가 나타나 도우심으로 말미암아 내 하나님을 여전히 찬송하리로다"(시 43:5)라고 노래했다.

영국 낭만파의 대표적 서정시인인 셸리(1792-1822)는 『서풍에 부치는 노래』(1819)에서 갱생의 소망의 힘을 노래한다. 셸리의 서풍은 예언적인 말을 통해 갱신과 정치적인 변화의 음성을 전하는 역할을 담당함을 상징한다.

이 시는 단테의 도시인 이탈리아의 플로렌스에서 단테의 『신곡』의 시 형식을 빌려서 쓴 다섯 연(편)으로 구성된 시(詩)이다. 서풍은 영혼으로서 위대한 힘을 소유하고 있으며, 그러기에 셸리는 자신이 필요하다고 믿는 것을 얻기 위해 서풍에 기도할 수 있다고 한다.

이 시의 첫 번째 3연은 서풍으로 잎사귀가 지구(땅)에, 구름이 공기에, 그리고 파도가 바다에 미치는 영향을 노래하면서 각각의 시는 "아 들어라!"라는 청원으로 끝을 맺고, 다음 2연은 작가 셰리가 직접 서풍에 말하면서 서풍의 힘(power)이 자신을 잎사귀처럼, 구름처럼, 파도처럼 들어서 방랑자들의 동료로 만들어서, 자기 생각을 전 세계에 전함으로서, 젊은이들이 자기의 사상으로 깨어나도록 하기를 희망하고 있다.

첫째 연에서 서풍이 잎사귀들을 휘날려서 씨앗들을 땅(지구)에 뿌려 놓는다. "아 거센 서풍이여, 너 가을의 숨결이여"라고 부름으로써, 서풍은 신화적인 신성을 지닌 힘을 지니고 있음을 노래한다. "너의 보이지 않는 존재로부터 죽은 잎사귀들이/ 마법사에게서 도망치는 망령들처럼 휘몰리는구나." 보이지 않는 서풍이 위대한 힘으로 나무 잎사귀들을, 마치 마법사에게서 도망치는 휘몰려 몰려가는 것처럼, 휘날리게 하여 버린다.

서풍은 마법사로부터 짐 마차 꾼으로 변하여, "누렇고, 검고, 창백하고, 그리고 열병에 걸려 홍조 띤 수많은 무리인 그대들 잎사귀들이/ 날개 돋친 씨앗들을 어두운 겨울의 침상으로 옮겨 놓으면/ 그것들은 무덤 속에서 시체 모양/ 각자 싸늘하게 나직이 누워 있다가,/ 마침내 네 봄의 맑고 파란 누이가 꿈꾸는 대지 위에 그 나팔을 불어대어," 마치 서풍이 잎사귀들을 물고 가듯이, 봄바람이, "풀을 뜯는 양 떼처럼, 달콤한 씨앗들을 공중으로 휘몰고 가서/ 산과 들을 생기 있는 색깔과 향기로 가득 채운다."

서풍에 잎사귀들이 몰고 와서 심어놓은 이들 씨앗은 겨울 동안 땅(지구)속에서 죽은 듯이 지내지만, 봄이 되면 봄 향기 가득한 봄바람에, 죽었던 불모의 대지 위에 새싹이 돋고 꽃이 피게 하는 것이다. 그래서 시인은 첫째 연을 "거센 영이여, 곳곳에서 움직이는구나,/ 파괴자이며 보존자여, 들어라, 아 들어라!"라고 끝을 맺는다. 서풍은 나무로부터 생명의 마지막 표식들(잎사귀들)을 몰고 가버리기 때문에 생명의 "파괴자"이지만, 서풍은 역설적으로 봄이 오면 흩어진 씨앗들이 다시 살아나게 하기에 생명의 "보존자"인 것이다.

둘째 연에서는 서풍이 구름들을 소용돌이치게 하여 공기(대기)에 미치는 혁명적인 힘을 노래한다. "그대 서풍이 불어, 높은 하늘을 소란하게 하여,/ 구름들을 휘날리게 하여, 대지의 썩어가는 잎사귀들을 퍼뜨려 놓는 것처럼,/ 하늘과 대양의 뒤엉킨 가지로부터 뒤흔들어 노래한다." 하늘과 폭풍우 치는 바다 사이의 경계선을 구별할 수 없으며, 지평선으로부터 하늘의 최고의 높음에 이르기까지의 공간(공기)은 길게 뻗치는 폭풍우 구름으로 덮여있다.

시인은 구름들을 "비와 번개의 사자들이여"라고 함으로서, 성경적으로 표현하여, 구름은 하늘로부터 땅으로 비와 번개를 통해 메시지를 전달하는 사자들이다. 비와 번개 이 둘의 자연 현상은 대지를 기름지게 하고 밝히는 힘으로 변화를 불러온다.

시인은 자기 앞에 잎사귀들이 있는 대지의 장면에서부터 서풍이 하늘의 거대한 소용돌이를 일으키는 장면으로 확대함으로써, 서풍은 지평선 넘어 멀리 있는 것이 아니라, 바로 우리들의 머리 위에 있다. 구름들은 이제 소용돌이치는 잎사귀들의 이미지를 반영함으로써, 우리의 관심을 한정된 세계로부터 대우주로 끌어올린다. 서풍은 "검은 비와 번개와 우박"을 가져와서 쏟아져 내리게 하는 예언자여라. "아 들어라!"

셋째 연에서 서풍이 바다의 파도를 치게 하여 대양(물)에 미치는 위력을 노래한다. "파란 지중해를 그의 여름 꿈에서 일깨운 너,/ 수정 같은 물길들의 소용돌이를 잠재우고 누워있든 너," 서풍은 지중해의 여름의 꿈을 꾸듯 조용한 해면을 온통 파도를 일게 하고, 대서양의 잔잔한 파도를 갈라놓고, 그 바다 가운데 해초들까지 놀라서 몸을 떨게 한다.

화산이 분출한 용암으로부터 이루어진 구멍 뚫린 돌들 옆에, 로마 시대 황제들이 지은 부패한 세력의 상징인 웅장한 옛 궁전들과 탑들이 잠들고 있다가, 혁명적인 위력을 발휘하는 태양 빛 뒤섞인 서풍의 거대한 파도 속에서 떨고 있는 것을 시인은 보았다. 바다 위의 모든 것이 서풍에 영향을 받듯이, 바다 밑에 있는 모든 해초도 서풍에 영향을 받는다. 로마 황제들이 옛 질서가 이제는 파괴되었음을 받아들여야 하듯이, 이제 유럽의 부패한 모든 정치적 세력이 변화 개혁되어야 함을 암시한다.

"너의 가는 길을 위하여/ 대서양의 평범한 파도는 갈라져 틈을 이루고, 저 깊은 바다 밑에서는/ 바다 꽃과 바다의 활기 없는 잎사귀를 지닌 가느다란 해초의 숲이/ 네 목소리를 알아듣고, 겁에 질려 갑자기 창백해지며,/ 부르르 떨고 우수수 잎을 떨어뜨린다. 아 들어라!"

서풍이야말로 창조주의 역할을 담당하고, 과감한 혁명 정신을 상징한다. 서풍이 계절의 변화를 선포하듯이 "바다의 활기 없는 잎사귀"가 상징하는 안일한 매너리즘에 빠져 생명력도 정의감도 없는 유럽의 왕국들이 겁에 질려 떨게 하고, 새로운 정치적 질서를 위한 개혁의 변화를 선포할 것이다.

첫째 연에서 "아 거센 서풍이여"라고 시작하여 둘째 연과 셋째 연은 모두 분명히 서풍을 중심으로 노래하고 있다. 그러나 넷째 연에서는 더 이상 서풍에 초점을 두지 않고, 시인은 "내가"라고 시작함으로써 넷째 연과 다섯째 연은 시인 자신에 초점을 두고 있다. 전반부의 세 연은 "잎사귀" "구름" "파도"가 단지 서풍과 함께 존재한다면, 후반부의 두 연에서 그들은 시인과 함께 존재하고 있다. 시인은 "아, 나를 파도처럼, 잎사귀처럼, 구름처럼 일으켜다오!"라고 하여, 그들 중 하나로 생각하고 기도하고 있다.

넷째 연에서 시인은 서풍이 자연 속에 잎사귀, 구름, 파도에 미치는 위대한 힘을, 이젠 자연이 아니라, 시인 자신에게(인간 세계에) 나타나게 하여, 부정과 불합리로 혼탁한 정치 상황에서 억압되어 피 흘리는 인간들을 구원하고자 하는 간절한 소망을 나타내고 있다.

> 만일 내가 그대가 몰아갈 수 있는 한 개의 죽은 잎사귀라면,
> 만일 내가 그대와 함께 날 수 있는 한 점의 빠른 구름이라면,
> 그대의 힘 밑에 헐떡이며, 그대보단 덜 자유롭지만,
> 그대의 힘의 충동을 같이할 수 있는 하나의 파도라면,
> 다만, 아, 통제할 수 없는 자여! 만일 내가 내 소년 시절과 같다면,
> 그래서 하늘 위를 방랑하는 그대의 친구가 될 수 있다면….
> 나는 결코 이와 같이 나의 간절한 기도를 하며
> 그대와 겨루지 않았으리라.
> 아, 나를 파도처럼, 잎사귀처럼, 구름처럼 일으켜다오.

시인은 서풍의 힘으로 파도와 잎사귀와 구름과 하나 되는 것은 불가능하다는 것을 알지만, 그렇게 되기를 기도하는 것을 끊이지 않는다.

다섯째 연에서 시인과 서풍은 완전히 동일시된다. 시인은 "나를 그대의 거문고 되게 하여라. 숲이 그리하듯이."라고 한다. 시인은 서풍의 음악가가 되고, 서풍의 호흡은 시인의 호흡이 된다. 이제

시인과 서풍은 완전히 하나가 된다. 서풍이 불 때 이 어둠에 사는 세상 사람들에게 갱생의 소리를 들려주고 싶다고 한다. 성서에서 천사의 나팔 소리가 울리면서 예수 그리스도의 지상 위에 통치를 알리듯이, 시인은 그의 입이 갱생의 나팔이 되어, 이 잠든 것같이 깨지 못한 어두운 세상 위에 새 사회의 시작을 알려주기를 소망한다.

시인은 마지막 행에서 현재 자기 생애의 어려움은 갱생을 위한 희망으로 간주한다. 겨울의 죽음 같은 계절은 새봄 탄생의 전조인 것처럼 말이다. 그래서 시인은 "나의 입술을 통하여 잠 깨지 않는 대지에/ 예언의 나팔이 되어라! 오 바람이여,"라고 서풍을 불러일으킨다. 그리고서 마지막 한 구절 "겨울이 오면, 봄이 머지않으리(If Winter comes, can Spring be far behind?)"란 유명한 말을 남긴다. 숲속의 나무들의 잎사귀들처럼, 시인의 잎사귀들은 떨어지고 썩어지겠지만, 봄이 올 때 다시 자라날 것이다. 휘몰아치는 서풍의 위대한 힘을 알기에, 소망을 잃지 않고 있는 것이다.

그래서 바울은 로마서 12:12에서 "소망 가운데 즐거워하며, 환난 가운데 참으며, 기도를 꾸준히 하십시오."라고 권면하였다.

19

두 도시 이야기

성 어거스틴, 『하나님의 도시』
(St. Augustine(Aurelius Augustinus), *The City of God*)

마태복음 22:30에서 "부활 때에는 장가도 아니 가고 시집도 아니 가고 하늘에 있는 천사들과 같으니라"고 하고, 그리고 베드로후서 2:4에서 "하나님이 범죄한 천사들을 용서하지 아니하시고 지옥에 던져 어두운 구덩이에 두어 심판 때까지 지키게 하셨으며"라고 함으로써, 천사들이 하나님 나라와 지옥(사단의 나라)에 나누어져 있는 것을 알게 된다.

기독교 초기의 교부 어거스틴(성 아우구스티누스, 354-430)은 『하나님의 도시』제11권부터 제22권에 이르기까지 "하나님의 도시(Heavenly City)"(시 148:1)와 "땅의 도시(Earthly City)"(요 8:44)에 관해서 이원론적 개념으로 설명하고 있다.

어거스틴에 의하면, 천사들은 세상이 창조되기 전에 창조되었다. 사탄(루시퍼)이 범죄 했기 때문에 천사들은 두 도시(나라)로 나누어지게 되었다. 두 도시가 생기게 된 근원은 천사들이 좋은 천사와 나쁜 천사로 분리되면서부터 시작했다고 한다. 하나님께서 인간을 창조하셨는데, 그 인간이 타락하게 되었으며, 그 원죄가 세계에서의 선과 악의 원인이 되었다고 한다. 두 도시의 차이는 근원적으로 선을 사랑하느냐 악을 사랑하느냐 하는 각각의 근원에서부터 생겨나게 된다. 하나는 하나님과 함께하는 빛(좋은)의 도시로 하나님의 도시요, 다른 것은 사탄과 함께 하는 어둠(나쁜)의 도시로 땅의 도시이다.

어거스틴은 두 도시의 진전을 네 기간으로 나누어 연대기적으로 다루고 있는데, 인간 창조에서 노아를 통해서까지, 족장들에서 다윗을 통해서까지, 선지자들에서 그리스도까지, 그리고 메시아의 왕국에 이르기까지 등 각각의 발전을 분리하여 다루고 있다. 두 도시의 주제는 땅의 도시의 최후의 심판과 형벌을 하나님의 천상의 도시의 보상과 대조시키는 것이다.

어거스틴의 두 도시 이야기의 주제는 그 범위가 거대하다. 두 도시는 아마도 역사에서 기독교 철학의 제일 첫째가는 그리고 가장 위대한 해설일 것이다. 『하나님의 도시』의 두 도시 이야기는 교리적으로나, 도덕적으로나, 신학적으로나, 변증론 적으로나, 역사적으로나, 그리고 초대교회의 신학적인 작업으로나 최고의 역작이리라.

어거스틴이 말하는 "도시(City)"는 전(숲)우주를 포함한다. 인간 사회도 우주적인 도시 안에 살고 있음을 말한다. 한 도시는 하나님의 통치와 주권 안에 있는 도시(천국)요, 다른 도시는 하나님이 계시지 않는 땅의 도시(사탄이 통치하는 도시)이다. 하나님의 도시는 정의로운 도시지만, 땅의 도시는 사악한 도시이다. 전자는 영을 따라 살기를 원하는 사람들로 구성된 도시이지만, 후자는 육신을 따라 사는 사람들로 구성된 도시이다.

인간 사회에서도 하나님의 도시에 속한 사회가 있고, 땅의 도시에 속한 사회가 있다고 하고, 사람도 하나님의 도시에 속한 사람이 있고, 땅의 도시에 속한 사람이 있다고 했다. 모든 사람은 최후의 심판

이후에는 천국과 지옥으로 나누어진다고 했다.

하나님의 도시에 속한 나라의 군주와 신하는 서로를 사랑으로 섬기며, 신하는 군주께 순종하고, 군주는 신하들을 배려하지만, 땅의 도시에 속한 군주들은 정복한 국가들을 자신의 힘으로 통치하기 때문에 신하들은 군주의 힘에 눌려 순종을 가장하고, 군주는 힘으로 신하들을 통치한다.

하나님의 도시에서는 "나의 힘이신 여호와여 내가 주를 사랑하나이다"(시 18:1)라고 함으로써 인간의 지혜보다 하나님의 힘(권능)이 나에게 역사하심으로 경건하게 예배드리게 된다. 고린도전서 15:28은 하나님 중심의 삶을 잘 설명하고 있다. "만물을 그에게 복종하게 하실 때에는 아들 자신도 그 때에 만물을 자기에게 복종하게 하신 이에게 복종하게 되리니 이는 하나님이 만유의 주로서 만유 안에 계시려 하심이라"

그러나 땅의 도시에서는 지배자 속에 대표되는 자신의 힘에 즐거움을 느낀다. 도시의 현자(賢者)들은 자신의 육체와 영혼의 유익을 추구하고, 하나님을 섬기지 않고, 자신의 상상으로 만든 인간, 동물, 조류 등을 우상으로 섬긴다. 로마서 1:21-25은 땅에 속한 자의 삶을 잘 설명하고 있다. "하나님을 알되 하나님을 영화롭게도 아니하며 감사하지도 아니하고 오히려 그 생각이 허망하여지며 미련한 마음이 어두워졌나니 스스로 지혜 있다 하나 어리석게 되어 썩어지지 아니하는 하나님의 영광을 썩어질 사람과 새와 짐승과 기어 다니는 동물 모양의 우상으로 바꾸었느니라 그러므로 하나님께서 그들을 마음의 정욕대로 더러움에 내버려 두사 그들의 몸을 서로 욕되게 하게 하셨으니 이는 그들이 하나님의 진리를 거짓 것으로 바꾸어 피조물을 조물주보다 더 경배하고 섬김이라”

시편 3:3에서 “여호와여 주는 나의 방패시요 나의 영광이시요 나의 머리를 드시는 자이시니이다”고 했다. 하나님의 도시에 속한 사람은 하나님의 영광 가운데 나의 머리를 들게 하시지만, 땅의 도시에 속한 사람은 자기 자신의 영광 가운데 자기의 머리를 드는 자이다.

하나님 나라 도시의 시민들은 하나님을 사랑하고 자신을 멸시하지만, 땅의 도시의 시민들은 자신을 사랑하고 하나님을 멸시한다. 전자는 하나님께 영광을 돌려드리고 하나님께 순종하지만, 후자는 자신의 힘에 영광을 돌리고 하나님께 대항하려 한다.

두 도시의 차이는, 하나님 나라의 도시는 영을 따라 살기를 원하는 사람들로 구성되어 있는 반면에, 땅의 도시는 육신을 따라 사는 사람들로 구성되어 있다.

두 가지 사랑이 두 도시를 형성하고 있다. 하나님 나라 도시의 사람들은 거룩하고 서로에게 친근하고 정직하지만, 땅의 도시의 사람들은 불결하고 이기적이어서 부정직하다.

전자는 천국 사회를 위하여 서로 간에 공유의 복지를 고려하지만, 후자는 오만한 지배를 위해 사회적 일들을 이기적으로 장악하려 한다. 전자는 조용하고 평화롭지만, 후자는 안절부절 하고 사고뭉치 꺼리이다. 전자는 우호적이지만, 후자는 부러워한다.

하나님의 도시 사람들은 이웃이 원하는 대로 이웃을 원하지만, 땅의 도시의 사람들은 이웃을 정복하여 이용하려 한다. 전자는 이웃의 복지를 위해 이웃과 대화하지만, 후자는 자신의 이익을 위해 이웃을 조종하려 한다.

어거스틴에 의하면, 하나님의 도시는 예루살렘으로 대표되고. 땅의 도시는 바벨론으로 대표 된다. 예루살렘은 아벨을 통해서 시작되었지만, 바벨론은 가인을 통해서 시작되었다. 예루살렘은 평화의 비전을 주는 도시이지만, 바벨론은 혼돈의 미래를 주는 도시이다. 이 두 도시는 인류의 시작부터 세상 끝날까지 서로 섞여 있지만, 심판 날에 예루살렘은 하나님의 오른편에 설 것이고, 반면에 바벨론은 하나님의 왼쪽에 설 것이다.

하나님을 사랑하는 자들은 예루살렘을 만들 것이고, 세상을 사랑하는 자들은 바벨론을 만들 것이다. 각자는 자신이 어느 쪽을 사랑하는지 질문을 하고, 어느 도시의 시민인가를 알아야 한다. 자신이 예루살렘 시민인 것이 발견되면, 사로잡힌 것을 참고 자유를 소망해야 하지만, 자신이 바벨론 시민인 것을 발견하면, 탐욕을 뿌리 빼고, 자애(사랑)를 심어야 할 것이다.

사람들은 지금은 서로 섞여서 살지만, 심판 날에 각각 두 편으로 분리되어, 예루살렘을 만든 사람들은(예루살렘에 속한 사람들은) 왕의 통치하에 좋은 천사들과 함께 영원한 삶을 누리게 될 것이지만, 바벨론을 만든 자들은(바벨론에 속한 자들은) 나쁜 천사들과 함께 영원한 불에 보내짐을 당할 것이다.

마태복음 5:8-10에서 예수님은 "마음이 청결한 자는 복이 있나니 그들이 하나님을 볼 것임이요 화평하게 하는 자는 복이 있나니 그들이 하나님의 아들이라 일컬음을 받을 것임이요 의를 위하여 박해를 받은 자는 복이 있나니 천국이 그들의 것임이라"고 하심으로써 하나님의 도시에 속한 사람들의 속성을 말씀하시는 것이리라!

20
영원과 시간

성 어거스틴, 『참회록』
(St. Augustine(Aurelius Augustinus), *Confessions*)

시편 90:2에서 "산이 생기기 전, 땅과 세계도 주께서 조성하시기 전 곧 영원부터 영원까지 주는 하나님이시니이다"라고 함으로서 하나님께서 땅과 세계를 창조하시기 전에 영원이 존재했음을 말씀하고 있다.

기독교 초기의 교부 어거스틴(성 아우구스티누스, 354-430)은 『참회록』에서 영원함과 시간에 대한 것을 흥미 있게 다루고 있다.

어거스틴은 하나님은 시간 속에 일어나는 일을 보시되 시간의 지배를 받지 않으신다고 함으로서, 하나님은 시간의 흐름(역사의 흐름)의 주인공이시면서 시간을 초월하고 계시는 영원자이심을 말하고 있다. 그는 시편 118:1의 하나님은 선하시며 그의 인자하심이 영원하시다는 것을 인용함으로서 우리 인간들을 향한 선하심과 인자하심도 영원하다는 것을 강조하고 있다.

어거스틴은 하나님의 오른쪽에 계시는(시 80:17) 주 예수 그리스도는 하나님과 우리 사이에 중보자가 되신다고 하고, 우리가 구하지 않고 있을 때 하나님은 그분을 통해 우리를 찾으셨다고(롬 10:20) 했다. 다시 말하면, 하나님께서 영원과 우리 인간들이 사는 시간을 연결하기 위해서, 예수 그리스도를 중보자로 영원으로부터 시간 속으로 보내셨다는 것이다.

하나님께서 우리 인간들을 찾으신 것은 우리가 하나님을 찾게 하려는 것이라고 함으로서, 우리가 하나님의 영원하심과 만나는 길은 오로지 영원에서 오신 예수 그리스도를 통해서, 즉 말씀이 육신되어 우리 가운에 거하신(요 1:14) 예수 그리스도의 성육신(Incar-nation)을 통해서만 임을 말하고 있다.

예수 그리스도는 하나님의 말씀으로써, 그를 통해 만물을 지으셨으니, 그 가운에 어거스틴도 포함되어 있으며, 예수 그리스도가 하나님의 독생자임을 믿는 자들은 아들의 명분을 얻게 하려(갈 4:5) 하셨으니, 그들 가운데 어거스틴도 들어 있다고 했다. 그러기에 시간 속에 존재하는 어거스틴도 영원에서 시간 속으로 오신 예수 그리스도를 통해서만, 즉 성육신을 통해서만 영원과 접하여 하나님의 아들의 명분을 얻게 되었다는 것이다.

어거스틴은 "하나님 우편에 계신 자요 우리를 위하여 간구하시는 자(롬 8:34)의 이름으로 하나님께 간구한다고 했다. 예수 그리스도 안에는 지혜와 지식의 모든 보화가 감추어져 있는데(골 2:3), 그런 보물을 어거스틴은 성경책에서 찾고 있다고 했다.

"태초에 하나님이 천지를 창조하시니라"(창 1:1)라고 했는데, 어거스틴은 이 말씀을 이해하게 해달라고 하고 있다. 그러기에 하늘과 땅은 존재하고 있다고 했다. 창조된 세계는 시작이 있고 끝이 있다고 했다. 그러나 하나님의 말씀은 영원히 머물러 있다고 했다.

요한복음 1:1에서 "태초에 말씀이 계시니라 이 말씀이 하나님과 함께 계셨으니 이 말씀은 곧 하나님이시니라"라고 했다. 어거스틴은 그 말씀은 영원한 말씀이며, 이 말씀으로 말미암아 만물은 하나님의 뜻을 영원히 말하고 있다. 그것은 한 음절이 끝난 후에 다음 음절로 이어지는 식의 시간의 제약을 받는 말이 아니라, 오히려 모든 것이 동시에 영원히 말하는 것이라고 했다. 하나님의 말씀은 진정 불멸하며 영원하기 때문에 소멸되는 것도 생성하는 것도 없다고 했다. 어거스틴은 이런 진리를 알게 되었음으로 하나님께 감사드린다고 했다.

창조된 것 가운데 영원한 것은 아무것도 없다고 했다. 존재하기 시작하다가 사라져 버리는 모든 것은, 영원한 이성(하나님의 뜻) 속에서, 그것들이 언제 있어져야 하고 언제 없어져야 하는지 하나님께서 아시는 그때에 시작하고 멈춘다고 말할 수 있다고 했다. 하나님의 영원한 이성에는 시작도 없고 끝도 없다고 했다. 그것은 바로 하나님의 말씀이며 우리에게 말씀하시는 "태초"라는 것이다.

시편 104:24에서 "여호와여 주께서 하신 일이 어찌 그리 많은지요 주께서 지혜로 그들을 다 지으셨으니 주께서 지으신 것들이 땅에 가득하니이다"라고 했다. 어거스틴은 바로 이 "지혜"가 "태초"이며, 그리고 그 "태초"에 하나님은 천지를 창조하셨다고 했다.

하나님은 시간의 근원이며 창조자이시며, 시간은 하나님이 만들기 전에는 존재할 수도, 흘러갈 수도 없었다. 영원 속에는 아무것도 지나가는 것이 없어 모든 것이 현재에 존재할 뿐이라는 것이다. 시편 102:27에서 "주는 한결같으시고 주의 연대는 무궁하리이다"라고 함으로서, 하나님의 연대는 가지도 오지도 않는다고 했다. 그러나 우리 인간의 연대는 가기도 하고 오기도 하며 결국에는 끝이 있다고 했다. 하나님의 연대는 "하루가 천 년 같고 천 년이 하루 같다"(벤후 3:8)고 했으며, 그리고 하나님의 하루는 매일이 오늘이라고 했다.

하나님의 오늘은 영원이다. 그래서 하나님은 당신과 함께 영원히 공존하는 한 분을 "내가 오늘 너를 낳았다"(히 5:5)라고 했다.

어떤 시간도 하나님과 같이 영원할 수는 없다고 했다. 과거는 이미 지나가 지금 존재하지 않고 단지 현재의 우리의 기억 속에 존재하는 것이며, 미래가 아직 오지 않아 존재하지 않고 단지 우리의 현재의 기대(예견) 속에 존재하는 것에 불과하다. 과거와 미래는 존재하지 않고 현재만 존재하기 때문에, 어거스틴은 시제를 '과거 일의 현재', '현재 일의 현재', '미래 일의 현재'라고 말하고 있다.

어거스틴은 시간의 흐름을 시 한수를 낭독할 때를 예로 들고 있다. 시인이 그 시를 낭송하기 전에 이미 시 전체를 미리 생각해 본다. 그러나 그가 그 시를 낭송하기 시작했을 때 이미 낭송한 구절은 과거 속으로 사라져서, 자기 기억의 영역으로 들어간다. 이런 시인의 행위는 두 가지 영역으로 나누어진다. 시인이 이미 읊은 구절들은 그의 기억 속에, 그가 읊으려고 하는 구절들은 그의 예상(기대) 속에 있는 것이다. 그러나 그동안에도 어거스틴의 관심은 현존하는 것에 있다. 그리고 현재를 통해 미래가 과거로 옮겨지는 것이다. 이러한 과정이 계속되면서 예상(기대)은 줄어들고 기억은 길어진다. 그래서 마침내 모든 예상(기대)이 소멸하고, 시를 읊는 행위도 끝이 나고, 낭송이라는 행위와 낭송한 시는 모두 기억 속으로 옮겨진다. 이러한 현상은 시 전체나 각각의 음절을 읊을 때도 마찬가지이다.

어거스틴은 위에서 말한 시를 낭송하는 과정은 한 인간의 전체 삶에서도 마찬가지이며, 그리고 한 인간의 삶은 인류 전체 역사의 일부분을 이루고 있으므로, 인류의 모든 역사에서도 마찬가지라는 것이다. 어거스틴은 자신의 삶도 시를 낭송하는 것처럼 덧없이 흘러

가고, 인류의 역사의 과정도 수많은 폭풍과 급류 속에서 흘러가는 강물이란 것이다.

그러나 어거스틴은 인자하신 하나님 안에서 "주의 오른손이 나를" 붙드셨다고(시 18:35) 함으로서, 예수 그리스도는 하나님과 수많은 인간 사이에 중보자라고 고백한다. 다시 말하면, 영원하신 하나님과 시간 속에서 흘러가서 기억 속에 사라질 인간은, 영원에서 오신 중보자 예수 그리스도가 나를 붙드심으로 내가 '영원한 현재(Eternal Now)'와 만남(contact)을 갖게 되고, 나도 영원에 속하게 된다고 했다.

어거스틴은 빌립보서 3:12-14의 바울의 말씀을 인용함으로서, 그는 영원자와의 만남으로 완전함을 이미 얻은 것도 아니요, 또 이미 완전함에 이른 것도 아니라고 하고는, 말씀이 육신이 되어 오신 (즉 영원에서 시간 세계에 오신) 그리스도 예수께서 그를 사로잡으셨으므로, 그는 영원에서 시간의 세계로 오신 "영원한 현재(Eternal Now)"이신 그분 예수 그리스도를 붙들려고(하나 되려고) 좇아가고 있다고 했다. 어거스틴이 하는 일은 단 한 가지인데, 과거의 일은 생각지 않고, 미래에 될 일을 바라보면서, 영원자 이신 그리스도 예수 안에서, 영원한 현재(Eternal Now)이신 예수 그리스도와 하나가 됨으로서, 하나님께서 위로부터 부르신 그 목표, 즉 시간 속에 살면서도, 영원함과의 만남으로 완전을 이룩하려는 목표를 향하여 달려가고 있다고 했다.

그러나 지금 어거스틴은 "내 일생을 슬픔으로"(시 31:10) 보내고 있다고 하고, "주님, 당신은 저의 위로자요, 영원한 아버지입니다."라고 한다. 그러나 어거스틴은 이해하지 못하는 시간 속에 혼란을 겪고 있다고 했다.

　요한복음 1:14에서 "말씀이 육신이 되어 우리 가운데 거하시매 우리가 그의 영광을 보니 아버지의 독생자의 영광이요 은혜와 진리가 충만하더라"라고 함으로서, 영원자이신 그리스도는 완전하신 하나님으로서, 육신이 되어 시간 세계에 오신 완전한 인간으로서, 성육신(Incarnation)하셨음을 말씀하고 있다. 그러기에 그리스도는 하나님의 쉐카이나의 영광이요 은혜와 진리가 충만하신 것이다. 성육신(Incarnation)이야말로 영원(the Eternal)과 시간(the temporal)을 연결하는 구원의 "영원한 현재(Eternal Now)"인 것이다.

21
위대한 존재의 연쇄

토마스 아퀴나스, 『신학총론』
(Thomas Aquinas, *Summa Theologica*)

창세기 1:1-31에 보면, 태초에 하나님이 천지를 창조하시고, 빛과 어두움, 낮과 밤, 궁창 아래 물과 궁창 위에 물, 땅과 바다로 나누셨다. 하나님께서 풀과 씨 맺는 채소와 열매 맺는 나무를 나게 하시고, 모든 생물을 종류대로 창조하시고, 가축과 짐승을 종류대로 창조하시고, 그리고 하나님의 형상을 따라 사람을 만드시고, 바다의 물고기와 하늘의 새와 가축과 온 땅과 땅에 기는 모든 것을 다스리게 하셨다. 하나님께서 지으신 그 모든 것을 보시니 보시기에 심히 좋았더라고 하셨다.

이탈리아의 가톨릭 신학자 토마스 아퀴나스(1225-1274)는 『신학총론』에서 하나님께서 창조하신 우주의 모든 것의 존재 원리는 "위대한 존재의 연쇄(The Great Chain of Being)"라는 형태로 이루어졌는데, 모든 물질(물질세계)과 모든 생명(영적 세계)은 체계적인(계급적인) 구조로 되어있다는 것이다.

살아있는 것과 살아있지 않는 것을 판단하는 방법은, 자기 스스로가 움직일 수 있는 것은 살아있다고 하고, 더 이상 움직이지 않는 것은 생명을 상실한 죽은 것이라고 한다. 살아있다는 것은 스스로 걸어 다니고, 생각하고, 감지하고, 행동하는 것이다. 생명이란 것은 어떤 존재가 스스로 움직이는 것을 의미한다고 한다. 생명은 어떻게 독립적이냐에 따라서 다양한 수준의 행동을 완성하는 능력을 갖추고 있다고 한다.

생명의 가장 낮은 단계는 식물로서, 창조된 속성상 어떤 동작은 하지만 정확한 형태로 자라기만 한다고 한다. 생명의 그 다음 단계는 짐승류(금수)로서, 그들의 창조된 속성상, 그들이 감지한 것에 대한 여러 가지 행동을 한다고 한다. 높은 단계의 생명은 인간에게서 발견되는데, 그들 자신의 목적을 선택함에 따라 다양한 행동을 한다고 한다. 인간이라 해도 외부의 환경의 영향을 받아 행동을 결정한다고 한다. 예를 들면, 인간의 속성상, 선한(행복한) 방향으로, 의지의 힘으로, 행동하려고 한다고 한다. 생명의 최고 형태는, 외부로부터 오는 어떤 영향으로 결정함이 없이 완전히 자율성으로 행동한다는 것이다. 이런 경우는 하나님만이 하실 수 있다고 한다. 하나님은 절대 선(善)이기 때문에. 하나님 스스로만이 절대 필요를 아시고 하나님께서 결정하신다. 하나님의 뜻은 모든 존재의 원인이라고 한다. 하나님께서 무엇을 뜻하시든지, 그것은 필연적으로 일어난다고 한다.

앞에서 본 아퀴나스의 사상은 중세 기독교로부터 내려오는 하나님께서 선포하셨다는 사상이다. 이 연쇄 사상은 하나님으로부터 시작하여 아래로 내려가는데, 천사, 인간, 동물, 식물, 그리고 광물로 이어진다. "위대한 존재의 연쇄" (라틴어로는 "존재의 사닥다리"라고 함) 사상은 플라톤과 아리스토텔레스로부터 중세로 내려오게 되고 토마스 아퀴나스가 『기독교 총론』에서 정리하고 있다.

존재의 연쇄는 하나님께서 제일 위에 계셔서, 만물의 창조자이고 지배하시는 순수 실재(Pure Actuality)이며, 창조와 시간과 공간 밖에 계셔서, 전능하시고, 전지하시며, 전재하시다. 천사는 영적 존재로서 순수 존재(pure being)이며, 하나님을 섬기는 존재이며, 물질적인 육체가 없으며, 그러기에 불변하는 존재이며 영원하다. 그 아래로 인간은 영과 물질의 두 요소로 구성되어 있기에, 인간은 변하고 죽으며, 그러기에 본질적으로 영원하지 못하고 일시적이다. 인간 아래는 동물이 있으며, 오관을 통한 감정을 표현하고, 감정이 움직이는 데로 움직인다. 식물은 움직이지 못하고, 심어진 자리에서 자라기만 한다. 존재의 제일 아래쪽에는 지구 자체를 말하는 광물로서 단지 물질로만 구성되어 있다.

존재의 연쇄를 정리하면, 제일 아래는 광물로서 존재하기만 한다. 그 위는 식물로써 존재하고 성장한다. 그 위는 동물로서 존재하고 성장하며 감정이 있다. 그 위는 인간으로서 존재하고 성장하며 감정과 이성이 있다. 그다음은 영적인 세계로 천사는 순수 존재이고, 제일 위에 하나님은 순수 실제이시다.

그다음으로 하나님이 창조하신 천사들이 있다. 기독교 천사론에서, 천사는 육체가 없는 순수한 영으로서 불멸의 존재이다. 천사는 물질세계에서 인간을 상대로 어떤 일을 하려고 하면 땅의 물질로 만들어진 일시적인 육체로 나타난다. 천사는 이성과 사랑과 상상력 같은 것을 가진 영적인 속성을 가지고 있다고 생각된다. 토마스 아퀴나스는 성경에서 천사의 역할에 따라 그 명칭이 다르다고 하고, 9계급으로 분류한다. 세라핌(상급의 천사), 그룹들, 왕권들, 주권들, 역품(力品) 천사(천사의 제5계급), 통치자들, 권세자들, 대천사들, 천사들이 있다.

존재의 연쇄의 고리(계층)마다 구성요소가 체계적으로(계급조직으로) 되어 있다. 예를 들면, 인간계에서, 중세 세속 사회에서 왕은 존재의 최 우위에 자리 잡고 있으며, 그다음으로 귀족의 영주들과 성직자들이 있으며, 그 아래로 농민 계급이 있었다. 제일 낮은 곳에 거지가 있다. 인간과 사회 질서의 절정에 자리 잡은 왕의 지위를 굳히려는 것이 왕권신수설이다.

동물은 감각이 있고, 움직이고, 육체적 식욕이 있다. 사자는 동물의 왕으로 동물 중에 최고에 자리 잡고 있다. 원기 왕성하게 움직이고, 뛰어난 시력과 먹이를 냄새 맡는 능력을 갖춘 강력한 감각기관을 갖고 있다. 그 아래가 다루기 쉬운 가축인 개, 말, 양 등이 있다. 뱀은 동물계급에서 밑바닥에서 찾아볼 수 있는데, 에덴동산에서 인간(아담과 하와)을 유혹하여 범죄 하게 한 사악한 역할 때문이다. 낮은 위치에 속한 것은 꿈틀거리고 기어 다니는 것으로 바다 밑바닥에 고착되어있는 굴과 같은 것이다.

조류를 보면, 독수리는 당당하게 높이 날며 멀리 뚫어보는 시야와 제왕적인 태도 때문에 제일 위에 위치하며, 비둘기 같은 보통 조류는 보다 낮은 위치에 속한다. 조류보다 아래는 다양한 어류가 있으며, 그 아래는 곤충이 있다. 벌 같은 유용한 것은 하찮은 파리나 딱정벌레보다 우위를 차지한다.

식물은 감각기관이 없으며 옮겨 다니지를 못하나, 자라고 생산할 수는 있다. 오크 같은 강하고 유용한 나무는 높은 지위를 차지하며, 그 아래가 상록수 같은 것이 있다. 곡물에도 높고 낮은 것이 구별된다. 특별히 매력적인 자태로, 아름다운 향내와 잎사귀를 가진 장미는 꽃 중에 최고의 자리에 속하며, 민들레 같은 것은 낮은 범주에 속한다.

버섯이나 이끼 같은 것은 땅에 붙어서 낮은 위치에 속한다.

존재의 연쇄의 제일 밑바닥에는 광물이 있다. 광물은 움직일 수 없고, 감각도 없으며, 성장하고 생산할 수도 없다. 광물의 속성은 단단하고 강하다. 보석은 매력을 소유하고 있는데, 보석의 왕은 다이아몬드로, 제일 높은 위치에 두며, 금으로부터 은과 납으로 이어지며, 유용한 대리석으로부터 아래로 바위에서 흙으로 내려간다.

중세와 르네상스에서, 특히 셰익스피어 극 작품에 보면, 왕은 왕권신수설을 주장하면서, 동물계의 사자로, 식물계의 장미로 자신을 비유하며 높인다.

셰익스피어는 특히 비극에서 "위대한 존재의 연쇄" 개념을 사용하여 주인공들의 성격에서 비극적 결함으로 전락하는 모습을 묘사하고 있다. 인간은 동물계에서 제일 높은 위치에 속하였으며, 영계에서는 제일 낮은 자리에 위치하고 있기에, 동물이 가진 격정(passion)도 가지고 있으며, 영계를 이해할 수 있는 이성(reason)을 가지고 있다. 인간(주인공)은 선택권의 자유가 있으므로, 주인공이 이성보다 격정(감정)을 선택하게 되면(영어로 "passion over reason" -하게 되면), 주인공은 자신의 성격적 결함으로 비극적인 전락을 하게 되어 죽음에 이르게 된다는 것이다. 『햄릿』은 과도한 철학적인 사고 때문에, 『리어 왕』은 노년에 과도한 분노 때문에, 『맥베스』는 과도한 야심 때문에, 『오셀로』는 과도한 질투 때문에 전락하여 죽음에 이르게 된다. 그래서 셰익스피어의 비극을 성격비극이라 하고, 운명의 수레바퀴는 신의 예정으로(운명론으로) 비극적인 운명에 이르는 것이 아니라, 주인공 자신의 성격적인 결함으로, 자기 자신이 운명의 수레바퀴를 돌리기에, 인간 자신이 비극적인 전락에 책임이 있는 것이다.

창세기 2:17에서 하나님은 "선악을 알게 하는 나무의 열매는 먹지 말라 네가 먹는 날에는 반드시 죽으리라 하시니라"라고 하심으로써, 인간에게 열매를 먹고 먹지 않는 자유 선택권을 주셨다. 인간의 성격의 교만(휴브리스)이 비극적인 결함이 되어, 선악과를 따 먹음으로써 반드시 죽게 되는 운명론(결정론)에 메이게 되었다.

22
순간과 영원의 만남

T. S. 엘리엇, 『네 사중주』
(T.S. Eliot, *Four Quartets*)

마태복음 1:18-25에 보면 예수님은 마리아가 요셉과 정혼하고 동거하기 전에 성령으로 잉태되었으며, 자기 백성을 저희 죄에서 구원할 분이시라고 말하고 있다. 이 사실을 요한복음 1:14에서는 "말씀이 육신이 되어 우리 가운데 거하시매 우리가 그 영광을 보니 아버지의 독생자의 영광이요 은혜의 진리가 충만하더라"라고 표현하고 있다.

미국 태생의 영국 시인이요 비평가며 수필가인 T.S. 엘리엇(1888-1965, 1948년 노벨 문학상 수상)은 그의 『네 사중주』란 시(詩)에서 시간 속에서 순간을 사는 인간의 구원은 영원과의 만남에서만 가능하다고 보았다. 그는 예수 그리스도의 성육신(成肉身, Incarnation)만이 영원과 순간과의 만남을 가능케 한다고 말한다.

엘리엇에 의하면 인간은 "회전하는 세계(the turning world)"에서 순간과 영원과의 경험을 한다는 것이다. 순간에 속한 세계는 시간과 공간 안에서 끊임없이 변화하는 가시적(可視的)인 세계이며, 영원에 속한 세계는 무시간적이며 불변하는 패턴의 불가시적 세계이다. 전자는 형이하학적이고 일시적인 역사와 자연의 세계이고, 후자는 내면적이고 영원한 영혼의 세계이다.

플라톤(Plato)식으로 표현한다면, 전자는 생성(生成, Becoming)의 세계이고, 후자는 존재(Being)의 세계이다. 칸트(Kant)의 철학에서 전자는 현상(Phenomena)의 세계이고, 후자는 본체(本體, Noumena)의 세계이다.

인간은 끊임없이 변하는 일시적인 세계에서의 경험을 통해서 영원한 세계를 이해할 수 있다는 것이다. 시간과 영원이란 두 개의 개념(세계)은 성격상 서로 상반(相反)되지만 동시에 공존하며, 서로 갈등을 일으키지만 만난다는 것이다. 그 만남의 장소의 중심을 엘리엇은 "정점(頂點, the still point)"이라고 한다. 이 "정점"은 유한한 시간(mortal time)을 통해서 영원한 실재(實在, timeless Actuality)를 추구하는 장소이다. 그래서 엘리엇은 "시간을 통해서만 시간은 정복될 수 있는 것(Only through time, time can be conquered)"이라고 노래한다.

이러한 시간(time)과 무 시간(timeless)의 일치 장소의 중심이 "정점"이요, 그 "정점"을 가능케 한 것은 역설적인 기독교의 "성육신(Incarnation)"이라는 것이다. 성육신은 시간과 무 시간이 일치를 이루는 점이다. 왜냐하면 그 순간은 영원한 신(神)인 그리스도가 시간과 공간 내에서 인간의 형태를 취한 바로 그 순간이기 때문이다. 이러한 성육신 안에서 갈등을 일으키는 모든 대립이 역설적으로 정복될 수 있고 화해될 수 있다는 것이다. 따라서 그렇게 함으로써 역사에 의미를 부여할 수 있었다는 것이다. 그래서 엘리엇은 다음과 같이 읊고 있다.

성육신
여기에서 여러 존재권의
불가능한 결합이 실현되고
여기에서 과거와 미래가
정복되고 화해되도다.

이러한 성육신의 진리에 대한 믿음을 갖게 되는 순간이 정신적이고 지적인 깨달음을 얻게 되는 순간이며, 이때야말로 인간은 시간의 끊임없는 운동에 스며들면서 동시에 무 시간의 고요와 접하게 되는 것을 경험할 수 있다는 것이다. 엘리엇은 이 순간을 "회전하는 세계의 정점(the still point of the turning world)"이라고 표현한다. 어떤 학자들은 이 순간을 "수학적인 순수점(mathematically pure point)"이라고 하며, 이것은 단테(Dante)가 말하는 "동하지 않는 원동자(Unmoved Mover)"와 그 맥락을 같이 한다. 그러므로 엘리엇의 "정점"은 시간과 무 시간, 즉 순간과 영원의 영원한 일치를 나타내는 "말씀(Word)", 즉 "로고스(Logos)"를 상징한다.

엘리엇에 의하면 위대한 극적 대립은 패턴을 지닌 조화와 정(靜)의 삶, 그리고 어떠한 패턴도 없는 이기주의적인 무질서와 혼돈의 삶 사이에서 일어난다. 그러나 이러한 충돌, 갈등하는 대립, 즉 운동과 정(靜), 혼돈과 질서, 시간과 무 시간은 사랑의 신비에 의해 역설적으로 화해되고 일치의 영원한 중심인 "정점"에 귀착한다. 왜냐하면 "사랑은 그 자체가 움직이지 않은 것이고, 운동의 원인이며 궁극(결과)일 뿐(Love is itself unmoving,/ Only the cause and end of movement)"이기 때문이다. 원인과 궁극(Alpha와 Omega)이 동시에 존재하는 예수 그리스도는 사랑이며, 이 사랑이란 그 최고의 형태는 대립 되는 것을 화해시키는 화신(Incarnation)이다.

이 시점에서 시인은 "정점"에 이르는 방법으로 키엘케골(Kierke
-gaard)의 절망 안에서만 절대 존재자를 알 수 있는 가능성이 열린
다는 역설적인 방법을 끌어들인다. 어둠으로부터 빛이 나오고, 절망
으로부터 희망이 나타나며, 죽음으로부터 새로운 생명이 창조된다는
것이다. 이것은 키엘케골 식의 "겸허의 수용"과 어거스틴식의 "무지
의 인식"을 통해서만 가능하다는 것이다. 그래서 엘리엇은 말한다.

> 그대가 모르는 곳에 도달하려면
> 무지의 길인 그 길로 가야 한다.
> 그대가 소유치 않은 것을 소유하려면
> 그대는 무소유의 길을 가야 한다.

모든 인간은 영적으로 병들었으며, 아담의 죄로 인한 저주의 결과
로 죽음에 이르게 되어 있다. 그리스도는 "상처받은 외과 의사(the
wounded surgeon)"로써 인간을 치유하여 새로운 삶의 길로 인도
하신다. 그분은 우리로 하여금 죽음에 이르는 병든 죄인이란 것을
인식하게 하신다. 그러나 그리스도는 자신이 대신 죽음으로써 영적,
육적 부활을 통한 인간 구원을 가능하게 하였다. 그리스도의 사랑은
자신이 암흑 속으로 내려감으로써 도달할 수 있는 "정점"인 것이다.
그래서 시인은 "나의 끝에 나의 시초가 있다(in my end is my
beginning.)"라고 했다.

"상처받은 외과 의사"의 사랑은 "봄의 불꽃"이 "우둔한 영혼을
휘젓는 것"처럼 "일 년 중 암흑기에 타오르는 오순절의 불"로 이어진
다. 하늘로부터 비둘기처럼 내려오는 이 오순절 성령강림의 불꽃은

인간의 사랑을 점화하는 하나님의 사랑이 현존 한다는 것을 의미한다. 이 불은, 그리스도가 지상의 겨울에 인간 역사의 봄을 가져다주었듯이, 인간의 영혼의 겨울과 영원한 여름을 결합해 주는 하나님의 새로운 약속인 것이다.

> 모든 것은 잘될 것이다.
> 온갖 태도가 다 잘될 것이다.
> 화염의 혀들이 한데 겹쳐져서
> 영광된 왕관의 물 매듭이 되고
> 그리고 불과 장미가 하나가 될 때

시인 엘리엇은 예수의 성육신이, 즉 말씀이 육신이 되어 우리 가운데 거하시는 그때가 순간과 영원을 만나게 한 "정점"이며, 이 "정점"이 인류 역사를 구원케 하신 것이라고 노래하고 있다. 이 "정점"을 어거스틴은 『신의 도성』에서 영원과 시간이 만나는 곳이라 하고, 폴 틸리히(Paul Tillich)는 "영원한 현재(The Eternal Now)"라고 했다.

기독교 초기의 교부 어거스틴은 『신의 도시』(The City of God)에서 "하늘의 도시(heavenly city)"와 "땅의 도시(earthly city)"라는 "두 도시 이야기"를 하고 있다.

어거스틴은 두 도시 이야기를 시간의 개념으로 표현하여, 하늘의 도시를 영원(Eternal)이라 하고, 땅의 도시를 시간의(temporal) 세계라고 했다. 어거스틴은 시간의 세계에 사는 우리가 영원과 만나려면, 영원에서 시간의 세계로 오신 분을 통하면 영원과 만날 수 있다고 했다. 어거스틴은 요한복음 1:14에서 "말씀이 육신이 되어 우리 가운데 거하시매” 하신 성육신(Incarnation)하신 예수 그리스도가 영원에서 오신 유일한 분이시라고 하고, 영원에서 오신 예수 그리스도를 만남으로 우리가 영원을 경험할 수 있다고 했다.

폴 틸리히(Paul Tillich)는 “영원한 현재(Eternal Now)”라는 논문에서 시간은 과거, 현재, 미래 3가지 형태가 있는데, 우리는 “더 이상 없는(no more)” 과거로부터 와서, “아직도 아니다(not yet)”라는 미래를 향해 가고 있는데, 존재하는 것은 “지금(now)” “여기에(here)”의 “현재” 뿐이라고 했다. 우리는 지금 여기에서, “말씀이 육신이 되어 우리 가운데 거하시매”(요 1:14)라고 하여 성육신(Incarnation)하신 예수 그리스도를 만나는 때를 폴 틸리히는 “영원한 현재(The Eternal Now)”라고 했다. “영원한 현재”는 하늘의 도시가 땅의 도시에 사는 우리에게 임재하는 때이며. 영원이 시간의 세계에 사는 우리에게 임하는 때이다.

“영원한 현재”는 엘리엇이 말하는 “회전하는 세계의 정점”이며, “수학적인 순수점(mathematically pure point)”이며, “여러 존재권의/ 불가능한 결합이 실현되고/ 과거와 미래가/ 정복되고 화해됨”과 같은 것이다.

요한복음 1:14에서 “말씀이 육신이 되어 우리 가운데 거하시매 우리가 그의 영광을 보니 아버지의 독생자의 영광이요 은혜와 진리가 충만하더라”라고 했다.

23

인간의 어리석음과 낭만적 쾌락의 비극성

귀스타브 플로베르, 『보바리 부인』
(Gustave Flaubert, *Madame Bovary*)

데모데전서 5:6에서 "향락을 좋아하는 자는 살았으나 죽었느니라"라고 하고, 잠언 21:17은 향락을 좋아하는 사람은 가난하게 되고, 술과 기름을 좋아하는 사람도 부자가 되지 못한다고 했다.

프랑스의 소설가 귀스타브 플로벨르(1821-1880)는 『보바리 부인』에서 시골 생활의 평범함과 권태감을 도피하기 위해 사치스런 향락에 젖어 들었다가 사랑에 배신당하고 경제적 파산으로, 비극적인 자살로 생을 마감하게 되고, 남편인 시골 의사와 그들의 딸의 생애까지 망쳐버리게 하는 시골 의사 부인 엠마 보바리에 관한 이야기를 사실적으로 그리고 있다.

프랑스 소도시의 시골 의사 샤를르 보바리는 늦은 밤에 18마일 떨어진 시골에서 다리가 부러진 환자를 치료해달라는 전갈을 받고, 새벽 4시에 말을 타고 왕진을 갔다. 환자의 집에서 샤를르를 영접한 사람은 매력적인 젊은 아가씨 엠마였다. 다리 골절상은 간단하게 치료를 했으나, 샤를르는 검은 듯한 갈색 눈동자를 가진 아가씨의 미모에 정신이 아찔함을 느꼈다. 그는 3일 후에 다시 치료하러 오겠다고 했으나, 그 다음날 그 집으로 치료하러 왔다. 그 먼 길을 매주 두 번씩이나 왕진을 갔다.

8주가 지나 환자는 완전히 치료되었다. 엠마의 아버지는 샤를르를 농장에 초청하여 치료해 준 것에 감사의 뜻을 표했다. 그 후, 샤를르는 자주 농장을 방문하게 되고, 그의 열렬한 구애로 엠마는 그와 결혼하게 되었다.

엠마는 유복하고 보수적인 농민의 딸로 태어나, 소녀시절 수녀원에 보내어져서 교육을 받게 되었다. 엠마는 천성적인 미모를 타고난 아가씨로서 가공적인 중세의 기사 이야기가 나오는 로망스 소설을 즐겨 읽었다. 엠마는 꿈꾸는 소녀로서, 오랜 고성(古城), 비밀한 만남, 흥미를 자아내는 사랑의 사건들을 동경하게 되었다. 그 반면에 닥터 샤를르 보바리는 둔감하고, 상상력도 모자라고, 타고난 재간도 없었기에 열심히 노력하는 평범한 시골 의사였다.

엠마는 창밖을 멍하니 쳐다보거나, 벽난로에 앉아 지루한 나날의 시간을 보냈다. 피아노를 쳐도 들어주는 사람이 없었다. 샤를르는 엠마를 우상처럼 사랑하지만, 아무런 감흥도 주지 못했다. 샤를르는 농부들의 병 치료에 파김치가 된 상태로 밤마다 곁에서 흙냄새를 피우며 지겹게 앉아 있다가, 조금씩 뚱뚱해지는 몸매로 엠마를 애무하고는 씩씩거리며 잠자리로 들어갔다. 엠마는 샤를르가 지겨워 져서, 결혼 생활의 황량함에 숨이 막힐 지경이었다.

9월 어느 날, 샤를르가 치료한 후작의 대저택에서 열리는 무도회에 초청을 받았다. 후작은 사회계급으로는 샤를르보다 훨씬 우위였지만, 자신을 치료해 준 은혜에 감사를 표하기 위하여 무도회에 샤를르를 초청한 것이었다. 무도회에는 그 지역의 모든 귀족들과 지방 유지들이 초청되었다.

엠마는 자신이 고상한 귀부인이나 된 듯이 귀족 부인들 사이를 누비고 다녔다. 엠마는 너무나 황홀하여서 대부분의 손님들이 자신을 무시하고 있는 것을 인식하지 못했다. 무도회에서는 거대한 만찬, 거대한 무도회, 우아한 춤, 먼 나라 사람들에 관한 이야기 등으로 화려했으나, 엠마의 최고의 순간은 고작해야 "자작"이란 남자가 단 한 번 춤추자고 하는 것뿐이었다.

무도회가 끝나고 돌아오면서 엠마는 남편 샤를르는 세련되지 못한 멍청이 같이 보여서 환멸을 느꼈다. 엠마는 겨울 동안 혼자 고독하게 창가에 앉아 시골 마을의 거리만 바라보고 있었다. 엠마는 갑자기 활발하다가 갑자기 무기력해지고, 신경질적이었으며, 그녀의 변덕은 예측하기 어려웠다. 엠마는 육체적으로 병들게 되고, 샤를르의 온갖 노력에도 아무런 효과가 없었다.

샤를르는 자기를 가르친 교수님의 충고로 엠마의 신경과민증 치료를 위해 집을 다른 곳으로 옮기기로 했다. 샤를르는 의료 활동이 번창하고 있음에도, 엠마를 위해 모든 것을 희생하고, 용빌이란 소도시로 이사를 갔다. 그때 엠마는 임신한 것을 알게 되고, 얼마 후에 딸을 낳게 되었다. 엠마는 집안 살림과 어린 딸은 유모가 돌보도록 했다.

용빌 소도시는 농촌 중심지에 위치한 시장 소도시였다. 보바리 부부가 주막에서 식사를 하고 있는데, 길 건너에 사는 약제사 호마이스 부부와 그 집 하숙생 레옹도 식탁에서 함께 식사를 하게 되었다. 엠마와 레옹은 서로 상통하는 친근한 대화에 빠져들었다. 둘의 교감은 급속도로 발전되었다.

일요일에 보바리 부부는 통상 길 건너 집에 사는 약제사 호마이스 부부 방문했는데, 거기에는 언제나 레옹이 있었다. 그날 밤 엠마는 레옹이 자기를 사랑하고 있다는 생각을 하게 되었다. 레옹도 엠마를 연모했으나, 용빌같은 작은 도시에서 유부녀를 사랑한다는 것이 부담스러운 일이기도 했다. 그래서 레옹은 항상 하고 싶어 하던 법률 공부를 계속하기 위해 파리로 가기로 했다. 엠마는 상상 속에서 레옹을 자신의 꿈의 주인공으로 그렸다.

어느 날, 용빌의 농촌의 큰 지주 루돌프가 하인 한 사람의 치료를 위해 샤를르의 진료소를 찾아왔다. 루돌프는 미남이요 부자로, 경쾌하고 영리하면서도 음탕한 젊은이였다. 그는 엠마를 보자 첫눈에 그녀의 미모와 숙녀다운 자태에 반하여, 엠마를 유혹할 계획을 꾸미기 시작했다. 루돌프는 엠마에 대한 사랑을 고백하기 시작하면서, 자기의 사랑은 차원 높은 것이요 순고한 것이라고 했다. 그리고서는 루돌프는 6주 동안 엠마를 만나지 않았다. 그는 "보지 않으면 마음이 더 보고 싶어지게 만든다."라는 이론을 적용하였기 때문에 계획적이었다. 루돌프는 엠마의 좌절감과 약점을 이용했다.

루돌프는 샤를르에게 엠마가 승마를 하는 것이 건강에 좋을 것이라고 제안을 했다. 샤를르는 순진하게도 루돌프의 제안을 받아드려, 루돌프에게 말까지 준비해달라고 했다. 다음날 루돌프는 엠마와 함께 말을 타고서 가까운 숲의 아름다운 빈터가 있는 곳으로 말을 달렸다. 엠마는 루돌프가 하자는 대로 자신을 내어 맡겼다. 그날 밤, 엠마는 마치 낭만 소설의 주인공인 것처럼 느꼈다. 그 후, 엠마는 아침 일찍 얼어나, 아직도 샤를르가 잠자고 있는 동안, 몇 시간 동안 루돌프를 만나곤 했다. 그들은 샤를르의 환자 상담실에서도 성관계를 가지면서, 엠마는 그것이 위대한 사랑의 행동이라 생각했다.

　루돌프는 실리적인 사람이라, 시간이 지나자, 엠마의 무분별한 행동과 극심한 낭만적인 환상에 젖는 것을 보고는, 비현실적인 행동을 하지 않을까 우려하기 시작했다. 그는 엠마와의 관계를 끊으려고 했다. 루돌프는 34세의 농부라, 빛나는 갑옷을 입은 기사는 되지 못했다.

　그런데, 이제 엠마는 샤를르를 떠날 생각까지 하고서, 루돌프에게 자신의 비참한 삶으로부터 구원해 달라고 하고는, 함께 먼 나라로 도망가자고 했다. 루돌프는 아기가 있으니 참으라고 했으나, 엠마는 아기는 자기가 키우겠다고 했다. 루돌프는 엠마의 너무나도 감상적인 행동에 실증을 느껴, 너무나 사랑하기 때문에(거짓말) 헤어져야겠다는 편지를 써서 전달했다.

　다음날 엠마는 이 편지를 읽고, 충격으로 기절했다. 엠마는 당황한 나머지 그 편지를 구겨서 지붕 속 다락방에 두고 나왔다. 엠마는 43일 동안 높은 열병과 정신착란으로 사경에 이르게 되었다. 샤를르는 엠마를 간호하기 위하여 진료소에도 나가지 않았다. 샤를르는 둔하고 바보스럽기까지 하지만, 그의 엠마에 대한 헌신적인 마음은, 마치 동물이 주인에게 충성하듯 하였다. 그해 가을이 되어서야 회복하기 시작했다.

　겨울 동안 엠마의 회복이 계속되고, 엠마는 생명이 위독해지자 종교적인 감상으로 각성하는 듯 교회에 다니며, 성경을 읽고, 신부님과 상담하곤 했다. 봄이 되자, 건강이 많이 호전되었다. 엠마의 신앙심이 발동한 듯 그녀의 새로운 관대함과 헌신과 엄격한 원리에 사람들은 놀랐다.

　어느 날 약제사 호마이스의 제안으로, 엠마의 건강을 위해, 샤를르는 엠마를 데리고 오페라를 보기 위해 극장에 가기로 했다. 휴게 시간에 샤를르와 엠마는 레옹을 만나게 되어 놀랐다. 그들 세 사람은 카페에서 잠깐 이야기를 나누었다. 샤를르는 진료를 위해 진료소로 가야 했다. 엠마는 레옹과 함께 오페라 후반부를 모두 관람한 후에, 둘은 헤어지기 전에 키스했다.

엠마는 레옹과의 밀회를 즐기기 위해 더 많은 돈이 필요해서 남편 샤를르의 재산 등기서류를 고리대금업자에게 넘겨주었다. 이때부터 3일간은 두 사람에게 "진짜 신혼여행"이었다. 그들은 매주 마다 밀회를 가졌다. 엠마는 모든 향락을 누리면 누릴수록 더 많은 향락을 요구했다. 엠마는 레옹의 인생 전부를 지배하려 했다. 엠마의 이런 태도에, 레옹은 엠마가 부담이 됨을 느끼기 시작했다. 엠마의 도덕적인 타락과 함께 경제적인 악화도 함께 왔다.

샤를르는 집까지 차압당하고 모든 가제도구가 공매에 처해졌음을 알게 되었다. 샤를르가 엠마의 편지를 보고서야, 엠마가 자살을 꾀한 것을 알게 되었다. 샤를르는 엠마의 침대 옆에서 울고 있었다. 죽어가는 엠마도 울었다. 처음으로 샤를르에게 부드러웠다. 몇 시간 후에 엠마는 몹시 고통스러워하며 죽었다. 그녀의 죽음은 너무나 추하고 고통스러운 죽음이었다.

며칠 후, 샤를르는 지붕 속 다락방과 엠마의 방에서 루돌프와 레옹에게서 온 편지를 발견하고 모두 읽었다. 다음날 시골 의사 샤를르 보바리는 정원에 앉아 있다가 조용히 죽었다. 그의 딸 베르데는 할머니와 살다가, 그 해, 할머니가 세상을 떠나자, 너무나도 가난에 쪼들리며 사는 숙모의 집에 보내어져서 살면서, 목화 공장에서 일하면서 자신의 생을 보내게 되었다.

베드로전서 4:3은 "여러분은 지난날에, 이방 사람들이 하고 싶어 하는 일을 하였으니, 곧 방탕과 정욕과 술 취함과 환락과 연회와 무분별한 우상숭배에 빠져서 살았습니다. 그것은 지나간 때로 충분합니다."라고 말씀했다.

24
한 마을의 삶, 대우주의 삶, 영원의 삶

손톤 와일드, 『우리의 마을』
(Thornton Wilder, *Our Town*)

전도서 1:45에서 "한 세대가 가고, 또 한 세대가 오지만, 세상은 언제나 그대로다. 해는 여전히 뜨고, 또 여전히 져서, 제자리로 돌아가며, 거기에서 다시 떠오른다"라고 했다.

미국 극작가 손톤 와일드(1897-1975)는 『우리의 마을』에서 내 개인이 사는 마을의 삶은 소우주이며, 이 소우주는 역사의 전체 흐름의 대우주의 반영이며, 이 대우주는 플라톤의 이데아의 세계, 즉 영원의 반영이라고 묘사하고 있다.

와일드는 연극은 "항상 '현재' 거기에서(always 'now' there)" 진행되는 인간 경험을 무대 위에 올려놓는 것이라고 하고, 『우리의 마을』에서 뉴 햄프셔 주의 그로버즈 코너즈 마을에서 일상생활의 개별적인 삶의 경험이 이루어지고 있는 '현세의 현재(temporal now -이 현재는 과거와 미래도 동시에 포함한다)'는 결국 초시간적인 "영원한 현재(Eternal Now)"의 반영으로 보고 있다. 이러한 와일드의 사상은 현상의 세계는 이데아의 세계의 반영이라는 플라톤의 사상과 일맥상통한다.

인간의 모든 행동(생각과 감정을 포함한)은 시공(時空)간의 어느 한 순간에 단 한 번만 발생하는데, 삶이란 바로 이런 일회적인 사건들이 끊임없이 연속되는 것이다. 그러나 인간은 경험 속에서 형성되는 "무수한" 개별적인 행동을 통하여 공통성을 발견하는데, 이것이 반복의 패턴을 통한 보편적 진리를 의미한다고 와일드는 말한다. 그러므로 연극은 독립된 개체성을 중요시하면서, 동시에 모든 개체적 경험을 모두 포함하는 우주적 진리를 영원한 현재의 순간 속에서 표현해야 한다는 것이다.

극중 행동이 전개되는 시간은 표면상으로는 사실주의 극의 연대기적인 순서와 같이 1막은 1901년 5월 7일 봄에 일어난 일상생활의 사건들을, 2막은 3년 후인 1904년 7월 7일 여름에 일어난 사랑과 결혼에 관한 것을, 3막은 9년 후인 1913년 여름에 발생한 죽음에 관한 일을 말하고 있다.

1막에서 전개되는 그로버즈 코너즈 마을의 하루 생활의 리듬은 시계 바늘대로 움직이는 자연 시간의 흐름에 따라 진행된다. 하루 동안의 시간의 흐름을 아침, 점심, 저녁으로 나누어 인간의 삶의 사건과 연결하고 있다. 아침에는 우유배달과 신문 배달에서 시작하여, 아기 출산, 순경의 마을 순시, 아침 식사, 아이들의 학교등교, 아낙네들의 쑥덕공론으로 이어지고, 오후에는 아이들의 귀가, 조지의 야구에 대한 관심, 에밀리의 토론 준비와 어머니의 시중드는 일, 저녁에는 아버지의 독서, 어머니의 성가대 연습, 길모퉁이에서 여인들끼리의 잡담, 아이들의 숙제, 잠자리에 드는 일로서 하루해가 끝난다. 이러한 삶의 주기는 가정에서뿐만 아니라 마을 사람들에게도 각자가 맡은 의무대로 진행된다. 마을 의사는 쌍둥이를 출산시키고, 기브스부인과 웨브부인은 조지와 에밀리의 혼사 문제를 이야기하고,

마을 순경은 저녁 순시를 한다. 이러한 직선적 개념의 자연 시간은 곧 삶의 영원한 리듬을 대표한다.

무대 감독은 과거의 인간 문명을 언급하면서 희랍, 로마, 바벨론에 관해서 우리 인간이 알고 있는 것은 왕의 이름이나 노예계약에 관한 것들뿐이지만, 그 당시 사람들도 모든 가족이 그로버즈 코너즈 마을에서처럼 밤마다 모여 앉아 저녁을 먹었을 것이고, 굴뚝에 연기를 내뿜었을 것이라고 말한다.

무대 감독은 현재 그로버즈 코너즈 마을에 새로운 은행을 건설 중인데, 천 년 후의 사람들이 이 마을에 관한 단순한 사건들을 알 수 있도록 은행 건물의 초석 속에 이 연극의 대본을 집어넣을 것이라고 말한다. 희랍과 로마와 바벨론 시대의 과거와 천년 후의 미래 시대의 그로버즈 코너즈에서 행해진 일상생활의 공동 경험으로 "영원한 현재"를 형성하고 있다.

무대 감독은 윌라드 교수의 입을 통해서 글로버즈 코너즈 마을은 2300년 된 데번기 현무암이 섞인 아팔라치아 산맥의 오랜 화강암 위에 놓여있다고 말함으로써, 이 마을의 현재의 일상의 사건이 과거와 미래의 역사뿐만 아니라, 지구의 역사도 포함 시키고 있다. 궁극적으로 이 마을의 위치가 태양계와 "하나님의 마음"과 관련되어 있음을 말한다. 제인 크로푸트가 병상에서 목사님으로부터 받은 편지에 "하나님의 마음"이란 주소가 적혀 있었다.

"하나님의 마음"이란 주소는 이 마을이 우주적이며 결국은 영원의 차원으로 승화하여 신(神)에게까지 이름을 말한다. 이 마을은 세계의 전체의 마을과 상응한다. 변화하는 현세의 시간 속의 지상의 마을을 불변하는 영원한 천상의 마을에 대응시킴으로써, 현상의 세계와 이데아의 세계를 대응시켜 완전 조화를 이루는 플라톤의 사상 체계와 일치시키고 있다.

2막에서는 특수한 사건인 조지와 에밀리의 결혼식을 강조한다. 이 결혼식에도 한 개인에게 발생하는 삶의 경험의 특수한 사건이나 이 두 사람의 사랑과 결혼은 모든 인간의 전형적이고 보편적인 경험의 패턴을 상징한다.

무대 감독은 플래시백(과거의 회상) 가운데서 마을 사람들이 두 젊은이의 결혼식 날에 자신의 첫사랑과 결혼의 경험을 생각하는 것을 말하고, 이들의 조상들도 수백만의 결혼식에 참석했을 것이라고 말함으로써, 결혼식 자체를 모든 인간이 경험하는 보편적 사건으로 만들고 아울러 모든 결혼식이란 경험을 현재 시간속에 함유시키고 있다.

3막에는 에밀리의 죽음과 환생으로 구성되어 있다. 이것은 현세의 삶과 영원과의 관계를 보여준다. 에밀리는 두 번째 출산 중 사망하여 공동묘지에 묻히게 된다. 마을 묘지에 새겨진 묘비중 제일 오래된 날짜가 1670-1680이라고 기록되어 있고, 묘비들에 새겨진 이름이 현재 마을에 생존하고 있는 가문들의 이름과 같은 것이었다. 또한 그 묘지에는 미국 독립전쟁과 남북전쟁에서 전사한 용사들도 묻혀있었고, 메이플라워호(1620년 청교도들이 영국에서 신대륙으로 타고 간 배)를 타고 미국에 건너온 청교도의 묘도 있었다.

에밀리의 죽음은 그녀의 조상들과 이 마을의 모든 가문들의 조상뿐만 아니라, 남북전쟁과 독립전쟁에서 죽은 자들과 청교도들의 죽음까지 확대하여 전 미국의 보편적인 죽음과 연관되고 있다. 또한 공동묘지에 조지와 애도하는 사람들이 찾아 온 것은 현재 생존한 자들도 미래에 죽음과 관련이 있다는 보편성을 말한다. 죽음도 과거와 미래가 함유된 "영원한 현재"의 일이다.

에밀리(Emily)가 겪는 기쁨과 슬픔의 경험이나, 공부하는 일이나, 생일날 선물 받는 일은 수억의 소녀들이 과거, 현재, 미래에 되풀이하는 하나의 의식화된 행동이 된다. 조지(George)와 에밀리가 태어나서 성장하여 결혼하고 죽음에 이르는 과정은 일차적인 것으로, 이러한 개인적인 경험의 패턴은 시간적인 차원에서 직선적으로 전개된다. 그러나 그로버즈 코너즈 마을의 공동 사회나 더 광범위하게 온 인류에게는 출생, 성장, 결혼, 죽음의 과정은 계속 반복되는 주기적인 패턴으로서 보편적인 진리를 말한다. 그 결과 그로버즈 코너즈 마을에서 17년이란 기간 동안의 역사 속의 행동도 광막한 시공의 차원을 배경으로 함으로써, 우주적인 삶의 사건으로 승화되는 것이다.

에밀리는 영원세계의 관점에서 비로소 지상의 삶이 무의미하게 낭비되는 것임을 인식하고 사랑의 의식을 지니고서 다시 삶의 한 순간을 강도 있게 살기 위해 지상에 돌아가기를 결심한다. 그녀는 모든 죽은 자들의 만류에도 불구하고 12살 때의 생일날을 선택하여 1899년으로 돌아가 지상에 환생한다. 에밀리는 지상의 일상생활로 다시 돌아온 후, 하늘의 영원 시간과 지상의 자연 시간을 연결하여 생각해 보니, 지상의 삶이란 단지 순간에 지나지 않음을 인식하게 된다. 에밀리가 환생하여 본 일상적으로 반복되는 삶의 패턴은 1막과 2막에서 본 일상의 삶의 패턴과 다를 바 없다.

차가운 겨울 날씨에 우유 배달원과 신문 배달 소년과 순경은 이른 아침배달 순찰을 마친 후 기후에 관한 이야기를 나눈다. 웨브 씨가 타지방 여행에서 돌아오고 웨브 부인은 아침 식사를 준비하고 아이들은 옷을 입고 아래층으로 내려온다. 아침 식탁에서 생일선물이 전달되고 어머니는 그날의 일상적 일을 얘기하며 아버지는 생일을 맞은 딸에게 다정한 축하를 보낸다. 에밀리의 부모들에게 현재의 순간은 시간의 흐름 속의 한 지점에 불과할 뿐이며 소중한 현재임을 인식하지 못한다.

에밀리는 이러한 일상적 반복 속에서 과거와 미래를 의식한다. 에밀리에게 반복되는 하루의 삶은 모든 인생의 경험이라는 차원에서 보면 시간성과 무의미성을 벗어나서 이데아의 세계로 이르는 과정이다. 그러나 그로버즈 코너즈 마을에 사는 사람들은 이러한 삶의 가치를 인식하지 못한 나머지 진부한 생활을 하면서 삶의 표층 이외의 세계를 보지 못하기 때문에 삶을 무의미하게 소모해 버리고, 사람들은 자기중심적 열정에 사로잡혀 "무지와 맹목"의 상태에서 마치 백만 년이라도 사는 것처럼 시간을 낭비하고 있다.

무대 감독에 의하면, 죽은 자들은 "중요하고도 위대한 어떤 것을" 기다리고 있는데, 그것은 "영원한 어떤 것"을 말한다. 그 영원한 것은 집도 아니고, 이름도 아니고, 지구도 아니고, 반짝이는 별(별빛이 지구에 이르는데 수백만 년이 걸린다 해도)들도 아닌 것이며, 그것은 "신의 마음"과 관련되어 형이상학적인 영원의 차원으로 승화됨을 의미한다.

전도서 12:13-14에서 "일의 결국을 다 들었으니 하나님을 경외하고 그의 명령들을 지킬지어다 이것이 모든 사람의 본분이니라 하나님은 모든 행위와 모든 은밀한 일을 선악 간에 심판하시리라"라고 결론을 내리고 있다.

25

내재론적 목적론: 최고의 선의 추구

아리스토텔레스, 『니코마코스 윤리학』

(Aristotle, *Nicomachean Ethics*)

시편 128:1-2에서 "여호와를 경외하며 그의 길을 걷는 자마다 복이 있도다 네가 네 손이 수고한 대로 먹을 것이라 네가 복되고 형통하리로다"라고 함으로서, 여호와를 경외하고, 그의 길을 걷는 자가 복되고 형통하다고 말하고, 시편 144:15에서 "여호와를 자기 하나님으로 삼는 백성은 복이 있도다"라고 함으로서 여호와를 경외하는 백성이 복(행복)이 있다고 하였다.

그리스의 철학자 아리스토텔레스(384-322 B.C.)는 『니코마코스 윤리학』에서, 인간의 궁극적인 목적은 "행복의 추구"라고 주장하고 있다. 아리스토텔레스는, 플라톤의 물질의 세계와 영의 세계를 분리하는 이원론과는 달리, 우주의 모든 것은 그 창조된 목적을 향해 움직인다는 목적론을 말하고, 이 목적은 모든 것 속에 내재 되어있다는 내재론을 주장하고 있다. [니코마코스는 아리스토텔레스의 아버지의 이름으로, 그는 유명한 의사로서 마케도니아의 아민타스 2세 왕의 개인 의사였다. 그는 아리스토텔레스의 초기 지적 교육 발전에 중요한 영향을 주었다.]

아리스토텔레스에 의하면, 의자는 오크나무(참나무)로부터 오고,

오크나무는 도토리로부터 온다고 말한다. 말하자면 도토리(물질, matter) 속에 잠재된 오크나무(형태, form)란 목적이 내재 되어있고, 오크나무(물질) 속에 잠재된 의자(목적)가 내재 되어있다는 것이다.

다른 예를 들면, 정액(물질)은 태아(형태)의 목적이 내재 되어있고, 태아에는 아기가, 아기에는 어른이 내재 되어있다. 우주의 모든 것이 최고의 절정에는 "형태(Form)"로 이어진다. 열등한 것은, 우등한 것을 향해 이상적인 변환을 하고 있다. 최고의 형태(Form)에서 신(神)은, 모든 것을 목적을 향해 움직이게 하는 움직이지 않는 자(The Unmoved Mover)인 것이다. [플라톤은 신(神)을 "순수 실재(Pure Actuality)"라고 하고, 실존주의자들은 신(神)을 "궁극의 관심(The Ultimate Concern)"이라고 한다.]

아리스토텔레스가 아테네의 라이시 암(학원)에서 소요(逍遙)하면서 제자들에게 철학을 가르쳤다고 하여 소요학파라고 한다. 아리스토텔레스는 모든 물체에 그 물체 존재의 목적이 있듯이, 모든 인간이 추구하는 최고의 목적은 최고의 선(善)으로 바로 "행복"이라는 것이다. 모든 인간 활동에는 추구하는 선이 내재하고 있다. 모든 예술, 모든 종류의 탐구, 모든 행동은 어떤 선을 목표로 한다는 것이다. 즉 그 속에 목표하는 선이 내재하고 있다는 것이다. 선이란 모든 것이 목표로 하는 것이라고 말한다(목적론).

우리는 어떤 행동이 특별한 필요를 만족시키면 선이라고 한다. 그 필요의 만족이 보다 더 나은 필요를 만족시키는 수단이 된다. 그리고 그것이 또한 다른 필요를 만족시키면, 또한 선이 된다. 최후에는 이 과정이 더 이상 다른 목적을 위한 수단이 못 되는 지점에 도달하게 된다. 그 지점 자체가 목적이 되는 것이다. 그 삶의 최종적인 목적(목표)은 "최고의 선"이라고 하고, 바로 이것이 행복이라고 한다.

모든 행동의 최고 목표는 "선(the Good)"이다. 모든 인간의 행동과 선택은 어떤 선을 목표로 하고 있다. 이 선은 행동과 선택의 목적(목표)이라고 정의할 수 있다. 활동의 종류만큼 목적의 종류도 많다.

특수한 활동에 따라 목적이 달라진다. 예를 들어, 의학의 목적은 좋은 "건강"이다. 군사과학의 목적은 "승리"이다. 어떤 목적은 다른 목적에 종속되어 있다. 고삐 만드는 활동은 보다 더 중요한 승마술에 종속되고, 승마술은 군사과학에 종속된다.

행복은 그 자체가 목적으로 취급된다. 행복은 인간의 삶을 위한 최고의 선, 궁극적인 목표이다. 행복의 성질은 행복을 경험하는 사람에 따라 유형이 다양하다. 그 행복을 성취하는 방법에 따라 다양하다. 어떤 사람은 관능적 향락에서 행복을 찾고, 어떤 이는 부와 명예에서 행복을 찾고, 어떤 이는 명상적인 삶의 행동에서 행복을 추구한다. 서로 다른 활동에서 갖게 되는 행복의 종류는 같은 가치를 갖지 않는다. 공동체와의 관계에서도 고려해야 한다. 개인적인 복지를 위해 행복을 추구하는 사람도 있기에, 판단의 성숙성과 광범위한 여건들을 고려해야 한다.

사물이 존재하는 목적에 잘 맞을 때, 그 물건을 좋다고 말한다. 예를 들어, 칼은 잘 자를 때, 좋다(선하다)고 한다. 과일나무는 기대한 만큼의 과일을 맺을 때, 좋다(선하다)고 한다. 선한 사람은 인간이 추구하는 목적을 성취하는 사람이다. 이 목적은 인간을 다른 피조물과 구별되는 특성과 동일해야 한다.

하급 동물은 감각과 느낌을 가지지만, 인간은 합리적인 판단을 하는 유일한 동물이다. 인간이 선(善)을 발견하는 것은, 독특한 능력을 발휘하는 것이다. 인간은 공동체의 지적인 삶에 참여하는 사회적 존재이다. 인간은 주변의 아름다움을 감상하고, 즐거워하는 미적 능력을 가지고 있으며, 인간은 도덕적 책임을 가지고 있으며, 인간은 종교적인 열성과 열정으로 경배하고, 숭배하며, 그리고 인간은 합리적인 성품으로 인도되고, 규제될 수 있다.

인간은 덕을 타고난 것도 아니고, 악을 타고난 것도 아니라는 것이다. 인간의 성품은 선을 위한 가능성도 악을 위한 가능성도 갖고 있기에, 어느 것을 결정하느냐는 개인에게 달려있다고 한다. 윤리학을 공부하는 목적은 인간으로 하여금 최고의 가능성을 인식하도록 인도하는 것이다. 이것은 습관의 발달로 덕(德)을 획득함으로 이루어진다는 것이다. 선한 사람은 개인의 선과 타인의 선과 조화를 이루는 일을 하는데, 만족과 기쁨을 발견하는 사람이라고 한다. 이것은 단번에 이루어지는 것이 아니라, 오랜 기간을 통해 되어진다고 한다.

그래서 아리스토텔레스는 행동(actions)이 습관(habit)을 낳게 하고, 습관은 성격(character)을 생산하고, 성격은 운명(destiny)을 형성한다(결정짓는다)고 말한다. 즉 좋은 성격은 좋은 습관들로 이루어지고, 좋은 성격이 형성되면 좋은 삶(행복한 삶)으로 발전한다는 것이다.

어떤 행동과 격한 감정은 원래 나쁜 것이 있는데, 앙심이나 시기, 간음이나 살인 같은 것을 말한다. 이런 것들을 행하고 느끼는 일에는 비열하다든지, 옳다든지 하는 태도는 없다.

좋은 삶을 위해서 우정의 필요성이 있다. 우정에는 3가지 유형,

즉 실익에 바탕을 둔 우정, 즐거움만을 유지하기 위한 우정, 상호 선하기 때문에 사랑하게 된 덕스러운 사람들 사이의 우정이 있다. 마지막 것이 가장 고귀하고 오래 지속 한다. 우정의 경우 자비심과 자애(自愛)심 사이의 문제가 있다. 부귀와 육체적인 향락을 위한 이기적인 관심은 잘못이지만, 진정한 자애심은 자비심을 포함하고, 나라와 친구를 위해서 자신의 재산과 생명까지 희생하는 경우도 있다는 것이다. 이성(理性)에 따른 삶이 최고로 좋고 즐겁다고 한다.

신명기 33:29은 "이스라엘이여 너는 행복한 사람이로다 여호와의 구원을 너 같이 얻은 백성이 누구냐 그는 너를 돕는 방패시요 네 영광의 칼이시로다 네 대적이 네게 복종하리니 네가 그들의 높은 곳을 밟으리로다"라고 하면서, 여호와의 구원을 받은 백성(민족)이 행복함을 말하고 있다.

26
전쟁을 끝내기 위한 섹스 스트라이크

아리스토파네스, 『라이시스트라타』
(Aristophanes, *Lysistrata*)

고린도전서 7:3-4에서 "남편은 아내에게 남편으로서의 의무를 다하고, 아내도 그와 같이 남편에게 아내로서의 의무를 다하도록 하십시오. 아내는 자기 몸을 마음대로 주장하지 못하고, 남편이 주장합니다. 이와 마찬가지로 남편도 자기 몸을 마음대로 주장하지 못하고, 아내가 주장합니다."라고 했다.

희랍 아테네의 시인이며 희극작가인 아리스토파네스(448-380 B.C.)는 『라이시스트라타』에서 제2차 펠로폰네소스 전쟁(431-404 B.C.) 당시 아테네에 대항하여 스파르타를 중심으로 한 펠로폰네소스 도시 연맹과의 전쟁을 종식 시키기 위해 부인들이 섹스 스트라이크를 벌인 이야기를 흥미진진하게 그리고 있다.

아테네의 여인 라이시스트라타는 아테네와 스파르타와 참전한 모든 도시의 부인들을 소집하여, 아테네와 스파르타 사이의 적개심을 종식 시키기 위해서 부인들이 그녀의 계획에 동참해 줄 것을 원한다고 했다. 부인들은 그들의 남편들이 모두 참전 중이라 오랫동안 집을 비우고 있었기에 전쟁 종식 계획이 성공하면 남편들이 모두 귀환하기에 호기심을 가지고 모이기 시작했다.

　라이시스트라타의 계획이란 희랍의 모든 여인이, 지금부터 전쟁이 끝날 때까지 남편들과 잠자리를 같이하지 않는다면 전쟁이 즉시 끝 날것이라는 것이었다. 이 제안에 부인들은 놀라서 격렬히 반대했다. 그러나 스파르타의 람피토 부인은 찬성한다고 했다. 다른 부인들은 눈치를 보며 좋은 의견인 것 같다고들 한다. 라이시스트라타는 "우리의 명주옷, 향수, 저녁 실내화, 입술연지, 블라우스의 레이스 등 이런 것들이 전쟁을 종식 시킬 것입니다."라고 했다. 부인들은 "어떻게요!"라고 물었다.

　라이시스트라타는 람피토 부인을 향해 "사랑하는 스파르타 친구여, 정말 아름답군요. 매끈한 얼굴, 잘생긴 얼굴! 황소도 질식하겠네요."라고 한다. 다른 여인을 보고 "저 풍만한 가슴 좀 보아"라고 한다. "저 젊은 여인은 누구지? 정원의 장미처럼 활짝 피고 있잖아!" 라이시스트라타의 친구인 호색적인 칼레오나이스 부인은 옆에 있는 여성의 스커트를 들어 올려 보고는 "정말! 정원의 풀을 말쑥하게 깎았구먼!"이라고 한다. 라이시스트라타는 "저 아가씨는 누구지?" 라고 묻는다. "고린도에서 왔어요." "멋지게 부풀어 올랐네!"

　"왜 우리를 소집했지요. 누가 소집 책임자예요?" 라이시스트라타는 자기가 소집했다고 하고, 먼저 한 가지 질문을 하자고 하면서 "자녀들을 돌보아야 할 아버지들이 전쟁에 나가 있는데, 집으로 돌아오기를 바라지 않습니까?"라고 물었다. "내 남편은 참전한 지 5개월 됩니다." "내 남편은 전쟁에서 돌아왔는데, 방패를 수리하자 바로 돌아갔어요." "나는 남편 없는 과부로 너무 오래되었어요."라고들 했다.

　라이시스트라타는 "친구들이여. 우리의 남자들이 평화를 이루지 않으면 안 되도록 하려면 그것 없이 해야 해요."라고 했다. "무엇 없이 말이에요." "우리 모두 함께 섹스하지 않기로 해야 해요." "전쟁이 계속되어도, 나는 그것 없이 못 살아요." "비록 불 가운데로 걸어간다 해도, 나는 섹스 없이 싫어요." "섹스 없는 삶은 너무 잔인해요. 그러나 평화도 반드시 필요해요."

라이시스트라타는 "우리가 집에 앉아서, 루주 빨갛게 바르고, 분칠하고, 속이 훤히 보이는 가운 입고, 향수 냄새 풍기고 있으면, 우리네 남자들이 흥분하여 기어오를 거예요. 그러나 여러분들이 남자들을 밀어내고 멀리하면, 남자들은 싸움을 끝낼 거예요." "희랍의 미네라우스 왕도 헬렌의 벗어젖힌 젖가슴을 보고, 칼을 떨어트렸대요." "남자들이 강제로 침실로 끌고 가면, 아무런 반응도 보이지 말아요. 그러면 재미없을 거요. 때리면, 맞아주세요." "좋아요. 우리도 동의하겠어요." 부인들은 단결하여 성행위를 거절하고 남자들로 하여금 전쟁을 끝내게 하겠다고 맹세한다.

부인들 일부는 아테네의 사원에 있는 보물 창고를 점령하고, 나머지는 신전에 있는 아크로폴리스 성채를 점령한다. 아테네의 남자 노인들이 아크로폴리스 주변에 나무를 쌓아놓고 불을 질러, 연기로 여자들을 나오게 하려고 한다. 여자들은 남자 노인들 위에 물을 퍼부음으로 응수한다. 아테네의 치안 관과 그의 부하들이 성채의 문을 열려고 하자, 라이시스트라타가 나타나서 치안 관은 상식 있는 태도를 하라고 훈계한다. 치안 관이 라이시스트라타를 체포하라고 명령하자, 여자들이 관리들을 혼내준다. 치안 관이 왜 부인들이 아크로폴리스 성채를 점령했느냐고 묻자, 라이시스트라타는 부인들이 보물을 지키고 돈을 관리함으로써, 남자들이 전쟁하는데 돈을 쓰지 못하도록 하여 전쟁을 끝내게 하겠다고 한다.

라이시스트라타는 부인들이 시민의 권리를 장악했기 때문에 아테네의 안전과 복지를 책임지겠다고 하고, 더 이상 왕국의 통치에 남자들의 무능을 볼 수 없다고 한다. 치안 관은 자기 귀를 의심할 지경이었다. 치안 관이 부인들을 비난하자, 부인들은 치안 관의 머리 위에 물을 덮어 쉬었다.

부인들은 용감한 계획으로 큰소리를 치지만, 그들은 육체적으로 약하였으며, 감정적으로 부드러웠다. 집으로 돌아갈 궁리를 하는 여인들이 나타나기 시작했다. 한 부인은 아주 좋은 양 틀에 좀이 먹으니 빨리 집에 가서 말려야 한다고 했다. 다른 부인은 값진 명주를 밖에 널어놓고 왔으니 빨리 가야 하겠다고 했다. 셋째 부인은 아테네의 철모를 코트 속에 집어넣고는 임신했다고 했다. 라이시스트라타가 어제는 임신한 흔적이 없었는데 라고 말하자, 오늘 알았다고 했다. 또 다른 부인은 뱀과 부엉이 소리에 놀랐다고 했다. 라이시스트라타는 예언의 말씀에 좀 더 참는 자는 승리하지만 참지 못하는 자는 우수사리에 쌓일 것이라고 하면서, 부인들을 격려한다.

라이시스트라타의 친구인 미리니 부인의 남편인 시내시아스가 전쟁에서 돌아와서 자기 부인을 찾았다. 시내시아스는 여러 가지 말로 부인에게 집으로 돌아오라고 간절히 요구했으나, 미리니는 사소한 이유를 대면서 거절한다. 남편은 아기를 데리고 와서 "엄마, 집으로 와요!"라고 말하게 한다. 남편은 "왜 그래? 자식이 불쌍하잖아?"라고 한다. 미리니는 "너의 아빠는 너에겐 관심이 없단다."라고 말하면서도 아기를 위해서 성채에서 나와 아기를 받아 꺼안는다. 남편은 향수 냄새 솔솔 피우는 부인이 너무나 예뻐진 것을 발견하고,

섹스하고 싶은 생각이 간절했다. 그런데 미리니는 아기를 껴안고는 성채로 들어가 버린다.

그때 스파르타로부터 칙사가 와서, 스파르타의 남자들이 스파르타의 여인 렘피토와 그녀의 무리들의 말을 받아들여 아테네와의 평화를 위한 협상할 준비가 되었다고 한다. 그런데 아테네의 치안 관은 칙사에게 "당신의 망토 밑에 숨겨 놓은 것이 창이요?"라고 묻는다. "아니요." "왜, 몸을 좌우로 비비 꼬지요? 옷이 찢어졌어요?" 아테네의 시민들은 "우리 이웃 왕국의 대사님 일행이 오셨군요. 그런데 왜 모두 레슬링 선수들처럼 몸을 꾸부리고 망토를 위로 올려 쥐고 있지요? 무슨 병에 걸렸어요?"라고들 했다.

아테네 치안 관은 왜 몸을 모두 꾸부리고 있는지 물었다. "왜, 자꾸 물어요?" "무엇인가 봅시다." "스파르타의 마사지 곤봉이요." "솔직히 말해요." "솔직히 말씀하리다. 스파르타의 렘피토 부인과 모든 부인이 남편들을 침실에 접근 못하게 했다오. 그 이후로 모든 남정네들의 방망이가 너무나 크고 단단하게 서서, 앞에 너무나 툭 뛰어나와서 모두 꾸부리고 걸어 다닌다오. 스파르타의 남자들이 아테네의 남자들과 전쟁을 그치고 화해를 하지 않는다면 침대에 들어오지 못하게 한다오." 아테네 치안 관이 갑자기 대사의 망토를 젖혀보고는 입을 다물지 못했다. 아테네의 치안 관은 "아이고, 이런 곤봉은 정말 죽여주게 빳빳하네요!"라고 감탄한다.

라이시스트라타는 스파르타 남자들과 아테네 남자들이 서로를 적대시하여 전쟁을 일으켜서 야만인들처럼 서로의 남편들과 자식들을 죽게 한 것을 책망한다. 라이시스트라타는 좌절하여 서 있는 남정네들 앞에, 평화의 여신을 상징하는 처녀 나체상을 들고나오게 한다.

라이시스트라타는 두 나라의 남자들에게 그들은 전날에는 친구들이
요 동맹국이었음을 상기시키고, 두 나라가 전쟁한다는 것은 이치에
닿지 않는다고 말한다.

　남정네들은 아름다운 처녀 나체상을 눈이 뚫어지게 바라보면서
멍하게 서 있다가 라이시스트라타가 말하는 모든 것에 동의한다.
남자들에게 맡겨 놓으면 또다시 이렇고 저렇고 말이 많을 것 같아서,
그리고 부인들은 남자들이 이성적으로 따지는 것은 무익한 것임을
알고는, 대사와 그의 일당에게 대접을 융숭하게 하고, 술에 거나하게
취하도록 하여, 빨리 조약에 서명하게 하고는 빨리 부인들 곁으로
가게 한다. 부인들의 섹스 스트라이크로 아테네와 스파르타 사이에
전쟁이 그치고 평화가 도래한 것이다.

　잠언 5:17-19은 "그 물은 너 혼자만의 것으로 삼고, 다른 사람들과
나누지 말아라. 네 샘이 복된 줄 알고, 네가 젊어서 맞은 아내와
더불어 즐거워하여라. 아내는 사랑스러운 암사슴, 아름다운 암노루,
그의 품을 언제나 만족스럽게 생각하고, 그의 사랑을 언제나 사모하
여라."라고 충고하고 있다.

27
카타르시스(Katharsis)

아리스토텔레스, 『시학』
(Aristotle, *The Poetics*)

유다서 1:10에서 "이 사람들은 무엇이든지 그 알지 못하는 것을 비방하는도다 또 그들은 이성 없는 짐승같이 본능으로 아는 그것으로 멸망하느니라"고 하여 이성과 본능을 대치시키고 있다.

그리스의 철학자 아리스토텔레스(384-322 B.C.)는 『시학』 6장에서, 비극은 진지하고, 그 자체가 완벽하며, 어떤 중대성으로 된 "행동의 모방"이라고 정의를 내리면서, 비극은 연민(pity)과 두려움(fear)을 통하여 감정들의 카타르시스(Katharsis, 영어로는 catharsis)를 가져온다고 했다(감정들의 정화작용을 한다고 했다.)

토마스 아퀴나스(1225-1274, 이탈리아의 가톨릭 신학자)는 『기독교 총론』에서, "위대한 존재의 연쇄" 개념에서 체계화 된 질서를 말하고 있다. 우주의 질서의 아래부터 위로 올라가면서, 물질계에서 광물계(존재), 식물계(존재, 성장), 동물계(존재, 성장, 감정), 인간계(존재, 성장, 감정, 이성)이 있으며, 그 위로 영계에서, 천사(순수 존재)가 있고, 모든 질서 위에 하나님(순수 실재, Pure Actuality)이 계신다고 한다.

"위대한 존재의 연쇄" 사상에서 주시해야 하는 것은, 인간은 동물계에서 제일 높은 위치에 속하였으며, 영계에서 제일 낮은 자리에 위치하고 있기에, 인간은 동물이 가진 감정(passion)을 가지고 있으며, 영계를 이해할 수 있는 이성(reason)을 가지고 있다.

셰익스피어는 특별히 비극에서 "위대한 존재의 연쇄" 개념을 사용하여 주인공들의 성격에서 비극적인 결함으로 전락하는 모습을 묘사하고 있다. 인간(주인공)은 선택권의 자유가 있기 때문에, 주인공이 이성보다 과도한 감정(격정)을 선택하게 되면(영어로 "Passion over reason"하게 되면), 주인공은 자신의 성격적 결함으로 비극적인 전락을 하게 되어 죽음에 이르게 된다는 것이다. 『햄릿』은 과도한 철학적인 사고 때문에. 『리어 왕』은 노년에 과도한 분노 때문에, 『맥베드』는 과도한 야심 때문에, 『오델로』는 과도한 질투 때문에 전락하여 죽음에 이르게 된다. 그래서 셰익스피어의 비극을 성격비극이라 하고, 운명의 수레바퀴는 신의 예정으로(운명론적 혹은 결정론적으로) 비극적인 운명에 이르는 것이 아니라, 주인공 자신의 성격적인 결함으로, 자기 자신이 운명의 수레바퀴를 돌리기에, 인간 자신이 비극적인 전락에 책임이 있다고 본다.

아리스토텔레스는 『시학』 6장에서, 비극은 어떤 아무런 행동의 모방이 아니라, 특별한 목적을 지닌 특별한 종류의 행동이라고 한다. 그는 말하기를, 비극은 연민과 두려움을 일어나게 해야 한다고 하고, 그리고 비극의 목적은 두 감정(연민과 두려움)의 정화를 하는 것이라고 한다. 두 감정의 정화라는 것은 연민의 정으로 두려운 감정을 그리고 두려운 감정으로 연민의 정을 상호 소멸시키는 것을 의미한다.

이 정화작용은 아리스토텔레스가 말하는 "카타르시스(katharsis,

영어로는 catharsis)"이다. 희랍어 "katharsis"는 "깨끗하게 한다" 혹은 "정화한다"를 뜻한다. 우리들의 감정의 카타르시스는, 비극에 놀라움의 요소가 있을 때, 일어나게 된다.

카타르시스는 대체로 두 가지 법주로 이해한다. 첫째 범주의 카타르시스는 죄인의 영혼이 정화하는 것과 유사한 것으로, 윤회(輪廻)·응보 등을 믿는 신비적인 종교인 오르페우스교(敎)에서 말하는 종교적인 체험으로 이해하고 있다. 둘째 범주의 카타르시스는 주로 의학적인 현상을 나타내는 것인데, 나쁜 체액을 몸에서 씻어내는 것을 말한다.

비극은 연민과 두려움을 유발시킨다는 것은 대중적인 이론이었음으로, 의심할 여지 없이 카타르시스는 희랍인들에게는 특별한 그 무엇을 의미했을 것이라 추측할 수 있다. 아리스토텔레스가 어떤 의미로 카타르시스란 말을 사용했는지 알기 위해서, 우리는 어떻게 비극이 연민과 두려움을 야기시키는가를 분명히 알아야 한다. 예를 들어, 우리는 주인공을 위해 두려움(공포의 감정)을 갖게 되고, 우리 자신을 위해 연민의 정을 가지게 되는가? 혹은 우리가 주인공에게 동정심을 갖게 되는 것인가? 왜냐하면 우리도 주인공의 자리에 처할 수 있기 때문에, 그래서 우리 자신을 위해 두려움을 갖게 되는가?

불행하게도 아리스토텔레스는 연민과 두려움이 무엇을 뜻하는지를 말하지 않고 있다. 아마도 그 당시 사람들에게 연민과 두려움이란 두 개념은 너무나 잘 알려져 있기 때문이리라. 아리스토텔레스는 카타르시스가 무슨 뜻인가를 보여주는 내용을 그의 『정치학』 제8책에서 제시하고 있다. 그는 음악을 세 종류로 구분한다. 첫째는 교육적인 목적을 위해서, 두 번째는 휴양을 위해서, 세 번째는 감정의 발산을 위해서라고 했다.

음악의 세 번째 목적인 감정의 발산은, 그는 주신(酒神)적 음악(부어라 마셔라 법석대는 바쿠스제적 음악), 혹은 열광적 음악이라 한다. 이것은 개인의 도덕적 문화적 교육을 위한 것은 아니며, 개인의 위안(즐거움)을 위한 것도 아니다. 그 음악의 목적은 "카타르시스다"라고 했다. 카타르시스를 유발하는 곡조는 신비한 열광으로 영혼을 흥분시킴으로써, 마치 그 영혼은 의학적 치료와 깨끗해짐(정화)을 통해서 회복되고 평온해지게 하는 것이다. 이 음악과 마찬가지로, 같은 종류의 효과를 일종의정화작용인 경험을 통해서 즐거움을 동반한 정서를 방출하는 것이다. 정서의 방출은 교육이나 휴양처럼 건강한 개인에게 필요한 정서적 긴장으로부터의 방출을 말한다. 비극의 기능은 필요한 발산, 즉 "카타르시스"를 하는 것이다. 우리가 셰익스피어 비극을 관람할 때, 우리는, 음악을 들을 때처럼, 어떤 종류의 영적 정화를 경험하는 것이다.

카타르시스는 단순한 심리적인 효과뿐만이 아니라, 비극의 고통을 봄으로써, 그 비극 너머에서 보게 되는 지혜나 직관에 도달하게 한다. 르네상스 시대의 교훈 주의적 입장에서, 카타르시스는 세상의 부귀영화가 하루아침에 무너지는 것을 보고서, 영적 구원의 필요성를 절감하게 해주는 것이라고 보았다. 그리고 주인공의 격정이 비극이 원인이 되는 것을 보고서, 자기 자신의 열정을 억제하고 순화하는 법을 배우는 것이라고 했다. 비극을 보고 연민과 두려움의 감정이 교차함으로써 자신의 다른 문제를 이열치열하는 것이다.

낭만주의자들은 르네상스 시대의 교훈 주의를 배격하고, 카타르시스는 비극적인 삶의 현실 앞에서 오히려 겸허하게 되고, 인간적인 동류의식으로 그 비극에 동참하려는 것이다.

심리 주의자에게 카타르시스는 두려움은 대상으로부터 멀리 떨어지고자 하는 감정이고, 연민은 반대로 고통당하는 주인공에게 가까이 가고자 하는 감정이라고 한다. 비극에서 카타르시스는 서로 상극하는 감정을 불러일으키지만, 이 상극적 감정을 순조롭게 조화시킴으로써 정서적 안정을 주는 것이라고 한다. 비극의 연출자인 주인공 자신들도 정화(카타르시스)를 경험하게 되고, 관중들도 정화(카타르시스)를 체험하게 된다는 것이다.

아리스토텔레스는 비극의 줄거리(플로트)는 간단하거나 복잡할 수 있다고 한다. 복잡한 줄거리는 운명의 변화가 일어나고, 단순한 줄거리는 변화가 일어나지 않는다. 운명의 변화(부자에서 가난으로, 무지에서 지식으로)는 두 가지 방법 중 하나로 일어난다. 첫째 방법은 운명의 역정으로서, 비극의 행위가 처음 취한 방향보다 반대 코스로 가는 것이다. 둘째 방법은 무지로부터 지식으로의 변화로 주인공들 사이에 사랑이나 증오심을 유발하게 한다.

예를 들어, 소포클레스의 『오이디푸스 왕』에서 오이디푸스의 비극은 성격이 악하고 사악하기 때문이 아니라, 무지로 아버지 라이어서 왕을 죽이게 되고, 어머니와 결혼하여 네 아이까지 갖게 된다. 그 이후에 자신이 부왕의 살인자임을 깨닫고, 두 눈을 빼버린다. 훗날 프로이드는 이 현상을 오이디푸스 콤플렉스라고 했다.

창세기 2:17에서 하나님은 "선악을 알게 하는 나무의 열매는 먹지 말라 네가 먹는 날에는 반드시 죽으리라 하시니라"고 하심으로써, 인간에게 열매를 먹고 먹지 않는 자유 선택권을 주셨다. 인간의 교만

(hubris)이 비극적인 결함이 되어, 선악과를 따 먹음으로서 반드시 죽게 되는 운명론(결정론)에 메이게 되었다.

28

율법주의자의 범죄와 전락

셰익스피어, 『법에는 법으로』
(Shakespeare, *Measure for Measure*)

사람 예수님께서 마가복음 4:24-25에서 "또 이르시되 너희가 무엇을 듣는가 스스로 삼가라 너희의 헤아리는 그 헤아림으로 너희가 헤아림을 받을 것이며 더 받으리니 있는 자는 받을 것이요 없는 자는 그 있는 것까지도 빼앗기리라"라고 말씀하고 있다. "법에는 법으로"라는 표현을 예수님은 "헤아리는 그 헤아림으로"라고 말씀하고 있다.

사람이 쓰레기로 가득 찼으면, 쓰레기의 책임을 져야 한다. 사람이 참된 진리의 지식으로 가득 찼으면, 그는 또한 진리의 책임을 져야 한다. 사람은 그의 가슴과 마음을 가득 채운 것에 대해 책임져야 한다. 사람은 주의하고, 경계하고, 살펴보고, 그가 진리를 듣는가를 확신해야 한다.

영국의 극작가 셰익스피어(1564-1616)는 『법에는 법으로』에서 바리새적인 엄격한 율법주의자의 위선적인 범죄로 전락하는 사건을, 쓴웃음을 짓게 그리고 있다.

비엔나의 빈센쇼 공작은 비엔나를 떠나있는 동안에 젊은 안젤로 부관을 대리집권자로 임명한다. 그 당시 비엔나는 악습이 만연되어 있었다. 안젤로는 엄격한 법치주의자로서 도시를 개혁하기로 결심하고서, 19년 동안이나 사문화된 법조문(혼전, 혼외, 간음 금지법)을 끄집어내었다. 그는 도시 정화를 위해 모든 법을 엄격하게 적용하겠다고 했다.

안젤로의 첫 희생자는 불행하게도 클로디오란 젊은이였다. 그는 비엔나의 젊은 처녀와 결혼하게 되어있었는데, 혼인지참금의 어려움 때문에 결혼식을 지연시키고 있었다. 그러나 안젤로는 신부 될 처녀와 동침하여, 얼마 후면 아기까지 태어날 처지였다. 그 당시 비엔나에서 혼전 동침은 보편화 되어있어서 일상적인 관례로 통했지만, 비엔나의 법은 혼전 동침은 사형에 해당하는 것이었다. 안젤로는 3일 후에 클로디오를 사형 집행하기로 한다.

클로디오의 눈에는 그와 처녀와의 관계는 결혼한 것과 마찬가지라, 심각한 문제가 아니었다. 탄원서만 제출하면 자신을 구할 것으로 생각하여 예쁜 여동생에게 도움을 요청하기로 한다. 여동생 이사벨라는 곧 수녀원에 들어가기로 되어있었다.

빈센쇼 공작은 비엔나를 떠나지 않고, 수도승으로 변장하여 도시 안에 머물렀다. 자신이 14년 동안이지만 해결하지 못한 사회적인 악습을 엄격한 성격의 안젤로가 어떻게 잘 해결하는가를 보고 싶었으며 또한 부관 안젤로는 지나치게 냉정하고 꼼꼼한 사람이라 비엔나의 시민들을 공평하게 취급하지 못할지도 모른다고 생각하여 안젤로를 지켜보기로 했다.

클로디오의 친구가 수녀원을 찾아와서 이사벨라의 도움을 요청했다. 이사벨라는 엄격하게 청결한 여성이었다. 그 당시 비엔나의 거의 모든 사람이 결혼 전 동침은 결혼한 부부와 마찬가지의 행위라고 생각하고 있었다. 공작 자신도 후에 혼전 동침 문제에 대해 "그는 혼전 동침한 남편이기에,/ 그래서 둘이 함께하는 것은 죄가 아니지" 라고 했다.

그러나 안젤로에게는 옳은 것은 옳은 것이고, 나쁜 것은 나쁜 것이 었다. 옳은 것과 나쁜 것 사이에는 가능한 중간 지대는 없었다. 다른 한편으로 이사벨라는 오빠를 끔찍이 사랑하고 있기에, 안젤로에게 가서 오빠를 살려달라고 애원할 생각이었다.

자리를 비운 공작을 대신한 대리집권자 안젤로는 비엔나 시민의 생사 문제를 쥐고 있었다. 동료 부관도 안젤로의 지나친 엄격함이 염려되어 온건한 중용지도(中庸之道)로 다스려야 한다고 충고했다. 그러나 안젤로는 공적인 덕을 성취하는 유일한 길은 잔혹하고 가차없 는 형벌임을 주장했다. 안젤로의 눈에는 비엔나의 하층 세계는 부도 덕함으로 가득 차 있다고 보였기 때문에 그들을 동정할 여지는 전연 없다고 생각했다.

이사벨라는 오라버니 클로디오의 경우를 탄원하기 위해 안젤로를 찾아온다. 그녀는 바로 기독교의 용서를 언급하면서, 예수 그리스도 는, 모든 사람을 심판해야 하는 지위에 있으면서도, 긍휼을 보였으므 로, 안젤로도 오라버니에게 긍휼을 베풀어야 한다고 한다. 그리고서 예수 그리스도가 마가복음 4:24에서 "너희의 헤아리는 그 헤아림으 로 너희가 헤아림을 받을 것이요"라고 한 말씀을 암시한다. 그러나 안젤로는, 클로디오를 정죄하는 것은 율법이라고 한다. 이사벨라는 클로디오와 같은 죄를 많은 사람이 범해왔는데, 그 죄 때문에 누가 사형을 당했느냐고 질문한다. 그럼에도 안젤로는 법대로 집행하겠다 고 한다.

이사벨라는 안젤로에게 "당신은 나의 오라버니 같은 죄를 지을 생각을 한 적이 없었습니까?"하고 묻는다. 안젤로 자신의 욕망에 관한 질문을 받자, 안젤로는 이사벨라를 여인으로 보기 시작하고, 이사벨라의 미모에 자기 마음이 동하기 시작함을 느끼게 된다. 안젤로는 이사벨라에게 내일 오라고 하고는 떠나간다. 이사벨라는 "돌아와요. 내가 당신을 어떻게 뇌물로 매수해야 내 말을 들겠소?"라고 한다. 안젤로는 이사벨라의 말을 자기 몸이라도 바치겠다는 것으로 비약해서 해석한다. 그러나 이사벨라는 안젤로를 위한 기도를 드리겠다는 내용으로 말한 것이다. 그런데, 갑자기 안젤로는 이사벨라의 너무나 순결함에 감동되고 너무나 아름다움에 마음이 빼앗겨서, 격렬하게 사랑하게 되었으며, 이사벨라를 갖고 싶은 강한 욕망에 사로잡혔다. 안젤로는 자신이 클로디오를 죽이려고 하는 바로 그런 죄를 지으려고 하는 것이다. 그는 이사벨라에게 내일 다시 오라고 하고는 급히 가버린다.

그다음 날 안젤로는 거래조건으로 이사벨라가 하룻밤 자기와 잠자리를 같이 하면, 오라버니를 용서하겠다고 한다. 이사벨라는 경악하며 거절하고서, 감옥에 있는 오라버니에게 가서, 안젤로의 제안을 설명했다. 이사벨라는 오라버니가 "그래선 절대 않되!"라고 말하리라 기대했다. 그러나 클로디오는 "사랑하는 여동생아, 나를 살려다오!"라고 애원했다. 이사벨라는 오라버니의 비겁함을 이해할 수 없었다. 이사벨라는 오라버니를 위해서 기꺼이 죽을 수 있었다. 그러나 그녀는 누구를 위해서도 죄는 범할 수는 없었다.

수도사로 변장한 공작은 클로디오가 수감되어 있는 감옥에 와서 모든 것을 엿들었다. 공작은 이사벨라의 순결함에 크게 감명을 받아,

이사벨라에게 이런 곤경에서 벗어나는 방법을 말해 준다. 마리아나
란 처녀가 있는데, 안젤로와 약혼을 했으나, 조난 사건으로 혼인지참
금을 모두 상실하게 되자, 안젤로로부터 혼인을 거절당했다고 한다.

마리아나는 아직도 안젤로를 사랑하기 때문에 이사벨라의 잠자리
에 마리아나를 몰래 보내자는 것이다. 마리아나는 수도승의 제안에
기꺼이 응하여 안젤로와 잠자리를 같이하겠다고 한다. 일단 혼전
잠자리를 같이하고 나면, 모든 권한은 신부에게 주어진다는 것이다.

수도승은 감옥에 와서 클로디오에게 안젤로가 사면하기로 약속했
다고 말한다. 그러나 안젤로는 이사벨라의 정조 상실 때문에 클로디
오의 복수가 두려워, 교도소장에게 클로디오를 즉결 처분에 처해
버리고, 그의 목을 보내라고 명령한다. 그때 다행히도 악명 높은
해적이 그날 아침에 죽어서, 그 목을 안젤로에게 보냈다.

공작은 귀환하겠다고 안젤로에게 공적으로 통보한다. 공작은 트럼
펫 소리 요란하게 울리는 가운데, 귀환한다. 두 사람의 부관들은
성문에서 공작을 정중하게 마중한다. 그때 이사벨라는 수도승이 지
시한 대로 성문 어귀에서 공작에게 안젤로를 고발하는 탄원서를
제출한다. 이사벨라는 모든 이야기를 공적으로 공작에게 말한다.
그리고 마리아나가 베일을 벗고 나타나서, 나머지 이야기를 털어놓
는다. 안젤로는 모든 것은 자기 적들이 꾸며낸 음모라고 말한다.
안젤로는 여인들의 말보다는 자기같이 명망이 높은 사람의 말을
사람들이 믿을 것으로 생각했다.

공작은 안젤로를 중상한 두 여인을 벌주라고 명령하고는 사라져
버린다. 그리고서 공작은 수도승으로 변장하여 다시 들어와서 여인들
의 편을 들어 말한다. 수도승은 변장한 승복을 벗어버리고, 자신이

베니스의 공작임을 드러낸다. 안젤로는 모든 것이 끝장난 것을 알게
되자, 자기를 오랜 재판 없이 처형해 달라고 한다. 공작은 마리아나와
결혼식을 하고 처형하라고 "안젤로가 클로디오에게 하듯, 사형에는
사형으로"라고 명령한다. 마리아나와 이사벨로는 안젤로의 생명을
살려주시기를 간청한다. 법조문에 철저하게 매달렸던 안젤로는 자신
의 문제로 법조문과 달리 탄원하지 못한다. 그러나 클로디오가 처형
되지 않은 것이 드러나자, 안젤로도 처형을 면하게 된다. 마리아나
때문에 안젤로는 용서받는다. 공작은 정의를 수행하는 데 도움을
준 모든 사람에게 감사한다. 그리고서 이사벨라를 돌아보면서 자기와
결혼해 주라고 요청한다. 모든 사람이 안도하며 궁중으로 들어간다.

갈라디아서 6:7-9에서 바울은 "스스로 속이지 말라 하나님은 업신
여김을 받지 아니하시나니 사람이 무엇으로 심든지 그대로 거두리라
자기의 육체를 위하여 심는 자는 육체로부터 썩어질 것을 거두고
성령을 위하여 심는 자는 성령으로부터 영생을 거두리라 우리가
선을 행하되 낙심하지 말지니 포기하지 아니하면 때가 이르매 거두리
라"라고 했다.

<h1 style="text-align:center">29</h1>

강을 바라보는 두 가지 방법

마크 트웨인, 『미시시피 강에서의 삶』
(Mark Twain, *Life on the Mississippi*)

　민수기 13장과 14장에 보면 모세는 이스라엘의 12 정탐꾼을 가나안 땅에 보내어 40일간 정탐을 하게 한다. 10명의 정탐꾼은 상대방을 장대한 네피림(거인)으로 보고 자신들을 "메뚜기"로 보는 부정적인 보고를 하였다. 그들은 자기 연민에 빠져 애굽이나 광야에서 죽었더라면 좋았을 것이라고 하면서 "애굽으로 돌아가자"라고 하면서 모세와 아론을 원망하고 새 지도자를 선출하자고 했다. 그 반면에 여호수아와 갈렙은 상대방을 "우리의 밥이라"고 보고, 하나님께서 함께 하시면 반드시 승리한다는 긍정적인 보고를 했다.

　미국의 소설가 마크 트웨인(1835-1910)은 『미시시피강에서의 삶』에서 "강을 바라보는 두 가지 방법"을 일인칭인 "나(I)"를 사용하여 말함으로써 미시시피강에서의 삶을 바라보는 두 가지 서로 다른 면, 즉 낭만적인 긍정적인 면과 사실적인 부정적인 면을 의미 있게 설명하고 있다.

　트웨인은 미시시피강물의 언어를 통달함으로써, 그 위대한 강을 그가 영어의 알파벳을 아는 것처럼 친숙하게 강에 접근함으로써 강에 대한 모든 사소한 특징까지도 알게 되었다는 것이다. 트웨인은 강에서 귀중한 것을 알고 얻게 되었다는 것이다. 그렇지만 그는 또한 그 무언가를 잃어버리기도 했다는 것이다. 그는 살아있는 동안 결코 회복할 수 없는 그 무언가를 잃어버렸다고 한다. 모든 은총, 모든 아름다움, 모든 시(詩)가 이 장엄한 미시시피강으로부터 가버렸다는 것이다. 트웨인은 다음과 같이 자신이 경험한 것을 진솔하게 말하고 있다.

나는 아직도 내 마음속에 미시시피강을 따라 증기선이 오가는 때 내가 바라보는 어떤 놀라운 저녁노을이 진 하늘을 기억하고 있다. 강의 넓고 광활한 공간은 붉은색으로 변하고, 강 중앙에서 붉은빛은 황금색으로 빛나고 있을 때, 그 강물을 따라 외로운 검은 통나무 하나가 떠내려오는 것이 눈에 띄었다.

한 곳에는 길고 경사진 듯한 흔적을 강물 위에 번득이게 하고, 다른 곳에서는 강물의 표면이 끓어오르다가 굴러떨어지면서 물 표면에 원들을 이루고, 그 원들은 오팔처럼 많은 색깔들을 만들기도 한다. 불그스름한 물줄기가 조금 분출하는 곳에, 우아한 원들과 빛나는 선들을 그리면서 너무나 고운 자국을 남기고는 사라져 버린다.

내가 서 있는 왼편에 있는 해변에는 울창한 숲이 우거지고, 밀림으로부터 드리워지는 어둠침침한 그림자가 한 곳으로 내리더니, 길게 주름 잡힌 길이 나타나게 한다. 그 길에서 마치 은빛처럼 빛을 발하기도 한다. 밀림으로 벽을 이룬 뒤쪽의 높은 곳에서, 한 그루의 깨끗한 줄기의 죽은 나무가 뻗어있고, 그 나무에는 잎이 우거진 나뭇가지 한 개가 바람에 흔들리고 있었다, 그 나뭇가지는 태양으로부터 흘러내리는 차단되지 않는 광채를 받아 불꽃처럼 붉게 타는 듯했다.

거기 밀림에는 우아한 곡선들이 있고, 반사된 다양한 모습들이 있고, 높은 수목들이 있고, 넓지 않은 공간들이 여기저기에 널려 있고, 그리고 전체 장면 위로, 멀리 와 가까이에, 분해되는 빛이 끊임없이 표류하면서, 색깔의 새로운 놀라움으로 지나가는 순간마다 장면을 풍요롭게 한다.

나는 마법에 걸린 사람처럼 서 있었다. 나는 마법에 홀려, 말 없는 황홀함 가운데 잠겨 있었다. 세상은 나에게는 새로운 것이었다. 나는 집에서는 이렇게 놀라운 것은 어떤 것도 결코 보지 못했다.

그러나 내가 말한 것처럼, 어느 날, 달과 해와 황혼이 강물 표면에 정교하게 만들어 낸 영광과 매력을 보는 것이 끝나기 시작한 날이 왔음을 나는 알게 되었다. 다른 날에, 내가 그 모든 영광과 매력을 보는 것이 전체적으로 끝나버린 날이 왔음을 알았다.

그때, 만일 그 저녁노을이 진 하늘 장면이 반복했더라면, 나는 황홀함의 느낌 없이 석양을 바라보았을 것이다. 그리고 내 마음속에 다음과 같이 나의 의견을 말했을 것이다. "이런 태양을 보면, 우리는 내일 바람이 불 것이란 것을 알게 된단 말이야. 저 떠 있는 통나무는, 반갑지 않게, 강물이 불어난다는 것을 의미한단 말이야. 강물 위에 경사지는 표식은 깎아지른 듯한 암초가 강물 속에 있어서, 몇 날인지 모르지만, 밤중에 누군가의 증기선을 파괴한다는 것을 말하고 있단 말이야. 물의 표면이 끓어오르다가 굴러떨어져서 물 위에 매끄러운 원들을 그리는 것은 강물 속의 얕은 곳에 함정이 위험하게 도사리고 있다는 것을 말한단 말이야. 밀림의 그늘진 곳에서 은빛 줄무늬를 이루는 것은 암초나 나무가 물속에 잠겨 있어서, 배의 통행을 방해하는 돌출된 곳이 물속에 있음을 말하고 있단 말이야. 우거진 한 개의 나뭇가지를 흔들고 있는 한 그루의 죽은 높은 나무는 오래가지 않아

없어질 것인데, 사람이 우정 어린 눈으로 눈에 익은 지표 없이 어떻게 캄캄한 밤을 통해 안전하게 강을 따라 오갈 수 있단 말이야?"

아니야, 이젠 아니야. 낭만이고, 아름다움이고, 환희고, 이 모든 것은 미시시피강으로부터 사라져 버렸다. 강이 나를 위해 가졌다고 생각되는 모든 가치 있는 특색은 모두 사라져 버리고, 이제 남은 것은 강의 유용성만을 따지게 되었다. 강을 따라 어느 정도 증기선을 안전하게 운전하여 사람들과 짐짝들을 어느 정도 효율적으로 운반할 수 있느냐 하는 것뿐이었다.

젊은 시절에 강을 바라보고 느끼든 아름다움과 환희에 찬 낭만적인 이상주의가 모두 사라져 버리고, 이제 성숙하게 된 사람이 되었을 때 강의 유용성만을 따지게 되는 실제적인 현실주의적 태도로 바뀌어 져 버린 것이다.

미시시피강을 실용적으로만 바라보게 된 이래로, 트웨인은 그의 마음속 깊은 곳에서부터 의사들을 동정하게 되었다는 것이다. 아름 다운 여인의 뺨에 나타나는 사랑스러운 홍조가 의사에게 의미하는 것은, 어떤 치명적인 질병 위에 잔물결을 이루는 심신 쇠약의 불운을 나타내는 것이기도 하기 때문이다. 젊은 여인의 눈에 띄게 매력적인 모든 모습은, 의사에게는 숨겨진 질병의 표식이요 상징으로 짙게 깔린 것으로 보이기도 하리라. 아름다운 여인의 화사한 웃음에서 의사는 단지 그녀의 삶을 송두리째 빼앗아 버리는 치명적인 종양만을 보게 되는 것은 아닌지?

도대체 의사는 여인의 아름다움을 보기는 하는가? 아니면 의사는 그녀를 직업적으로 보고서 그녀의 건강하지 못한 상태를 혼자서 이러니저러니 하고 중얼거리는가? 그리고 의사는 자기의 직업을 배움으로써, 그가 가장 많은 것을 얻었는가? 아니면 가장 많은 것을 상실했는지? 생각해 보았는가?

민수기 14:28-30에서 하나님은 부정적인 10명의 정탐꾼의 비극적인 운명과 긍정적인 여호수아와 갈렙의 승리의 삶을 다음과 같이 분명히 말씀하고 있다. "그들에게 이르기를 여호와의 말씀에 내 삶을 두고 맹세하노라 너희 말이 내 귀에 들린 대로 내가 너희에게 행하리니 너희 시체가 이 광야에 엎드러질 것이라 너희 중에서 이십 세 이상으로서 계수된 자 곧 나를 원망한 자 전부가 여분네의 아들 갈렙과 눈의 아들 여호수아 외에는 내가 맹세하여 너희에게 살게 하리라 한 땅에 결단코 들어가지 못하리라".

모세가 이스라엘 각 지파에서 정탐꾼 1명씩 선발하여 12명의 정탐꾼을 보내어 40일간을 가나안 땅을 두루 정탐하게 했다. 10명의 정탐꾼은 부정적인 보고를 하면서, 아낙 자손은 거인(네피림)으로 강하게 보인다고 하고, 이스라엘은 메뚜기 같다고 보고했다. 그들은 이스라엘이 가나안을 정복하는 것은 불가능하다고 했다. 10명의 정탐꾼은 부정적 강박관념(Negative Obsession)에 빠진 자들로서, 그들은 장애물을 과장해서 그려보는 자들로서 "왜 잘 될 수 없느냐"는 이유를 찾는 자들이며, 안 되는 결론을 미리 찾는 자들로서 실패를 예고하는 정신적 악질 병에 걸린 자들이었다.

10명 정탐꾼의 보고를 들은 이스라엘 온 회중은 "애굽이나 광야에서 죽었더라면 좋았을 것을"이라고 소리 높여 부르짖고 밤새도록 통곡하고 울었다. 그들은 말이 더욱 과격해지고, 분노가 더해져서,

군중 심리로 폭동을 일으키며, 매사(每事)에 회의적이어서 비관주의적 정신 풍토를 조성하여 허무주의(Nihilism)에 빠지게 되었다. 그들은 자포자기하는 태도를 보이면서 "애굽으로 돌아가자"라고 하는 퇴행심리(Psychological Regression)에 빠지게 되었다. 그들은 살의(殺意)를 품게 되어 만류하는 여호수아와 갈렙을 돌로 쳐 죽이려 하고 모세와 아론을 원망하고, 새 지도자를 선출하자고 하고, 실제로 다른 지도자를 세웠다. 그 결과 이십 세 이상의 이스라엘 백성은 광야에서 모두 죽임을 당하였다.

이스라엘의 위대한 민족지도자 모세는 여호수아를 자기 후계자로 임하고, 갈렙은 여호수아를 충실히 돕도록 했다. 갈렙은 일평생 이인자로 돕는 역할을 담당하였다. 여호수아와 갈렙은 긍정적, 적극적인 삶의 태도를 보였다. 가나안 땅은 심히 아름답고 풍요로운 땅으로 젖과 꿀이 흐르는 약속의 땅으로 보았다. "여호와께서 우리를 기뻐하시면" 그 땅을 우리에게 주시리라고 하여 승리를 확신하는 믿음의 태도를 보였다. 아무리 힘이 센 "아낙 자손"일 찌라도, 그들은 이스라엘 백성의 "밥"이 되기 때문에 두려워할 것 없다고 했다. 갈렙은 발바닥의 축복을 받아서 가는 곳마다 정복하고 승리했다.

30

장군의 딸의 지배욕

헨릭 입센, 『헤다 게블러』
(Henrik Ibsen, *Hedda Gabler*)

하박국 2:4에서 "보라 그의 마음은 교만하며 그 속에서 정직하지 못하나 의인은 그의 믿음으로 말미암아 살리라"라고 함으로서 교만한 자는 정직하지 못한 자임을 말씀하고 있다.

노르웨이의 극작가인 헨릭 입센(1828-1906)은 『헤다 게블라』에서 아버지 장군의 딸로서만 자라났기에 어머니의 자애로운 사랑의 속성은 갖지 못하고, 권총을 유산으로 물려받은 장군의 딸로서의 지배욕만을 행사하는 비극적인 여성상을 묘사하고 있다.

헤다는 조지 테스만 박사와 결혼했다. 이들의 결혼은 잘 어울리지 않았다. 헤다는 아버지의 사랑만을 받아온 버릇없는 미모의 여성으로서 완전히 자기중심적이고, 누구에게도 관심이 없었으며, 자신과 타인들에 대한 생명의 존엄성을 느끼지도 못했으며, 오로지 향락만을 누리고자 하는 성격이었다. 반면에 테스만은 진지하고, 학구파이지만, 둔하고 평범하며 책과 원고에만 시간을 보내면서, 곧 대학교수로 임명될 젊은 학자였다. 헤다는 29세의 아름다운 여성이기에 젊은 남자들이 그녀의 주위에 모여들었다.

테스만은, 헤다가 원하기에, 어떤 장관의 미망인이 살던 별장 하나를 사들였으며 그리고 새 피아노도 사기로 했다. 왜냐하면 헤다가 구식 피아노는 새집에 어울리지 않고, 새집에는 새 피아노가 잘 어울린다고 했기 때문이다. 테스만은 자신의 경제력으로서는 빌라나 피아노를 사기가 어려웠기에 숙모님의 도움을 받았다. 모두 헤다가 원하기 때문이었다.

테스만은, 헤다가 원하기 때문에, 6개월이란 긴 신혼여행을 하기로 했다. 신혼여행 동안 테스만은 대부분 시간을 도서관에서 자기 전공 분야인 문화사 연구에 몰두했다. 헤다는 지루했으며, 별장으로 돌아와 조지를 미워했다.

대학 교수직을 위한 조지 테스만의 경쟁자는 아일러트 로브보그로 헤다의 이전 구혼자였다. 로브보그는 명석하고 별난 천재로서 테스만과 같은 분야의 문화사 저서를 출판했는데 걸작이었다. 테스만은 로브보그가 다른 중요하고 훌륭한 원고를 엘브스테드 부인의 도움으로 탈고한 것을 알게 되었다. 로브보그와 엘브스테드 부인은 그 원고를 그들의 "자식"이라고 불렀다. 로브보그는 술꾼이었으나 엘브스테드 부인의 헌신적인 도움으로 치료를 받았다.

헤다는 테스만과의 가정생활이 지루해서 미칠 지경으로, 유일하게 흥분되는 낙이라고는 아버지가 물려주신 권총들을 가지고 연습하는 것이었다. 테스만은 헤다의 권총 사격 연습을 좋아하지 않았다.

어느 날 저녁에 로브보그는 출판할 원고를 가지고 테스만의 별장을 찾아왔다. 헤다는 이 기회를 자기에게 유리하도록 이용하기로 했다. 엘브스테드 부인은 헤다가 멸시하는 동창생이었으며, 헤다는 엘브스테드 부인의 남편의 옛날 애인이었다. 이 생쥐 같은 엘브스테드 여인이 로브보그의 재생과 성공의 영감이었다는 사실은 헤다에겐 참을 수 없는 일이었다. 왜냐하면 로브보그는 항상 헤다를 사랑했으며, 헤다도 그 사실을 알고 있었다. 로브보그는 헤다가 자기 미래의 동반자가 되기를 원했으며, 헤다도 그렇게 하고 싶었으나, 로브보그의 미래가 불확실하다고 하여 헤다가 거절했었다. 그런데 헤다는 지난 날 로브보그와 결혼할 용기를 갖지 못했는데, 이제 다른 여자가 로브보그와 교제한다는 사실에 후회와 분노가 뒤섞인 아픔을 느꼈다.

헤다의 유일한 충동은 파괴하는 것이었다. 로브보고가 원고를 들고 테스만의 별장으로 왔을 때 테스만은 친구인 브렉 판사와 함께 독신 남자 파티에 참석하려고 갈 참이었다. 그들은 로브보고에게 함께 파티에 가자고 했으나, 그는 거절하고 엘브스테드 부인과 헤다와 함께 별장에 있겠다고 한다. 헤다는 이 기회를 이용하여 엘브스테드 부인의 도움을 받아 쓴 로브보그의 원고를 파괴할 궁리를 하기 위해서 로브보그를 억지로 파티에 참석하게 했다. 밤 동안 헤다와 엘브스테드 부인은 남자들이 돌아오기를 기다렸다.

테스만이 먼저 나타나서 파티에서 된 일을 이야기했다. 파티는 진탕 마시는 것으로 끝이 났는데, 로브보그가 별장으로 오는 도중에 원고를 떨어트렸기에 테스만이 주워서 왔다고 했다. 로브보그가 별장에 도착하여 엘브스테드 부인에게는 원고를 파괴해 버렸다고 했으나, 헤다에게는 원고를 잃어버렸다고 고백한다. 로브보그가 원고를 파괴해 물속에 던져버렸다고 하는 말을 들은 엘브스테드 부인은 "로브보그, 당신이 원고를 파괴한 것은, 나는 나의 생애 동안 어린 자식을 죽인 것으로 생각하겠어요."라고 한다. "당신 말이 맞았어요. 자식을 죽인 거나 마찬가지요." "어떻게 그럴 수가 있어요? 그 원고는 내 자식이기도 하잖아요!" 두 사람의 대화를 들은 헤다는 "자식이라고요!"라고 했다. 엘브스테드 부인은 긴 한숨을 쉬면서 "오 내가 무엇을 해야 할지 모르겠어요. 나의 앞에는 어둠이 있을 뿐이에요."라고 하고 나가버린다.

로브보그는 헤다에게 원고를 잃어버린 것은 "남자가 술을 잔뜩 마시고 잃은 아침에 집에 와서, 아기 엄마에게, 내가 아기를 데리고 여기 갔다 저기 갔다 하다가, 아기를 잃어버렸어요. 난 망했어."라고 하는 말과 같은 것이라고 한다. 헤다는 "한 권의 책에 불과 하찮아요."라고 대꾸한다. "엘브스테드 부인의 순수한 영혼이 그 속에 있어요." "알만하군요." "이젠 그 부인과 나는 더 이상 함께 할 수가 없어요." "어디로 가겠다는 말씀이요?" "아무 데도 가지 않을 거요. 모든 것을 끝내버리겠어요." 헤다는 "로브보그 씨, 끝맺음을 아름답게 하도록 하지 않을래요?"라고 한다. 로브보그는 웃으면서 "아름답게요? 당신이 늘 말하듯이 포도 잎들을 머리에 꽂고서 말이요."라고 한다. "테스만 부인, 안녕히 계세요. 조지 테스만에게도 문안드리세요."라고 하고는 떠나려 한다. 헤다는 "잠깐 기다려요. 추억에 남을, 그것을 드리고 싶어요."라고 말하고는 책상 쪽으로 가서, 서랍을 열고서, 권총을 꺼내 들고 나와서 로브보그에게 준다. "총을? 추억거리라고?" 헤다는 고개를 끄덕이면서 천천히 "전에 이 권총으로 당신을 겨눈 적이 있는데, 기억나세요?"라고 한다. "그때 쏘았어야지요." "가지고 가서 사용하세요." "고마워요!" "로브보그씨, 아름답게. 그게 내가 바라는 전부에요." "헤다 게블라. 안녕히!"

로브보그가 떠난 후에 헤다는 책상으로 가서 로브보그의 원고를 끄집어내어, 난로 옆으로 가서, 책장 속을, 여기저기를 뒤져보고는 원고를 난로 속에 집어넣어 버리고는 "이제 너의 자식을 태워버린단다. 엘브스테드 부인, 고수머리!"라고 한다.

헤다는 테스만에게 로브보그의 원고를 태워버렸다고 한다. 테스만은 대단히 충격을 받았으나, 부인이 자기를 위해서 한 일이라고 생각하여 입을 다물기로 한다. 그러나 테스만은 엘브스테드 부인이 책 내용에 관한 메모지를 모두 가지고 있기에 로브보그의 책을 완성하기로 결심한다.

헤다는 두 가지 경우를 염려했다. 첫째 로브보그가 아름답게 자살해야 했는데, 그는 다이아나 양의 집으로 가서 헤다가 지시한 것처럼 아름답게 죽은 것이 아니라, 말다툼에 휩쓸려 사고로 죽임을 당했으며, 둘째 브렉 판사는 세상에서 굴러먹은 사람이라 헤다처럼 무자비한 자였다. 브렉 판사는 오랫동안 헤다의 냉철한 아름다움에 감탄하여 자신의 정부로 삼고자 했다. 로브보그의 죽음과 관계되는 권총이 헤다의 것임을 알게 될 때, 헤다는 스캔들에 휩싸이게 되든지, 아니면 브렉 판사의 요구대로 추행으로 살아야만 했다.

헤다는 "권총의 소유주를 찾게 되면 어떻게 되는데요?"하고 물었다. 브렉 판사는 "헤다 씨, 그러면 스캔들에 휩싸이겠지요." "스캔들!" "예, 당신이 두려워하는 스캔들. 물론 당신은 증언대에 서야 하겠지요. 당신과 다이아나 양 두 사람이. 분명히 다이아나 양은 발생한 모든 사건의 자초지종을 설명해야 할 것이오. 사고인지 살인인지? 그녀를 협박하기 위해 권총을 호주머니에서 끄집어냈는지, 아니면 사고였는지? 아니면 그 여자가 총을 잡고 손 후에 로브보그의 호주머니에 집어넣었는지? 다이아나 양은 다루기 힘든 아름다운 아가씨야."라고 했다. "그러나 이 모든 것이 나와는 상관이 없어요." "그래요. 그러나 대답해야 할 것은 그 권총을 로브보그에게 왜 주었냐

하는 것입니다. 무슨 이유에서지요?" "그래서. 생각 좀 해보아야겠어요." "걱정 마세요. 내가 입을 다물면 아무 일 없을 거예요." 헤다는 "내가 당신의 뜻에 달려있군요. 당신의 요구대로 해야 하는 노예이군요. (갑자기 일어서더니) 아니, 그건 절대로 생각할 수 없어요, 절대로!"라고 했다. 브렉 판사는 조롱하듯이 "대부분 사람은 불가피한 일에는 복종하고 말지요."라고 한다.

그날 밤 헤다는 피아노로 가서 미친 듯이 댄스곡을 쳤다. 그리고 헤다는 조용히 내실로 가더니 게블라 장군의 권총으로 "꽝!"하는 소리와 함께 젊은 생애를 마쳤다. 테스만과 엘브스테드 부인과 브렉 판사가 달려와서 아름답게 쓰러져 있는 헤다를 보았다.

극작가 입센은 사회 문제가 아니라, 어머니의 사랑을 경험하지 못하고 장군인 아버지의 일방적인 사랑으로만 자라난 제멋대로 구는 한 개인의 비극적인 삶을 적나라하게 묘사하고 있는 것이리라.

입센은 "사랑은 무례하지 않으며, 자기의 이익을 구하지 않으며, 성을 내지 않으며, 원한을 품지 않습니다"(고전 13:5)를 바탕으로 극작했으면 좋았으리라!

31
종교 전쟁의 참담함

베르톨트 브레히트, 『억척어멈과 그 자식들』
(Bertolt Brecht, *Mother Courage and Her Children*)

사무엘상 31:1-4에서 이스라엘과 블레셋의 전쟁으로 길보아 산에서 사울 왕의 아들 요나단과 아비나답과 말기수아가 전사하고, 사울 왕은 자기의 칼 위에 엎드러짐으로서 자살하는 비극적인 상황을 그리고 있다.

독일의 극작가 베르톨트 브레히트(1898-1956)는 『억척어멈과 그 자식들』에서 프로테스탄트(신교)와 가톨릭(구교) 사이에 발생한 30년 전쟁(1618-1648)을 배경으로 하여 1624-1636년 사이에 스웨덴(신교), 폴란드(구교), 독일에서 일어난 신구교 사이의 종교 전쟁의 참담함을 그리고 있다.

안나 피엘링 여인은 행상 포장마차를 끌고 군인들에게 생활용품들을 팔면서 생활하는 아줌마였다. 그녀는 자신의 경제적인 어려움을 면하기 위해 포탄이 터지는 위험을 무릅쓰고, 50개의 빵 덩어리들을, 곰팡이 냄새가 나려고 해서 급히 팔아버리려고, 전선으로 가져와서 팔았기 때문에 '억척어멈'이란 별명을 얻었다. 그녀는 전쟁을 이용하여 행상 마차로 돈벌이 하여 두 아들 에이리프와 스위스치즈 그리고 벙어리 딸 켓트린을 먹여 살렸다. 그녀의 두 아들은 프로테스탄트 군대에 가담했다.

억척어멈은 포장마차를 끌고 스웨덴의 프로테스탄트 군대를 따라 폴란드를 통과하게 된다. 군목과 요리사와 창녀가 억척어멈을 따라 다녔다. 병기고 장교는 억척어멈에게 한 부대자루의 탄환을 2길더 은화(독일 화폐)로 팔면서, 4군단에 가서 다시 팔면 5-8길더 은화는 받을 수 있을 것이라고 한다. 그녀는 발각되면 군법회의에 회부 될 것이라고 하고는, 1길더 반만 준다. 그녀는 군목과 요리사에게 "우리의 프로테스탄트 깃발을 위해!"라고 축배를 들면서 브랜디를 한 잔씩 한다. 딸 켓트린은 창녀 소유의 모자와 장화로 뽐내며 행상 마차 주변을 걸어 다닌다.

그 때 갑자기 대포 소리, 총소리, 북소리가 요란하게 들렸다. 병기고 장교는 "가톨릭 군대가 기습공격을 했군!"이라고 하고는 군인 한 명과 함께 프로테스탄트 포대 쪽으로 달려갔다.

억척어멈의 아들 스위스치즈가 돈 통을 들고 온다. 억척어멈은 "너 손에 쥐고 있는 것이 무엇이냐!"라고 묻는다. "연대 돈 상자에요." "던져버려! 죽으려고 환장했어!" "연대장님이 저를 믿고 연대 재무관을 시켰는데요!" 억척어멈은 군목에게 "그 군목 제복을 벗어 버려요."라고 하고, 켓트린에게 "얼굴에 흙칠을 해라. 또 한 사람의 창녀가 되지 말라고!"라고 하고, 스위스치즈에게 "그 돈 상자는 어디에 두었나?"라고 했다. "마차 안에 두었어요." "우리 모두를 목매 달게 하려고?" "다른 곳에 숨겨 놓을께요!" "너무 늦었어!" 억척어멈은 재빨리 프로테스탄트 깃발을 내리고는 "스위스치즈야, 엄마는 군목님하고 가톨릭 깃발과 고기 좀 구해 올 테니, 켓트린을 잘 돌보고 가만히 있으란 말이야."라고 하고는 장바구니를 쥐고 나가버린다.

군목은 "스파이들이 도처에 있으니 돈 상자 들키지 않도록 조심해!"
라고 한다.

스위스치즈는 어머니가 돈 상자 때문에 잠 못 이룬다고 하니 강가
의 두더지 구멍에 숨겨 놓고 오겠다고 한다. 켓트린이 마차 뒤로
가자, 상사 한 사람과 애꾸눈 병사가 켓트린을 붙잡고 제2 프로테스
탄트 연대의 재무관을 보지 못 했느냐고 묻는다. 켓트린은 기겁을
하고 도망치려 한다. 스위스치즈는 돈 상자를 망토 밑에 숨기고 나가
려 하자, 켓트린이 당황하여 스위스치즈를 못나가게 하려 한다. 스위
스치즈는 켓트린을 밀치고 나가버린다.

억척어멈이 군목과 함께 돌아와서 "가톨릭 깃발을 빨리 걸어요."
하자, 군목이 장대에 가톨릭 깃발을 달아 올린다. 억척어멈은 켓트린
에게 스위스치즈는 어디에 있느냐고 묻는다.

그 때 상사와 애꾸눈은 스위스치즈를 채포하여 나타난다. 억척어
멈은 스위스치즈를 보고 모르는 척한다. 그녀는 "저 젊은이는 여기서
점심을 먹었는데, 음식이 짜다고 했어요."라고 한다. 상사는 "모른
척하지 마세요. 이 자가 연대 재무관임에 틀림없어!"라고 하고는
스위스치즈를 끌고 간다. 억척어멈은 상사를 뒤따라가면서 그 젊은
이를 심하게 다루지 말라고 부탁한다.

억척어멈은 창녀가 잘 아는 대령에게 돈을 주어 스위스치즈를
구해야겠다고 한다. 그녀는 "행상 마차라도 팔아야겠는데?"라고 한
다. 군목은 행상 마차를 팔고 나면 어떻게 먹고 살겠느냐고 걱정한다.

이때 창녀가 달려와서 "200길더 은화만 내면 살려준대요."라고
한다. 억척어멈은 창녀에게 한 시간 후면 군법회의가 열린다는데,
담당 상사에게 빨리 가서 200길더 은화를 줄 터이니 스위스치즈를

살려달라고 말하라고 한다. 창녀는 숲속에서 애꾸를 만나기로 했으니 가봐야 한다고 뛰쳐나간다.

군목은 200을 주고 나면 무엇으로 장사를 하겠느냐고 한다. 억척어멈은 연대 돈 상자가 있으니 걱정 없다고 한다. 창녀가 달려와서 급히 200을 주면 스위스치즈를 살려주기로 약속했다고 한다. 창녀는 "스위스치즈는 자신이 연대 재무관으로 돈 상자 책임자라고 고백했데요. 그리고 돈 상자를 강가에 숨길 때 그들이 그를 봤데요."라고 한다. 억척어멈은 "강가에 돈 상자라고! 200을 어디서 구하지?"라고 탄식한다. 창녀는 "부대 돈 상자에서 돈을 빼낼 생각을 했어요? 스위스치즈를 위해 빨리 200을 구해야 해요!"라고 재촉한다. 억척어멈은 "200을 낼 순 없어. 나도 먹고 살아야 하니. 120으로 해요, 아니면 말고…"라고 한다. "애꾸가 기다려요. 200을 주어 버리는 것이 좋다고요." "120이면 된다고. 더 이상 거래는 없어."

창녀가 달려나갔다가 오더니 "120으론 하지 않겠대요."라고 한다. 억척어멈은 "급히 달려가서 200주겠다고 해요. 80으로 장사를 다시 시작하려 했는데."라고 한다. 군목은 "성경이 말하기를 주님께서 주신 데요."라고 한다. 북소리가 멀리서 들려오자, 군목은 절망을 한 듯 한숨을 쉬면서 나가버린다.

창녀가 풀이 죽어 들어 오더니 억척어멈에게 "이제 행상 마차 유지하세요. 스위스치즈의 몸에 총알이 11곳에나 박혔데요. 군 수사관들은 연대 돈 상자가 강 속에 있는 것이 아니라 여기 마차 안에 있다고 생각한 데요. 그들이 나를 따라왔어요. 말 잘 하세요. 잘못하다간 우리 모두 군법회의에 회부 된다고요."라고 한다.

두 사람이 들것에 담요로 시신을 덮은 채 들고 와서 내려놓는다.

상사가 시신을 덮은 담요를 제치고서 억척어멈에게 죽은 스위스치즈의 얼굴을 보이면서, "이 자가 여기서 식사를 했다고 했지요. 시신을 인계해야 하는데 관계되는 사람이 없어요?"라고 한다. 억척어멈은 쳐다보지도 않고 모르는 척한다. 상사는 사병들에게 아무도 관계되는 사람이 없으니 시신을 쓰레기통에 던져버리라고 한다

스웨덴의 프로테스탄트를 믿는 구스타부스 왕의 서거로 잠시 동안 휴전이 되었다. 억척어멈이 시장가고 없을 때 두 헌병들이 억척어멈의 장남인 에이리프의 손목에 족쇄를 채우고 나타난다. 에이리프는 휴전상태에서 농부를 죽이고 그의 소를 훔친 죄로 사형 선고를 받고, 본인의 희망으로 사형 집행 전에 어머니를 만나는 허락을 받은 것이었다. 군목과 요리사는 이 사실을 억척어멈께는 비밀로 하자고 한다. 에이리프는 농부를 죽이고 소를 훔친 것은 장병들을 먹이기 위한 것이라고 한다. 전시 때는 부대를 위한다는 명목으로 허용되던 것이, 휴전상태에서 약탈 살해는 군법에서 총살형인 것이다.

1636년 1월에 전쟁이 재발 되어 가톨릭 군대는 독일의 프로테스탄트 할레 도시를 공격하여 모두 죽여 버리기로 계획 한다. 억척어멈은 행상 마차를 마을 바깥쪽 어느 농가 가까이 세워놓고 물건을 사러 마을에 들어가고 없었다. 가톨릭 중위 1명과 병사 3명이 완전 무장을 하고 숲속에서 나와 농가에서 늙은 농사꾼 부부와 그들의 젊은 아들과 켓트린을 집에서 나오라고 했다. 늙은 농부는 켓트린을 가리키면서 벙어리 소녀라고 했다. 가톨릭 장교는 젊은 농사꾼에게 할레 도시로 가는 길을 물었다. 젊은 농사꾼은 "난 길을 잘 몰라요. 가톨릭 사람들은 도울 수 없어요."라고 한다. 가톨릭 군인들은 길을 안내하지 않으면 죽이겠다고 협박한다. 가톨릭 장교와 병사들은 젊은 농부

를 앞세워 할레로 가고 있었다.

늙은 농부가 사다리를 가져와 지붕에 올라가서 할레 쪽을 바라보았다. 그는 대포와 연대 병력이 할레를 향해 진군하고 있는 것을 볼 수 있었다. 농부는 내려와서 "할레 사람들은 잠자다가 가톨릭 군대에게 모두 학살당할 거야!"라고 탄식한다.

농부의 부인 할머니는 기도하기 시작했다. "하늘에 계신 우리 아버지여. 우리의 기도를 들어주소서. 겁 없이 자고 있는 사람들이 모두 죽지 않도록 가톨릭 군대가 도시에 도착하기 전에 모두 깨어나도록 해주세요. 우리 사위와 그의 4명의 자식들을 구원하소서. 한 놈은 2살이고 제일 큰 놈이 7살입니다. 우린 약합니다. 당신의 손으로 우리들의 소와 농가와 도시를 구원하소서. 우리가 남의 잘못을 용서한 것같이 우리의 잘못도 용서해 주세요. 아멘!"

켓트린은 행상 마차 쪽으로 기어가더니, 무엇인가를 치마 밑에 숨기고는 사닥다리를 타고 지붕에 올라갔다. 그녀는 사닥다리를 지붕위로 끌어 올렸다. 북을 치기 시작했다. 북소리가 점점 더 크게 밤공기를 타고 울려 나갔다. 가톨릭 장교와 사병들이 달려와서 "이놈들 모두 죽여 버리겠어! 사닥다리는 어디에 있지?"라고 했다. 가톨릭 장교는 켓트린을 향해 "너의 어머님을 살려줄 테니 내려와!"라고 고함쳤다. 북소리는 점점 더 빨리 울려 퍼졌다. 가톨릭 장교는 집에 불을 질러야겠다고 하니, 늙은 농부는 불길이 일면 할레 사람들이 모두 알게 될 것이라고 했다. 켓트린은 웃기 시작하면서 북을 더 빨리 더 크게 쳤다. 켓트린이 내려오지 않으면 가톨릭 장교는 행상 마차를 부서버리겠다고 하고는 병사들로 하여금 막대기로 행상 마차를 때려 부수게 했다. 켓트린은 잠깐 북치는 것을 멈춘다. 농사꾼의 아들은 켓트린에게 큰 소리로 북을 더 크게 치라고 고함을 질렀다. 가톨릭 병사가 달려와서 젊은이를 넘어트리고 단검으로 찔러버린다. 켓트린은 젊은이가 죽어가는 것을 보고서 울면서 북을 더 크게 더 빨리 친다. 가톨릭 장교는 "북을 멈추란 말이야!"라고 명령하고는 켓트린을 향해 총을 발사한다. 켓트린은 총에 맞아 쓰러진다. 북소리가 점점 약해지더니 들리지 않는다. 가톨릭 장교가 "이제 북소리가 그쳤군!"라고 하는 순간 할레로부터 진격해 오고 있는 가톨릭 부대를 향해 포격하는 소리와 함께 포탄이 터지는 소리가 들려왔다. 가톨릭 병사는 "저 소녀가 결국 할레 도시를 깨웠군!"라고 탄식했다. 켓트린은 벙어리긴 하지만, 자신을 희생시켜 할레 도시를 가톨릭 군대의 살육행위로부터 구원한 것이다.

억척어멈은 프로테스탄트와 가톨릭 간의 종교 전쟁을 이용하여 행상 마차로 삶을 꾸려가야 하는 아이러니한 상황에서 3자녀들을 모두 잃어버리고도 낡은 행상 마차를 끌고 삶을 꾸려가려는 것이 독자들의 마음을 슬프게 한다.

다윗은 그 많은 역경을 거치고도 시편 23:5에서 "주께서 내 원수의 목전에서 내게 상을 차려 주시고 기름을 내 머리에 부으셨으니 내 잔이 넘치나이다"라는 다윗의 찬양의 고백에 찬 탄사를 보낸다.

32

상실된 세대의 방황과 고뇌

어네스트 헤밍웨이, 『킬리만자로의 눈』
(Ernest Hemingway, *The Snows of Kilimanjaro*)

사무엘하 22:5-6에서 "사망의 물결이 나를 에우고 불의의 창수가 나를 두렵게 하였으며 스올의 줄이 나를 두르고 사망의 올무가 내게 이르렀도다"라고 했지만, 다윗은 "이르되 여호와는 나의 반석이시요 나의 요새시요 나를 위하여 나를 건지시는 자시오"(삼하 22:2)라고 했다.

미국 소설가 어네스트 헤밍웨이(1899-1961, 1954년 노벨 문학상 수상)는 『킬리만자로의 눈』에서 죽음을 앞둔 한 인간의 지나간 삶과 고독한 현재 상황을 독자들의 눈앞에 사실적으로 전개하고 있다.

작가인 '해리'와 그의 부인 '헬렌'은 아프리카에서 사파리 여행을 하는 동안 궁지에 빠지게 되었다. 트럭의 베어링은 타버리고 해리 다리의 긁힌 상처가 병균에 감염된 나머지 살이 악취를 발하며 부패하는 괴저(壞疽)병에 걸리게 되었다. 그들은 나이로비로부터 오는 구조 비행기를 기다렸다. 해리는 술을 마시면서, 글 쓰는 일을 미루며 자신의 재능을 낭비한 일과 사랑하지도 않았던 부자 아내 헬렌과 호화스러운 삶을 살아온 과거를 되새겨 보았다.

해리는 나무 밑의 간이침대에 누워 있었다. 역겨운 독수리들이 그들의 머리 위를 빙빙 돌다가 땅으로 내려와, 마치 해리가 죽어가는 것을 아는 것처럼, 해리와 헬렌의 주위를 돌고 있었다. 해리의 다리에서 나는 악취가 독수리들을 부른 것 같았다.

해리는 킬리만자로산 아래 평원에 세워진 천막 속에서 무더위에 지쳐 이젠 시간이 얼마 남지 않았다는 것과 계획한 글도 쓰지 못한다는 것을 인식하면서 자신이 경험한 과거의 다섯 가지 사건을 회상해 본다.

첫 번째 회상은 압도적인 상실감에 관한 것이었다. 해리는 터키의 카라 가치 철도역에서 기차를 타고 희랍의 북쪽 지방을 횡단하면서 희랍군과 터키군의 전투를 목격한 일, 불가리아를 지나가면서 눈으로 덮인 산속에서 새로 입주한 주민들이 얼어 죽은 사건, 고에탈에서 크리스마스 동안 눈으로 뒤덮인 나무꾼의 오막살이로 피투성이가 된 발로 들어온 탈주병을 도와준 일, 일주일 동안 눈에 갇혀서 주막집에서 노름하다가 전 재산을 날려버린 주막집 주인에 관한 일, 존슨이란 자가 추운 크리스마스 날에 오스트리아 장교용 휴가 열차를 폭탄으로 공격하고 도망가는 자들을 기관총으로 갈겨 버렸다는 이야기를 기억했다. 그러면서 해리는 겨울 동안 스키를 타며 새처럼 공중을 날면서 영적 상승과 해방을 경험한 것도 기억했다.

다시 현실로 돌아와서, 해리와 헬렌은 그들이 파리에 있을 때의 이야기를 했다. 해리는 쓰라림과 증오심을 나타내면서 "사랑이란 똥 더미다."라고 함으로써 그들의 사랑은 천한 것임을 시사하기도 했다. 헬렌은 해리에게 마누라도 발도 죽여 버리고, 모든 것을 파괴해 버려야만 속이 시원하겠느냐고 묻는다. 해리는 자신의 역경은 헬렌의 "망할 놈의 돈" 때문이라고 한다. 해리의 쓰라림, 분노, 좌절은 결국 자기 자신과 자기 아내를 향한 것이었다.

헬렌은 사냥을 나가서 작은 동물을 잡아 왔다. 해리는 죽어 가는데 주변의 삶은 그대로 진행되고 있었다. 해리는 글을 쓰지 않고 미루는 버릇을 생각해 본다. 그는 예술적인 재능 대신에 돈과 위안으로 세월을 허송한 것이다. 그는 술을 많이 마심으로 그의 재능을 파괴한 것이다.

해리와 헬렌이 술을 마시고 있는데 하이에나가 나타났다. 하이에나는 해리를 파괴하는 영적 죽음의 상징이었다. 즉 해리의 사랑 없는 결혼생활과 물질적인 위안만을 추구한 도덕적인 나태를 나타낸다. 그러나 헬렌은 해리를 진정으로 사랑하고 있었다. 그녀는 선량하고 정직한 여인이었다. 해리는 죽음을 서서히 경험하면서 헬렌의 마음에 상처를 주지 않기 위해 사랑하지 않는다고 말할 수 없었다. 해리는 사랑하지도 않은 여인과 위선적으로 살았기 때문에 타락하게 된 것이다.

해리는 두 번째 회상은 아내와의 말다툼, 도피행각, 여인들과의 하룻밤의 무의미한 관계, 폭음, 아편, 여인들과의 하룻밤의 향락 등에서 갖는 공허함에 관한 것이었다. 해리는 파리에서 아내와 말다툼하고, 콘스탄티노플로 가서 여러 종류의 여인들과 섹스를 한 일, 거리에서 여자 하나를 골라잡아서 저녁 식사를 같이하고 춤을 추었는데 형편없었기에 호색적인 아르메니아 매춘부와 상대를 바꾼 일, 그 때문에 포병 하급 장교와 싸움질하게 된 일, 터키의 아나톨리아로 와서 아편을 피운 결과 이상한 기분에 빠진 일, 파리에서 루마니아 시인이며 다다이즘(전통적인 도덕·미적 가치를 부정하는 허무주의적 예술 운동) 창설자인 트리스탄 차리와 만나 토론하고 다다이즘에 대한 글을 쓰고 싶었으나 쓰지 않은 일을 기억했다.

해리는 다시 현실로 돌아왔다. 해리는 그날 밤에 죽을 것만 같았다. 헬렌은 해리의 힘을 돋우기 위해 고깃국을 가져왔다. 해리는 죽는데 힘을 돋울 필요가 없다고 생각했다. 해리는 육체가 부패해 가는데도 불구하고 마지막 완전한 문장을 쓰고 싶었다.

해리의 세 번째 회상은 파괴당한 후 회복했음에도 불구하고 상실감을 갖는 것과 가난한 가운데에서도 생산적이고 행복했던 일에 관한 것이었다. 해리는 할아버지의 통나무집과 사냥총들이 모두 불에 타 버렸으나 다시 통나무집을 세웠는데도 할아버지는 더 이상 사냥하지 않았다. 해리는 전쟁이 끝난 후 독일의 트리베르그의 호텔에 투숙했는데, 경기가 좋아서 호텔 주인과 친하게 되었다. 그러나 호텔 주인은 지난해 버린 돈으로는 호텔 경영에 필요한 물품을 사지 못하자 자살하고 만 것을 기억했다.

해리는 가난했을 때 파리에 가서 살던 이웃들과 술꾼들과 스포츠를 좋아하는 사람들을 기억했다. 해리는 돈이 없어 싸구려 호텔의 지붕 속의 방을 구해서 살면서 글을 썼다. 그는 창문을 통해 파리의 지붕들을 볼 수 있었으며, 아래쪽 거리에서 일어나는 일들을 볼 수 있었다. 해리는 파리의 이 지역을 좋아했으며, 자신의 젊음, 행복, 잠재력을 발휘한 곳이었다. 해리는 이곳 싸구려 호텔에서 유명한 프랑스 작가 폴 베를렌(1844-1896)이 죽은 것을 기억했다. 해리는 이 지역을 떠났을 때 자기 잠재력도 죽었다고 생각했다.

해리는 다시 현실로 돌아왔다. 헬렌은 해리에게 묽은 수프를 먹으라고 하지만 해리는 위스키를 달라고 했다. 헬렌이 외출한 후, 해리는 마시고 싶은 술을 마셨다. 그는 자려고 했다. 죽음이 자전거를 타고 다른 길로 접근해 왔다고 생각했다. 해리는 환각 속에서 죽음에 급속히 접근하고 있었다.

　해리의 네 번째 회상은 쓰고 싶었으나 쓰지 않았던 많은 것 중의 하나인 목장의 잡역 소년에 관한 것이었다. 잡역 소년이 할 일은 주인이 없는 동안 농장을 지키는 일이었다. 심술궂고 가학적인 이웃 농부가 곡간으로부터 사료를 가져가려고 했다. 소년이 가져가지 못하게 한다고 때리겠다고 협박했다. 소년은 주인에게 충성스러웠기에, 총을 가지고 와서, 그 농부를 쏘고, 개들이 시체를 뜯어먹도록 했다. 해리는 소년의 도움으로 그 시체를 마을로 운반해 왔는데, 소년은 주인의 소유를 지킨 공로로 상을 받을 줄 알고 있었다. 그러나 경찰에 체포되어 쇠고랑을 채울 때 소년은 놀라서 해리를 돌아보고 울기 시작했다. 해리는 20여 가지 좋은 이야기와 잡역 소년에 관한 이야기를 쓰고 싶었으나 결코 쓰지 않았다. 비록 소년은 건초를 지키고 주인에게 충성을 다했다고 생각했지만, 그가 잘못된 충성심과 주인을 보호하겠다는 생각은 소름 끼치는 범죄와 시체모독죄를 범하는 결과를 초래했다고 생각했다.

　해리의 다섯 번째 회상은 윌리엄손이란 군인의 죽음에 관한 것이었다. 그는 폭탄에 맞았다. 그는 철조망에 걸려 움직이지 못했다. 해리는 조명탄이 발사되었을 때 그의 내장들이 철망에 흘러나오고 있는 것을 보았다. 철조망에 걸린 그의 내장을 칼로 자르고 그를 구원해 왔다. 그는 "해리, 제발, 총으로 쏘았다고!"라고 애원했다. 해리는 자신을 위해 아껴둔 모르핀 알약들을 윌리엄손에게 주었다. 주님은 우리에게 견딜 수 없는 고통은 주시진 않는다고 했는데! 해리는 유일하게 이 이야기만은 결코 쓰고 싶지 않았다고 했다.

해리는 자신의 죽음은 철조망에 내장이 흘러내린 군인과 비교해 쉬운 것으로 생각했다. 해리에겐 죽음도 지겨운 것이었다. 해리는 죽기 전에 자신을 구원하고 하나님 나라에 갈 수 있는 가치 있는 자가 되기를 원했다. 그 순간 "죽음이 오고 있음"을 느꼈다. 죽음의 상징인 하이에나가 오두막 밑바닥에 머리를 얹어 놓고 있었다. 죽음을 앞둔 해리는 무절제한 지난날의 생활을 회상해 보았다. 전쟁과 죽음에 대한 공포, 가난함과 술 마심, 여성들과의 난잡한 생활뿐이었다. 그는 고통과 고뇌의 계속된 삶을 뒤로하고 이제 킬리만자로의 표범처럼 고독한 죽음을 맞이한다.

해리는 잠들고, 구조 비행기가 자신을 태우고 킬리만자로의 눈 덮인 산정으로 날아가는 꿈을 꾼다. 킬리만자로는 아프리카에서 가장 높은 산으로 "하나님의 집"이라고 부른다. 그곳에서 전설적인 표범을 보게 된다. 킬리만자로의 네모진 꼭대기는 세상만큼 폭넓게 보였다. 태양 빛이 눈부시게 비칠 때 산은 흰 눈으로 덮여 있어서 눈부시고, 깨끗하고, 빛났다.

헬렌은 일어나서 해리의 다리가 침대 밖으로 나와 있고 붕대가 모두 흘러내려 있음을 보았다. 헬렌은 "해리, 해리, 오 해리"하고 불렀다. 대답도 없었다. 숨소리도 들리지 않았다. 하이에나가 이상한 소리를 내었다. 그녀의 가슴이 뛰는 소리는 들려도, 해리의 가슴 뛰는 소리는 들리지 않았다.

시편 23:4에서 다윗은 "내가 사망의 음침한 골짜기로 다닐지라도 해를 두려워하지 않을 것은 주께서 나와 함께 하심이라 주의 지팡이 와 막대기가 나를 안위하시나이다"라고 노래했다.

33

총사들과 악한 여인의 최후

알렉상드르 뒤마, 『삼총사』

(Alexandre Dumas, *The Three Musketeers*)

잠언 5:22에서 "악인은 자기의 악에 걸리며 그 죄의 줄에 매이나니"라고 함으로서 사악한 자는 자신의 사악함에 걸려서 죽음에 이른다는 것이다.

프랑스 역사 소설가 알렉상드로 뒤마(1802-1870)는 『삼총사』에서 '밀레디'로 알려진 아름다운 절세 미녀는 자신의 사악함에 얽매여서 결국 비극적인 죽음에 이른다는 이야기를 잔인하게 묘사하고 있다.

1625년, 가스코뉴의 가난한 귀족 출신인 18세의 다르타냥은, 프랑스의 루이 13세 국왕의 삼총사 아토스와 포르토스와 아리마스와 3대 1로 결투를 하려다가 오히려 친구가 되었다. 추기경의 근위병들의 출현으로 다르타냥이 삼총사의 편에 가담하여 싸웠기 때문이다.

아토스는 다르타냥에게 이야기했다. 아토스의 고향 베리의 영주이며 지체 높은 백작이 25세 때 사랑의 여신만큼이나 아름다운 16세의 아가씨와 사랑에 빠져서 결혼을 했다. 그녀는 사제인 오빠와 함께 살고 있었다. 백작은 그녀를 최고의 귀부인으로 만들었다. 어느 날 그들은 사냥을 갔다가, 여자가 그만 말에서 떨어졌는데, 백작은 아내의 옷이 너무 끼어 숨을 쉬지 못하는 것 같기에, 단검으로 아내의 옷을 찢어 어깨를 열어 주었다. 그녀의 어깨에 '백합꽃!' 죄인임을 알려주는 낙인이 있었다. 그 천사 같은 여인은 바로 악마 같은 여인이 었다. 백작은 여자의 두 손을 등위로 묶어 나무에 매달았다. 다르타냥 은 그녀가 어떻게 되었는지 물었다. 그녀와 오빠는 도망쳤다고 했다. 그들은 애인이며 공범자였다. 아토스는 자신의 과거 이야기를 하고 있었다. 그 여자가 추기경 리슐리외의 마키아벨리적 권모술수를 통 해 권력을 쟁취하는 자이다. 추기경은 중간키에, 오만하게 보이는 얼굴에, 이마는 넓고, 눈매는 날카로웠으며, 마른 얼굴에 뾰족하게 기른 콧수염 때문에 더욱 야위게 보였으나, 그는 능력 있고 용맹스러 웠다.

리슐리외 추기경은 루이 13세 국왕의 안 도트리슈 왕비의 뒷조사 까지 해 가며 왕비를 괴롭히고 있었다. 추기경은 영국의 버킹엄 공작 에게 왕비님이 보낸 것처럼 편지를 써서 파리로 오도록 유인하여, 왕비와 공작을 함정에 빠뜨려서 파멸시키려고 했다. 리슐리외 추기 경이 왕비에게 연정을 품고 있다는 것은 널리 알려진 사실이었다. 추기경이 안 왕비를 적대시하는 것은, 왕비가 추기경의 사랑을 거부 했기 때문이다. 추기경은 왕비를 염탐하고 왕비의 뒷조사까지 해 가며 왕비를 괴롭히고 있었다. 바로 밀레디임을 아무도 몰랐다.

밀레디는 리슐리외 추기경의 스파이로서, 프랑스의 루이 13세 국 왕의 안 도트리슈 왕비의 뒷조사를 하고 있었다. 추기경은 안 왕비에 게 사랑을 고백했으나. 왕비로부터 사랑을 거절당하자, 왕비에 대한 복수심에 불타고 있었기 때문이었다. 추기경은 밀레디에게 지시하여, 영국으로 가서 안 왕비의 연인인 버킹엄 공작을 암살하게 했다.

다르타냥은 성당에서 밀레디를 보았다. 그녀를 따라 나갔다. 밀레디는 마차를 타고 어떤 기사와 다투는 것을 보았다. 다르타냥은 "부인 제가 도와드려도 되겠습니까?"하고 끼어들었다. 두 남자는 저녁에 결투하기로 했다. 저녁에 다르타냥과 삼총사와 영국인 윈터 경과 그의 동료 3명 등 8개의 칼날의 결투가 치열하게 전개되었다. 삼총사들의 승리로 끝났다. 다르타냥은 윈터 경의 칼을 날려버리고는, 넘어진 윈터 경을 찌르지 않고 살려주었다. 윈터 경은 살려준 고마움으로 아름다운 자기 누이(밀레디)를 소개시켜 주겠다고 했다.

이튿날 밀레디의 집을 찾은 다르타냥은 환대를 받았다. 밀레디는 다르타냥에게 추기경을 섬길 생각이 없냐고 물었다. 다르탸냥은 추기경을 칭송하는 말만을 쏟아냈다. 다음날도, 또 다음날도, 다르탸냥은 밀레디를 찾아갔다. 그녀에 대한 연정은 날이 갈수록 깊어갔다.

다르타냥은 하녀 방에 숨어 있다가 우연히 밀레디가 하녀에게 하는 소리를 들었다. "그 자는(다르타냥은) 결투에서 윈터 경을 죽이지 않는 멍청이야. 그 바람에 난 30만 리브르의 연금을 잃게 되었어. 난 그 기사를 사랑하지 않아." 다르타냥은 뼛속까지 오싹함을 느꼈다.

침대에서 다르타냥은 밀레디의 잠옷을 붙들고 일어나지 말라고 했다. 밀레디는 그의 손을 세차게 뿌리쳤다. 그 바람에 잠옷이 찢어지고, 그녀의 어깨가 드러났다. 다르타냥은 그녀의 어깨에서 '백합꽃'을 보았다. 영원히 지워지지 않는 형리의 낙인이었다. 밀레디는 자신의 정체가 탄로 난 것을 알고는, "더러운 놈!"이라고 하고는 날카로운 단검으로 벌거벗은 다르타냥을 찔렀다. 다르타냥은 하녀의 옷을 걸치고 도망쳐서 아토스에게 일어난 일을 이야기했다.

밀레디는 리슐리외 추기경의 스파이로서, 프랑스의 루이 13세 국왕의 안 도트리슈 왕비의 뒷조사를 하고 있었다. 추기경은 안 왕비에게 사랑을 고백했으나. 왕비로부터 사랑을 거절당하자, 왕비에 대한 복수심에 불타고 있었기 때문이었다. 추기경은 밀레디에게 지시하여, 영국으로 가서 안 왕비의 연인인 버킹엄 공작을 암살하게 했다.

그 이후에, 삼총사와 다르타냥은 여관에서 추기경과 밀레디가 왕비를 파멸시키기 위해 밀담을 나누는 것을 들었다. 추기경이 떠나고 밀레디 혼자 남게 되자, 다르타냥과 삼총사는 밀레디 앞에 섰다. 밀레디는 공포에 사로잡혀 그만 자리에 주저앉고 말았다. 아토스는 "당신 몸에 찍힌 낙인은 지옥에서도 지워버릴 수 없을 테지."라고 하고, 그들은 재판을 열어, 밀레디에게 사형을 선고했다. 형리가 꿇어 앉은 밀레디의 목을 칼날로 쳤다. 비명소리와 함께 머리통이 떨어져 나간 몸통이 털썩 쓰러졌다.

당시 26-7세의 안 왕비는 완벽한 아름다움의 절정에 있었으며, 그 자태는 여신과도 같았고, 에메랄드빛의 두 눈은 부드러움과 위엄을 동시에 보였으며, 그녀의 조그만 입술은 웃을 때 더욱 우아했으며, 그녀의 살결은 벨벳처럼 부드러워서 손과 팔의 아름다움은 시인들의 예찬의 대상이었고, 그녀의 곱슬곱슬한 머리카락은 얼굴과 멋진 조화를 이루고 있었다.

당시 35세의 버킹엄 공작은 최고의 미남에 품위 있는 귀족이자 기사로 프랑스와 영국에 명성이 자자했다. 그는 백만장자였으며, 두 명의 왕으로부터 총애를 받으면서 막강한 권력을 지닌 전설적인 인물이었다. 버킹엄 공작은 여러 차례의 시도 끝에 마침내 안 왕비에게 다가가는 데 성공했으며 결국 사랑을 얻어내기에 이르렀다.

안 왕비는 버킹엄 공작에게 추억으로 간직하라고, 12개의 다이아몬드가 박힌 목걸이를 주었다. 그 사실을 알아낸 추기경은 영국으로 스파이 밀레디 여인을 보내어 목걸이에서 다이아몬드 2개를 빼내오게 한 후에, 루이 13 왕에게 무도회 때 왕비로 하여금 다이아몬드 목걸이를 착용하고 나오도록 함으로서, 왕비를 궁지에 빠지게 하려 했다. 그러나 왕비는 다르타냥을 영국으로 보내어 다이아몬드 2개를 만들어 오게 함으로서, 악마처럼 미소 짓는 추기경이 보는 앞에서, 왕비는 다이아몬드 12개가 박힌 목걸이를 착용하고 나옴으로써 왕비는 난처한 입장을 벗어나게 되었다. 추기경은 자신의 하수인인 아름다운 밀레디 여인을 영국으로 파송하여 버킹엄 공작을 살해하게 했다.

추기경은 왕비의 시녀인 보나시외 씨의 부인의 집도 수색하게 하고, 그 집을 드나드는 사람은 누구든 추기경의 사람들에게 체포되어 심문을 받게 했으며, 저항하는 보나시외 부인을 고문까지 하게 했다. 위층에서 하숙하던 다르타냥의 개입이 없었다면 보나시외 부인은 큰 화를 당할 뻔했다. 25세 정도의 보나시외 부인은 매력적인 여인이었다. 갈색 머리에 푸른 눈동자, 하얗게 빛나는 장밋빛을 띤 흰 피부를 지닌 아름다운 여인이었다. 다르타냥과 보나시외 부인은 서로 사랑에 빠지게 되었다. 그러나 보나시외 부인도 결국 추기경의 하수인인 밀레디 여인에게 독살당하게 되었다.

다르타냥은 반지를 손가락에 끼고 기다렸다. 보나시외 부인이 뛰어들어와서, 다르타냥과 다시 만나기로 하고, 온 길로 왕궁을 빠져나가라고 했다. 다르타냥은 약속 장소로 갔으나 보나시외 부인이 납치 당한 것을 알게 되어 경악했다.

추기경의 스파이 중에 가장 위험한 자는 '밀레디'라고 알려진 여자로서, 영국 귀족 윈터 공의 처제였다. 다르타냥은 밀레디가 보나시외 부인의 행방을 알고 있다고 확신했다. 다르타냥은 밀레디의 미모에 얼이 빠질 정도였으나, 곧 그녀의 타락상을 알게 되었다. 밀레디는 아토스 총사의 전 부인으로서 창녀요 범죄자였으며, 영국의 버킹엄 공작을 살해하려는 음모에 가담하고 있음을 알았다.

비록 버킹엄 공작은 영국 귀족으로 적이지만 다르타냥과 삼총사는 버킹엄을 구원하기로 했다. 윈터 공이 밀레디를 연금하고 있었으나, 밀레디는 감옥 책임자 펠톤 중위를 유혹하여, 버킹엄을 공격하여 살해하게 했다. 밀레디는 프랑스로 도망 와서, 수녀원에 있는 보나시외 부인에게 독이 들은 잔을 마시게 하여 독살한다. 다르타냥은 죽어 가는 보나시외 부인에게 최후의 키스를 한다. 삼총사와 윈터 공은 밀레디를 체포하고, 밀레디에게 사형을 선고하고, 처형해버린다. 삼총사는 파리로 돌아오고, 그들은 다르타냥에게 총사 대장 직을 맡도록 한다. 왕과 추기경의 갈등이 다시 시작한다.

리슐리외 추기경은 잠언 9:10에서 "여호와를 경외하는 것이 지혜의 근본이요 거룩하신 자를 아는 것이 명철이니라"는 말씀을 따랐다면, 그의 이름이 역사에 빛났으리라.

34
욕정의 추구와 제국의 상실

셰익스피어, 『안토니와 클레오파트라』
(Shakespeare, *Antony and Cleopatra*)

요한계시록 18:3에서 "이는, 모든 민족이 그 여자의 음행에서 비롯된 분노의 포도주를 마시고, 세상의 왕들이 그 여자로 더불어 음행하고, 세상의 상인들이 그 여자의 사치 바람에 치부하였기 때문이다." 라고 말씀하셨다.

영국의 극작가 셰익스피어(1564-1616)는 『안토니와 클레오파트라』에서 로마의 안토니 장군이 애굽의 클레오파트라 여왕과의 욕정에 넘치는 삶을 추구하다가 제국도 상실하고 결국 죽게 됨을 극적으로 묘사하고 있다.

안토니 장군의 부하인 파일로는 "그분의 장군다운 심장도 이제는 절제를 죄다 포기하고, 집시 같은 여자의 욕정을 식혀 주는 역할을 하고 있구려. 세계의 세 기둥의 하나인 장군이 이제는 갈보년의 어릿광대로 전락해 있소."라고 탄식한다. 파일로가 말하는 "집시 같은 여자"는 클레오파트라를 말하고, "세계의 세 기둥"은 로마의 제2 삼두정치의 주역들인 옥테이비어스 시저(시저의 조카로 훗날 아우구수투수 황제), 레피더스, 안토니를 말한다.

안토니는 로마가 지배하는 동부 영역을 통치하게 되어 있기에 알렉산드리아에 주둔하고 있었다. 안토니는 그곳에서 애굽의 여왕 클레오파트라와의 열렬한 사랑에 빠져 헤어나지를 못하고 있었다. 그녀는 줄리어스 시저의 정부로도 있었다. 안토니는 그녀와의 욕정에 빠져서 친구들의 경고도, 하물며 옥테이비우스 시저로부터 로마로 귀환하라는 요구조차도 묵살해 버렸다. 안토니는 클레오파트라에게 "당신에게는 야단쳐도, 웃어도, 울어도, 당신은 모두 아름답게만 보이는구려!"라고 격찬한다. 안토니의 부하 파일로는 "장군님이 그 위대한 본성을 가끔 저렇게 잃곤 하십니다."라고 탄식한다.

안토니가 클레오파트라와 희희낙락하고 있는 가운데, 폼페이의 아들인 폼피(섹스터스 폼피어스)가 강력한 지도력으로 군사들을 소집하여 제2 삼두정치의 지배하에 있는 로마를 장악하려고 한다는 소식이 전달되었다. 이런 위급한 제국의 문제에 더하여 안토니의 부인 풀비아가 세상을 떠났다는 전갈을 받고 안토니는 로마로 귀환하지 않을 수 없었다. 옥테이비어스 시저는 로마로 귀환한 안토니와의 우정을 공고히 하기 위해서 자기 누이 옥테이비아를 안토니와 결혼하게 한다. 안토니는 제국의 일로 부인 옥테이비아와 함께 아데네로 떠난다.

안토니가 아데네에 있는 동안, 옥테이비어스 시저와 레피더스는, 평화 조약에도 불구하고, 폼피와 전쟁을 하여 폼피를 죽인다. 옥테이비어스 시저는 레피더스가 전쟁 중에 폼피를 도왔다는 이유로 레피더스를 체포한다. 이제 로마 세계는 안토니와 옥테이비어스 시저 두 사람만이 주인이었다.

안토니는 클레오파트라에 대한 욕정을 참지 못하고, 부인 옥테이비아를 아데네로부터 로마로 돌려보내고, 자신은 급히 클레오파트라가 있는 애굽으로 돌아간다. 이로써 안토니와 옥테이비어스 시저 사이의 우정의 겉치레는 끝나버린다. 두 사람은, 승자가 세계의 유일한 지도자가 되기 위해서, 각각 전쟁 준비에 들어간다. 클레오파트라의 군사는 안토니의 군사와 합류했다.

안토니의 군사는 육지에서 우세했다. 그러나 옥테이비어스 시저는 바다에서 우세하여 안토니로 하여금 해전을 하도록 유도했다. 안토니의 가장 충실한 부하인 이노바버스는 클레오파트라에게 "여왕 마마와 함께 출전하시면 안토니 장군은 반드시 혼란하고 말 것입니다. 글쎄 낭비해서는 안 될 때 용기며 지력이며 시간이며를 빼앗기고 말 것입니다."라고 하여 여왕의 출전을 반대한다. 친구들과 장교들도 안토니에게 해전을 하지 말라고 한다. 특별히 충실한 이노바버스는 안토니에게 시저의 함대는 폼피와 역전한 경험이 있지마는 우리 쪽 배는 경험이 부족하기에 해전을 피하도록 하라고 간곡하게 말한다. 안토니가 그래도 해전을 주장하자, 안토니의 병사도 "오 황제폐하, 해전을 하지 마십시오, 썩은 널판일랑 믿지 마십시오. 우리네는 대지에 서서 접전하여 승리해 왔으니까요."라고 하여 해전을 적극 반대 한다.

액티움 해전에서 안토니 쪽이 유리하게 옥테이비어 시저 쪽을 공격하고 있었다. 그런데, 갑자기 클레오파트라는 여왕 배를 돌려 도망가는 것이었다. 안토니는, 전쟁도, 명예도, 영광도 모두 뒤로하고, 배를 돌려 클레오파트라의 여왕 배를 따라가는 것이었다. 클레오파트라는 항의하기를 안토니가 전쟁을 포기하고 자기를 따라 쫓아오리라곤 전연 생각하지 못했다고 말한다. 이런 기괴한 광경을 목격하고 있던 안토니의 많은 군사들은 옥테이비어스 시저의 부대로 투항해

갔다.

누구의 잘못이냐고 묻는 클레오파트라에게 이노바버스는 안토니를 비난하듯 다음과 같이 말한다. "양군 함대가 일대 해전을 하고 있을 때 여왕님이 달아나시기로서니 그분마저 달아나시다뇨, 천하의 총책임자이면서 자기 함대를 어처구니없게 버려두고, 도주하는 여왕님을 따라가시다니, 치욕입니다."

옥테이비어스 시저는 클레오파트라에게 서신을 보내어 만일 그녀가 안토니를 넘겨주고 항복한다면, 그녀가 원하는 대로 모든 것을 해주겠다고 한다. 클레오파트라는 옥테이비어스 시저가 전쟁에서 승리할 것을 알고서 그에게 충성을 맹세하고, 그의 위대함에 경탄을 보낸다는 메시지를 보낸다. 안토니는 클레오파트라가 옥테이비어스 시저와 밀서를 교환한 것을 알고서, 그녀의 불충실한 행동에 역정 어린 공격을 가하지만, 쉽게 다시 사랑을 고백한다.

안토니는 한 번 더 용기를 내어, 알렉산드리아를 포위하고 있는 옥테이비어스와 결판을 내겠다고 한다. 안토니는 자신의 육군은 여전히 건재하고, 패산하는 해군 또한 다시 집결하여 위세가 당당하게 해상에 떠 있으므로, 전쟁에서 승리하여 돌아와 클레오파트라의 입술에 키스할 것이라고 장담한다.

그날 밤, 안토니는 부하 장졸들을 모아놓고, "이것이 그대들의 충성의 마지막이 될 거네. 앞으로 나를 만나보게 되더라도 만신창이가 된 시체나 만나보게 될 거네. 아마 그대들은 내일부터는 딴 주인을 섬기게 될 거네. 나는 이걸 마지막 작별로 알고 있네."라고 했다. 그의 심복 부하인 이노바버스는 "각하, 왜 이렇게 사람들을 불안 속에 몰아넣으십니까? 보십쇼, 모두 울고들 있습니다."라고 하면서 눈물을 지었다. 이에 안토니는 "내일은 염려 없을 거네, 죽어서 명예보다는 살아서 승리의 길로 가보도록 해보세!"라고 했다.

다음날 전투가 벌어지기 전에 안토니는 밤 동안에 이노바버스가 옥테이비어스에게로 갔다는 보고를 들었다. 안토니는 이노바버스의 모든 소지품을 보내주면서 "다시는 주인을 바꾸는 일이 없길 바란다"란 내용의 편지와 함께 선물까지 보냈다. 이노바버스는 "나야말로 이 세상에서 가장 나쁜 놈이구나. 오, 안토니, 한없이 관대하신 분. 가슴이 터질 것 같구나."하고 자결한다.

첫날 전투에서 안토니의 군사가 우세하여 옥테이비어스 군사가 퇴각한다. 그러나 해전에서 클레오파트라의 배가 또 도망치자, 안토니의 해군들은 옥테이비어스 시저에게 항복하여 오래간만에 만난 전우들처럼 축배를 들고 야단이란 소식이었다. 안토니는 화가 치밀어 "삼중으로 굴러먹은 갈보년 같으니, 내가 요년에게 복수만 한다면 소원은 없어!"하고 치를 떨었다.

클레오파트라는 안토니를 피해 시종들과 함께 종묘로 도망가서, 내시 미디언을 시켜 여왕이 안토니에 대한 사랑을 고백하면서 자살했다고 말하게 한다. 이 말을 들은 안토니는 "클레오파트라. 나도 곧 따라가서 눈물로 용서를 빌리다."라고 말하고는, 부하인 이로스를 불러 "이로스야, 불가피한 치욕의 경우엔 내 명을 받아 네가 날 죽여준다고 맹세했지. 그렇게 해다오."라고 명령한다. "하나님 맙소사!" "그 정직한 칼을 어서 빼라!" "그러면 그 고귀한 얼굴을 돌려주십시오." 이로스는 그 칼로 자결한다. 이로스의 자결을 본 안토니는 "나보다 세 곱절은 더 고결한 위인이구나!"하고 자신의 칼 위에 쓰러진다. 이때 클레오파트라의 시종 대오민데증이 나타나서 클레오파트라는 종묘 안에 숨어 있다는 사실과 자결하지 않았다는 사실을 안토니에게 알린다. 안토니는 클레오파트라가 있는 곳으로 운반해 줄 것을 명령한다. 클레오파트라는 시녀들로 하여금 줄로 안토니를 종묘 위로 끌어 올리게 한다. 안토니는 클레오파트라의 품에서 죽는다.

옥테이비어스는 안토니의 죽음에 대한 소식을 듣고 슬퍼한다. 비록 그는 안토니와 전쟁하고 정복했지만, 위대한 인간이 자신의 욕정으로 약해져서 파멸된 서글픈 운명에 대해 애석해한다. 그는 사자를 클레오파트라에게 보내 그녀는 여왕에게 합당한 대접을 받을 것이며, 애굽을 통치하게 할 것을 약속한다. 그러나 그녀는 옥테이비어스가 그녀를 로마군의 개선 행렬의 뒤쪽에서 로마인들의 구경거리로 삼으려는 계획을 알게 된다.

클레오파트라는 곤룡포를 입혀달라고 하고, 면류관을 씌워달라고 하고, 여왕답게 단장을 하고, 황금 의자 위에 앉아, 독사를 가슴에 갖다 대고, 또 하나의 독사를 팔에 갖다 대고는 "오 안토니!"하고 죽는다. 클레오파트라의 시녀들인 차미언과 아이래스도 독사를 갖다 대고 죽는다.

옥테이비어스가 클레오파트라의 침실에 들어와서 여왕이 살았을 때와 마찬가지로 아름답고 매력적인 것을 보고, 그가 할 수 있는 일은 여왕과 안토니를 함께 묻어줌으로써, 이생에서처럼 죽음에서 함께 있게 하는 것이었다.

요한계시록 18:3에서 "그 음행의 진노의 포도주로 말미암아 만국이 무너졌으며 또 땅의 왕들이 그와 더불어 음행하였으며 땅의 상인들도 그 사치의 세력으로 치부하였도다 하더라"라고 했다.

35

딸을 제물로 바친 아가멤논 왕가의 비극

아이스킬로스, 『아가멤논』

(Aeschylus, *Agamemnon*)

레위기 18:21에서 "너는 결단코 자녀를 몰렉에게 주어 불로 통과하게 함으로 네 하나님의 이름을 욕되게 하지 말라 나는 여호와이니라"라고 했으며, (남)유다의 제 16대 왕 요시야는 종교개혁을 단행하여 우상들을 파괴하면서 자녀들을 제물로 바치게 하는 몰렉 우상도 금지했다(왕하 23:10). 몰렉(몰렉) 숭배에서 자식들을 불에 태워 제물로 바쳤다. 몰렉 숭배는 가나안 인들과 패니키아안들로 인해 이루어졌으며, 북아프리카와 레반트(동부 지중해 연안 제국; 시리아 레바논 이스라엘 등)와도 관계가 있다.

고대 그리스 작가 아이스킬로스(525-456 B. C.)의 『아가멤논』에서 옛 희랍의 아르고스 왕국의 아가멤논 왕은 트로이와의 전쟁에서 희랍의 왕국들의 총사령관으로서 일천의 연합군 선박들의 순조로운 항해를 위해 자신의 딸 이피게니아를 제물로 신들에게 바쳐야만 했다. 아가멤논 왕은 사랑하는 딸을 신들에게 바치고 트로이까지의 항해를 순조롭게 하느냐, 아니면 딸을 신들에게 바치지 않고 트로이 원정을 포기하느냐의 기로에 서게 되었다. 아가멤논 왕은 교만하여 딸의 생명보다 희랍군 사령관이라는 지위에 집착하여 긍휼을 베풀어 달라고 애원하는 딸을 신들에게 제물로 바치고 트로이로 진군한다. 아가멤논의 이러한 행동은 왕비인 클리템네스트라의 증오심을 유발시켜 왕을 살해할 음모를 꾸미는 비극적인 이야기로 번져 나간다.

아가멤논 왕이 트로이 원정을 떠난 후 10년이 지나, 아르고스 왕국의 봉화대 감시병은 아가멤논 왕이 트로이를 정복하고 승리자로 귀환한다는 횃불 신호를 받게 된다. 클리템네스트라 왕비는 아가멤논 왕의 부재중에 왕비로서의 정절을 지키지 않고 아이기스토스와의 부정한 관계를 계속 유지해 온 것은 공개된 비밀이었다.

아이기스토스는 다이에스티즈의 생존한 아들이었다. 다이에스티즈와 아가멤논 왕의 아버지 아트레우스는 형제간이었다. 다이에스티즈는 형 아트레우스의 아내를 유혹하여 관계를 갖는다. 아트레우스는 복수로 다이에스티즈의 자식들을 죽여 머리와 팔은 잘라 놓고 그들의 인육으로 요리를 만들어 다이에스티즈에게 대접한 후 자식들의 머리와 팔을 보여준다. 다이에스티즈의 살아남은 아들인 아이기스토스는 아트레우스 가문의 아들인 아가멤논 왕에게 복수하기 위해 클리템네스트라 왕비와 밀통하는 정부(情夫)가 되어 아가멤논에게 복수할 기회를 노리게 된다.

아가멤논 왕은 전차를 타고서 당당하게 아르고스로 왕국으로 입성한다. 그의 전차의 옆자리에는 트로이의 공주인 카산드라를 전리품으로 태우고 함께 입성했다. 아르고스 왕국의 백성들은 아가멤논 왕이 트로이와의 전쟁에서 승리하여 무사 귀환한 것을 축하하고 있었다. 아가멤논 왕은 먼저 신전에 가서 승리의 감사 제사를 드리고, 궁궐로 가서 그동안의 모든 것을 판단하겠다고 한다.

클리템네스트라 왕비는 앞으로 나와서 아가멤논 왕에 대한 사랑을 고백하고, 아가멤논 왕이 없는 동안에 충실한 아내로서의 오랫동안 겪어야만 했던 고통, 즉 잠 못 이루는 밤들, 왕이 전사했다는 소문들, 왕의 부재 시에 반역의 공포, 자살하고 싶은 생각들을 말한다. 왕비는 왕자 오레스테스가 부왕의 귀환에 마중 나오지 못한 것은 음모자들의 암살이 두려워 안전한 곳으로 피신을 시켰다고 한다. 여왕은 시녀들에게 명령하여 심홍색과 진홍색의 양탄자를 깔게 하고 왕의 발이 땅에 닿지 않고 왕궁으로 들어오게 왕을 신격화한다. 아가멤논 왕은 이런 화려한 영접은 신들에게만 할 수 있는 신성모독적인 면이 있다고 말하지만, 아가멤논 왕은 교만함 때문에 신들에게 합당한 환대를 자신이 받기로 하고 그 화려한 양탄자 위를 걸어간다. 클리템네스트라 왕비는 승리한 왕에게 주어야 할 당연한 환대라고 왕의 업적을 격찬한다.

아가멤논 왕은 왕비에게 카산드라 공주에게 친절히 대해 줄 것을 당부한다. 왕과 왕비는 카산드라 공주에 대해서는 아무런 언급도 없이 왕궁에 들어간다. 카산드라 공주는 혼자 남게 된다. 클리템네스트라 왕비는 왕궁에서 나와서 카산드라 공주를 왕궁으로 데리고 간다. 왕비는 카산드라에게 노예로 아르고스 왕궁에 잡혀 왔지만 대접을 받을수 있는 곳이기에 다행스럽다고 말한다. 카산드라 공주는 대답도 하지 않고 움직이기를 거부한다. 왕비는 사람이 노예의 그물에 걸리면 주인의 자비에 맡겨야만 한다고 말한다. 카산드라 공주는 움직이지도 않고 말도 하지도 않았다. 왕비는 분노하며 왕궁으로 들어가 버린다. 카산드라 공주는 결렬하게 수수께끼 같은 예언적인 말을 터뜨린다. 아가멤논 왕은 "죽음의 그물"의 올가미에 잡혀서 클리템네스트라 왕비의 칼에 살해 될 것이고, 카산드라 공주 자신도 왕비 클리템네스트라의 손에 죽임을 당할 것이라고 한다. 카산드라 공주는 예언의 말을 반복하고는 이런 살인 행위는 반드시 앙갚음을 받게 될 것인데, 지금은 방랑자로 있지만 그 방랑자(오레스테스 왕자)는 어머니를 죽이고 아버지의 피의 대가를 복수로 치를 것이라고 한다. 아르고스 성의 백성들은 카산드라 공주의 예언을 이해하지 못한다. 카산드라 공주는 예지의 상징인 지팡이와 꽃 관을 던져버리고, 주어진 운명을 받아들이기 위해 왕궁으로 천천히 들어간다.

갑자기 아가멤논 왕은 "나는 칼에 찔렸어! 치명적으로 찔렸어!"라고 고통스럽게 울부짖는다. 그 소리가 왕궁 안으로부터 들려온다. 왕은 칼에 한 번 찔렸다고 부르짖고, 또 찔렸다고 부르짖고 또 부르짖는다. 왕궁의 문이 활짝 열리더니, 아가멤논 왕과 카산드라 공주의 시신이 드러나고, 클리템네스트라 왕비는 피로 더럽혀진 옷을 입은 그대로 당당하게 서 있다.

클리템네스트라 왕비는 어떻게 아가멤논 왕을 죽였는가를 의기양양하게 설명하기를, 그녀는 목욕하고 나오는 아가멤논 왕위에, 마치 어부가 고기를 잡기 위해 그물을 던지듯, 그물을 던져 왕을 움직이지 못하게 하고서 칼로 두 번 치명적으로 찔렀으며, 쓰러진 왕을 세 번째 찔렀다고 한다. 왕비는 왕을 죽일 계획을 오래전부터 했으며, 이제 아가멤논 왕의 피기 자기 몸에 튀겨져 있으니 행복하다고 말하면서, 자신은 아무런 염려 없이 진실을 말할 수 있다고 한다.

아르고스 시민들은 아연실색하여 여왕을 비난하기 시작하자, 왕비는 조용히 하라고 명령하고, 조용하지 않으면 추방하겠다고 한다. 만일 아르고스 시민들이 여왕을 벌하려고 하면, 그들을 죽여 버리겠다고 한다. 그리고서 아가멤논 왕이 공주 이피게니아를 학살하여

신에게 제물로 바칠 때는 왜 시민들이 말이 없었느냐고 반문하고서, 그땐 왜 딸을 죽인 아가멤논 왕을 벌하자고 아무도 말하지 않았느냐고 힐문한다. 그런 시민들은 위선자들이라고 말한다. 그리고서 여왕은 자기 자신이 정의의 도구가 되어 딸을 죽인 아가멤논을 처형했다고 말한다.

클리템네스트라 왕비는 아가멤논 왕을 살해한 데 대한 자기 행동을 정당화하여 세 가지로 설명한다. 첫째, 자기 "산고의 가장 사랑스러운 열매이며 그리스의 바람을 받은 가장 매력적인" 딸 이피게니아를 살해한 자에 대해 어머니로서 복수를 했으며, 둘째 자기는 질투하는 아내로서 남편인 아가멤논 왕이 침실을 카산드라 공주와 더럽힌 것에 대한 복수를 했으며, 셋째 왕비 자신은 아트레우스 가문에게 내린 저주(두 형제 아트레우스와 다이에스티즈 사이에 복수 살인사건)를 집행하는 신들의 도구라는 것이다. 클리템네스트라 왕비의 논조는 강렬했으며, 여러 해를 두고 조심스럽게 배양되어 뭉쳐진 원한에 찬 냉혈적인 증오심의 발로라고 한다. 그러나 왕비의 변명은 진실성이 없는 것이었다. 왜냐하면 왕의 부재 시에 왕비 자신이 아이기스토스와 왕의 침실을 더럽혔기 때문이다.

그 때 아이기스토스가 호위병들을 거느리고 나타나서, 아가멤논을 죽인 것은 자기 형제들을 살육한 아트레우스 가문에 대한 복수였다고 말한다(아가멤논의 아버지 아트레우스가 조카들인 아이기스토스의 형제들을 죽여 그 고기를 요리하여 아버지 다이에스티즈에게 준 사건).

아가멤논 왕과 클리템네스트라 왕비의 아들인 오레스테스 왕자는 유배지(피신처)에서 아르고스 왕국으로 귀환하여, 부왕인 아가멤논

이 어머니(클리템네스트라)와 그녀의 정부(情夫)인 아이기스토스에게 살해된 사실을 알게 된다. 오레스테스는 부왕의 죽음을 애도하고, 부왕의 묘소에서 누나인 엘렉트라를 비밀리에 만나게 된다. 오레스테스는 변장하여 아르고스 궁전으로 가서 어머니의 연인인 아이기스토스를 죽이고, 아직도 핏방울이 떨어지는 칼을 들고나오다가, 어머니를 만나게 되고, 그 칼로 어머니를 내려친다. 오레스테스는 실성해져서 떠돌이가 된다.

신명기 5:9에서 "그것들(우상)에게 절하지 말며 그것들을 섬기지 말라 나 네 하나님 여호와는 질투하는 하나님인즉 나를 미워하는 자의 죄를 갚되 아버지로부터 아들에게로 삼사 대까지 이르게 하거니와"라고 함으로서 우상을 섬기는 죄가 자손들에게 삼사 대까지 이름을 말씀하고 있다. 바로 아가멤논 왕이 딸 이피게니아를 신들에게 제물로 바친 우상숭배 행위가 낳은 비극적인 가계의 저주를 그리스 작가 아이스킬로스는 말하고 있다.

36
사랑 없는 모녀간의 부조리한 인간 상황

에드워드 알비, 『모래 상자』
(Edward Albee, *The Sandbox*)

창세기 2:16-17에서 "여호와 하나님이 그 사람에게 명하여 이르시되 동산 각종 나무의 열매는 네가 임의로 먹되 선악을 알게 하는 나무의 열매는 먹지 말라 네가 먹는 날에는 반드시 죽으리라"라고 하셨다. 인간은 자유 하는 존재이었지만 범죄 함으로써 반드시 죽어야만 하는 결정론에 지배당하는 존재가 되었다. 자유의지론과 결정론의 문제는 종교, 철학, 문학 등의 중요한 주제 중의 하나로 이루어져 왔다.

20세기의 사상 가운데 가장 큰 특성 중의 하나로 지적되고 있는 것은 전통적인 확고한 가치체계의 와해와 함께 세계적으로 수용될 수 있는 표준적인 규범의 부재로 인하여 표출된 부조리 사상이다. 이러한 부조리한 상황에서 인간은 이상과 희망을 상실한 나머지 삶의 불안함 속에서 까닭 없는 공포와 절망감으로 전율하고 있다.

부조리한 상황을 통해 보편적으로 표출된 사고는 서구의 전통적인 신앙인 기독교 로고스 중심주의의 범주에서 탈피하여 우주의 모든 것이 와해 되어 버린 듯한, 그래서 합목적적인 행위가 해체되어 버린 나머지 단편적인 사건들 속에서 인간들은 무의미하고 허위적인 언어를 구사함으로써 서로 간에 진정한 만남을 경험하지 못하고 있다.

부조리한 인간 상황을 불러온 사상적인 바탕은 시대적이고 사상적인 양면에서 찾아볼 수 있다.

사상적으로 니체는『차라투스트는 이렇게 말했다』에서 "신은 죽었다"라고 선언한 후 세계는 종교적인 신앙의 쇠퇴와 함께 철학적인 기초가 붕괴되어 버리는 현상을 초래하여 인간들은 궁극적인 의미가 없는 부조리한 상황을 경험하게 되었다.

이에 더하여 19세기 말기에 사상적으로 강하게 대두된 자연주의적인 경향 앞에 인간은 실존적인 의미에서 그 존재의 무의미성을 더 절감하게 되었다. 왜냐하면 인간 개개인은 환경의 힘에 항상 지배당하고 희생당하는 모습으로 표출되었기 때문이다.

맑스 엥겔스는『공산당 선언문』에서 인간은 부르주아적 계급과 프롤레타리아 계급과의 투쟁 가운데서 경제 정치적으로 희생당하는 무의미한 도구에 지나지 않는다는 경제 정치적 결정론을 주장하였다. 또한 챨스 다윈은『종의 기원』에서 생물학적으로 모든 개개의 생물은 적자 생존적인 진화 과정에서 희생 도태되어 버린다는 생물학적 결정론을 주장함으로써 개인이란 환경의 힘 앞에 무기력한 존재임을 강조하였다.

미국 현대 극작가 에드워드 알비의『모래 상자』에서 마미(애미)와 대디(애비)의 이기주의적인 잔인함은 사라져 가는 구세대를 대표하는 할머니에게 가해진다.

알비의 인간들(등장인물들)이 표출하는 이기주의는, 첫째 자신의 영역에 안주하기 위하여 타자의 삶의 문제에는 무관심한 비개입성의 태도와, 둘째 자기만족을 성취하기 위하여 취하는 타자에 대한 살인적인 잔인성(혹은 폭력성)의 두 가지 형태를 나타내고 있다. 알비가 말하는 이기주의가 빚어내는 비개입 성은 방어적인 폭력을 의미하고, 그리고 이기주의가 빚어내는 잔인성은 공격적인 폭력을 의미한다. 알비는 인간의 잔인함이란 항상 인간의 내부에 잠재되어 있다고 본다. 알비가 말하는 잔인성이란 독일인들이 유대인을 증오하여 잔인하게 학살하듯이 유대인 자신도 다른 유대인을 증오하여 잔인하게 학살하려는 속성이 있다는 것과 그 맥락을 같이한다.

마미(애미)는 55세로 옷을 잘 입고 다니는 당당한 부인이다. 마미는 할머니의 딸로서, 대디(애비)와 결혼한 후에, 친정어머니를 시골 농장 지역에서 도시의 타운하우스로 모시고 왔다. 마미는 친정어머니에게 군대용 담요를 드리고, 접시도 따로 사용하게 하고, 난로 곁에 따뜻한 자리에 계시도록 했다.

대디(애비)는 60세로 작은 키에, 흰머리에, 여윈 편이었다. 그는 부자였다.

할머니는 88세로 자그마한 시들은 노인이었으나, 눈은 빛이 났다. 할머니는 17세에 농부와 결혼하였으나, 나이 30세 때 남편이 세상을 떠났다. 할머니는 딸(엄마)을 혼자 힘으로 키웠다. 할머니는 가정과 사회와 죽음과 투쟁하고 있었다.

젊은이는 25세로 잘생긴 용모에다 체격이 좋으며 수영복을 입고 있었다. 그는 죽음의 천사로서 팔을 움직이는(날개로 나는 것을 상징함) 체조를 하고 있었다. 그는 이름이 없다.

『모래 상자』의 끝 장면에서 마미가 거짓된 슬픔에 가득 찬 말과 표정으로 아직도 숨이 완전히 끊어지지 않은 할머니를 모래 상자에 묻어 놓고, 자기 어머니를 제거해 버린 데 대해 "이제는 살았다"하는 안도감을 가지고 떠나가는 장면은 마미의 밉살맞은 잔인함을 보여주고 있다. 이에 대조적으로 할머니가 아이로니컬하게도 찾아오는 "죽음의 천사"에게서 위로를 받는 평화로운 끝 장면은 오히려 슬픈 만족감을 자아내게 한다. 이 장면은 할머니가 차라리 죽음을 맞이하는 것이 마미(애미)와 대디(애비)의 잔인성을 견디는 것보다 더 좋다는 것을 알비는 암시하고 있다.

대디가 할머니를 모래통에 집어넣은 후 마미에게 "당신은 할머니께서 마음 편하시다고 생각하세요?"하고 상투적인 말로 물을 때, 마미는 죽은 듯이 가장하고 누워 있는 할머니를 향해 "슬… 슬퍼도 할 순 없지요, 할머니가 너… 너무나 행복하게 보여요."라고 영안실에서 자주 사용하는 진부한 말로써 대답한다. 마미와 대디가 조급하게 할머니의 죽음에 대한 애도의 형식을 갖춘 후 '악사'로 하여금 피리로 조곡을 연주하게 하고 '젊은이'로 하여금 뒤처리하게 하고 떠나버린다. 마미와 대디의 말과 행동은 감정이 결여되어서 의미 없는 뉘앙스와 방향 없는 일화로만 연결되는 부조리한 삶의 상황을 표출하고 있을 따름이다.

할머니는 86세로서 결혼할 당시 젊고 매력적이고 자립심 있는 사랑 받는 농부의 아내였으며 56년간을 과부로서 혼자 딸을 키워온 개척 시대의 강인함을 지닌 사라져 가는 구시대의 인물이다. 할머니가 모래통 안에서 내는 첫 말은 마치 아기의 웃음과 울음이 뒤섞인 "아아아하하하! 그라앙아아아!"라고 함으로서 마미와 대디가 사용하는 상투어는 진정한 만남에 필요한 내용을 전달하는 충분한 도구가 되지 못함을 시사해 주고 있다. 두 손을 가슴에 얹어 놓고 반신이 모래에 덮여 누워 있던 할머니가 장난감 삽을 가슴에 얹어 놓고

모래를 마미에게 내던지는 장면은 마미와 대디의 언어로서의 표현보
다도 훨씬 더 자신의 감정을 잘 표현하고 있는 퉁명스럽기는 하지만
흥겨운 소극적(笑劇的)인 장면이다.

할머니의 시중을 들고 있는 젊은이는 대단히 경쾌하며 모든 사람에
게 미소로서 "안녕!"하고 인사를 한다. 마미와 대디는 할머니의 존재
를 별로 진정성이 없게 대할 때 할머니는 어린아이 같은 행동을
보이지 않고 사람들에게 일관성 있게 말하고 싶어 한다.

마미와 대디는 할머니와 말할 때, 말하기 싫어하고 짐스러워하는
태도를 보인다. 그러나 할머니는 젊은이와 대화할 때, 젊은이가 할머
니를 사람답게 대접함으로써, 할머니는 편안한 감정을 갖게 된다.

무대를 지배하고 있는 모래사장 위의 "모래 상자"는 고양이들을
키우기 위한 동물 상자요 동시에 무덤이다. 마미와 대디는 할머니에
게 접시와 군인용 담요 한 장을 주어 난로 옆에서 고양이처럼 살게
했다가 아직 완전히 죽지도 않은 할머니를 자신들의 삶의 주변에서
제거해 버리기 위해 이 모래 상자에 쓰레기처럼 집어넣은 것이다.

마미는 할머니의 죽음이 임박한 줄 알고서 몹시 운다. 해가 밝아지
기 시작하자, 모래 상자 옆에 서 있던 마미는 대디와 함께 그날의
할 일을 해야지 하면서 가버린다. 할머니는 반신이 모래 속에 묻혀서
더 이상 움직일 수 없게 됨을 알게 된다.

이때, 젊은이가 마침내 팔을 흔들며 체조하기를 멈추고서 할머니
와 모래 상자에 접근한다. 젊은이는 할머니에게 조용히 하라고 지시
를 하면서, 자기는 죽음의 천사임을 알리고는 "난 당신을 다리러
왔단 말이야!"라고 말한다. 비록 젊은이는 다리러 왔다는 말을 어색
하게 표현하지만, 할머니는 젊은이를 칭찬하고서, 미소 지으면서

두 눈을 감는다.

『모래 상자』는 할머니를 고양이 취급하듯 잔인하게 취급한 엄마와 아빠의 잔인함을 상징하고, 그 잔인함 때문에 초래되는 죽음과 같은 삶의 현실을 말해 주고 있다. 이 모래 상자가 무대의 분위기를 지배하는 것은 엄마와 아빠의 삶이 자신들 스스로의 이기주의적인 잔인함으로 인해 생명력 없는 죽음과 같은 부조리한 것임을 상징적으로 말해 주고 있다.

출애굽기 20:12에서 "네 부모를 공경하라 그리하면 네 하나님 여호와가 네게 준 땅에서 네 생명이 길리라"고 말했다.

37
인간의 위선과 전쟁의 잔인성

볼테르, 『캉디드』
(Voltaire, *Candide*)

이사야 51:19에서 "전쟁으로 땅은 황폐해지고 백성은 굶주려 죽었다. 이 두 가지 재난이 너에게 닥쳤으나, 누가 너를 두고 슬퍼하겠느냐? 폐허와 파괴, 기근과 칼뿐이니, 누가 너를 위로하겠느냐?"라고 하여 전쟁의 참혹상을 말하고 있다.

프랑스의 철학자·문학자인 볼테르(1694-1778)는 교양 소설 풍의 악한소설 『캉디드』에서 주인공 캉디드(영어로는 켄디드)의 삶의 여정을 통해서 인간의 위선과 잔인성을 고발하고 있다. 그는 종교, 신학자, 정부, 군대, 철학, 철학자를, 우화를 통해 조롱하고 있으며, 특별히 독일의 철학자·수학자인 라이프니츠(1646-1716)의 "하나님은 자비로운 신이시기 때문에 우리의 세계는 가능한 모든 세계 중에서 최선의 세계"라는 낙관론을 조롱하고 있다.

주인공 캉디드(유순하고 순박하다는 뜻) 소년은 독일 웨스트팔리아의 툰더-텐-트롱크 남작의 성(城)에서 자라게 된다. 그는 남작의 아들과 그의 누이동생 퀴네공드 양과 함께 팡글로스 선생으로부터 교육을 받게 된다. 팡글로스 선생은 라이프니츠의 "세상은 최선의 세계다"라는 낙관론을 증명해 보이려 했다.

퀴네공드 양은 팡글로스 선생님이 숲속에서 어머니 남작 부인의 예쁘고 유순한 하녀와 성관계를 즐기고 있는 것을 큰 호기심으로 바라보고 있었다. 아름다움이 뛰어난 퀴네공드 양은 자기도 팡글로스 선생과 같은 실험을 해보고 싶은 마음에, 다음 날 저녁 식사 후에 아무도 모르게 캉디드의 손을 잡자, 캉디드는 퀴네공드 양을 너무나 사랑하기 때문에 정신없이 그녀의 손에 키스했다. 그 순간 불행하게도 남작이 그 장면을 보게 되고, 퀴네공드 양은 뺨을 맞게 되고, 캉디드는 성에서 쫓겨나게 되었다. 캉디드는 성주인 남작의 여동생의 사생아란 말도 있다.

캉디드는 비참하게도 추위와 피로와 배고픔으로 거의 죽을 지경이 되었을 때 불가리아 두 군인에게 잡혀 군대에 입대하게 되었다. 그는 끝없는 훈련과 기합으로 거의 죽게 된 상태에서 도망을 쳤으나, 5마 일도 못 가서 4명의 군인에게 체포되어 묶인 채로 토굴 속에 던져졌 다. 총살을 당하기보다 연대 군인들로부터 사정없이 36대의 매를 맞는 편이 어떠냐는 제안을 받았다. 바로 그때 불가리아 왕이 오셔서 캉디드를 심문해 보고는 캉디드가 아직 세상에 물들지 않는 것을 알고는 특별 사면령을 내렸다.

불가리아 왕과 아바리아 왕 사이에 전쟁이 일어났다. 두 나라 왕은 대포를 쏘아 양쪽 진영의 군인들 6천 명씩 죽게 했으며, 소총부대로 인해 9천 명에서 1만여 명의 전사자가 발생했으며, 그리고 돌격전으 로 수천 명이 대검에 찔려죽었다. 이 전투로 3만여 명의 군인들이 죽었다. 두 나라 왕은 나팔과 모든 악기를 동원하여 환희의 송가를 부른 후 퇴각했다. 캉디드는 시체들과 죽어가는 군인들 속을 헤치고 가까운 마을로 도망쳤다.

　그 마을은 불가리아 군인들이 와서 모두 불태워 버렸다. 전신에 상처를 입은 노인들은 학살당한 여인들이 어린이들을 그들의 피투성이가 된 가슴에 껴안고 있는 것을 보고 있었다. 군인들은 소녀들을 강간하고서 칼로 배를 찌르기도 했다. 소녀들은 찔린 배에서 나온 창자를 움켜쥐고서 마지막 숨을 거두고 있었다. 심한 화상을 입어 죽여 달라고 고함을 지르는 자들도 있었다. 땅바닥엔 깨어진 머리와 잘린 팔과 다리가 늘려져 있었다. 캉디드는 다른 마을로 도망쳤다. 불가리아 마을이었다. 아바리아 군인들이 그 마을을 모두 불태워 버렸다.

　볼테르가 말하는 불가리아와 아바리아 사이 전쟁의 배경은 7년 전쟁을 풍자한 것으로 1756년-1763년 사이에 일어난 전쟁을 말한다. 그 당시 유럽의 강대국들(오스만 제국을 제외하고)은 대영제국을 중심으로 한 연합 세력과 프랑스를 중심으로 한 연합 세력으로 나누어져서 전쟁을 한 결과 대영제국의 승리로 끝났다. 볼테르는 전쟁의 대학살과 파괴는 모든 것을 황폐시키는 악의 세력임을 말하고 있다. 7년 전쟁으로 유럽, 미주, 서아프리카, 인도, 필리핀이 영향을 받았다.

　캉디드는 홀란드로 도망쳤다. 홀란드 사람들은 모두 부자들이고 기독교 교인들이라 캉디드는 잘 대접받으리라 믿고 있었다. 캉디드는 너무나 배가 고파서 근엄하게 보이는 몇 사람들에게 돈 몇 푼을 달라고 했더니, 그들은 캉디드를 감옥에 집어넣겠다고 했다. 많은 사람 앞에서 자비에 대해 한 시간이나 설교를 한 자에게 접근하여 도와 달라고 했더니, 설교자는 얼굴을 찌푸리고 "여기서 무엇을 하는 거요? 좋은 원인이 무엇이오?"라고 물었다. 캉디드는 "원인 없는 결과는 없답니다. 배가 고파 무엇인가 좀 먹어야겠어요."라고 했다. 설교자는 "친구여, 교황은 적그리스도임을 믿어요?"라고 물었다. 캉디드는 "그런 말은 못 들어 봤는데요. 교황이 적그리스도인지 아닌지는 몰라도, 무엇인가 좀 먹어야 하겠어요."라고 했다. 설교자는 "이 불한당 같으니, 당신은 먹을 자격이 없어. 내 가까이 오지도 말아요."라고 고함을 질렀다. 설교자의 부인이 창가에서 교황이 적그리스도임을 의심하는 캉디드의 머리에 오물을 퍼부었다. 이 장면을 보고 있던 아직 세례도 받지 않는 재 침례교도가 캉디드를 초청하여 음식을 대접하고 일자리도 마련하겠다고 했다. 캉디드는 팡글로스 선생님이 말씀한 "우리의 세계는 가능한 모든 세계 중에서 최선의 세계"라는 말이 옳다는 생각이 들었다. 볼테르는 재 침례교도야말로 성경이 말하는 선한 사마리아인으로 보았다.

캉디드는 길을 가다가 거지를 만났다. 그 거지는 몸에 종기가 수없이 나고, 눈은 생명력이 없고, 코끝은 뭉그러지고, 입도 삐뚤어지고, 이빨도 검게 되고, 목소리도 쉬어지고, 기침으로 고통받으며, 침을 뱉을 때 이빨이 튕겨 나왔다. 캉디드는 불쌍한 마음이 들어서 재 침례교도로부터 받은 금화 2개를 주었다. 그 거지는 캉디드를 바라보더니, 눈물을 흘리면서 캉디드의 목을 껴안았다. 캉디드는 깜짝 놀라서 뒤로 물러섰다. 그 거지는 "아아 슬프도다. 당신의 팡글로스 선생님을 몰라보다니!"라고 탄식했다. 캉디드는 또 한 번 놀라서 "누구라고요? 나의 선생님이라고요? 어떻게 이런 몰골이 되었어요? 퀴네공드 양은 잘 있어요?"라고 물었다. 캉디드는 팡글로스 선생님을 재 침례교도의 집으로 모시고 갔다.

팡글로스 선생님에 의하면, 불가리아 군인들은 퀴네공드 양을 강간한 후 대검으로 배를 찔러 죽였으며, 그들은 퀴네공드 양을 보호하려는 남작의 머리를 쳐서 죽였으며, 남작의 성(城)은 완전히 허물어지고, 가축도 모두 몰고 가버렸다는 것이다. 아바리아 군인들은 복수로 불가리아 마을에 가서 똑같이 살육을 감행했다는 것이다.

팡글로스 선생님의 온몸에 종기가 난 것은 남작 부인의 하녀와 성적 즐거움을 나누었는데, 그녀로부터 지독한 매독이 옮겨져서 팡글로스 선생님도 매독균으로 온몸이 썩어져 간다는 것이다. 그 하녀도 지금은 죽었을 것이라고 한다. 그 하녀는 박식한 프란체스코 수도회의 수도사와의 관계에서 성병을 얻었으며, 그 수도사는 백작부인과의 관계에서, 백작 부인은 기마대 장교로부터, 기마대 장교는 후작 부인으로부터, 후작 부인은 수습 기사(騎士)로부터, 수습 기사는 수련 중인 예수회 수사와의 동성애로부터, 예수회 수사는 아메리카대륙을 발견한 콜럼버스의 선원으로부터 전염되었다는 것이다. 이제 지독한 성병이 더 이상 전염되지 않을 것은 팡글로스 자기는 곧 죽을 것이기 때문이라고 한다. 볼테르는 성병은 성자나, 학자나, 정치가나, 귀족이나, 서민이나, 노예나 할 것 없이 모두의 성적 범죄로 유전되었으며, 결국 죽음에 이르게 된다는 것이다.

시편 5:8의 "주님, 나를 대적하는 원수를 보시고, 주의 공의로 나를 인도하여 주십시오. 내 앞에 주의 길을 환히 열어 주십시오."라는 말씀이 나의 기도가 되리라.

다윗 왕은 하나님의 인도하심을 기도하면서 의로움으로 인도해 달라고 기도하고 있다. 압도적인 어려움에 직면했을 때 중요한 결정을 해야 한다. 다윗은 잘못된 결정을 하는 것을 두려워한다. 다윗은 하나님의 의로움을 따라 자기를 인도해 주시도록 진지하게 기도한다. 하나님은 다윗이 직면한 위험한 상황을 통하여 올바른 길로 인도해 주실 것을 믿고 있다. 의로운 길로 가는데 장애물은 다윗 자신의 욕망과 감정과 다른 사람들로부터 받게 되는 신앙심 없는 조언을 포함한다.

다윗 왕은 4가지 비방자들의 태도를 기술하고 있다. 첫째, 비방자들의 입에서 나오는 모든 말은 거짓이었다. 그들이 말한 것은 신실한 것은 하나도 없었다. 둘째, 그들은 내적으로 부패했었다. 그들의 파괴적인 거짓말은 죽음의 독이 넘치는 마음으로부터 나왔다. 셋째, 이들 유독한 거짓들은 그들의 목에서 입속으로 들어갔다. 그들의 목구멍은 열려 있는 무덤이었다. 죽음의 부패함을 궁중으로 솟아낸다. 넷째, 이 부패한 독이 그들의 입에 도달할 때 그들의 매끄러운 혀는 속임수로 비뚤어져서 아첨으로 바뀐다. 이것이 압살롬의 방법으로 사람들로 하여금 다윗 왕으로부터 떠나게 했다.

다윗 왕은 위에서 말한 네 가지 거짓된 대적으로부터 구원해 달라고 기도하고, "내 앞에 주의 길을 환히 열어 주십시오."라고 기도했다.

38

엘렉트라 콤플렉스

소포클레스, 『엘렉트라』

(Sophocles(495?~406? B. C.), *Electra*)

민수기 5:13에서 "남편 몰래 다른 남자와 동침하였는데, 아내가 그 사실을 숨기고 있고, 그 여인이 강요받음 없이 스스로 몸을 더럽혔는데도 증인마저 없고, 현장에서 붙들리지도 않았을 경우에…"라고 함으로서 정욕으로 인한 부부관계의 파괴가 비극의 원인임을 시사하고 있다.

옛 그리스의 비극 시인 소포클레스(Sophocles, 496?~406? B. C.)는 『엘렉트라』에서 아르고스의 아가멤논 왕의 딸 엘렉트라는 동생 오레스테스를 설득하여 어머니 클리템네스트라와 그 정부 아이기스토스를 죽이게 하여 아버지의 원수를 갚는다는 복수의 이야기를 하고 있다.

아가멤논 왕가의 비극은 클리템네스트라 왕비와 그 정부 아이기스토스의 불륜 관계에서 시작한다. 아가멤논 왕이 트로이 전쟁에서 승리한 후 트로이 왕의 공주 카산드라를 전리품으로 삼고 아르고스 왕국으로 귀환했을 때 클리템네스트라 왕비는 그녀의 정부 아이기스토스(아가멤논의 조카)와 공모하여 아가멤논 왕과 카산드라를 살해한다. 그 이유는 아가멤논이 트로이 정복을 위해 그의 딸 이피게니아를 제물로 신들에게 바쳤기 때문이라고 한다.

아가멤논 왕과 클리템네스트라 왕비 사이에는 네 명의 딸들(이피게니아, 엘렉트라, 크리소테미스, 이피아나사)과 아들 오레스테스가 있었다. 엘렉트라는 남동생 오레스테스를 어머니와 그녀의 정부 아이기스토스로부터 구원하기 위해 포시스 왕국의 스토로피우스 왕에게 도피시켜 교육받게 한다.

몇 년이 지난 후 오레스테스는 장성하여 아버지의 복수를 계획하고 왕권을 되찾기 위해 스토로피우스의 왕자 피라데스와 가정교사를 대동하고 아르고스 왕국으로 들어온다. 오레스테스는 먼저 가정교사를 아르고스 왕국으로 보내어, 자기는 포시스 왕국으로부터 왔는데, 오레스테스 왕자는 마차경기 도중에 죽었다고 말하게 하고, 왕궁의 형편을 잘 살펴보고 오라고 한다.

오레스테스와 피라데스 왕자는 아가멤논 왕의 무덤에 가서 제사를 지내고, 오레스테스의 머리털 한 타래를 묘 앞에 두고, 그리고 오레스테스의 화장한 제가 들어있다는 항아리를 들고 온다. 그들이 왕궁 가까이 오자 엘렉트라의 탄식하는 소리가 들려온다. "내 아버지의 침대에서 내 아버지의 부인과 누워 있는 놈, 나의 아바마마이신 아가멤논 왕을 죽이고서 노래하고 춤을 추는 클리템네스트라 왕비, 그런 여자를 나의 어머니라고 불러야만 하니!"

크리소테미스 공주가 화려하게 성장을 하고서, 아가멤논 묘에 가서, 신들에게 바칠 헌주(봉헌하는 술)를 들고 왕궁으로부터 나온다. 그녀는 엘렉트라가 공공장소에서 자신의 처지를 탄식하며 불평하는 소리를 듣고서 놀란다. 그녀는 엘렉트라 언니의 말은 옳은 말이지만, 이 난세에 아무런 권력도 없는 처지에서 분별력 있게 행동하는 것이 좋을 것이라고 말한다. 엘렉트라는 여동생 크리소테미스의 태도를 경멸하면서, 아버지의 복수를 하는데 도우라고 한다. 그러나 크리소테미스는 엘렉트라를 돕기를 거부할 뿐 아니라, 여동생 이피아나사 공주에게 엘렉트라의 편을 들지 말라고 설득까지 한다. 크리소테미스는 엘렉트라에게 현재 왕권을 쥐고 있는 아이기스토스의 비밀 계획을 말해 준다. 그 계획은 엘렉트라를 성 밖에 있는 지하 감옥에 가두어 놓고 아무리 고함을 질러도 아무도 듣지 못하게 할 그것이라고 한다.

크리소테미스 공주는 어머니의 부탁으로 아바마마의 묘에 헌주를 드리러 간다고 한다. 그 말을 들은 엘렉트라는 "아바마마를 죽이고 아바마마의의 철저한 원수인 여인이 어째서 아바마마의 영전에 헌주를 바치라고 한단 말이야?"라고 묻는다. 크리소테미스는 왕비인 어머니가 밤에 꿈을 꾸었기 때문이라고 답한다. 그 꿈은 햇빛 가운데 아가멤논 왕이 황홀을 쥐고 왕비 옆에 나타났는데, 이 황홀은 지금은 아이기스토스가 쥐고 있지만, 전에 아가멤논 왕이 쥐고 있었던 황홀이었다. 그리고서 황홀을 노변(난로)에 심었는데, 거기서 열매가 많이 열린 가지가 자라나서 온 왕국을 덮어서 그늘지게 했다는 것이다. 그런 꿈을 꾼 왕비는 두려운 나머지 크리소테미스 공주를 시켜 자기가 죽인 왕의 묘에 헌주를 올리라고 했다는 것이다. 엘렉트라는 그런 증오에 찬 왕비의 헌주를 부왕의 묘에 바치지 말라고 하고, 엘렉트라와 크리소테미스 공주 자신들의 헌주를 아바마마의 묘에 바치라고 한다.

오레스테스 왕자의 가정교사가 포시스 왕국의 메신저로 가장하여 와서 오레스테스의 죽음을 알린다. 엘렉트라는 이젠 끝장이 났다고 울부짖는다. 클리템네스트라 왕비는 오레스테스 왕자의 죽음을 더 상세히 설명하라고 한다. 가정교사는 오레스테스의 이야기를 너무나 잘 꾸며댄다. 아폴로 신전의 경기에서 첫날 오레스테스는 달리기 경기뿐 아니라 모든 경기에서 우승했기에 모든 사람은 그 유명한 아가멤논 왕의 아들답다고 칭송했다는 것이다. 오레스테스 왕자는 전차 경주에도 참여하여, 출발 나팔이 불자, 말들이 함께 달려 나왔으며, 경기장 끝에서 원을 그리며 돌 때마다 마차 축으로 기둥을 스치고 지나갔다는 것이다. 오레스테스는 너무나 숙련되게 말을 몰아서 오른쪽 고삐를 당겨서 안쪽으로 말을 몰고 갔는데, 일곱 바퀴째 한 마차가 다른 마차와 충돌하게 되고, 다른 마차들이 파괴되었다는 것이다. 아테네의 선수와 오레스테스만이 남았는데, 오레스테스가 자기 마차를 기둥 쪽으로 너무 가까이 회전하다가 마차 축이 부러져서 오레스테스 왕자는 미친 듯이 달리는 말들과 함께 뒤엉킨 결과 왕자의 시신을 알아보지 못할 정도로 손상이 되어 결국 화장하여 그 재를 단지에 담아 왔다고 했다.

　오레스테스의 죽음을 들은 클리템네스트라 왕비는 자기 아들이 죽은 소식이라 나쁜 일이긴 하나, 여러 해 동안의 염려에 찬 위협에서 벗어났다고 생각하여 유리한 일이라 생각했다. 엘렉트라는 희망이 상실되어버린 것을 탄식하며 울부짖었다. 클리템네스트라 왕비는 가정교사에게 만일 그가 엘렉트라를 조용하도록 설득할 수만 있다면 큰 상을 내리겠다고 한다. 가정교사가 떠나려 하자, 왕비는 그를 왕궁으로 데리고 가서 그와 그를 보낸 분에게 보상하겠다고 한다.

　가장한 오레스테스와 포시스 왕국의 피라데스 왕자는 포시스 왕국으로부터 온 사신으로 오레스테스 왕자의 화장한 재가 담긴 항아리를 가져왔다고 말한다. 엘렉트라는 그 항아리를 받아 들고는 목숨을 살리려고 동생 오레스테스를 이웃 나라로 피신시켰는데 이렇게 죽어서 돌아왔다고 하면서 한없이 탄식하면서 자기도 죽어 오레스테스와 함께 묻히겠다고 한다.

오레스테스 왕자는 엘렉트라가 너무나 깊은 슬픔에 잠기는 것을 보고서, 자기보다 훨씬 더 고통받으며 살아왔다는 것을 알게 된다. 오레스테스는 여동생 엘렉트라의 행동에 감동한 나머지, 자신이 끼고 있던 왕가의 표식이 새겨진 반지를 엘렉트라에게 보여주면서 "이 반지의 왕가의 표식을 보아라, 전날에 아버지가 끼고 계시던 반지의 왕가 표식이 진실을 말하고 있단다."라고 하면서, 자신이 오레스테스란 것을 나타낸다. 오레스테스는 아무도 눈치채지 못하게 엘렉트라에게 조용히 하라고 신호를 하고, 얼굴에 기쁜 기색을 조금도 나타내지 못하게 한다. 엘렉트라는 가정교사가 누군지를 묻는다. 오레스테스는 "누나가 어린 나를 잘 돌보아 달라고 하면서 포시스 왕국의 신사분에게 부탁한 바로 그분입니다. 이분이 포시스 왕국의 피라데스 왕자의 가정교사입니다."라고 한다. 엘렉트라는 "오 기쁜 날 이어! 오 아가멤논 가문의 유일한 보호자여, 당신이 바로 내 동생과 나를 많은 슬픔으로부터 구원하신 분이에요. 어떻게 그렇게 오랫동안 소식이 없었습니까? 가장 아름다운 진실을 소유하신 분. 아버지 만세! 내가 아버지를 보는 것 같아요."라고 한다.

피라데스 왕자와 오레스테스와 가정교사 세 사람은 왕궁으로 침투한다. 조금 후에 클리템네스트라 왕비의 부르짖는 소리가 들린다. "오 나는 불행하구나! 아이기스토스 당신은 어디에 있는가? 내 아들아, 내 아들아, 너의 어미에게 자비를 베풀어다오. 오 내가 찔렸구나."

라고 한다. 엘렉트라는 "찔러라. 한 번 더 찔러라!"라고 소리친다.

아이기스토스가 들어와서, 오레스테스의 사망 소식을 전한 외부 사람들을 찾는다. 엘렉트라가 와서 아이기스토스에게 오레스테스의 시신이 궁전 안방에 있다고 한다. 아이기스토스는 안방 문을 활짝 열고서 오레스테스의 죽은 시신을 누구든지 볼 수 있도록 하라고 한다. 문이 열리자, 수의를 덮은 시신이 보인다. 오레스테스는 아이기스토스에게 수의를 치워보라고 한다. 아이기스토스는 수의를 치우고서 클리템테스트라의 시신을 보고서야 계략에 빠진 것을 알게 된다. 엘렉트라는 아이기스토스를 안방으로 몰아넣고는 아가멤논 부왕이 살해당한 그 자리에서 아이기스토스를 살해한다. 작가 소포클레스는 이제 아트레우스 왕가의 저주는 끝났다고 한다.

스위스의 정신병 치료자인 칼 융은 성-심리학적으로 딸이 아버지를 사랑하고 어머니와 사랑의 경쟁 관계 상태에 있는 것을 엘렉트라 콤플렉스라고 하고, 오스트리아의 정신분석학자 지그문트 프로이드(1856-1939)는 성-심리학적으로 아들이 어머니를 사랑하고 아버지와 사랑의 경쟁 관계 상태에 있는 것을 오이디푸스 콤플렉스라고 했다.

잠언 7장 18에서 "오라 우리가 아침까지 흡족하게 서로 사랑하며 사랑함으로 희락하자"라고 했다.

39

헛되고 헛된 삶의 부조리와 인간의 잔인함

에드워드 알비, 『누가 버지니아 울프를 두려워하랴?』
(Edward Albee, *Who's Afraid of Virginia Woolf?*)

솔로몬은 전도서 1:2-5에서 "헛되고 헛되며 헛되고 헛되니 모든 것이 헛되도다 해 아래에서 수고하는 모든 수고가 사람에게 무엇이 유익한가 한 세대는 가고 한 세대는 오되 땅은 영원히 있도다 해는 뜨고 해는 지되 그 떴던 곳으로 빨리 돌아가고"라고 말하고 있다. 인간의 삶이란 해가 뜨고 지는 것을 반복하고 한 세대가 가고 또 한 세대가 가는 것을 반복하는 것처럼 무의미한 삶을 살아간다는 것이다. 그러기에 모든 것이 헛되고 헛되다는 것이다.

20세기의 사상 가운데 가장 큰 특성 중의 하나로 지적되고 있는 것은 서구의 전통적인 신앙인 기독교의 로고스중심주의(logocentricism)의 범주에서 탈피한 결과 전통적인 확고한 가치체계의 와해와 함께 세계적으로 수용될 수 있는 표준적인 규범의 부재로 인하여 표출된 부조리 사상이다. 이러한 부조리한 상황에서 인간은 이상과 희망을 상실한 나머지 삶의 불안함 속에서 까닭 없는 공포와 절망감으로 전율하고 있다. 그래서 인간의 삶에서 합목적적인 행위가 해체되어 버린 나머지 단편적인 사건들 속에서 인간들은 무의미하고 허위적인 언어를 구사함으로써 서로 간에 진정한 만남을 경험하지 못하고 있다.

인간의 마음속에 신의 죽음에 더하여 19세기 말기에 사상적으로 강하게 대두된 자연주의적인 경향 앞에 인간은 실존적인 의미에서 그 존재의 무의미성을 더 절감하게 되었다. 왜냐하면 인간 개개인은 환경의 힘에 항상 지배당하고 희생당하는 모습으로 표출되었기 때문이다.

이러한 결정론적인 사상에 의하면 인간은 자신의 의지 행사를 통해 자신의 운명의 주인공이 될 수 없는 무력한 존재임을 강조하고, 동시에 전통적으로 믿어오던 기독교적인 신의 섭리를 인간의 삶의 자리에서 제거해 버리는 결과를 초래하게 됨으로서 삶에 부조리 사상이 대두되게 되었다.

위에서 본 부조리한 삶의 실존 가운데 자기만족을 위한 잔인함은 에드워드 알비의 『누가 버지니아 울프를 두려워하랴?』의 대학교수인 조지(George)와 그의 부인 마르다(Martha)와의 부부관계에서 보다 더 구체화 되어 나타난다.

그들은 진정한 만남과 사랑에 대한 꿈을 꾸며 환상을 창조하여 그 속에서 도피처를 구하려 한다. 그들은 좌절감과 절망감 때문에 거짓된 위안을 찾아 보존하기 위해 환상 속에서 "아기(t-he Child)"를 창조하여 이 가공의 아들에 관해 사람들에게 이야기한다. 이 "아기"는 곧 21번째 생일을 맞게 되는데 그들이 꾸며낸 가공의 대학에 다니는 아름답고, 현명하고, 완벽한 아주 이상적인 청년으로서 푸른 눈과, 양털같이 부드러운 머리카락을 가진 "아름답고, 아름다운 소년"이라는 것이다.

그들 부부는 젊은 교수인 닉크(Nick)와 하니(Honey) 부부를 자기 집에 초대한다. 마르다가 젊은 교수인 닉크와 자기 집 위층에서 정사를 가짐으로써 조지의 자존심에 철저한 타격을 가한다. 조지는 마르다와 닉크의 불륜 행위에 끓어오르는 앙심을 억누르지 못한다. 조지는 복수심에 가득 차서 잔인한 보복을 하기 위해 21년 동안이나 실재했던 것처럼 가공으로 꾸며왔던 아들이 교통사고로 죽었다고 선언해 버린다.

이 "아기"는 기성세대의 이기적인 만족감을 충족해 주기 위해 환상 속에서 태어났다가 부모의 철저한 이기주의적인 잔인함에 의해 죽임을 당한다. 조지와 마르다의 이기주의가 빚어내는 잔인함 때문에 그들의 가공의 환상마저 무참하게 파괴해 버린다.

알비에 의하면 조지와 마르다와 같은 현대인의 인간 정서는 "목적 없고 변덕스럽고 핵심 없는"것이기 때문에 그들은 영적으로 죽은 상태에 있으며 또한 진실한 만남이 없는 불구(不具)의 세대에 속한 인간들이라는 것이다.

이에 마르다는 조지가 어렸을 때 처음 어머니를 살해하고, 그 후 아버지를 살해했기 때문에 죄의식에 고민한다고 하는 두 사람만의 비밀을 집에 초대한 닉크 부부에게 발설해 버린다. 또한 마르다는 닉크와 하니 부부에게 남편 조지는 인간적으로나, 소설가로나, 교수로서 전문 분야 전반에 걸쳐 실패한 자라고 말하면서 굴욕적인 창피를 준다.

또한 조지는 닉크와 하니에게 잔인한 공격을 가하여 손님인 닉크 부부는 어렸을 때부터 간간이 실험적으로 성관계를 가져왔기 때문에 닉크에게는 결혼이 감격적이거나 신비로운 경험이 아니었다는 것과

더욱이 닉크와 하니와의 결혼은 애정보다는 돈 때문이었다는 것을
폭로해 버린다.

그들 부부는 자신들의 잔인함의 속성을 표현할 희생자를 남편과
아내, 그리고 친구에게서 찾아 서로에게 살인적인 상처를 가함으로
써 만족감을 얻으려는 잔인함을 표출한다. 또한 그들의 잔인함 때문
에 그들은 삶은 심리적으로. 도덕적으로, 정서적으로, 지적으로 황폐
하며, 그들의 언어는 무의미한 상투어로만 연결되어 있다. 왜냐하면
인간의 이기주의적인 잔인함은 "자기 파멸적인 결과"를 초래하기
때문이다. 그래서 조지는 "마르다와 나는 단지… 괴롭히는… 그것뿐
이요… 우리는 단지 남은 기지로 지껄이고 있을 뿐이에요"라고 고백
한다.

『누가 버지니아 울프를 두려워하랴?』는 인간들의 가공한 잔인함
을 표출하는 무의미한 말과 행동으로 가득 차 있다. 여기에 더하여
더욱이 이 작품의 두 부부가 자식이 없다는 것은 이들에게는 희망찬
미래가 없다는 것을 상징적으로 보여주고 있다. 그래서 이들 등장인
물들은 T. S. 엘리엇의 "텅 빈 인간들(The Hollow Men)"에 비교될
수 있다.

이들 "텅 빈 인간들"은 자아의 상실자들로서 자신들의 정신적인
황폐함을 육체적인 외형적 황폐함을 상징적으로 나타내고 있다. 저
지는 나이가 46세인데 비해 머리카락은 희어지고, 이마는 벗겨지고,
이빨은 자꾸 빠져나가 10년은 더 늙어 보인다는 것이다. 마르다는
임신을 할 수 없는 불모성의 여성이고, 잇몸이 위로 치켜 올라가고,
알코올에 중독된 속물적인 중년 부인이다. 그녀는 스스로가 자신을
향해 "나는 나를 혐오해요."라고 함으로서 자기 자신에게 구역질을

느낄 정도이다.

닉크는 대학 시절 축구팀의 쿼터백을 지낸 야망과 재능을 갖춘 유망한 사람이었는데도 지금은 알코올에 빠져 벌써 무기력한 상태를 나타내고 있으며, 또한 삶에 대한 냉담함과 무관심을 표출하여 자기 부인에게도 결혼할 때부터 열정을 느끼지 못했다고 말한 정도이다. 하니는 아무런 이유 없이 자주 구토를 하며 임신을 두려워하고 죽음에 대한 공포를 지니고 있다. 또한 그녀는 조지로부터 남편인 닉크와 마르다의 불륜 관계를 듣기 싫어하여 "당신 말을 듣기 싫단 말이에요"라고 말하면서 현실로부터 의식적으로 도피하기 위하여 몹시 술에 취해 목욕탕의 타일 바닥 위에서 잠이 들 정도이다.

알비의 극 작품에 등장하는 부부들 삶의 파편화된 단편적인 사건들 가운데서 그들은 합목적적인 행위보다는 단편적인 자유로운 놀이를 하고 있기 때문에 그들의 언어는 진정한 의미의 중심이 결여된 허튼 소리로 가득 찬 담론에 지나지 않는다. 따라서 인간 상호 간의 대화 내용에서 사건의 진전을 불가능하게 하였다. 때문에 각 등장인물의 말은 통합된 질서 속에 있는 것이 아니고 따로따로 조각으로 남아있는 것이며 사회적 관계 구성의 기능을 담당하지 못하는 불구화된 언어인 것이다. 이러한 조각난 작은 이야기들이 모여 인간의 부조리한 삶의 상황을 표출하고 있다. 그 결과 인간관계의 대화는 즉흥적인 익살, 폭력, 말장난 같은 소극적인 요소들을 강하게 나타내고 있다.

알비는 이러한 부조리한 인간 상황을 나타내는 모든 현상과 등장인물들이 표출하는 소외, 불안, 공포에 찬 행동양식은 인간들의 이기주의가 빚어내는 잔인함으로 인한 진정한 만남의 부재 즉 사랑의 부재에 기인한다고 보고 있다.

알비의 등장인물들은 부조리한 삶의 황폐함에서 도피하기 위한 수단으로 환상을 창조한다. 그러나 그들은 서로 간에 대한 이기주의적인 잔인함으로 그들이 구축한 환상마저도, 또한 술에 취함에서 오는 행복감마저도 인간의 이기심 때문에 얼마나 깨어지기 쉬운 것인가를 알게 한다.

그 결과 3막의 "액막이 주문"은 환상을 깨뜨리고 현실로 돌아오려는 장(章)이 된다. "누가 버지니아 울프를 두려워하랴?"는 "누가 환상을 파괴하는 자들을 두려워하랴?"라는 내용의 노래로 묻고 있는 것이다.

그러나 마르다가 버지니아 울프(즉, 환상을 파괴하는 것)를 두려워한다고 고백하는 것처럼 현대의 인간들은 환상을 파괴하는 것을 두려워한다. 왜냐하면 환상을 파괴한 후 직면하는 것은 정열과 사랑이 없는 무기력하고 무의미한 현실밖에 없기 때문이다. 그래서 등장인물들은 아이로니컬하게도 또 다른 하나의 환상을 창조하려 한다. 그러나 이 환상마저도 인간의 잔인함에 의해 또다시 파괴될 것이고 상호 간에 만남이 없는 부조리한 인간 상황은 지속될 것이다.

전도서 기자는 "헛되고 헛되며 헛되고 헛되니 모든 것이 헛되도다"라고 말하고는 결론짓기를 "하나님을 두려워하여라. 그분이 주신 계명을 지켜라. 이것이 바로 사람이 해야 할 의무다. 하나님은 모든 행위를 심판하신다. 선한 것이든 악한 것이든 모든 은밀한 일을 다 심판하신다."(전 12:13-14)라고 말하고 있다.

40
향락을 위해 영혼을 악마에게 판 박사

괴테, 『파우스트』
(Johann Wolfgang von Goethe, *Faust*)

창세기 11:1-9에 인간들이 시날 평지에 벽돌로 바벨탑을 쌓고, 탑 꼭대기가 하늘에 닿게 하여, 하나님께 도전하였다. 하나님은 인간들의 언어를 혼잡하게 하고, 인간들이 흩어지게 하였다. 하나님을 떠나 높아지려는 자는 낮아져서 타락하는 것이 역사의 아이러니이다.

독일의 문호 괴테(1749-1832)는 『파우스트』에서, 철학, 법률, 의학, 신학을 통달한 하인리히 파우스트 박사가 하나님과 같은 지혜에 도달하기 위해, 자신의 영혼을 악마 메피스토펠레스에게 팔지만 결국 전락하여 사랑하는 여인 마가렛까지 죽음에 이르게 하는 비극을 그리고 있다.

메피스토펠레스는 파우스트의 종으로서 세상적인 모든 향락을 보여주겠다고 한다. 파우스트는 단순하고 순수한 기쁨은 원하지 않으며, 깊은 고뇌를 동반한 차고 넘치는 억제하기 어려운 향락을 원한다고 말한다. 메피스토펠레스는 파우스트에게 "당신은 인간이지 신이 아니지요."라고 말한다.

메피스토펠레스는 파우스트 박사로 하여금 벽에 걸린 거울 속에서 아름다운 젊은 소녀의 환상을 보게 한다. 메피스토펠레스는 마녀에게서 마력 있는 약물을 달라고 하여, 파우스트에게 주어 마시게 한다. 그 약물을 마시면 모든 여자가 트로이의 헬렌처럼 보인다는 것이다. [헬렌은 희랍의 스파르타의 메네라우스 왕의 왕비이다. 트로이의 왕자 파리스가 헬렌을 사랑하여, 헬렌과 트로이로 도피한 결과 트로이 전쟁이란 비극적인 결과를 낳게 한다.]

파우스트는 독일의 거리에서 단순하고 순수한 처녀 마가렛(독일어 별명은 '그레첸' 임. 작품에서는 두 이름을 번갈아서 사용함)을 만나게 된다. 파우스트는 "아름다운 아가씨, 집에까지 동행하겠습니다."라고 제안한다. 그녀는 "저는 아름답지도 않고 숙녀도 못됩니다. 혼자 집에까지 갈 수 있답니다."라고 대답한다. 파우스트는 "저렇게 아름다운 소녀는 처음 봤답니다. 덕스러우면서도 부끄러워하지도 않고, 얼마나 황홀한가! 그녀의 손은 신의 손과도 같았어! 그녀는 오두막을 천국처럼 보이게 할 거야. 내 가슴은 사랑으로 가득 찼도다."라고 감탄한다.

마가렛은 머리를 땋으면서 "오늘 자신에게 다가와서 말을 건 신사는 당당하고 귀족 가문의 사람 같았어!"라고 혼자 말을 한다. 파우스트와 메피스토펠레스는 마가렛에게 선물을 주기로 한다. 메피스토펠레스는 마가렛의 벽장에서 수집한 보석 상자를 그녀의 방에 가져다 놓는다. 마가렛이 들어와서 보석들을 발견하고서 기이하게 생각하며 자기 목에 걸어보고 아름다움에 기뻐한다. 마가렛은 자기 어머니에게 보석을 보여준다. 어머니는 종교적인 여인이라, 무엇인가 잘못된 것이 아닌가 하여, 보석들을 즉시 교회에 헌금으로 바쳐버린다. 탐욕적인 성직자는 마가렛에게 줄 모든 보석을 가져가 버린다. 파우스트는 메피스토펠레스에게 다른 보석을 구해오라고 하여 마가렛에게 주면서, 어머니에게 말하지도 말며 성직자에게 주지도 말라고 한다.

파우스트와 마가렛이 정원을 거닐 때 마가렛은 손으로 파우스트의 팔을 잡으면서 "저에게 친절히 해주어서 고마워요."라고 한다. 파우스트는 "그대를 한 번 쳐다보는 것만도 세상의 모든 지혜보다 더 기쁨을 준답니다."라고 하면서 마가렛에게 키스한다.

메피스토펠레스는 파우스트에게 가련한 처녀는 너무나 사랑에 빠졌기에 창가에 앉아 병들 지경이라고 하고는, 그 가련한 처녀와 잠자는 것이 처녀를 돕는 것이라고 한다. 메피스토펠레스는 "하나님이 멍청해서 욕정을 인간이 사용해야 할 것 중에 하나로 창조했겠소?"라고 반문한다.

파우스트는 절망하면서 "나는 비열한 인간이야. 나 자신을 억제할 수 없구나. 그녀의 생애를 박살을 내는 한이 있어도 그녀를 차지해야지."라고 한다.

메피스토펠레스는 파우스트에게 하나님 같은 인간이 되지 못할 바엔, 모든 힘을 가진 악마가 되라고 한다. 파우스트는 마가렛의 집에 다시 찾아가서 그녀가 창가에 앉아 절망에 빠져 슬픔에 찬 아름다운 노래를 부르는 노래를 듣는다. "평화가 떠나버렸다./ 나의 가슴은 비탄에 잠겼도다./ 결코 평화를 찾지 못하리./ 아, 두 번 다시는."이라고 시작하여 비애에 잠긴 사랑의 노래를 길게 부른다. 이 노래는 괴테가 가장 애호하는 사랑의 시가 되었다.

마가렛은 파우스트와 사랑을 나누고 싶어도, 마가렛의 어머니가 깊은 잠이 들지 못하고 있기에 어렵다고 한다. 메피스토펠레스는 약병을 주면서 3방울만 물에 타서 주면 깊은 잠에 빠질 것이라고 한다. 그것은 독약이었다. 파우스트와 마가렛은 그 밤을 너무나 감격적으로 같이 지낸다. 마가렛은 임신하게 된다.

군인인 마가렛의 오라버니 바렌틴은 문밖에 서서 "모든 남정네가 여자들의 불륜을 조롱할 때도, 내 여동생의 순결함을 자랑하며 가슴 부듯했는데, 이젠 모두가 똑같은 창녀가 되어버렸어!"라고 탄식한다.

바렌틴은 두 사나이가 오는 것을 보고, "저놈이 내 여동생에게 치욕적인 짓을 한 놈이구나. 죽여 버리겠다."라고 하고, 달려와서 파우스트가 쥐고 있는 하프를 부숴버린다. 둘은 칼을 빼어 들고 싸운다. 메피스토펠레스가 가세하여 파우스트를 도와 발렌틴을 찌르고 도망가 버린다. 발렌틴은 죽어가면서 마가렛에게 말한다. "모든 시민이 너를 보고 창녀라고 하겠구나. 교회가 너를 거부할 것이고, 너는 어두운 골목에서 거지들과 병신들과 숨어 지내겠구나. 하나님은 너를 용서하실지라도, 나는 너를 저주할 것이다. 네가 명예를 잃어버렸을 때, 너는 어떤 검보다도 더 날카로운 검으로 내 가슴을 찔렀단다. 나는 죽어 군인으로 명예로운 사람으로 하나님 앞에 갈 것이다."

대성당에서 마가렛은 군중 속에서 예배를 드린다. 오르간 반주가 시작되고, 사람들이 찬송을 부른다. 신도석 뒷자리에 악령이 마가렛에게 나타나 "네가 순진했을 때 너의 기도는 간단했다. 너 때문에 잠자다가 죽어버린 네 어미의 영혼을 위해 기도하렴."하고 속삭인다. 마가렛은 "나를 괴롭히는 생각에서 벗어날 수 있으면 살겠는데. 성가대의 찬양 소리가 내 가슴을 녹여 버리는구나. 성당의 지붕이 내 머리 위로 내려오는구나."라고 한다. 악령은 마가렛에게 "너는 너의 죄를 숨길 수 없단다. 네게 화가 있어라."라고 저주한다. 성가대가 계속 찬양하고, 마가렛은 기절한다.

메피스토펠레스는 파우스트를 데리고 독일 중부에 위치한 할쯔

산봉우리에서 열리는 마녀의 축제에 데리고 간다. 자살과 독살에 사용하는 잔들과 간부(姦夫)들이 남의 부인들을 유혹할 때 사용하는 보석들과 남자들의 등을 찌를 때 사용한 검들로 춤을 춘다.

파우스트 박사는 마가렛이 살인죄로 투옥된 것을 알고 분노와 비참함으로 메피스토펠레스를 호되게 꾸짖는다. 마가렛은 파우스트와의 사이에서 태어난 아기를 물통에 집어넣어 익사시켜 버렸기 때문에 살인죄가 적용된 것이다. 파우스트가 감옥에 달려갔을 때 미친 여인의 노랫소리를 들었다. 마가렛이 부르는 노래였다. "내 어미는 나를 죽인 창녀요,/ 내 아비는 나를 살해한 악한이요./ 내 여동생만이 나를 돌보는구나./ 내 뼈들을 모아서 버릴 것이다./ 나는 작은 새가 되어, 곧 멀리 날아가리라." 파우스트는 마가렛이 미쳐버린 것을 알게 된다.

파우스트는 마가렛의 발 앞에 꿇어앉아 함께 떠나자고 한다. 마가렛은 "나는 내 어머니를 죽이고, 내 아기를 익사시키고, 당신은 내 오빠의 피를 당신의 손에 묻혔소. 당신은 살아서 내가 내 어머니와 오빠 곁에, 그리고 내 아기를 내 품에 안고 누워 있는지 살펴주세요. 새벽이 오면 내 목에 밧줄을 걸겠지요. 하나님, 나는 당신의 것입니다. 나를 구원해 주세요. 하늘의 천군 천사들이 나를 위하게 해주세요." 라고 한다. 엄청난 하늘의 음성들이 "그녀는 구원받는다."라고 노래한다.

향락을 위해 자기의 영혼을 악마에게 판 파우스트 박사는 말로 형용할 수 없는 비극적인 결과가 초래되었음을 보게 된다. 제1부의 파우스트와 마가렛 이야기에서 마가렛의 어머니는 잠자다가 독살되어 죽게 되고, 오라버니는 파우스트와 격투하다가 칼에 찔려 죽게 되고, 파우스트와의 사이에 난 아들은 물에 담겨져 익사 되고, 마가렛은 살인죄로 처형당하는 장면들은 격렬하고 참기 어려운 연민의 정을 자아내게 한다. 그러나 제2부의 파우스트와 헤렌과의 이별은 갑작스럽고 가벼운 것이었다. 제1부의 파우스트는 마가렛의 불가피한 비극적인 종말에 대한 자신의 책임을 강하게 느끼지만, 제2부의 헤렌과의 이별은 어떤 말을 할 기회조차 없었다. 제1부가 낭만적인 성격의 비극이라면 제2부는 고전적인 국면의 비극이었다.

파우스트 박사는 "내가 차라리 태어나지 아니했으면 좋을 뻔했다."라고 탄식한다. 메피스토펠레스는 "마가렛은 저주받았다."라고 말하고는 파우스트 박사를 데리고 사라져 버린다. 파우스트 박사의 행복 추구는 이렇게 비극적으로 1부를 끝맺는다.

"욕심이 잉태한즉 죄를 낳고 죄가 장성한즉 사망"을 낳느니라(약 1:15)라고 하였다. 파우스트 박사의 높아지려는 욕망과 마가렛에 대한 정욕은 죄를 낳고 죄가 장성하여 사망을 낳게 되는 비극을 연출하였다.

41
문명의 본능과 야만의 본능

윌리엄 골딩, 『파리들의 제왕』
(William Golding, *Lord of the Flies*)

야고보서 4:1-2에서 " 너희 중에 싸움이 어디로부터 다툼이 어디로 부터 나느냐 너희 지체 중에서 싸우는 정욕으로부터 나는 것이 아니 냐 너희는 욕심을 내어도 얻지 못하여 살인하며 시기하여도 능히 취하지 못하므로 다투고 싸우는 도다 너희가 얻지 못함은 구하지 아니하기 때문이요"라고 했다.

영국의 소설가, 극작가, 시인 윌리엄 골딩(William Golding, 1911-1993, 1983년에 노벨 문학상 수상)은 『파리들의 제왕』에서 청소년들을 통해 인간 내면에 존재하는 문명적 충동과 야만적 충동의 두 면을 묘사하고 있다.

제2차 세계대전의 와중에서 영국은 비행기로 한 무리의 6세로부터 12세까지의 청소년들을 철수시키고 있었는데, 저격을 당하여 무인도 인 열대지방의 섬에 추락당한다. '랄프'와 '피기'라는 소년들은 소 라껍데기를 발견하고, 소라를 불어 흩어진 소년들을 불러 모았다.

소년들은 섬에서의 생존을 위해 랄프를 지도자로 선택하고, 랄프 는 소년들 전체를 위한 음식물을 구해오는 한 무리의 소년들의 책임 자로 '잭'이란 소년을 임명한다. 그때부터 랄프와 잭 사이의 주도권

을 위한 갈등이 야기된다. 랄프는 문명, 질서, 이성, 법적, 생산적인
성품을 나타내지만, 젝은 야만, 혼란, 폭력, 충동적, 권력을 위한
욕망을 강하게 나타낸다.

랄프와 젝과 사이몬은 섬을 탐험해 본 후, 랄프는 지나가는 선박들
의 주의를 끌기 위해 산 정상에서 횃불을 놓아 구원을 요청하기로
한다. '피기'는 자신의 두터운 안경의 렌즈를 이용하여 태양 빛을
통해 불을 피우는데 성공한다. 젝의 사냥 그룹은 횃불을 책임지기로
한다. 그러나 소년들은 횃불을 감시하는 것보다 노는데 더욱 관심을
가진다. 불은 많이 모아놓은 마른 나무를 삽시간에 모두 태우고,
주변의 밀림에 불이 붙어 주변을 태워버린다. 그 와중에 가장 어린아
이가 불 속에서 실종된 것을 알고 소년들은 당황한다.

처음에 소년들은 물장난하면서 재미있게 시간을 보냈다. 랄프는
횃불을 잘 피워야 하고 잠자리와 휴식을 위한 오두막의 필요성을
강조했다. 그러나 젝은 사냥에만 관심을 가지고 숲속으로 사냥을
나간다. 그때 랄프와 피기가 멀리 수평선에 지나가는 선박을 발견하
였으나 횃불이 꺼진 것을 발견하고 경악한다. 그들은 온갖 노력을
다했으나 배는 멀리 사라져 버렸다.

그 때 젝과 그의 무리는 야생 돼지 한 마리를 잡아 막대기에 뀌어서
어깨에 올려 메고, 광란하듯 춤을 추면서 산에서 내려온다. 랄프와
피기가 횃불을 계속 살려놓지 못한 젝의 무책임함에 강하게 힐책하지
만, 젝은 오히려 피기를 손으로 강하게 갈겨서 안경의 렌즈 하나를
깨트려 버린다. 소년들을 잡은 돼지를 불에 구우면서 노래를 부르며
야성적인 춤을 춘다.

랄프는 소라껍데기로 나팔을 불어 회의를 소집하여, 오두막들을

짓는데 협조하라고 말하고, 섬에 괴물은 없다고 한다. 젝은 괴물이 있다면서 자기와 사냥 그룹이 괴물을 죽일 것이라고 장담하고서 멀리 가버린다. 많은 소년이 젝을 따라간다. 결국 랄프와 피기와 사이몬 세 소년만 남게 되었다.

어두운 밤중에 랄프와 사이몬은 어린 것들을 잠재우고 자기들도 잠들게 된다. 소년들이 잠들고 있는 동안 군용 비행기들이 섬의 상공에서 공중전을 벌이게 되고, 그중 비행기 한 대가 바다에 추락하면서 낙하산을 펼친 비행사가 섬 쪽으로 내려오다가 나무에 걸려 죽게 된다. 보초를 서서 망을 보던 두 소년도 깊이 잠들어 낙하산을 보지 못한다. 비행사가 나무에 걸려 펄럭이는 모습이, 멀리서 보면, 마치 괴물이 머리를 휘젓는 것 같기도 했다.

랄프와 젝과 소년들은 괴물을 찾아 탐험에 나선다. 사냥꾼들은 멧돼지 똥을 발견하고 괴물을 찾아 나선다. 그들은 멧돼지를 발견하고 나무로 만든 창들을 던진다. 멧돼지가 도망가 버린 후에, 소년들은 '로버트'라는 소년으로 하여금 멧돼지 흉내를 내게 하여 춤을 추며, 노래를 부르며, 창으로 로버트로 찌른다. 로버트는 창에 찔리고, 두들겨 맞아서, 살기 위해 도망친다. 소년들은 거의 로버트를 죽일 뻔했다. 사냥놀이를 할수록 소년들의 야만적인 충동이 강하게 드러난다. 젝은 랄프와의 권력 투쟁에서 승리를 거두고 있었다.

젝은 소년들을 자기편으로 오게 하여, 자기는 사냥꾼들의 족장이라 선포하고, 사냥꾼들은 광포하게 암돼지를 죽이고, 창으로 돼지 항문을 찌른다. 그리고 돼지머리를 잘라서, 뾰족한 말뚝에 꼬자, 짐승의 제물로서 밀림 속에 둔다. 검은 피가 돼지 이빨 사이로 흘러내린다. 소년들은 도망간다.

사이몬은 광란하는 사냥꾼들로부터 빠져나와 혼자서 밀림 속으로 들어와서, 숲 사이의 빈터에 앉아 자연의 놀라운 아름다움을 즐긴다. 그러나 사이몬은 말뚝으로 꿰뚫은 돼지머리 위에 파리 떼가 가득 찬 것을 보게 된다. 마치 돼지머리가 살아서 움직이는 것 같았다. 돼지머리는 자신은 "파리들의 제왕"이라고 말하고, 너는 결코 도망가지 못하리라고 불길하게 선포한다. 사이몬은 이 환영에 너무나 놀라서 기절한다(귀신의 왕 "바알세불"은 "파리들의 제왕"이란 뜻임, 눅 11:15).

파리들이 우글거리는 돼지머리는 소년들에게 원시적인 미신적 종교의 대상이 된다. "파리들의 제왕"은 혼란하고 야만적인 본능의 무서운 힘을 대표한다. 사이몬이 빈터에서 갖게 되는 깊은 통찰력은, 소년 사냥꾼들의 행동은 실제적인 짐승이 존재하기 때문이 아니라, 소년 사냥꾼들의 깊은 내면에 깔린 야성적인 본능 때문이란 것이다. 사이몬은 자기 속에도 이런 야성적인 본능이 묻혀 있음을 두려워하면서 "파리들의 제왕"의 음성을 들었다고 생각하여 기절한 것이다. 『파리들의 제왕』은 문명과 야만성 사이에 제기되는 근본적이고 자연적인 인간 악의 문제를 깊이 다루고 있다.

사이몬은 어둠이 찾아들 무렵 깨어나서, 코피를 흘리며, 비틀 거리며, 산언덕을 기어오르다가, 죽은 비행사와 낙하산이 펄럭이는 것을 보게 된다. 사이몬은 아무런 해로움이 없는 낙하산이 결국 소년들에 의해 괴물로 오인되어 대혼란을 일으킨 것을 알게 되었다. 그는 죽은 비행사의 시체를 보고 토하기 시작했다. 그는 낙하산 줄을 풀어 바위 아래로 떨어지게 했다. 그리고 이 사실을 알리기 위해 젝의 사냥꾼들이 불을 피워 광란하게 춤을 추는 곳을 향해 비틀거리며 다가갔다.

소년들은 밀림으로부터 그림자가 기어 나오는 것을 보았다. 사이몬이었다. 소년들이 달려와서 짐승을 손으로 갈기고 발로 찬다. 사이몬은 상황을 설명하고자 한다. 사이몬은 바위 사이에 넘어진다. 소년들은 사이몬 위에 덮쳐 난폭하게 죽여 버린다. 폭풍이 섬 전체에 강하게 불어 사이몬의 시체와 죽은 비행사의 시체를 깊은 바다속으로 보내 버린다.

잭은 섬을 통치하기 위해 신(神)처럼 행동하며, 괴물이란 공동체의 적을 내세워 소년들로 하여금 괴물의 위협을 느끼게 하며, 인간 속에 있는 본능적인 잔인한 악의 힘을 이용하여 소년들을 통치하려 한다.

다음 날 아침 랄프는 사이몬의 죽음에 대한 책임을 말하나, 잭과 모든 소년은 짐승을 죽였다고 한다. 잭은 자기가 있는 곳을 바위 성이라고 한다. 잭은 절대 권력을 행사하면서, 분명한 명분 없이 소년들을 벌주고, 밧줄로 묶고 구타하기도 한다.

다음 날 아침 랄프와 그의 동료들은 추위에 떨면서 불을 피우려 하지만 피기의 안경이 없이는 불을 피울 수 없었다. 안경이 없어 눈이 잘 보이질 않는 피기는 잭의 일당이 있는 바위 성으로 가서 이성적으로 대화를 나누자고 한다. 랄프가 소라껍데기 나팔을 불자, 잭과 그의 일당들이 밀림 속으로부터 죽은 돼지를 끌고 나타났다. 랄프는 피기의 안경을 돌려 달라고 하면서 불을 피워 구조신호를 보내는 것이 중요함을 설득하려 한다. 잭은 명령하여 랄프와 함께 온 셈과 에릭 쌍둥이를 밧줄로 묶어버리게 한다.

피기는 안경이 필요하다고 소년들을 설득하려 한다. 롸저란 소년은 언덕 위에서 큰 둥근 돌을 밀어서 아래로 굴러떨어지게 하여 소라껍데기 나팔을 부숴버리고, 피기가 돌에 부딪혀 산 아래 바위

위에 떨어져 죽게 한다. 잭과 소년들은 랄프를 향해 창을 던져 랄프를
죽이려 한다. 랄프는 밀림 속으로 도망친다. 랄프는 사이몬과 피기의
죽음과 함께 모든 문명의 자취가 섬에서 사라져 버린 것을 생각해
본다. 그는 밀림 속에서 파리들의 제왕인 돼지머리에 걸려 넘어진다.
소라껍데기처럼 흰 해골만 번득일 뿐이었다. 랄프는 분노와 혐오감
에서 해골을 땅에 내려쳐서 깨트려 버리고 돼지머리에 꽂은 막대기를
빼내어 방어 무기로 사용하기로 한다.

랄프가 바위 성에 접근하여 보니 쌍둥이 셈과 에릭이 보초를 서고
있었다. 그들은 랄프에게 음식을 주었다. 잭이 사냥에서 돌아와서
쌍둥이 중 하나를 고문하여 랄프가 숨은 곳을 찾아내라고 명령한다.
그들은 랄프가 나오도록 울창한 숲에 불을 지른다. 랄프가 숲에서
나와 도망가자, 잭의 일당이 창을 휘두르며 랄프를 쫓아온다. 도망치
던 랄프는 지쳐서 기진한다.

랄프가 눈을 떴을 때 그의 앞에는 해군 장교가 서 있었다. 섬 멀리서
지나가던 군함에서부터 섬에서 내어 뿜는 연기를 보고 구조하게
된 것이다. 간단한 자초지종 이야기를 들은 장교는 믿지 못하겠다는
듯이 어리둥절한 표정으로 소년들을 바라보았다. 랄프는 기쁨보다
비탄의 눈물을 흘렸다.

사도행전 3:7에서 "오른손을 잡아 일으키니 발과 발목이 곧 힘을
얻고"라고 했다.

42

영원한 젊음과 나르시스적 죄와 벌

오스카 와일드, 『도리언 그레이의 초상』
(Oscar Wilde, *The Picture of Dorian Gray*)

로마서 6:16에서 "너희 자신을 종으로 드려 누구에게 순종하든지 그 순종함을 받는 자의 종이 되는 줄을 너희가 알지 못하느냐 혹은 죄의 종으로 사망에 이르고 혹은 순종의 종으로 의에 이르느니라"고 함으로서 죄의 벌은 사망임을 말씀하고 있다.

아일랜드 시인이며 런던의 저명한 극작가 오스카 와일드의 『도리언 그레이의 초상』에서 아름다움을 타고난 도리언 그레이(Dorian Gray)는 쾌락주의에 매혹된 나르시스적인 젊은이로서 모든 향락에 빠져 실제로 모든 죄를 범하게 됨으로써, 그 결과 죽음에 이르게 됨을 다루고 있다.

방의 한가운데는 비범한 미모를 지닌 젊은이의 전신상이 서 있었다. 그 초상화 앞에는 몇 년 전에 사라져서 많은 이상한 소문을 나게 한 초상화가 바질 홀워드가 앉아 있었다. 헨리 워튼 경은 "그 초상화는 당신이 그린 최고의 걸작이요. 그로브너 갤러리(1877년 런던에서 창설된 화랑)에 보내세요."라고 했다. 홀워드는 대답하기를 "아무 곳에도 보내지 않을 거예요. 난 그 초상화에 나 자신의 정열을 너무나 강하게 쏟아부었거든요!"라고 했다.

초상화가는 무심코 그 초상화 주인공의 이름은 도리언 그레이라고 말하고, 설명하기를 그 젊은이의 인물이 너무나 황홀하게 매력적이어서 초상화가인 자신을 지배해버렸으며, 단순히 그 젊은이와 함께 있는 것만으로도 홀워드에게 새로운 예술적 양식으로 표현하는 길을 보여주고 있다고 했다. 홀워드는 자기가 때때로 느끼는 것은 "나는 내 영혼을 누군가(도리언)에게 주었는데. 그는 그 영혼을 마치 한 송이의 장미처럼 취급하여 자기 코트에 꽂고 다니잖아."라고 했다. 그리고서 홀워드는 냉소적인 헨리경에게 자기 친구(도리언)의 단순하고 아름다운 성품을 망쳐놓지 말라고 간절히 말했다. 도리언 그레이도 홀워드의 말을 엿듣고 있었다.

헨리경은 도리언의 진홍색 입술과 순진한 푸른 눈과 곱슬곱슬한 머리를 한 솔직하고 정열적인 순수한 젊은이를 관찰하고 있었다. 예술가가 도리언의 초상화를 그리고 있는 동안, 도리언은 헨리경과 대화를 나누고 있었는데, 헨리경은 말하기를 "유혹에서 벗어나는 유일한 길은 그 유혹에 빠져보는 것이네."라고 했다. 도리언은 그 말에 도취하였다. 헨리경의 말은 도리언의 내부에 있는 비밀스러운 심금을 울린 것이다. 헨리경은 도리언에게 젊음을 지니고 있을 때 그 젊음의 최고의 아름다움을 이용하라고 했다.

그때 홀워드는 초상화를 다 그렸다고 했다. 초상화가인 홀워드, 도리언, 헨리경 등 세 사람은 위대한 작품임 검증했다. 도리언은 중얼거렸다. "얼마나 슬픈 일인가! 나는 늙어져서 끔찍하게 되지만, 이 초상화는 결코 더 늙지 않을 것이다. 만일 항상 젊은 것이 내가 되고, 늙어가는 것이 이 초상화라면, 나는 내 영혼을 이 초상화에 주겠어요."

헨리경이 알게 된 것은 도리언은 좋은 가문의 아름다운 부인의 아들로서 큰 재산의 상속자라는 것이었다. 그 부인은 아랫사람과 도망을 쳤으나, 그녀의 남편은 결투에서 죽게 되고, 그 부인도 죽었다고 했다. 어떤 나이가 많은 분이 도리언을 돌보고, 오페라도 함께 가고, 저녁 식사도 같이했다. 도리언이 작은 극장의 17세 난 여배우 시빌 베인과 사랑에 빠졌다는 것을 알았을 때 헨리경은 어깨를 으쓱하기만 했다.

도리언은 이 소녀와 결혼하기로 했는데, 그 소녀는 도리언을 단순히 "매력적인 왕자"라고만 알고 있었다. 도리언은 헨리경과 초상화가 홀워드를 모시고 시빌이 출연하는 극장으로 갔다. 도리언은 시빌의 연기가 처음으로 형편없는 것을 보았다. 시빌은 도리언에게 이젠 무대는 더 이상 자기에게는 현실이 아니라고 하고 도리언과의 사랑이 현실이라고 했다. 도리언은 "당신은 나의 사랑을 죽여 버렸어."라고 소리치고는 시빌이 눈물로 호소하는데도 떠나가 버렸다. 도리언이 집에 도착했을 때, 그는 자신의 초상화 입 주변에 잔인한 기운이 감도는 것을 보았다. 그러나 거울을 쳐다보니 자기 자신의 모습은 변하지 않았다. 그는 자신은 항상 젊고 초상화가 늙었으면 좋겠다고 말한 자신이 소망을 기억하고 충격을 받았다. 그러나 도리언은 혼잣말로 자기가 잔인했던 것이 아니고 시빌의 잘못이라고 했다.

그다음 날 오후에 도리언은 시빌의 용서를 구하는 편지를 썼다. 그러나 헨리경이 도리언에게 찾아와서 시빌이 음독자살했음을 알렸다. 헨리경은 시빌이 도리언에게 싫증 나게 했을지도 모른다고 했다. 도리언도 그랬으리라 생각했다. 결국 도리언은 이번의 연극 무대의 비극 같은 일부에 참여한 것은 큰 경험이라 결론지었다. 그는 웃으면서, 자기의 영혼을 위한 거울이 될 초상화 앞에 커튼을 쳐놓았다.

다음 날 아침 초상화가 버질 홀워드가 방문하여 도리언에게 불행한 일에 동정적인 말을 했을 때 도리언은 무관심하게 대했다. 도리언은 초상화가가 초상화를 보지 못하게 했다. 초상화가는 자신이 얼마나 도리언에게 심취되었는가를 고백했으나, 도리언으로부터 다시 초상화가의 모델로 앉아 있겠다는 약속을 받아내지 못했다. 홀워드가 떠나자, 도리언은 초상화를 사용하지 않고 있는 이층 교실로 옮겨놓았다.

헨리경은 도리언에게 어떤 파리 사람에 관한 이상한 소설을 보냈다. 그 파리 사람은 이전 세기들의 사상의 양식과 열정, 즉 덕과 죄를 인식하려고 노력하면서 그의 생애를 보냈었다. 그것은 유독한 책이었지만, 도리언을 매혹했다. 여러 해 동안 그 책은 도리언에게 영향을 주었다. 그 책은 도리언이 살기 훨씬 전에 쓰여진 자기 삶의 이야기인 것 같았다.

비록 도리언에 관한 이상한 소문들과 나쁜 이야기들이 런던 시내를 통해서 흘러나오는데도, 도리언 얼굴의 놀라운 아름다움과 순수함은 결코 그를 떠나지 않은 것 같이 보였다. 그는 신비롭게도 얼마 동안 나타나지 않다가 집으로 돌아와서는 손에 거울을 쥐고 초상화 앞에서 서 있곤 했다. 그의 유쾌한 감정이 북돋우어지는 것은, 초상화에 있는 나이 먹어가면서 악해지는 얼굴과 거울 속에 비친 매력적인 젊은 얼굴과 뚜렷하게 대조되기 때문이었다. 초상화의 입은 두툼하고 관능적이었으며, 앞이마에는 섬뜩한 주름이 지어졌으며, 몸은 흉하게 일그러져있었다.

도리언은 로마 가톨릭의 의식에 흥미를 느끼게 되었다. 그는 향수를 연구하고 음악에 헌신했으며, 보석과 자수품을 수집하고 연구했다. 그는 자신의 초상화에 더더욱 마음을 빼앗겼기에 런던에서 떠날 수가 없었다. 도리언이 25세가 되자, 많은 사람으로부터 그의 매력은 한층 더 인기를 얻었다.

도리언의 38세 생일날 저녁에, 바질 홀 워드 초상화가는 파리에서 밀실 작업을 하려고 떠나기 전에, 늦은 밤에 도리언을 찾아왔다. 초상화가는 도리언의 좋지 못한 평판에 대해서 훈계하기 시작했다. 화가 치민 도리언은 초상화가를 데리고 가서, 이제 잔혹하고 역겹게 생긴 초상화를 보게 했다. 초상화가 바질은 몸서리를 쳤다. 그리고 도리언에게 기도하라고 했다. 도리언은 미친 듯이 화를 내면서, 기도 대신에, 칼로 바질 초상화가를 찔러 죽였다.

도리언과 초상화가가 만난 것은 아무도 몰랐다. 도리안은 과학도를 불러와서 화학 약품을 사용해서 초상화가의 시신을 종적도 없이 처리해 버리라고 했다. 그러나 도리언은 겁에 질려 신경이 과민해졌다. 그날 밤 그는 아편 소굴로 찾아갔다. 그곳에서 한 여인이 도리언을 보고 "매력적인 왕자"라고 부르는 소리를 어떤 뱃사람이 엿들었다. 그 뱃사람은 시빌 베인의 남동생인 짐 베인 이었다. 일주일 후, 도리언은 짐 베인이 자신을 보고 있음을 알아보고는 보복이 가까이 왔음을 느꼈다. 짐 베인이 칼로 도리언을 내려치려는 순간에, 짐 베인은 우연히도 사냥꾼이 쏜 총탄에 맞아 죽음을 당했다.

몇 주간 후에 도리언은 헨리경에게 이제 자기는 착한 행동을 시작하고 있다고 했다. 도리언은 아름다운 시골 처녀를 유혹하지 않음으로써 착한 행동을 시작하겠다고 하자, 헨리경은 웃었다. 헨리경은 바질 홀워드 화가가 보이지 않는다고 하고, 홀워드는 이제 화가로서의 재능을 상실했다고 했다.

도리언은 어린 시절의 때가 묻지 않은 순수성을 열렬히 바라고 있음을 느꼈으나, 회복할 수 없다는 것을 알았다. 초상화가가 그의 실패 원인이었다. 그는 자신의 미래를 바꿀 수 있다고 생각했다. 그는 초상화가 더 좋은 것으로 바꾸어졌는지 보고 싶었다. 그는 초상화를 쳐다보자, 고통의 부르짖음이 터져 나왔다. 초상화에는 잔혹하고 역겨움에다가 위선과 교활함마저 더할 뿐 아니라 초상화의 손에 피까지 묻어 있었다.

도리언은 칼을 잡고는 초상화를 찔렀다. 부르짖는 소리와 함께 '쿵' 하고 부딪치는 소리가 났다. 하인들이 위층의 교실 문을 박차고 열었다. 하인들은 그들의 주인을 마지막 본 것처럼, 아름답고 절묘하게 젊은 모습의 놀라운 자태를 한 주인의 초상화가 벽에 걸려 있는 것을 보았다. 마룻바닥에는 칼로 가슴에 찔린 죽은 남자가 있었다. 그 남자는 시들고, 주름지고, 역겨운 용모를 하고 있었다. 하인들은 그 남자의 반지들을 조사하고 난 후에야, 그 남자가 누구인지를(자기들의 주인임을) 알았다.

마태복음 16:26에서 예수님은 "사람이 만일 온 천하를 얻고도 제 목숨을 잃으면 무엇이 유익하리요 사람이 무엇을 주고 제 목숨과 바꾸겠느냐"라고 하셨다.

43
아름다운 여인이 당하는 성적 수난

볼테르, 『캉디드』
(Voltaire, *Candide*)

유다서 1:7에서 "소돔과 고모라와 그 이웃 도시들도 그들과 같은 행동으로 음란하며 다른 육체를 따라 가다가 영원한 불의 형벌을 받음으로 거울이 되었느니라"라고 함으로서 음란한 세대에 경고를 하고 있다.

프랑스의 철학자·문학자인 볼테르(1694-1778)는 교양 소설풍의 악한소설 『캉디드』 제7-10장에 보면 작가는 아름다운 퀴네공드 양이 당하는 성적 수난을 통해 남성들의 동물적인 음란성을 풍자하고 있다.

포르투갈의 수도 리스본에서의 지진으로(1755년 11월 1일에 발생) 도시의 4분의 3이 파괴되고 30,000여 명이 사망했다. 지진의 재난 중에 어떤 이유에서인지는 몰라도 두 유대인이 화형을 당하고, 남작의 자녀들의 가정교사 팡글로스 선생님은 "우리의 세계는 가능한 모든 세계 중에서 최선의 세계"라는 낙관론을 주장하다가 인간의 원죄를 부정한다고 하여 종교재판에서 교수형을 당하고, 팡글로스 선생의 말을 들은 죄로 주인공 캉디드는 태형을 받은 후 도망쳤다.

부상을 당한 캉디드는 도움이 필요했다. 어떤 늙은 부인이 캉디드를 오두막집으로 안내하여 그의 상처를 치료해 주고, 먹고 마실 것을 주고, 새 옷과 잠자리를 주었다. 그리고 캉디드를 위해 짧은 기도를 해주고는 내일 다시 뵙자고 하고 떠나갔다. 그다음 날 그 부인이 찾아와서 2일간 캉디드의 수종을 들고는 캉디드를 어느 시골로 데리고 갔다. 캉디드는 의아했다. 캉디드는 늙은 부인에게 왜 자기에게 친절히 하느냐고 물어도 대답이 없었다. 늙은 부인은 캉디드를 데리고 정원과 강물로 둘러싸인 어느 집으로 들어가더니, 캉디드를 호화로운 여성의 내실로 안내했다. 보석으로 단장을 하고 위엄 있는 자태의 여성이 면사포를 쓰고 있었다. 늙은 부인은 면사포를 들어보라고 했다. 캉디드가 면사포를 들어보자, 놀랍게도 죽은 줄로만 알았던 그렇게도 사모하고 사랑하든 퀴네공드 양이었다. 캉디드는 너무나 놀라 그 자리에 쓰러졌다. 퀴네공드 양도 소파에 주저앉았다.

퀴네공드 양의 이야기는 멜로드라마 같았다. 불가리아 군사들이 독일 웨스트팔리아의 툰더-텐-트롱크 남작의 성(城)을 점령하고 그녀의 아버지 남작, 어머니, 오빠 모두를 죽여 버리고, 그녀는 계속해서 강간을 당하고, 옆구리가 대검으로 찔렀다고 했다.

불가리아 대위가 나타나서 칼에 찔린 퀴네공드를 동정하여, 아직도 그녀 위에 몸을 붙이고 있는 군인을 그 자리에서 죽여버리고, 그녀의 상처를 치료해 주고, 그녀의 아름다움에 끌려 동거를 시작했다. 그녀도 대위에 대한 어느 정도의 호감을 갖게 되었다. 그러나 3개월이 지나 대위는 돈도 없고 퀴네공드 양에 대한 관심도 없어져서 그녀를 호색한이며 화란과 포르투갈에 무역을 하는 부유한 유대인 돈 이사찰에게 팔아넘겼다. 유대인은 퀴네공드 양의 호감을 사기 위해 자신의 화려한 저택으로 그녀를 데리고 왔으나 그녀는 계속 유대인에게 저항을 했다.

성당에서 미사 때 가톨릭교회의 대종교재판장은 퀴네공드 양의 미색에 눈독을 드리게 되었다. 종교재판장은 비밀한 사건을 심문해야 한다면서 퀴네공드를 자신의 궁전으로 불렀다. 퀴네공드 양이 신분이 높은 납작 집안의 여식임을 발견하고는 그녀가 유대인의 소유물로 있다는 것은 잘못된 일이라고 꾸짖었다. 그러나 유대인도 호락호락 퀴네공드 양을 포기하고 싶지 않았다. 유대인도 궁중(왕실)의 은행을 담당하는 자들 중의 한 사람이라 지위 높은 양반들과 친분이 많아 영향력이 있었다. 그래서 종교재판장과 유대인은 상호 협의한 결과 유대인은 퀴네공드를 월요일과 수요일과 일요일에 갖도록 하고, 대재판장은 일주일의 나머지 말에 갖도록 했다. 퀴네공드 양은 양쪽을 모두 교묘하게 거부했더니, 두 사람은 더욱 그녀를 갖고 싶어 열을 올렸다. 종교재판장은 유대인을 위협하기 위해 종교재판을 열기로 했다. 그때 종교재판장은 두 사람의 유대인들을 화형에 처하고, 가정교사 팡글로스 선생님을 교수형에 처하고, 캉디드의 옷을 벗기고 태형에 처하는 것을 보았다고 했다. 그런 상태에서 퀴네공드는 늙은 부인에게 캉디드를 찾아서 모시고 오라고 부탁을 했다는 것이다.

캉디드와 퀴네공드가 저녁을 먹으려고 하는데, 그 날은 일요일이라 자기의 권리를 주장하기 위해 유대인 돈 이사찰이 퀴네공드와 즐기기 위해 도착했다. 유대인은 캉디드가 퀴네공드와 함께 있는 것을 보고 신경질적인 발작을 일으킨 나머지 퀴네공드를 향해 "두 남자와의 사랑도 만족 못하는 갈릴리의 암캐"라고 욕을 퍼붓고는 장검을 빼 들고 캉디드를 공격했다. 캉디드는 늙은 부인이 준 장검을 빼 들고 싸운 결과 유대인을 찔러 죽였다.

밤 열두시가 되자, 대재판장이 나타나서 이제 월요일이라 유대인과의 계약대로 자기의 권리를 주장하면서 퀴네공드를 갖겠다고 했다. 태형을 맞은 캉디드는 대검을 들고 서 있고, 유대인은 칼에 찔려죽어 있고, 퀴네공드는 겁에 질려 있는 것을 대재판장은 보았다. 캉디드는 새로운 위험을 감지하고, 순간적으로 "이 성자란 자는 무자비하게 나에게 태형을 가하고 나를 화형에 처할 것이고, 퀴네공드에게도 그렇게 할 거야"라고 생각했다. 캉디드는 재빨리 대검으로 대재판장을 찔러 죽였다. 퀴네공드는 팡글로스 선생님의 "우리의 세계는 가능한 모든 세계 중에서 최선의 세계"란 주장에 분노가 치밀었다.

늙은 부인은 유대인의 마굿간에 안달루시안 종의 말이 세 필이 있고, 퀴네공드가 돈과 보석을 갖고 있으니 빨리 도망가자고 했다. 경찰들이 유대인의 집에 와서 두 시체를 보고는, 유대인의 시체는 쓰레기 처리장에 던져버리고, 대재판장의 시체는 아름다운 교회 묘지에 안장했다. 캉디드의 일행 세 사람은 도망하여 가까운 작은 마을 주막집에서 쉬고 있었다.

퀴네공드는 누군가가 자기의 돈과 보물을 훔쳐간 것을 알게 되었다. 그들은 모두 곤경에 빠졌다. 늙은 부인은 주막집에 함께 투숙한 프란체스코 수도회의 신부님이 가져갔음에 틀림이 없다고 했다.

늙은 부인은 말이 세 마리이니 한 마리를 팔아 비용으로 쓰자고 했다. 늙은 부인과 퀴네공드를 함께 말을 타게 하고 캉디드는 세 개 마을을 지나 카디츠 항구에 도착했다. 그들은 남아메리카의 파라과이에 파견할 스페인 군대를 태우고 갈 함대를 발견했다. 파라과이의 가톨릭 제수이트 교부들이 그들의 부족들을 선동하여 스페인과 포르투갈 왕들에게 대항하여 반란은 일으켰기 때문에 진압군을 파견한 것이다. 캉디드는 불가리아 군대에서의 훈련경험을 바탕으로 소규모의 스페인 군대 앞에서 우아하고 빠르고 민첩하게 숙련된 전략을 펼쳐 보였다. 스페인 장군은 캉디드를 대위계급으로 보병을 지휘하게 했다. 캉디드는 퀴네공드와 늙은 부인과 두 남자 하인과 말 두 필을 군함에 태워 남미로 떠났다. 캉디드는 남미에서 팡글로스 선생님의 “우리의 세계는 가능한 모든 세계 중에서 최선의 세계”를 발견할 수 있으리라고 생각했으나, 퀴네공드는 회의적이었다. 늙은 부인은 두 연인들보다 자기는 말로 표현할 수 없는 더 큰 고통과 어려움을 당했다고 했다.

이 장에서 작가 볼테르는 반 교회적인 풍자를 하고 있다. 대종교재판관은 심지어 미사 시간에 퀴네공드 양에 대한 욕정을 표출하고 있으며, 유대인 부호와 교대로 여자를 즐기기로 하기도 하고, 종교재판을 이용하여 사람들을 처형하면서까지 개인적인 목적을 달성하려 하고, 프란체스코 수도회의 신부님은 남의 돈과 보석을 훔쳐가기도 했다. 그리고 1605년 초기에 제수이트(예수회) 교부들은 남아메리카 나라에서 일종의 국가 안의 국가, 즉 권력 내의 권력을 확립하여 원주민 군대를 조직하였다. 이 소설에서는 1756년 스페인과 포르트갈 연합군에 이어 예수회 군대가 진압되었다고 말하고 있다.

유다서 1:23에서 “불구덩이에 빠진 사람들을 끌어내어 구원해 주십시오. 또 본능적인 욕정에 빠진 사람들에 대해서는 욕정으로 더럽혀진 그들의 속옷까지도 미워하되, 그들에게는 조심스럽게 자비를 베푸십시오.”라고 하는 기도가 필요하리라.

제 9 장
신(神)을 상실한 잔인한 인간상

44
질투가 빚어낸 찬바람 나는 이야기

셰익스피어, 『겨울 이야기』
(Shakespeare, *The Winter's Tale*)

아가서 8:6에서 "너는 나를 도장같이 마음에 품고 도장같이 팔에 두라 사랑은 죽음 같이 강하고 질투는 스올 같이 잔인하며 불길 같이 일어나니 그 기세가 여호와의 불과 같으니라"라고 하여 사랑의 강함과 질투의 무서움을 동시에 말하고 있다.

영국의 극작가 셰익스피어(1564-1616)는 『겨울 이야기』에서 질투의 무서움을 겨울의 찬바람 나는 이야기로 전하고 있으며, 사랑의 강함을 봄의 훈풍처럼 훈훈하게 불어오게 전하고 있다.

시칠리아의 레온티즈 왕은 소년 시절부터 절친한 친구인 보헤미아의 폴릭세네스 왕을 접대하고 있었다. 두 왕은 서로 간의 아낌없는 환대에 감사한다고 하고, 보헤미아 왕은 이제 다음 날 아침 떠나야 하겠다고 하고, 레온티즈 왕은 한 주간 더 머물러서 즐거움을 나누자고 설득하고 있었다.

레온티즈 왕의 정말 아름다운 헬미오네 왕비는 두 분 왕이 절친했던 어린 시절 이야기를 더 듣고 싶어서 보헤미아 왕에게 며칠 더 머물 것을 권유했다. 왕비의 권유에 보헤미아 왕은 며칠 더 머물기로 했다.

그런데 그 광경을 바라보고 있던 레온티즈 왕은 갑자기 두 사람은 서로 사랑하는 사이구나 라는 미칠 듯한 확신에 사로잡혀서, 갑자기 엄습해온 질투의 폭풍을 자제하려고 하지도 않았다. 그는 코를 흘리며 순진하게 즐겁게 놀고 있는 어린 왕자 마밀리우스를 보자, 저 어린 것도 왕비와 보헤미아 왕과의 불륜관계에서 태어난 자식이라고 단정 지었다. 레온티즈 왕은 자기 왕비의 불충을 생각하면 할수록 미칠 것만 같았다.

레온티즈 왕은 결국 자기 충복 신하 카밀로를 불러서 보헤미아 왕을 독살하라는 왕명을 내렸다. 딜레마에 빠진 카밀로는 은밀하게 국빈으로 초청받은 보헤미아 왕을 극비리에 탈출시켰다. 보헤미아 왕이 탈출한 것을 알자, 레온티즈 왕은 더더욱 자신의 의심이 진실임을 입증한다고 믿었다.

헬미오네 왕비는 곧 출산할 기미를 보이고, 어린 왕자는 언제나 활기가 넘치게 어마 마마에게 도깨비 이야기를 계속해 주었다. 그때 레온티즈 왕이 마치 악몽에 사로잡힌 사람처럼 질투에 미쳐서 들어와서, 헬미오네 왕비를 감옥으로 끌고 가라고 명령한다. 호위 무사들과 신하들이 왕의 명령이 부당함을 간절히 말하는데도, 왕은 듣지 않고 왕비를 투옥했다.

폴리나는 용감한 귀부인이라, 왕비가 감금된 감옥으로 찾아간다. 그녀는 왕비가 감옥에서 공주를 조산하게 된 것을 알게 되었다. 폴리나는 예쁜 공주를 품에 안고 왕에게로 갔다. 왕이 어린 공주를 보면 기괴한 상상력에서 벗어나서 정상 상태로 회복하기를 기대했다. 그러나 레온티즈 왕은 갓 난 공주조차도 자기 딸이 아니라고 단정하고, 폴리나의 남편 안티고누스로 하여금 공주를 시칠리아로부터 멀리 떨어진 사막에 버려 죽게 하라고 명령했다.

레온티즈 왕은 자신의 잘못된 망상의 결과, 헬미오네 왕비를 감옥에 감금하고, 마밀리우스 왕자를 숙소에 감금하고, 그리고 자신의 명령에 따라주지 않는 모든 사람으로부터 자신을 감금시켰다.

"겨울 이야기"는 "불만의 겨울"을 뜻하는 것으로, 레온티즈가 봄 재생의 희망 없이 영속하는 겨울의 죽음을 창조하는 것을 말하고 있다. 레온티즈는 그의 갓 태어난 딸을 거부하고, 왕자를 격리하게 시켰을 때 자신의 치유와 재생의 희망을 제거해 버린 것이다. 레온티즈는 폴릭세네스 왕과의 우정을 먼저 파괴한 것처럼, 이제 자신의 가정을 파괴하게 되었다.

레온티즈 왕은 이제 헬미오네 왕비를 대역죄로 몰고, 왕비를 공개 재판에 부쳐 처벌하라고 했다. 왕은 "그 여잔 그놈과 놀아난 간부요./ 더욱이 그 여잔 반역자요, 카밀로란 놈은/ 왕비와 공범자란 말이요." 라고 했다.

헬미오네 왕비는 참을성 있고 진실로 숭고하게 사실에 근거하여 자기방어를 했다. 첫째, 왕비는, 왕이 명령한 대로 순종하여, 보헤미아의 폴릭세네스 왕과 그의 일행을 접대했다고 했다. 둘째, 왕비는 대역죄를 지은 적이 없다고 했다. 그때 아폴로 신전에 다녀온 사자가 왕비는 순결하다고 했다.

어마마마 재판의 비극적인 소식이 왕궁에 전해지자, 마밀리우스 왕자는 병들어 눕게 되고, 어마마마에 대한 염려로 결국 죽게 된다.

왕자의 죽음의 소식을 듣고서야, 레온티즈 왕은 비로소 왕비가 순결하다는 아폴로의 신탁까지 무시한 자신에게 신이 내린 벌이라고 생각했다.

헬미오네 왕비는 왕자의 죽음의 소식을 듣자, 기절한다. 궁녀들이 왕비를 감옥에서 궁궐로 옮겨 놓는다. 왕은 시녀들에게 왕비를 잘 돌보라고 한다. 그러나 풀리나 귀부인은 왕비가 세상을 떠났다는 소식을 가지고 온다. 레온티즈 왕과 그의 가족은, 왕의 맹목적인 질투심 때문에, 파괴된 것이다.

폴리나의 남편 안티고누스는, 레온티즈 왕의 명령으로, 아기 공주를 데리고 배를 타고 먼 보헤미아 왕국으로 갔다. 배의 선장은 비바람 치는 폭풍 속에서 안티고누스와 어린 아기를 보헤미아의 사막 지역에 내려놓고 떠난다. 그러나 폭풍에 배는 파선되고 배에 탄 선원은 모두 익사하게 된다. 이런 무서운 광경을 목격한 양치기의 어릿광대 아들은 자기 아버지에게 흉흉하게 치는 파도에 배 한 척이 파선되어 모두가 익사하는 것을 보았다고 했다. 어릿광대의 아버지 양치기도 아들에게 사막에서, 곰이 사람(안티고누스)을 잡아먹는 장면은 보았다고 했다. 그런데 그곳에 접근하여 가보았더니, 딸 아기와 함께 딸 아기를 감싼 보자기 속에 많은 금이 있었다고 하고, 이제 그는 일평생 부자로 잘살게 되었다고 했다. 그는 그 딸 아기의 이름을 '페루디타'라고 불렀다. 그 아기 소녀는 바로 헬미오네 왕비의 딸 아기였으나, 이제 페루디타의 신분을 아는 사람은 아무도 없었다.

16년이란 세월이 지나갔다. 보헤미아 왕의 궁전이었다. 레온티즈 왕의 시칠리아 왕궁에서 보헤미아 왕의 생명을 구원한 일이 있는 카밀로에게 보헤미아 왕은 특별히 잘생긴 젊은 왕자 플로리젤의 문제를 의논하자고 했다.

플로리젤 왕자는 시간 대부분을 양치기의 집에서 보냈다. 양치기의 16세 난 너무나 아름다운 양딸 페르디타가 있었기 때문이었다.

양치기는 말로 할 수 없을 정도의 부자였다. 보헤미아의 폴릭세네스 왕과 카밀로는 변장하여 양치기 집에 가보기로 했다.

양털 깎는 계절이라, 양치기는 축연을 베풀기로 하고, 양딸 페르디타를 축연의 여왕으로 삼았다. 수많은 꽃다발 가운데서 노래와 춤이 있을 것이다. 양치기의 오막살이 앞 잔디밭에는 페르디타와 플로리젤 왕자가 털 깎는 자들을 기다리고 있었다. 페르디타는 생각하기를, 플로리젤은 왕자이지만, 자기는 단순히 양치기의 딸에 불과하기에 결혼은 할 수 없을 것이라고 했다.

나이 많은 양치기는 이웃 사람들과 함께 축제장에 들어왔다. 그들 가운데는 보헤미아 왕과 카밀로 궁 신도 변장하여 참석했다. 페르디타는 마치 봄의 여신이라도 되는 것처럼 축객들을 환영하여 "여기의 꽃들은 여러분들을 위한 것입니다, 여러분들을 환영합니다."라고 했다. 플로리젤 왕자는 페르디타의 아름다움에 감탄하여 사랑의 노래로 화답한다.

보헤미아의 폴릭세네스 왕도 페르디타의 우아함과 지혜에 감탄하고, 모든 참석자도 페르디타의 여왕다운 행동에 놀라움을 나타낸다. 플로리젤 왕자는 페르디타에게 최고의 선물인 결혼하겠다는 맹세를 해주었다고 선포한다. 왕자의 말에 보헤미아 왕은 화가 나서 변장을 벗어버리고, 왕자가 농부의 딸과 결혼하는 것을 절대로 허가하지 않겠다고 하고 떠나가 버린다.

페르디타는 떠나가는 왕을 바라보면서, 이제 플로리젤과 결혼하겠다는 꿈은 사라졌으나, "왕궁에 비추어 주고 있는 똑같은 태양은 그의 얼굴을 우리의 오막살이로부터 감추지 않는답니다."라고 한다. 플로리젤은 페르디타와 함께 도망가기로 한다. 카밀로는 그들을 시칠리아로 가라고 한다. 양치기와 그의 아들도 왕의 불쾌함에 놀라서 배를 함께 타고 가기로 한다.

시칠리아의 불행한 레온티즈 왕은 16년간을 자기의 죽은 왕비와 자녀들을 애도하면서 살았다. 플로리젤과 페르디타는 마치 보헤미아 왕이 보낸 것처럼 가장하여 시칠리아의 왕궁에 도착한다. 하인이 레온티즈 왕에게 보헤미아의 왕자 프로리젤이 그의 아름다운 신부를 대응하고 도착했다고 알린다.

그러나 보헤미아 왕이 분노하여 뒤쫓아 오고 있다는 소식이 들렸다. 시칠리아 왕은 두 아름다운 젊은 남녀의 사랑 도피행각을 용서받도록 하고 좋은 결과가 나도록 노력하겠다고 한다.

마침내 양치기가 그의 어릿광대 아들과 함께 시칠리아 왕궁에 도착하여, 두 왕과 참석한 모든 궁 신들에게 자기는 페르디타의 아버지가 아님을 증가하는 물증들을 제시한다. 그들은 페르디타가 오랫동안 잃어버렸던 레온티지의 공주임을 증명하는 왕족의 망토와 편지들을 제시한다. 온 왕국이 그 소식을 기쁨으로 환영한다. 레온티즈 왕은 왕비 헬미오네의 죽음을 슬퍼한다.

폴리나는 레온티즈 왕을 자기 집으로 초대하여 헬미오네 왕비의 조상(彫像)을 보여드리겠다고 한다. 레온티즈 왕이 조상을 보자, 조상은 살아서 내려온다. 놀라는 왕에게 폴리나는 그동안 왕비께서 자기 집에 숨어 있었음을 말씀드린다. 레온티즈 왕가와 보헤미아의 왕가와 풀로리젤 태자와 페르디타 공주와 모두의 해피엔딩으로 이야기는 끝난다.

45

지옥에서나마 다스리는 것이 소망

존 밀턴, 『실낙원』

(John Milton, *The Paradise Lost*)

베드로후서 2:4에서 "하나님이 범죄 한 천사들을 용서하지 아니하시고 지옥에 던져 어두운 구덩이에 두어 심판 때까지 지키게 하셨으며"라고 했다.

태고의 먼 옛날 이전에 사탄은 분명히 하나님으로 인해 창조된 가장 최고의 존재였다. 그 당시 그의 이름은 루시퍼(Lucifer)였다. 그러나 루시퍼는 수많은 사람이 해 온 것처럼 행동했는데, 자기 멋대로의 길로 가기로 하고서, 하나님을 반역했다. 그리고서 그는 수많은 무리의 천사들로 하여금 하나님을 반역하도록 했다. 그래서 하나님은 그를 심판하여 고귀한 지위를 가졌던 그를 지옥으로 던져버렸다. 우리가 성경을 참고해 볼 때, 사탄과 그의 천사들이 전락하여 하나님의 적대자가 된 것이다.

하나님께서 천사들까지도 지옥에 던져서 어두움 속에 쇠사슬에 묶여 있게 하시고, 그들을 영원한 심판으로 묶여 있도록 하셨다. 하나님께서 루시퍼와 그의 천사들과 같은 영광된 존재를 심판하셨다면, 인간들이 거짓된 교리를 가르치고 사람들을 오도한다면 하나님은 얼마나 더더욱 그런 인간들을 심판하실 것이 아니겠는가!

영국의 시인 존 밀턴(1608-1674)은 그의 서사시 『실낙원』(1667)에서 사탄은 "나로선 다스리는 것이 소망이다"라고 하고서 "천국에서 섬기느니, 비록 지옥에서나마 다스리는 편이 낫지(Better to reign in Hell than serve in Heaven)"라고 함으로서 사탄의 교만(야망)이 얼마나 강한가를 보여주고 있다.

밀턴은 사탄은 지옥의 뱀이었다고 한다(계 12:9). 그놈은 교만하여 그의 모든 반역하는 천사들의 도움으로 반역하기만 하면, 동료 이상의 영광을 얻고, 지고하신 분과 동등해지리라 믿고(사 14:12-14), 야망을 품고, 하나님의 보좌와 주권에 대하여 불경스러운 전쟁, 즉 교만한 싸움을 하늘에서 헛되이 일으켰다. 그러나 전능하신 하나님은 감히 당신께 싸움을 걸어온 그를 하늘에서 불붙여 번개같이 떨어지게 하여(눅 10:18), 무서운 타락과 파멸을 가하여 천사들의 고장인 청화천(淸火天)으로부터 바닥없는 지옥으로 거꾸로 내던지셨다. 거기에서 영원한 결박으로(유 1:6) 불 속 흑암에 살도록 말이다.

밀턴은 지옥을 다음과 같이 말하고 있다. "그 황량하고 거친, 처참한 광경을,/ 주위 사방에는 무서운 암(暗) 굴, 그것은 마(魔)/ 불길 이는 화덕,/ 그러나 이 화염에는/ 빛이 없고, 간신히 보일 정도의 짙은 어둠에/ 드러나 보이는 것은 다만 비참한 광경뿐,/ 슬픔의 지역, 우수의 그림자, 평화와/ 안식은 없고, 사람이면 모두가 갖는/ 희망마저 없고, 다만 끝없는 가책과/ 한없이 꺼지지 않고 불타는 유황에 붙은/ 불의 홍수가 끝없이 휘몰아치는 곳/. 아, 떨어지기 전의 그곳과는 너무나 다르구나." "불길 이는 화덕"은 요한계시록 9:2의 "그가 무저갱을 여니 그 구멍에서 큰 화덕의 연기 같은 연기가 올라오매"를 한다.

떨어진 천사인 사탄은 자신의 속성은 "약한 것은 궁상맞다"라고 하고, "무엇이든 선행은 우리 일이 아니다./ 그의 높은 뜻에 거역하여, / 언제나 악을 행하는 것이 우리의 유일한 즐거움,/ 그러므로 그의 섭리가/ 우리의 악에서 선을 찾아내고자 한다면,/우리의 할 일은 그 목적을 꺾어/ 선에서마저 항상 악의 수단을 찾아내는 것이라야 하리."라고 한다.

패배한 천사장(天使長) 사탄은 자신의 한탄하는 마음 상태를 말한다. "이것이/ 우리가 하늘과 바꿔서 차지할 자리인가. 이 슬픈 어둠이 / 저 하늘의 빛 대신인가. 도리 없지. 지금/ 군주인 그는 제가 옳다 여기면 무엇이든/ 처치하고 명령할 수 있으니, 그에게서 멀수록 좋다. / 음부여, 그리고 너 무한히 깊은 지옥이여,/너의 새 주인을 맞으라, 장소나/ 때에 따라 변치 않는 마음의 소유자를,/ 마음은 마음이 제 집이라, 스스로/ 지옥을 천국으로, 천국을 지옥으로 만들 수 있다." 사탄은 누가복음 17:20-21에서 바리새인들이 "하나님의 나라가 어 느 때에 임하나이까?"하고 물으니, 예수님께서 대답하시기를 "하나 님의 나라는 볼 수 있게 임하는 것이 아니요 또 여기 있다 저기 있다고도 못하리니 하나님의 나라는 너희 안에 있느니라"라고 하신 말씀을 이용하여 자기 마음을 말한 것이다.

그리고서 사탄은 자신의 존재 목적을 말하여 "나로선 다스리는 것이 소망이다"라고 하고서, "천국에서 섬기느니, 비록 지옥에서나 마 다스리는 편이 낫지"라고 한다. 사탄의 속성은 교만하고 오만하여 다른 사람들 위에 군림하여 다른 사람들을 정복하고 다스리며 노예화 하려는 야망이 자신의 본질임을 토해내고 있다. 사탄의 존재 목적 선언은 예수님과 정반대의 속성이다. 예수님은 마태복음 20:26-28

에서 "너희 중에 누구든지 크고자 하는 자는 너희를 섬기는 자가
되고 너희 중에 누구든지 으뜸이 되고자 하는 자는 너희의 종이
되어야 하리라 인자가 온 것은 섬김을 받으려 함이 아니라 도리어
섬기려 하고 자기 목숨을 많은 사람의 대속물로 주려 함이니라"라고
하셨다.

인간을 타락시켜 우상숭배 하게 하자. 여로보암이 스스로 신상을
만들었듯이(왕상 12:28-32) 민족마다 자기들의 신을 만들었다. 열왕
기하 17:30-31에서 "바벨론 사람들은 숙곳브놋을 만들었고 굿 사람
들은 네르갈을 만들었고 하맛 사람들은 아시마를 만들었고 아와
사람들은 닙하스와 다르닥을 만들었고 스발와임 사람들은 그 자녀를
불살라 그들의 신 아드람멜렉과 아남멜렉에게 드렸으며"라고 했다.
존 밀턴은 『실낙원』 제1편 365-375에 보면 사탄은 하나님과 싸우
지를 못하니, 인간을 타락시켜 창조주 하나님을 버리게 하고, 호화롭
고 장엄하게 우상을 섬기게 하고, 또한 악귀들을 하나님으로 숭상하
도록 만들자고 획책을 꾸민다.
첫째는 몰렉 우상이 등장한다. 밀턴은 몰렉에게 "제물로 바친 사람
의 피와/ 부모의 눈물로 젖은 무서운 왕,/ 비록 요란스러운 북과
탬버린 소리 때문에/ 불 속을 지나서 무시무시한 우상으로 가는
아이들의/ 울음소리 안 들려도. 그를 암몬 사람들은/ 숭상했다"라고
했다. 몰렉은 황소 머리에 양손을 치켜들고 불 위에 앉아 있는 우상으
로 아이들을 몰렉에게 제물로 바쳤다. 암몬 수도와 곳곳에서 몰렉을
숭배했다. 그럼에도 사탄은 "만족하지 못하여 가장 지혜 있는/ 솔로
몬의 마음을 꾀어 저 치욕의 산 위에/ 하나님의 성전과 바로 마주

보게 해서 그의 전당을/ 짓게 하고, 상쾌한 힌놈의 골짜기를/ 그의 숲으로 삼았으므로, 그때 이래 그곳을 사람들은/ 토렛, 또는 검은 게헨나, 즉 지옥의 모형이라 불렀다."

"치욕의 산"은 솔로몬이 이교도 신의 전당을 세운 올리브산을 말하고 "힌놈의 골짜기"(수 18:16)는 예루살렘 서남쪽의 골짜기로, 예레미야 시대에는 바알과 몰렉에게 인신 제사를 드리던 우상의 숭배지였다(렘 19:5). 예레미야는 이곳을 "살육의 골짜기(게헨나)"라 했다.

다음은 그모스(바랄 이라고도 함, 남성신) 우상이 등장한다(민 21:29). 모압인의 해의 신이며, 암몬인의 몰렉에게 해당한다. 그모스 우상은 요단강과 사해 동쪽에 있는 여러 지역, 모세가 최후로 가나안 땅을 바라본 느보, 모압인과 아모리인의 영토 내에 있는 도시, 예루살렘 동남쪽 16마일에 있는 사해에 이르기까지, 이스라엘을 꾀어 음탕한 제사를 올리게 했다. 요시야 왕은 모든 이교 신전과 우상들과 제관들을 없애버렸다(왕하 23:1-10).

그다음은 바알 남신과 아스다롯 여신이 등장한다. 바알은 가나안의 우상으로, 비와 폭풍의 신이고, 식물을 생성시키는 농경신이기도 하다. 아스다롯은 베니게와 가나안 종교의 여신으로 풍요와 사랑, 전쟁의 모(母)신으로 알려져 있다. 이스라엘이 가나안에 정착하면서 가나안 인과 동화되고 여호와와 바알과 아스다롯을 혼합하여 섬겼다. 사무엘은 이스라엘 백성에게 바알과 아스다롯을 없애라고 명령하였다(삼상 7:3-4). 밀턴은 이스라엘이 금송아지와 바알과 아스다롯에게 절하기 때문에 천한 적의 창 앞에 굴복했다고 탄식했다.

그 뒤를 이어 담무스(아스다롯의 사랑을 받은 시랑의 왕자)가 들어

오고, 다곤(하반신은 물고기인 블레셋이 숭배하는 해신)이 들어오고, 림몬(시리아인의 신)이 들어오고, 오시리스(이집트의 주신으로 죽은 자의 수호신)가 들어오고 송아지와 벨리알이 들어왔다.

사탄과 그의 졸개들은 인간들로 하여금 우상을 섬기고 타락하게 만들어 놓고, 일만의 깃발을 공중에 올려놓고 승리의 시위를 벌였다. "몰락한/ 대천사는 그대로지만, 넘치는 영광은 이제/ 희미하다. 흡사 솟아오른 아침 해가/ 안개 낀 지평선을 통해 그 햇살 빼앗긴 채/ 얼굴 내밀 때 같고…. 대천사, 그러나/… 그의 죄의 반려자들, 아니 추종자들이/ 한때는 지금과는 달리 행복스레 뵈더니/ 이제 영구히 고통받도록 운명 지어진 것을 보고,/ 수백만의 영들은 그의 과오 때문에 하늘을 빼앗겼고, 그의 반역 때문에 영원히 광휘에서/ 쫓겨난 것이다." 밀턴은 우상숭배의 배후에는 항상 사탄의 획책이 있음을 경고하고 있다.

신명기 5:8은 "너는 자기를 위하여 새긴 우상을 만들지 말고 위로 하늘에 있는 것이나 아래로 땅에 있는 것이나 땅 밑 물속에 있는 것의 어떤 형상도 만들지 말며"라고 했다.

46

부조리한 삶의 개 같은 인간상

알베르 까뮈, 『이방인』

(Albert Camus, *The Stranger*)

시편 144:4에서 "사람은 헛것 같고 그의 날은 지나가는 그림자 같으니이다"라고 함으로서 양심을 상실한 자들의 헛된 삶과 그림자 같은 의미 없는 나날의 삶을 말하고 있다.

프랑스의 부조리 문학 소설가이자 극작가인 알베르 카뮈(1913-1960, 1957년 노벨 문학상)는 『이방인』에서 북아프리카의 알지에 사는 평범한 하급 샐러리맨인 반(反) 주인공 뫼르소는 같은 층에 사는 살라마노 영감과 개의 이야기에서 신을 상실한 부조리한 세계에서 무의미하게 반복하는 부조리한 인간의 개 같은 삶을 묘사하고 있다.

뫼르소는 신을 상실한 자로서, 무의미하고 부조리한 삶을 반복하고 있는 자이다. 어머니는 시골의 낡은 옛집에 살고 계셨다. 뫼르소는 어머니의 죽음을 알게 되어, 그는 하던 일을 그만두고, 그는 일터로부터 휴가를 얻어 장례식에 참석했으나, 주변 사람들이 보기에 어머니의 죽음을 애도하거나 슬퍼하는 표정도 짓지 아니하는 것같이 보였다. 장례를 담당한 사람이 그에게 어머니의 시신을 보기를 원하느냐는 질문을 받고서, 그는 거절하고서, 어머니 시신의 관을 두고 철야를 하면서 담배를 피우고서, 매장하기 전날 밤 관 곁에서 지내는 철야

때 커피를 마신다. 그는 장례식 다음 날 자기 회사의 옛날 비서인 마리 양을 만나게 되어, 둘은 다시 친밀하게 되어 수영을 함께하면서 즐기고, 희극 영화 구경을 가고, 성관계에 빠지는 등 어머니와의 관계에서 무관심한 것처럼 보이는 태도를 보임으로써 이방인처럼 행동하고 있었다. 부조리한 행동을 반복하던 뫼르소는 마리아 양과 함께 친구 레이몬드의 초청으로 해변가의 오두막집으로 초청을 받아 간다. 그들은 레이몬드의 퇴짜맞은 여자 친구와 레이몬드의 형제와 최근에 알게 된 아랍인과 함께 만나게 된다.

아랍인은 레이몬드와 다투고는 나이프로 레이몬드를 찌른다. 그리고 아랍인은 그 나이프를 번쩍 들고는 태양 빛에 번쩍이는 나이프로 뫼르소를 찌르려 하자 뫼르소는 레이몬드로부터 받은 권총으로 아랍인을 향해 쏘아서 치명상을 입힌다. 그리고서 뫼르소는 번쩍이는 태양 때문에 권총으로 아랍인을 향해 네 방을 더 쏜다. 뫼르소는 살인죄로 체포당하고 사형 집행을 기다려야만 했다.

뫼르소가 살라마노 영감과 그의 개를 처음 만난 것은 컴컴한 계단을 올라갈 때이다. 영감이 개를 기르게 된 것은 그의 아내가 8년 전에 죽은 다음부터라고 하였다.

개는 '홍버짐'이라는 피부병에 걸려서 털이 거의 다 빠져버리고 온몸이 벌겋게 되었으며, 여기저기에 헌데가 너무나 많아 보기가 흉할 정도였다. 살라마노 영감과 개는 조그만 방에서 단둘이서 너무 오랫동안 함께 살아온 탓인지, 살라마노 영감이 개를 닮은 것인지, 개가 영감을 닮은 것인지는 몰라도 둘은 서로 닮은 것 같았다. 개의 벌겋게 된 몸에 헌데투성이로 있는 것처럼, 영감의 얼굴에도 불그스름한 딱지가 있고, 누렇게 된 수염도 엉기게 늘려져 있었다. 영감의 허리가 굽혀진 것처럼 개도 코끝을 앞으로 내밀고 목을 늘리고 있는 것이 서로가 닮은 것 같았다. 아무래도 영감과 개는 동일한 족속 같은 것처럼 보였다. 영감과 개는 같이 살면서도 서로 미워하였으며, 서로 미워하면서도 같이 사는 사이였다.

영감은 젊었을 때 연극을 좋아하여, 군대에 입대하여 군 생활을 하면서 군인들을 위해 위로 공연에도 출연하기도 했다. 영감은 군에서 제대하여 철도국에 근무하여 적으나마 연금(年金)을 탈 수도 있었다. 그는 마음에 맞는 여자를 만나 꽤 늦게 결혼했다. 아내와의 관계는 그리 행복하지는 못했으나, 함께 살다가 보니 정이 들어 대체로 무난한 결혼 생활을 이끌어가고 있었다. 아내가 병들어 세상을 떠났을 때, 그는 외로움을 느낀 나머지, 직장 동료에게 부탁하여 강아지 한 마리를 얻어왔다.

개가 너무 어려서 영감은 개에게 우유를 먹이면서 길러서 8년간 함께 살아왔는데, 그들은 함께 늙고 말았다. 그놈의 개는 성미가 못된 편이라서 가끔 입에다 부리 망을 씌우긴 했지만, 영감과 개는 무난하게 서로를 바라보며 함께 살아왔다고 한다. 개는 병에 걸리기 전에는 부들부들한 털이 정말 아름다웠다고 한다.

영감은 하루에 두 번씩 오전 11시와 오후 6시에 개를 데리고 산책을 나선다. 8년 전부터 그들은 '리옹' 거리를 산책했다. 개가 살라마노 영감을 끌고 가다가, 영감이 돌에 발이 부딪치든지, 넘어지든지 하면, 영감은 개를 때리고 욕지거리를 하였다. 개는 영감이 무서워서 기기 시작하면, 이번에는 영감이 개를 끌고 간다. 개가 끌려가다가 보면, 개는 영감보다 앞서서 다시금 주인 영감을 끌고 간다. 그러다가 또

매를 맞고 욕을 먹게 되면, 개는 영감에게 끌려가게 된다. 영감은 화가 나서 멈추어 서서 끌려오는 개를 노려보면서 "빌어먹을! 망할 자식!"하고 욕을 퍼붓고 고함을 지르면, 개는 공포에 떨면서 움츠러든다. 매일 같이 이런 모양이 반복되어 일어난다.

개가 오줌을 누고 싶어 할 때면 영감은 오줌 눌 시간을 주지 않고 끌어당겨 간다. 개는 오줌 방울을 찔끔찔끔 흘리면서 끌려간다. 어쩌다가 개가 방안에서 오줌을 누면 영감은 사정없이 개를 매로 때린다. 그런 것이 자그마치 8년이나 반복한 것이 생활화되어 버렸다.

뫼르소가 계단에서 그들을 만났을 때, 살라마노 영감은 개에게 "빌어먹을! 망할 자식!"하고 욕지거리를 퍼붓고 있는 참이었다. 그러고는 개를 끌고 가 버렸다. 개는 네 발걸음으로 끌려가면서 다시 끙끙거렸다.

까뮈는 뫼르소처럼 신을 상실한 세대의 목적의식 없고 서로에게 진정한 사랑의 만남의 관계가 없으면서, 단순히 하루하루 그저 무의미한 반복적인 삶을 살아가는 인간 상황을 살라마노 영감과 개의 이야기에서 묘사하고 있는 것이다.

까뮈의 살라마노 영감과 개의 반복되는 삶의 이야기는 까뮈가 『시지프스의 신화』에서 시지프스가 신들에게서 형벌을 받아 큰 바윗돌을 산꼭대기에 올려놓지만, 다시 산 아래로 굴러떨어지고, 그 바윗돌을 또 산꼭대기로 밀어 올려야만 하는 운명에서, 무의미한 반복된 삶을 끝없이 계속 반복해야 하는 부조리한 인간 상황과 같은 맥락의 이야기이다.

또한 살라마노 영감과 개의 이야기는 사무엘 베케트의 『고도를 기다리며』에서 두 뜨내기 '고고' 와 '디다' 가 '고도'를 기다리면서,

『시지프스의 신화』에서처럼 무의미한 기다림의 반복을 하는 삶의 상황과 같은 맥락의 것이다.

뫼르소는 살라마노 영감이 흥분한 듯이 한 표정으로 문간에 서 있는 것을 보았다. 영감은 혼자였다. 개가 보이지 않았다. 그는 근심과 분노에 찬 표정으로 사방을 둘러보더니, 컴컴한 복도를 들여다보고 중얼거렸다. 그는 충혈된 눈으로 길가를 훑어보고는 "빌어먹을, 망할 자식!"하고 중얼거렸다. 영감은 계속해서 어쩔 줄을 몰랐다. 개는 다라나 버렸다.

영감은 뫼르소에게 상황을 이야기했다. 영감은 언제나 그렇게 하는 것처럼 개를 연병장에 데리고 가서, 노점 근처에 많은 사람 사이에서, '탈주 왕'이란 간판을 보려고 잠깐 멈춰 섰다는 것이다. 그 사이에 그 빌어먹을 개자식이 도망쳐 버린 것이다. 이웃 사람이 개는 길을 잃어버렸어도, 먼 길을 걸어서도 주인을 찾아온다고 설명했지만. 영감은 흥분을 가라앉히지 못하고 있었다. 영감은 "누가 그렇게 헌데 투성이의 개를 키우겠어요? 순경에게 잡혀 죽게 될 거에요."라고 중얼거렸다.

영감은 개 보호소에서는 사흘 동안 기다려도 주인이 나타나지 않으면 그 개를 처분해 버린다는 것을 알고 있었다. 영감은 자기 방에 들어가서 왔다 갔다 하면서 "빌어먹을, 망할 자식!"하고 중얼거리더니 침대에 주저앉아 울고 있었다. 영감은 개가 피부병에 걸린 다음부터, 개의 진짜 병은 노쇠였고, 노쇠란 고칠 수 없었다는 것이다. 개가 노쇠하여 고칠 수 없다는 것을 알면서도 매일 아침저녁으로 연고를 발라 주었었다.

살라마노 영감은 개를 사랑하지는 않았지만, 함께 살아온 삶의 동조자였다. 개가 없는 영감의 삶은 완전히 혼자된 국외자로서의 고독한 삶을 이어가야만 했다. 영감은 이제 헌데투성이의 개가 없는 상황에 직면하여 자신과 사회와 세계에 대한 이방인이라는 것을 깨닫게 되고, 신이 없는 부조리한 세계 속에서 영원한 이방인으로 삶의 종말을 기다려야 하는 것이다.

잠언 6:12은 "그림자처럼 지나가는 짧고 덧없는 삶을 살아가는 사람에게, 무엇이 좋은지를 누가 알겠는가? 사람이 죽은 다음에, 세상에서 일어날 일들을 누가 그에게 말해 줄 수 있겠는가?"라고 함으로서 신을 상실한 뫼르소처럼 살라마노 영감의 개 같은 인생살이의 덧없음을 말하고 있다.

47

인간의 이기적인 잔인함

에드워드 알비, 『작은 엘리스』
(Edward Albee, *Tiny Alice*)

누가복음 16:13-14에 예수님께서 말씀하시기를, 한 종이 두 주인을 섬기지 못하듯이, 사람은 하나님과 재물을 함께 섬길 수 없다는 것이며, 바리새파 사람들은 돈을 좋아하기 때문에 예수님의 말씀을 비웃었다고 하였다. 야고보서 1:15에는 "욕심이 잉태한즉 죄를 낳고 죄가 장성한즉 사망을 낳느니라"고 하였다. 그리고 로마서 1:30-31에 사람은 악을 꾸미는 모략꾼이요, 무정한 자요, 무자비한 자라고 했다.

바리새인들은 종교지도자이면서 하나님을 섬기기보다 돈을 더 사랑하고 예수님의 말씀을 비웃었으며, 그들은 욕심이 많아 하나님을 위한다는 구실로 돈을 갖기 위해서는 악을 꾸미고 이기적인 무자비한 잔인성을 보이는 자들이다.

에드워드 알비는 『작은 엘리스』(Tiny Alice)에서 오늘날에도 돈을 사랑하는 바리새인들의 속성을 가진 이기적이고 잔인한 자들이 교회의 지도자들 가운데 있다는 것이다. 인간의 폭력적인 잔인함은 『작은 엘리스』에서는 가정적인 차원을 넘어 존재할 뿐 아니라, 현실도피를 위한 종교적인 환상마저도 깨뜨려버린다는 것이다.

『작은 엘리스』의 등장인물들의 행동은 전통적인 교회의 권력, 욕망, 기만에 가득 차 있으며, 이들의 무의미하고 허위적인 언어에는 합목적적인 종교적인 의미가 완전히 해체되어버렸다. 그 결과 전통적인 기독교적 신앙은 와해 되고 추상적인 부조리한 상황을 창조한다. 이러한 탈 성경적인 현상의 원인은 인간이 종교를 이용하여 치부하려는 이기주의적인 잔인함에 그 근원이 있다는 것이다.

『작은 엘리스』에서 인간의 이기주의적인 잔인함은 공허하고 부조리한 현실에서 도피하여 종교에 귀의(歸依)하여 영적인 환상 속에 빠져서나마 위로를 받으려는 노력마저도 파괴해 버린다는 것이다. 알비는 뉴스위크(Newsweek)지와의 대담에서 말하기를 『작은 엘리스』는 "진실과 환상에 대한 도덕극"(1965년 1월 4일호)이라고 말함으로써 이 극은 현실에서 종교적인 환상을 창조하는 것과 관계가 있음을 시사하고 있다.

이 작품의 주인공 줄리안(Julian)은 어렸을 때 높은 데서 떨어져 심한 상처를 입어 할아버지에게 구원을 요청했으나 아무런 응답을 받지 못했다. 줄리안의 할아버지에 대한 구원의 호소는 점차적으로 인간 구원을 위한 신(神)에 대한 호소로 바뀌어졌다. 알비가 여기서 강조하는 것은 인간은 부조리한 상황 속에서 무서운 고독을 인식할 때 신(神)이 필요하다는 것이다. 알비와 같은 맥락으로 프랑스의 무신론적인 실존주의 작가 사르트르(Jean Paul Sartre, 1905-80)가 『악마와 주님』(Lucifer and the Lord)(1951)에서 "신(神)이란 인간의 고독이다."라고 한 것처럼 추상적인 신(神)이란 인간 자신의 형이상학적인 고독이 만들어 낸 소외의 산물이라는 것이다.

줄리안은 "인간들이 자기 현상으로 거짓된 신을 창조한다."라는 개념을 수용할 수 없었기 때문에 인간이 만든 신의 대용물인 상징물에게 기도하기를 거부하고, 현존하는 영원한 신과 개인적인 관계를 확립하기를 갈망하였다.

그러나 『작은 엘리스』의 미스 엘리스는 쥴리안을 미혹하여 육욕적인 향락을 통해 쥴리안을 파멸시켜버리려는 잔인한 목적을 가지고 있다. 미스 엘리스는 세계에서 가장 부자로서 그녀가 요구하는 희망 사항을 교회가 성취해 주면, 1억 불을 20년간에 걸쳐 교회에 헌금하겠다는 것이다. 그 한 가지 요구라는 것은 가톨릭교회의 추기경이 미스 엘리스와 쥴리안의 결혼을 인정해야 한다는 것이다.

미스 엘리스는 너무나 부자이기 때문에 그 부에서 오는 찬란한 영광을 도저히 모두 즐길 수가 없었다. 그래서 그녀는 그 거대한 부의 힘을 상징하는 옥좌(玉座)에 앉아 있기를 좋아하여 방마다 그녀의 부의 복제물(複製物)인 같은 모양의 의자를 마련해 놓게 했다. 또한 그녀의 성(城)은 너무나 거대해서 그 장대함을 상상할 수가 없었기에, 그녀는 큰 성 가운데에 큰 성의 복제물인 작은 성을 만들어 놓고, 그 속에 또 복제물인 모델을 만들고, 모델 속에 또 모델을 만들어 놓았다.

마치 성중의 작은 성이 큰 성을 대표 하는 것처럼, 미스 엘리스도 그녀 본래의 주체성(아이덴티티)이 아니고 어떤 강열한 신의 대리자의 역할을 하는 작은 엘리스(tiny Alice)의 상징에 불과한 것이다. 미스 엘리스는 기독교가 믿는 대우주를 지배하는 하나님에 상당하는 소우주의 신에 해당한다.

교회가 1억 불의 헌금을 받기 위해 교회를 대표하는 추기경과, 미스 엘리스가 고용한 변호사(Lawyer)와, 미스 엘리스의 시중을

드는 집사(Butler)등 세 사람은 미스 엘리스의 쥴리안과의 결혼을
성취시키기 위해 공모를 한다.

쥴리안이 미스 엘리스와 결혼한다는 것은 큰 성의 복제인 작은
성의 주인(추상화된 존재) 엘리스와 결혼한다는 것이다. 성안의 작은
성이 큰 성의 상징이라면, 미스 엘리스는 어떤 큰 힘, 즉 신(神)의
추상적인 상징으로서 현재 눈앞에 실존하고 있기 때문에, 추상이란
실재(實在)와 동등한 것이다. 알비는 미스 엘리스를 기독교가 믿는
대우주를 지배하는 하나님에 상당하는 소우주의 신에 해당하게 창조
해 놓았다.

추기경은 오랜 전통과 역사를 지닌 기성교회를 대표한다. 그는
이기적이어서 부호인 미스 엘리스에게서 1억 불이란 거액을 받아내
기 위해 정직하고 신앙심 있는 신도인 쥴리안을 미스 엘리스와 결혼
시킴으로서 그의 귀중한 영혼마저 팔아넘겨 버리는데 수단과 방법을
가리지 않은 악하고 부패하고 잔인한 사람이다.

변호사는 탐욕적인 자로서 학생 시절에 늑대같이 생긴 "하이에나
(hyena)"라는 육식동물의 별명을 가진 자로서 자본주의를 대표한
다. 그의 이기주의적인 속성은 돈의 위력을 이용하는 거짓으로 가득
찬 괴물이다. 그는 추기경과 동창생으로 학생 시절에 동성연애를
한 탈선행위를 약점 삼아 추기경의 권위를 이용하여 쥴리안을 파멸시
키려는 잔인함을 보인다. 그는 미스 엘리스와 연인 관계를 유지함으
로서 교회와 결탁하여 치부하려는 부패한 자본가들의 잔인한 속성을
보인다.

미스 엘리스의 집사는 프롤레타리아 계급을 대표한다. 그는 쥴리
아가 변호사가 발사한 총에 맞았을 때 의사가 없기 때문에 빨리

처리하지 않으면 죽게 될 것이라고 말은 하면서도 변호사의 지시에 따라 성문을 닫고 나가버리는 비도덕적인 현실주의자이다. 집사와 변호사는 서로 "가장 사랑하는(dearest), 연인(sweetheart), 귀여운 사람(darling)" 등으로 호칭하는 것으로 보아 그들의 관계도 동성연애의 냄새를 풍기고 있다.

미스 엘리스가 약속한 1억 불이라는 거액을 받기 위한 이기적인 목적달성을 위해 추기경은 변호사와 집사의 협조를 얻어 합세하여 회의적인 현대 지성을 대표하는 쥴리안을 희생의 재물로 삼았다. 이들은 자신들의 이기적인 목적달성을 위해 상호 뒤엉켜져 있는 부패한 악인들이다.

현대의 회의적인 지성인 쥴리안은 미스 엘리스, 추기경, 변호사, 집사에게 이용당하고 배반당하여 결국은 변호사의 총에 맞아 죽음을 당하게 된다. 그들은 모두 죽어가는 쥴리안을 남겨두고 떠나버리고 쥴리안은 철저히 소외되어 자신의 숨결과 맥박 소리만을 들으면서 홀로 죽어간다.

쥴리안은 왜 자신이 거대한 액수의 돈에 관련된 협상에서 이용당해야만 하는가에 대한 이유도 알 수 없었고 또한 추기경이나 그 아무도 왜 하필이면 쥴리안이 개입되어야 하는지 그 이유를 설명해 주지 못한다. 쥴리안은 자신도 모르는 부조리한 상황 속에서 인간들 상호간의 탐욕적인 잔인함의 희생물로 전락하여 죽어갈 따름이다.

쥴리안은 인간존재의 불확실성과 부조리한 혼란 속에서 자신의 환상 속에 환각적인 신의 영상을 창조해 낸다. 그는 죽어가면서 다음과 같이 울부짖는다.

엘리스?… 하나님? 나는 엘리스 당신을 받아들입니다. 당신이 나에
게 오셨기 때문입니다. 하나님, 엘리스… 당신의 뜻을 받아들입니다.

줄리안은 엘리스와 하나님을 번갈아 찾음으로써 그의 마음속에는
상징과 실체가 뒤섞여 혼돈되어 있다. 위의 인용문에서 "당신의 뜻"
은 전통적인 신에 대한 것인지, 아니면 '엘리스'라는 환상의 신에
대한 것인지 혼돈된다. 줄리안은 최후의 순간에 엘리스의 모습은
신의 모습이라고 수용함으로서 또 하나의 다른 환상을 창조해 낸
것이다. 그러나 마치 정신병원의 어떤 여인이 자신은 세상을 구원할
메시야를 임신했다고 하나, 실재로는 자궁암으로 배가 부풀어 오른
것을 착각하듯이 환상을 실재로 착각하고 있는 것이다.

알비가 『작은 엘리스』에서 강조하는 것은 인간이 창조하는 신에
대한 환상이란 곧 인간의 헛된 희망을 지탱시키기 위해 요구되는
필요불가결한 것이지만, 인간의 이기주의가 빚어낸 잔인함은 결국
이 환상마저도 파괴해 버린다는 것을 강조하고 있다. 그러나 인간은
그 헛된 희망을 지탱하기 위해 신에 대한 또 하나의 다른 환상을
창조한다는 것이다.

알비가 주장하는 것은 인간이 현존하는 영원한 신과 개인적인
관계를 확립하기를 갈망하지만, 현재의 추기경이 대표하는 기독교
나, 변호사가 대표하는 자본주의나, 엘리스의 집사가 대표하는 프롤
레타리아는 그들의 물질주의적인 욕심 충족을 위한 이기적인 잔인함
때문에 줄리안이 대표하는 신앙심 깊은 현대의 회의적인 지성인들마
저 파괴해 버린다는 것이다.

48

독재체제 아래서의 사랑과 고문

조지 오웰, 『1984년』

(George Orwell, *1984*)

누가복음 23:9, 10에서 헤롯이 여러 말로 물어 보았으나 예수님께서 아무 말도 대답하지 아니하시니 "대제사장들과 서기관들이 서서 힘써 고발하더라"고 했다.

영국의 소설가 조지 오웰은(1903-1950)은 『1984년』에서 독재국가 "오세아니아"에서 윈스턴 스미스의 일상생활을 묘사하면서 전체주의적 사회가 개인의 남여 사랑의 문제에까지 억압세력으로 미치는 영향을 그리고 있다.

윈스턴이 사는 런던의 낡고 냄새나는 "승리 맨션" 층계마다 대형 포스터가 붙어 있고, 그 밑에는 "대형(大兄, Big Brother)이 그대를 감시하고 있소"라고 적혀 있었다. 아파트 입구마다 상방용 텔레스크린이 설치되어 계속 선전 방송을 하면서, 아파트 주민들의 비밀 감시 카메라 역할을 하고 있었다. 아파트 전기는 고장상태라 윈스턴은 7층의 자기 아파트까지 천천히 걸어서 올라갔다.

윈스턴은 외부당원으로서 "진리성"에서 일하면서, 두 사람을 가까이 알게 되었다. 한 사람은 "청년 반성(反性) 연맹"이란 진홍색 띠를 허리에 감고 있는 27세의 매력적인 줄리아란 여성이고, 다른 한 사람은 45세 가령의 오브라이언이란 "내부성" 당원으로서 "진리성"에서 일하면서 집단소수 독재 정치 원 중의 한 사람이었다.

윈스턴은 당 위원회의 허가로 캐드린과 메마른 결혼은 했으나, 아기가 없다는 이유로 15개월 이후에 별거를 하게 되었다. 당은 이혼을 허락하지 않기 때문에 별거 상태에 있었다. 케드린은 결혼의 섹스 면을 증오한다고 하고, 당을 위해 아기를 낳을 수 있는 한 결혼은 지속되어야 한다고 했다. 섹스를 즐기는 것은 당에 대한 충성심을 없어지게 하기에 지도자인 "대형"에 대한 정치적인 반역이라고 했다. 게드린의 생각도 같은 것이었다.

윈스턴은 일기장을 산 고물상이 보였다. 윈스턴은 80이 넘은 고물상 주인에게 맥주 한잔을 사 드리고서 대화를 나누었다. 고물상에서 인도양에서 온 산호를 4달러에 샀다. 영감은 고물상의 2층 방을 보여주었다. 자기 부인이 살던 아늑한 방이라고 했다.

검정머리의 여자가 다가오고 있었다. 고물상 앞에서 나흘 전에 본 여자였다. 그녀는 갑자기 몸의 균형을 잃고 쓰러지면서 날카로운 비명을 질렀다. 윈스턴은 재빨리 그녀의 팔을 잡아 일으켜 주었다. 그녀는 재빨리 윈스턴의 손에 납작하게 접은 종이쪽지를 쥐어주었다.

윈스턴은 화장실에 가서 읽고 싶었으나, 그곳에는 텔레스크린의 감시가 장치되어 있었다. 그는 일거리를 처리하는 척하면서 종이를 펴 보았다. "당신을 사랑합니다."고 적혀 있었다. 그들은 일주일 후 밤 9시에 빅토리아 광장에서 만났다. 수많은 인파 속에서 그녀는 일요일 오후 3시에 숲속에서 만나자고 하고는 "제 곁에서 빨리 떠나요"라고 했다.

윈스턴은 일요일 오후 3시에 숲속의 덤불 사이 소가 지나간 듯한 자국이 있는 곳으로 갔다. 누군가가 윈스턴의 어깨를 쳤다 그녀였다. 우거진 숲속으로 그녀를 따라갔다. 그녀의 발랄하고 날씬한 육체를 보았다. 텔레스크린의 감시가 없는 곳이었다. 윈스턴은 "난 39살에 아내와 별거하고…." "상관없어요." 그는 그녀의 크고 붉은 입술에 키스하고 있었다. 그녀는 그의 목을 꼭 껴안고 사랑한다고 말했다. 줄리아라고 했다. 그녀는 윈스턴의 제복의 지퍼에 손을 댔다. 그리고 서 그녀는 옷을 벗어 던졌다. 그녀의 육체는 태양 아래서 하얗게 빛나고 있었다. 그들은 한없이 즐겼다. 윈스턴은 그녀의 손을 잡고 "전에도 이런 일을 해 보았소?" "물론이죠. 당원들 하고요. 수십 번." "당신은 이 짓을 좋아해요?" "난 찬양하리만큼 좋아해요." 그들 은 피로감에 몸을 떼었다. 그들은 두려움과 증오로 뒤범벅이 되었다. 그들의 포옹은 전투요, 클라이맥스는 당에 반대한 승리였다. 섹스 자체가 당에 반대한 일격이었다.

그 이후 윈스턴은 챌링턴 노인의 고물상 2층 골방에서 만나기로 했다. 챌링턴 노인은 몇 달러를 받고 쉽게 이 방을 정사를 위해 빌려주었다. 윈스턴은 그녀의 육체가 그리웠다. 줄리아의 변신은 놀라웠다. 그녀는 얼굴에 화장을 했다. 그들은 실오라기 하나 걸치지 않은 몸으로 커다란 마호가니 침대 속으로 들어갔다. 침대가 크고 스프링이 좋아서 그들은 기분이 무척 좋았다. 그들은 잠시 잠이 들었 다. 그들은 6월 한 달 동안 예닐곱 번은 만났다. 윈스턴은 끊임없이 마시던 술버릇도 버렸고, 정맥류 궤양도 치료되고, 아침이면 발작하 는 기침도 멈추었다. 삶의 의욕도 생겼다. 챌링턴 노인의 2층에만 들어오면 안전한 성에 온 것 같았다.

그 때 "너희는 죽은 사람들이다."라는 금속성의 소리가 들렸다.

벽의 그림이 마룻바닥에 떨어지고 그 자리에 텔레스크린이 나타났다. 그 속에는 윈스턴과 줄리아가 반정부적 항거의 목소리가 모두 수록되어 있었다. 누군가가 "손을 머리 위에 얹어서 잡아"라고 고함질렀다. 챌링턴은 냉담한 얼굴로 나타났다. 그는 고도로 훈련받은 전문적인 사상경찰 첩보원이었다. 그는 노인이 아니라, 젊은이였다. 윈스턴은 10-11세 때 어머니가 "사상경찰"에 의해 단순히 증발해버렸으며, 그 이후 아버지도 사라져 버렸다. "사상경찰"은 부모가 사상범으로 처형당했으면, 그들의 자녀들도 특별감시를 당했다. 이제 오브라이언이 잔인한 과학적 경찰 수사 방법으로 윈스턴과 줄리아를 파괴할 것이다.

독재국가에서의 무자비한 고문: 조지 오웰은 『1984』에서 독재국가 "오세아니아"에서 반역하는 자들을 악랄하게 육체적, 정신적, 지능적 고문을 가하여 마음과 영혼까지 자기편으로 만들려고 했다. 고문이 끝났을 때 반역하는 자들은 인간의 껍데기에 불과하게 만들었다.

오세아니아 국가의 세계는 개인의 특권이 없는 세계이다. 이 국가에서는 정당의 지배권에 대한 항의나 반항을 하면, 투옥당하여 고문당하거나 살해된다. 언어, 사상, 역사 같은 학문조차도 당(국가)의 지배로 조종된다. 목사들도 감시를 철저하게 받으며, 각 방에 설치된 상방용 텔레스크린을 통해 감시를 받았다. 세계의 오세아니아, 유라시아, 이스트아시아 등 3개국은 전쟁상태를 유지함으로서 독재 통치를 유지하는 방편으로 삼았다. 영혼 없는 사회였다.

"오세아니아"의 비밀 소수 독재 권력자 중의 한 사람인 오브라이언(45세)은 "진실성"에 근무하는 내부당원으로서, 독재정권에 항거하는 마음을 가진 외부당원인 윈스턴 스미스(39세)와 그의 정부 줄리아를 체포했다. 그들의 죄목은 당(국가)보다 그들 서로 간의 사랑이 더 크며 국가에 반역했다는 것이다. 간첩, 태업, 반역 등 기다란 죄목을 덮어 씌웠다. 자백은 형식이고, 고문이 진짜였다. 윈스턴은 수 없이 매질, 주먹질, 발길질, 곤봉구타를 당했다. 매를 피하려 이리 저리 피하면, 갈비에, 배에, 정강이에, 사타구니에, 불알에, 척추에 매질을 더 가했다. 그 후엔 고문관이 주먹으로 때리는 시늉만 해도, 살려달라고 소리를 질렀다. 고문자들은 윈스턴의 뺨을 때리고, 귀를 비틀고, 머리칼을 잡아당기고, 오줌을 못 보게 했다. 고문자들은 윈스턴의 자존심을 꺾어서 자기를 주장하고 분별하는 능력을 없애 버리게 했다.

윈스턴은 침대에 완전히 묶여 있었다. 오브라이언이 모든 것을 지시하고 있었다. 그가 윈스턴의 귀에 대고 "걱정마라. 7년 동안 자네를 관찰해 왔다네, 내가 너를 완전하게 해줄게!"라고 했다. 윈스턴은 침대 옆에 장치한 다이얼에서 눈을 뗄 수가 없었다. 그 다이얼의 숫자가 높이 올라갈수록 이상야릇한 고통이 가해졌다. 오브라이언은 "윈스턴, 자네 일기에 '자유는 2+2=4라고 말할 수 있는 것이 자유다' 고 했지?" "네." 오브라이언은 왼손을 들어 윈스턴에게 엄지손가락 을 감추고 4 손가락을 펴면서 물었다. "지금 손가락이 몇인가?" "4개입니다." "그럼 당이 5개라고 말하면 몇 개가 되나?" "4개입니 다." 윈스턴의 말이 떨어지기도 전에 다이얼의 바늘이 55를 가리켰 다. 윈스턴은 고통과 땀으로 흠뻑 젖었다. 숨이 가빠졌다. 이를 악물 었다. "손가락이 몇 개인가?" "넷, 넷, 넷." 바늘이 더 올라갔다. "손가락이 몇 개인가?" "넷! 그만 해요! 그만해! 넷이요!" 바늘이 더 올라갔다. "몇 개인가?" "으악! 5개! 5개 입니다." 윈스턴은 기절했다. 바늘이 70, 75로 올라갔다. 바늘이 80, 90에 와 있을 때, 윈스턴은 기억이 오락가락했다. 주사 바늘이 윈스턴의 팔에 꽂혔다. 온몸에 퍼졌다.

전체주의자란 독일의 나치와 소련의 공산주의자들이다. 소련 사람들은 종교재판 때 보다 더욱 참혹하게 이단자를 처형했다. 오세아니아에서는 용의주도하게 순교자를 만들지 않았다. 고문과 고독으로 완전히 녹초로 만들어 비열하고 비참하게 만들어 놓았다. 배신자를 전향시켜 새로운 사람을 만들어 마음과 영혼까지 당(黨)편으로 만들어 놓았다. 인간은 껍데기에 불과했다. 당과 "대형"에 대한 애정 이외엔 아무것도 남은 게 없었다. 윈스턴의 정부(情婦) 줄리아는 윈스턴을 배신했으며, 그녀도 껍데기에 불과했다.

디모데후서 2:11-12에서 "미쁘다 이 말이여 우리가 주와 함께 죽었으면 또한 함께 살 것이요 참으면 또한 함께 왕 노릇 할 것이요 우리가 주를 부인하면 주도 우리를 부인하실 것이라"고 영광에 이르는 길을 말씀하셨다.

49
개인의 정의와 다수의 횡포

헨리크 입센, 『민중의 적』
(Henrik Ibsen, *An Enemy of the People*)

신명기 16:20에서 "너는 마땅히 공의만을 따르라 그리하면 네가 살겠고 네 하나님 여호와께서 네게 주시는 땅을 차지하리라"고 하셨다.

노르웨이의 극작가 헨릭 입센(1828-1906)은 『민중의 적』에서, 토마스 스톡만 박사는 노르웨이의 작은 해안 도시의 온천 의무 책임관으로써 온천의 물이 세균으로 오염되어 장티푸스 열과 위병을 발생시킨다는 것을 발견하고서 논문을 발표하려 했으나, 그 도시의 대다수 시민들은 그 도시의 재정적 수입의 원천이 되는 치유성 온천수를 찾아오는 수많은 관광객을 그대로 받기 위해 스톡만 박사를 "민중의 적"이라고 규탄하는 모습을 그리고 있다.

노르웨이의 작은 해안 도시 크리스티아니아의 모든 시민들은 온천을 대단히 자랑스럽게 생각했다. 왜냐하면 그 온천물은 치료하는 효능이 있다는 소문 때문에 그 도시를 유명하게 하고 번성하게 하기 때문이었다.

스톡만 박사의 형 피터는 시장이요 온천 발전위원회 의장이었다. 두 형제는 여러 가지 일에 의견을 달리했지만, 온천은 도시의 행운의 원천이기 때문에 온천 문제에는 뜻을 같이했다. 그 도시의 〈민중의 메신저〉 신문사 편집장인 호브스타드와 편집 차장 빌링도 또한 온천 장을 크게 선전하고 있었다. 사업이 번창하여 시민들은 번영을 즐기고 있었다.

그런데, 스톡만 박사는 대학으로부터 오천의 물이 오염되었다는 보고서를 받았다. 몇 명의 관광객들이 온천에서 목욕을 하고 난 후에 병이 들었다는 사실에 의심을 품고서, 스톡만 박사는 온천수를 조사하는 것이 자신의 의무라고 생각했다.

도시 상류에 위치한 무두길 공장으로부터 나오는 폐물이 온천물을 오염시켰다. 온천수를 정화하려면 큰 도관들을 교체해야만 하는데, 공장주와 도시가 큰 경제적인 부담을 해야만 했다. 호브사타드와 빌링 편집인들은 이 소식을 듣고서, 박사에게 온천의 진상을 논문으로 써서 신문에 기고해 달라고 하고, 이 진실을 사람들에게 증언하는 것이 좋겠다고 했다.

스톡만 박사는 온천이 오염된 진실을 기사로 써서 시장인 형 피터에게 보냈다. 시에서 문제를 공식적으로 해결하도록 하기 위한 절차였다. 세 대주 협회장이요 인쇄업자인 아슬락센은 도시의 대다수 시민들의 의견을 지배하고 있는 인물인데, 그도 온천을 정화시키고 부패한 관료들을 선거에서 낙선하게 하는 싸움에 가담하겠다고 했다.

스톡만 박사는 시장인 자기 형 피터가 온천 오염에 관한 보고서를 받기를 거부했다. 믿을 수가 없었다. 박사는 거부하는 이유를 알게 되었다. 피터 시장은 동생 박사를 찾아와서, 온천이 오염되었다는 사실을 비밀로 해달라고 했다. 온천의 진실이 대중에게 알려지면, 도시의 수입이 없어지기 때문이었다. 온천 수리비용이 너무 많이

들기 때문에 온천 주주들이 그 비용을 감당할 수 없으며, 온천수를 깨끗하게 하기 위해서 세금을 증액 할 수 없다고 했다. 시장은 동생 박사에게 다른 보고서를 써서, 온천수가 오염되었다는 처음 보고서는 잘못 판단한 것이라고 하라고 했다.

스톡만 박사는 보고서를 바꾸는 것도 철회하는 것도 거절했다. 시장은 동생 박사에게 도시에서의 일자리를 잃게 될 것이라고 협박했다. 박사의 부인까지도 강력한 힘을 가진 시장의 말을 거역하지 말라고 했다. 박사의 딸 페트라만이 아버지를 지지했다.

편집인들 호브스타드와 빌링과 인쇄업자 아슬락센은 스톡만 박사의 논문을 인쇄함으로써 온 도시가 시장과 그의 관료들의 거짓을 알리고 싶었다. 그들은 생각하기를 박사의 글이 너무나 분명하고 이해할 수 있기에 모든 책임 있는 시민들은 부패한 관료들에 대항하여 궐기하자고 했다. 아슬락센은 온건해야 한다고 말했으나, 정의를 위해서 싸울 것을 약속했다.

피터 스톡만 시장은 〈민중의 메신저〉 신문사 사무실에 나타나서, 호브스타드와 빌링과 아슬락센에게 만일 박사의 보고서를 공표하게 되면, 도시의 상인들은 고통을 당할 것이라고 했다. 시장은 말하기를 상인들이 비용을 부담해야 될 것이며, 온천은 수리하는 동안에 2년 동안 휴업을 해야 한다고 했다. 시장의 감언에 현혹된 두 편집자들과 인쇄업자는 다수의 시민이 지지하기 때문에 스톡만 박사에게 등을 돌리고서, 시장을 지지하게 된다.

스톡만 박사는 그들에게 처음 약속한 대로 함께 일하자고 간절히 권고했다. 그러나 그들은 다수의 의견이라는 틀의 노예가 되어있었다. 그들이 박사의 논문을 인쇄하기를 거부하자, 박사는 친구인 홀스트 선장의 집에서 공동회의를 소집했다. 회의에 참석한 대부분의 시민들은 벌써 박사에게 비우호적이었다. 시장과 편집인들이 박사가 온천장을 패쇄하고 도시를 망치려 한다는 소문을 퍼트렸기 때문이다. 아슬락센은, 시장이 지명한 의장이 되어, 회의를 조종하여 온천장 오염 보고서를 읽지도 못하게 했다.

분노한 스톡만 박사는 일어서서 낭랑한 음성으로 시민들에게 말하기를, 세계의 모든 부패와 악행은 권력자와 밀집한 다수의 믿을 수 없는 우둔함이라고 했다. 다수는 무지하고 바보스럽기 때문에, 도처에서 자유와 진리를 파괴한다고 했다.

스톡만 박사는 열변을 토했다. "공동체의 모든 삶은 거짓 위에 세워졌습니다. 여기 운집한 다수는 무의식 가운데 이 도시의 번영을 거짓과 속임의 진구렁 위에 세우기를 원합니다. 만일 공동체가 거짓 위에 산다면, 공동체가 파괴될 것입니다. 거짓 위에 사는 모든 것은 기생충처럼 단절되어야만 합니다." 스톡만 박사는 밀집한 대중을 향해 "자유와 진리의 적"이라고 부르고서, 다수의 지배는 바보 같은 무지한 계급들의 지배라고 선포했다.

호브스타드 편집인은 스톡만 박사가 도시를 파괴하기를 원하는 것 같다고 했다. 누군가가 박사를 "민중의 적"이라고 불렀다. 집결한 다수는 투표로 스톡만 박사를 "민중의 적"이라고 통과시켰다. 그들은 박사를 향해 "민중의 적"이라고 외쳤다. 그 다음날 그들은 박사의 집에 돌을 던지고, 협박 편지를 보냈다. 스톡만 박사는 온천장의 의료 감독이란 지위를 박탈당했으며, 그의 딸 페트라는 교사직에서 해고 되었다.

스톡만 박사의 친구인 홀스트 선장도 스톡만 박사를 미국으로

이주하게 하겠다는 약속을 지키지 못했다. 도시의 다수에 겁을 먹은 선주가 미국 항해를 취소했기 때문이다.

스톡만 박사의 장인은 스톡만 부인과 자녀들에게 주기로 한 돈으로 온천장의 대부분의 주식을 사버렸다. 도시 사람들은 스톡만 박사를 비난하기를, 온천장이 오염되었다고 하고서, 온천장의 주식을 대부분 그의 가족들이 사들였다고 비난했다. 그의 장인도 박사를 공격하기를 온천장이 불결하다고 함으로써 그의 딸에게 줄 유산을 모두 날릴 뻔했다고 했다.

도처에서 욕먹고 조롱당한 스톡만은 싸우기로 결정하고, 거리의 개구쟁이들을 위한 학교를 세우기로 했다. 박사는 도시 사람과 세계를 가르침으로써, 박사 개인은 다수보다 더 강하며, 그가 강한 것은 혼자 일어설 용기가 있기 때문이라고 했다.

이 작품은 개인과 사회, 특별히 다수의 지배와 소수의 진실 사이의 갈등을 취급하면서, 민주주의가 말하는 다수의 지배나, 특별히 민중을 선동으로 움직여 자신의 이념의 도구로 이용당하는 공산주의적 민중(인민)과 정의로운 소수의 갈등에 대해 독자들의 관심을 불러일으킨다. 온천장의 물은 하나님(자연)이 주시는 인간을 위한 치유하는 오아시스로써, 민중을 위한 인도주의를 상징한다. 그러나 온천수가 오염되어 인간을 파멸하는 도구가 될 때 민중(우리)이 어떻게 해결의 행동을 취해야 하는 것은 독자들의 몫이기도 하다. 입센은 『민중의 적』에서 이상주의자 토마스 스톡만 박사의 입을 통해서 희극적 과장 언어를 말함으로써 극의 주제를 매우 문학적인 용어로 표현하고 있다. 아이디어들(사상들)은 진부하게 되고 평범하게 되는 것은 사실이나, 한 걸음 더 나아가서 진리들은 죽어 없어진다는 것이라고 딱

잘라 말하고 있다. 스톡만 박사에 의하면 지혜나 도덕의 절대적 원리는 없다는 것이다. 전날의 진리이었던 것이 오늘날에 와서는 거짓된 것일 수도 있다는 것이다. 스톡만 박사는 이런 사실을 그의 정치적인 적들에게 열띤 열변으로 언급하고 있다.

잠언 12:22에서 "거짓 입술은 여호와께 미움을 받아도 진실하게 행하는 자는 그의 기뻐하심을 받느니라"고 했다.

50
배신자와 형벌

단테, 『신곡』 「지옥편」
(Dante, *The Divine Comedy*)

마태복음 26:14-16에서 "그 때에 열둘 중의 하나인 가룟 유다라 하는 자가 대제사장들에게 가서 말하되 내가 예수를 너희에게 넘겨주리니 얼마나 주려느냐 하니 그들이 은 삼십을 달아 주거늘 그가 그 때부터 예수를 넘겨 줄 기회를 찾더라"라고 했다. 유다는 대제사장들에게 "내가 입을 맞추는 사람이 바로 그 사람이니, 그를 잡아서 단단히 끌고 가시오"라고 말해 놓고, 유다가 예수님께로 다가가서 "랍비님!"하고 입을 맞춤으로 예수님을 잡혀가게 했다(막 14:44-45).

이탈리아의 시인 알리기에리 단테(Alighieri Dante, 1265-1321)의 『신곡』(La Divina Commedia)의 「지옥편」의 제34곡에 보면, 배신자들이 당하는 지옥의 형벌을 닭살 돋도록 소름이 끼치게 묘사하고 있다.

제9옥의 넷째 원은 주데카(가룟 유다의 이름을 따서 붙인 이름)라는 지옥의 맨 밑바닥으로서, 주인이나 은인을 배신한 자들이 형벌을 받기에 합당한 곳이다. 버질(고대 로마의 신인 베르길리우스, 70-19 B.C.)의 안내를 받은 단테는 지옥의 소름 끼치는 장면을 다음과 같이 설명하고 있다. 배신자들은 완전히 얼어붙은 호수 속에 잠겨있었다. 단테는 "그들은 모두 우리 속에 볏짚처럼 투명하게 보인다./ 어떤 자는 길게 누워 있고, 어떤 자는 똑바로,/ 어떤 자는 머리끝으로 곤두박질쳐 거꾸로 서 있으며/ 얼굴이 발에 닿게 활처럼 구부리고 있는 자도 있었다."라고 읊고 있다. 누워 있는 자는 단테와 같은 지위에 있는 자, 똑바로 서 있는 자는 자기보다 지위가 낮은 자, 곤두박질쳐 있는 자는 자기보다 높은 자, 구부리고 있는 자는 제 은인을 배반한 자가 벌을 받고 있는 모습이다.

지옥의 한복판에는 얼어붙게 하는 얼음으로부터 가슴 위를 드러내고 있는 슬픔의 영역의 제왕인 악마 대왕 사탄이 버티고 있었다. 단테는 "지금은 참으로 추하지만, 예전에 매우 아름다웠었는데/ 그 아름다움에 우쭐해서 창조주에 대해 반역을 하였기에/ 모든 재난이 그에게서 원천을 이루는 것도 당연한 이치로다"라고 했다. 루시퍼(타락하기 전의 사탄의 이름)는 천상에서 하나님께 반역하여 처벌받기 전에는 빛의 아들들인 천사들 중에서 가장 아름다운 자였다. 단테가 너무나 추해진 사탄을 보자 "나는 그때 몸과 마음이 얼어붙어 목소리마저 쉬어버렸다"라고 하고 "나는 죽지도 않았고 그렇다고 살아 있는 것 같지도 않았다"라고 했다.

사탄은 머리에 얼굴이 셋 있었다. 하나는 붉은 물감을 쏟은 듯이 새빨갛고, 오른쪽 얼굴빛은 흰색과 누런색의 중간이고, 왼쪽 얼굴빛은 나일강 상류의 골짜기에서 나온 검둥이와 똑같은 색깔이었다. 사탄의 세 얼굴은 사탄이 지배하는 세계의 세 종족을 상징한다. 붉은색은 야벳의 종족으로 유럽인들을, 누런색은 셈의 종족으로 아시아인들을, 검은색은 함의 종족으로 아프리카인들을 각각 나타낸다. 그러나 그들은 또한 축복 된 삼위일체인 사랑과 지혜와 권능에 반대

되는 증오심과 무지와 무기력을 나타낸다.

　사탄의 얼굴 밑에는 각각 두 개씩 큼직한 날개가 돋아 있는, 총 여섯 개의 날개로 있었는데, 그 날개에는 깃털은 없었으나, 박쥐와 똑같은 모양이었다. 그 날개들을 퍼덕이니 순식간에 세 가닥의 바람이 일어나, 그것으로 인해 코치토스(유데카)가 모두 얼어붙는 것이었다. 사탄이 여섯 개의 눈에서 눈물을 흘리니 세 개의 턱에서 피 섞인 침과 눈물이 고드름이 되었다. 그 바람은 너무나 강해서 단테는 버질의 등 뒤에 몸을 숨겼다. 단테는 찬바람이 너무나 강해서 "나는 죽지도 않았다. 그러나 살아 있지도 않다."라고 했다. 단테는 생명과 죽음 둘 모두를 빼앗겨 버린 것 같다고 느꼈다고 했다.

　단테의 지옥 중심부에 대한 그림은 전통적으로 지옥이란 사악하고 영리한 악마(사탄)가 거주하는 뜨거운 유황불이 이글거리는 곳이란 개념과는 달랐다. 단테는 지옥 불 대신에 완전히 얼어서 붙어버린 얼음이 있는 곳으로 묘사하고 있다. 단테는 루시퍼(사탄)란 타고난 어리석음 때문에 하나님을 반역하고 성취한 것은 자기 자신을 무기력 하게 한 것뿐임을 증명하고 있는 것이다. 사탄은 자신이 만든 영원히 얼어붙은 호수 가운데서 완전히 얼어붙어 완전히 무기력하게 된 것이다. 사탄이 할 수 있는 동작이란 박쥐의 날개처럼 생긴 여섯 개의 날개를 펄떡이는 것뿐이었다. 루시퍼(사탄)가 갇혀 있는 호수를 얼게 하는 것은 이들 날개였다. 시인 단테가 강조하는 것은 악은 어리석음 뿐 아니라 자멸적인 것임을 극명하게 말하고 있다.

　단테가 사탄의 여섯 개의 날개에서 나오는 찬 바람이 너무나 강해서 "나는 죽지도 않았다. 그러나 살아 있지도 않다."라고 한 것은 사탄은 영적으로 완전히 죽었기 때문이다. 사탄은 하나님을 반역한 결과 우주의 죽음의 중심부에 얼어붙어 있게 된 것이다.

사탄의 입에는 죄인 하나씩을 물고 이빨로 마치 삼 찢는 기계처럼 죄인을 물어 찢고 있었다. 그중의 한 사내는 더욱 무참하게 발톱으로 찢기고 있었으며, 껍질이 벗겨지고 등뼈가 훤히 드러나 있었다. 이쯤 되면 입으로 물리는 것은 문제도 아니었다고 했다. 가장 무거운 형벌을 받고 있는 자는 가룟 유다로서, "머리는 악마 대왕의 입속에 있고 발만 내놓고 있었다." 다른 두 놈은 머리를 밖에 내놓고 있는데, 브루투스와 케시우스 였다.

유다는 열두 제자들 가운데 하나님의 아들이신 예수님을 배반하여 은전 30냥을 받고 스승을 팔았다. 그는 나중에 후회하여 목메었으며 동시에 배가 터져 죽었다. 브루투스와 케시우스는 로마 제국의 지도자 줄리어스 시저(카이사르: 로마의 장군·정치가·역사가, 100-44 B.C.)를 배신한 자들이다. 시저는 황제는 아니었지만, 로마 제국의 창립자이다. 단테의 생각은 시저는 하나님의 뜻으로 세계를 통치하도록 된 분인데, 브루투스와 케시우스가 시저에 충성을 맹세해 놓고 반역을 한 것임으로 제국에 대역죄를 범한 것과 같은 맥락의 것이었다고 했다. 유다는 종교적으로 브루투스와 케시우스는 정치적으로 배신을 한 것이다.

이 모든 비극적이고 잔인한 고통의 광경을 보고 난 후에 단테는 버질을 꽉 잡고 사탄의 조잡한 옆구리 쪽을 따라 소름에 떨며 내려갔다. 사탄의 엉덩이에 도달했을 때 버질은 거꾸로 서서 사탄의 머리카락을 쥐고 내려가는 것이었다. 단테는 다시 지옥으로 간다고 생각했다. 그러나 단테는 사탄의 "그 큰 다리가 위를 향해 거꾸로 뻗어 있는 것"을 알게 되었다. 버질은 단테에게 이제 지구의 한 가운데를

통과했다고 설명해 준다. 그리고 지구의 남반구의 표면으로 올라가
야 한다고 말했다.

단테는 버질에게 "사탄은 왜 이렇게 거꾸로 서 있습니까?"하고
물었다. 버질은 네가 "저 사악한 벌레(파리)의 털을 잡고 기어오를
때" 지구의 중심부를 통과했기에 지구의 저쪽에서 이쪽으로 거꾸로
옮겨 왔기 때문이라고 했다. "저 사악한 벌레"라는 것은 바알세불
즉 사탄을 지칭하는데(마 12:24), 바알세불은 "파리들의 제왕"이란
뜻이다(눅 11:15). "바알"이란 성경의 블레셋의 신 "바알"에서 그
어원을 찾을 수 있다. 예루살렘에서 내려온 율법 학자들은, 예수가
바알세불이 들렸다고 하고, 또 그가 귀신의 두목의 힘을 빌어서 귀신
을 내쫓는다고도 하였다(막 3:22).

단테에 의하면, 사탄은 사람들을 천상으로 안내해 가는 아름다움
의 정반대인 추함 그 자체인 것이다. 단테는 추함의 충만한 세력
가운데로 가서, 죄의 추함을 진실로 보고 난 다음에야 버질(이성을
상징함)의 인도를 받아 빛이 있는 곳으로 오르기 시작했다. 어두운
동굴에서 밖으로 나왔을 때 별들이 빛나는 것을 보았다. 단테는 어둠
의 영역을 통해 여행하고 나서야, 빛이 생명을 회복하는 곳으로 인도
했다. 이 생명은 예수 그리스도를 말하며, 이 생명은 하나님 나라에서
충만함을 약속하고 있다. 단테에게 별들은 최고의 희망을 상징하고,
하나님의 질서를 상징한다. 이 별들, 이 생명을 따라 단테는 지옥에서
나와서 여행의 마지막 종착지인 부활의 아침에 이르게 된다. 그래서
이 별들은 단테 자신을 인도하는 명확한 길잡이이다.

단테는 다음과 같이 읊었다. "길잡이와 나는 어두워진 굴들로부터
밝은 세상으로 돌아가기 위해/ 위로 분투하며 올라갔다. 쉰다는 것은

염두에 두지 않고/ 버질을 앞세우고, 나의 긴장된 감각은/ 동그란 구멍으로 천상에 있는 아름다운 것들을 보았다./ 그곳을 지나 우리는 밖으로 나와 다시 하늘의 별을 우러렀다."

잠언 17:11에서 "악한 자는 반역만 힘쓰나니 그러므로 그에게 잔인한 사자(사신)가 보냄을 받으리라"라고 하였으나, 그 반면에 마태복음 25:23에서 "그 주인이 이르되 잘하였도다 착하고 충성된 종아 네가 적은 일에 충성하였으매 내가 많은 것을 네게 맡기리니 네 주인의 즐거움에 참여할지어다"라고 했다.

51
남자들의 우정이 여자와의 사랑 때문에

셰익스피어, 『베로나의 두 신사』
(Shakespeare, *The Two Gentlemen of Verona*)

시편 41:9에서 "내가 믿는 흉허물 없는 친구, 나와 한 상에서 밥을 먹던 친구조차도, 내게 발길질을 하려고 뒤꿈치를 들었습니다."라고 하여, 시인은 친한 친구 간의 우정도 이해관계로 변질할 수 있음을 말씀하고 있다.

영국의 극작가 셰익스피어(1564-1616)는 『베로나의 두 신사』에서 친한 친구도 여자와의 사랑 때문에 배신하는 이야기를 흥미 있게 그리고 있다.

발렌타인과 프로티어스는 서로를 잘 이해하는 오랜 친구였으나, 한 가지 일에는 철저히 생각을 달리했다. 발렌타인은 생각하기를 삶에서 가장 중요한 일은 여행함으로써 세계의 경이로움을 배우는 일이라고 했다. 그 반면에 프로티어스는 생각하기를 사랑만이 가치 있는 일이라고 했다.

발렌타인은 밀라노 공작의 궁전에서 출세하여, 명예도 얻기 위해 밀라노로 가기로 했다. 발렌타인은 프로티어스에게 함께 밀라노로 가서 모험을 하자고 했다. 그러나 프로티어스는 줄리아를 너무나 사랑하기 때문에 잠시도 그녀 곁을 떠날 수 없다고 했다. 줄리아는

많은 젊은이들의 사랑을 받는 숭고하고 순수하고 아름다운 처녀였
다. 프로티어스와 줄리아는 서로를 사랑하여 행복한 나날을 보내고
있었다.

발렌타인은 밀라노에서 공작의 딸 실비아를 만나자, 그녀와 사랑
에 빠지게 되었다. 실비아도 발렌타인의 사랑에 화답했다. 그러나
실비아의 아버지 공작은 실비아가 바보 같은 돈 많은 상인 두리오와
결혼하기를 원했다. 두리오는 남자로서의 매력도 없지만 많은 땅과
금을 가지고 있는 부자였기 때문이다. 발렌타인은 실비아의 아버지
동의를 얻는다는 것은 불가능함을 알았다. 발렌타인은 사랑만이 삶
에서 가치 있는 일이라고 한 프로티어스의 말이 옳다고 생각하게
되었다.

발렌타인은 친구 프로티어스가 곧 밀라노로 온다는 소식을 들었
다. 프로티어스의 아버지가 아들이 밀라노에서 교육받도록 명령했기
때문이다. 발렌타인과 프로티어스는 기쁨으로 서로 만났다. 발렌타
인은 자랑스럽게 친구 프로티어스에게 실비아를 소개해 주었다. 그
리고 발렌타인은 밤중에 줄사닥다리를 이용해서 실비아를 내려오게
하여, 도망쳐서, 아버지 몰래 결혼하기로 했다는 비밀을 프로티어스
에게 말해 주면서, 프로티어스에게 이 은밀한 계획이 성공하도록
도와 달라고 했다.

발렌타인은 프로티어스가 묵묵부답인 것을 알아채지 못했다. 프로
티어스는 실비아를 보는 순간, 줄리아와의 사랑의 약속도, 사랑의
서약의 증거로 교환한 반지도, 발렌타인과의 우정도 잊어버리고,
실비아를 자기 소유로 만들어야겠다고 결심했다. 프로티어스는 밀라
노 공작에게 가서, 발렌타인의 실비아와의 사랑의 도피계획과 다른

나라에서의 결혼계획을 폭로했다. 밀라노 공작은 대노하여 발렌타인을 추방하면서, 즉시 밀라노를 떠나지 않으면 사형에 처하겠다고 했다.

줄리아는 아직도 프로티어스가 자기를 사랑한다고 믿고, 시동으로 남장하여 프로티어스를 만나기 위해 밀라노로 온다. 발렌타인은 프로티어스의 배신행위를 알지 못하고, 프로티어스에게 자기와 실비아 사이의 편지 전달의 역할을 담당해 줄 것을 약속받는다.

발렌타인이 추방당하자, 프로티어스는 어리석은 두리오도 제거함으로써 실비아를 독차지하려 한다. 어느 날 밤 프로티어스와 두리오는 실비아의 창가로 가서 두리오의 이름으로 세레나데를 부르고 사랑의 고백을 한다. 시동으로 변장한 줄리아는 그늘진 나무 밑에 숨어서 프로티어스가 실비아에 대한 사랑을 고백하는 것을 듣고 있었다. 실비아는 발렌타인 외에는 아무도 사랑하지 않음을 맹세하면서, 프로티어스가 줄리아와 약혼할 때 맹세한 사랑의 약속에 충실하지 못함을 비난했다.

줄리아는 세바스천이란 이름의 시동으로 변장하여 나타난다. 프로티어스는 세바스천의 똑똑한 태도가 마음에 들어, 그를(실은 줄리아를) 시동으로 채용하여, 사랑의 메시지를 실비아에게 전달하게 한다. 프로티어스는 반지를 세바스천(변장한 줄리아)에게 주어서, 실비아에게 전달하라고 한다. 그 반지는 줄리아가 프로티어스에게 사랑의 증거로 준 반지였다. 실비아는 그 반지를 거절하고, 프로티어스에게 다시 돌려주라고 한다. 줄리아는 마음속으로 실비아에게 감사하고 실비아를 축복했다.

발렌타인은 추방당해 도망가다가 산적들에게 붙잡혀, 그도 산적이 되어 만투아에 가까운 숲에서 피난살이를 하게 된다. 발렌타인은 산적들의 인정을 받아, 산적의 두목이 된다.

실비아는 발렌타인을 만나 볼 희망으로, 밀라노 궁전에서 도망쳐 나와서 밀라노 가까이에 있는 수도원으로 왔으나, 그곳에서 산적들에게 붙잡히게 된다. 실비아의 아버지 밀라노 공작께서 실비아가 산적들에게 붙잡혔다는 소식을 듣고, 두리오와 프로티어스를 대동하고, 수도원으로 찾아온다. 사환으로 변장한 줄리아도 그들을 뒤따른다.

산적들이 실비아를 두목인 발렌타인 앞으로 끌고 오기 전에. 프로티어스는 실비아를 산적들로부터 구출한다. 그리고서 프로티어스는 또다시 실비아에게 사랑의 고백을 한다. "아가씨, 저는 아가씨를 위하여 생명을 걸고, 아가씨의 명예와 사랑을 폭력으로 유린하려는 놈들 손에서 구출해 냈습니다. 제발 그 수고 값으로 좋은 안색으로 좀 저를 대하여 주십시오. 제가 나타남으로써 이제 행복해졌습니다." 실비아는 "당신이 나타나서 절 한층 더 불행하게 하고 있어요. 비록 굶주린 사자에게 잡혀 그 밥이 되는 한이 있었더라도, 불충한 프로티어스한테 구조되고 싶진 않았어요. 오, 하나님, 제가 발렌타인을 얼마나 사랑하고 있는지를 아시잖아요. 그분의 생명은 제게는 저의 영혼만큼이나 소중합니다. 부실하고 맹세를 깨뜨린 프로티어스를 저는 미워합니다. 그러니 가버려요. 그만 애걸하고. 줄리아의 마음을 좀 생각해 보세요. 그 여자를 위하여 당신은 진심으로 천 번이나 맹세하셨잖아요. 당신은 가짜에요. 참다운 친구를 배반한!"이라고 프로티어스를 멸시에 찬 말로 꾸짖었다. 그렇지만 프로티어스는 "사랑을 하는 놈이 친구가 다 안중에 있습니까?"라고 하고는, 실비아를 부여잡고 강제로 강간이라도 해서 자신의 욕망을 채우려고 한다. 숲속에 숨어서 이 장면을 바라보고 있던 발렌타인이 나타나서 겁에 질린 실비아를 구출하고, 프로티어스를 보고 "친구도 배반하고, 신의도 없고 우정도 없는 놈, 첫사랑 줄리아도 버리는 애정도 없는 더러운 놈. 이제 나는 친구 한 사람도 살아 있다고 말할 수 없게 되었어. 나는 이젠 너를 믿지 않을 것은 물론, 너 때문에 세상 전체를 불신하게 되었어. 친구 간에 입은 상처가 가장 깊어. 모든 적 중에서도 친구가 나쁜 적이라니!"라고 질타했다. 발렌타인은 무엇보다도 친구의 배신에 마음에 큰 상처를 받게 되었다.

그러나 프로티어스가 "창피와 죄의식 때문에 나는 맘이 혼란해졌어. 나를 용서해다오, 발렌타인!"이라고 자신의 잘못을 고백하고 용서를 구한다. 발렌타인은 본래 용서하는 착한 성품이라 "하늘과 땅은 다 회개를 기뻐하시니까, 참회를 보면 영원하신 하나님의 노여움도 가라앉게 마련이네."라고 하고 프로티어스를 용서하고 다시 친구로 받아들인다. 발렌타인은 자신의 우정을 증명하기 위하여, 실비아도 프로티어스에게 양보하겠다고까지 말한다. 그 순간 세바스천으로 변장한 줄리아가 격심한 고통에 못 이겨 "어마나, 난 불행한 여자!"라고 외치면서 기절한다. 두 남자가 세바스천(시동으로 변장한 줄리아)을 흔들어 깨워, 세바스천이 다시 정신을 차리자, 세바스천(줄리아)은 프로티어스가 실비아에게 전하라고 한 반지를 실비아에게 전해주는 척한다. 그러나 줄리아는 프로티어스가 줄리아 자신에게 사랑의 증거로 준 반지를 실비아에게 준다. 프로티어스는 반지를 보자, 그 반지는 자기가 줄리아에게 준 반지임을 알고 매우 놀란다. 참석한 모든 사람이 줄리아가 프로티어스에 대한 사랑 때문에 세바스천으로 변장하여 프로티어스의 시종 노릇한 것을 알게 된다. 프로티어스는 아직도 줄리아를 사랑하고 있다고 고백한다.

그때 산적들이 밀라노 공작과 두리오를 끌고 들어와서, 밀림 속에서 이들을 잡아 왔으니, 크나큰 공을 세운 대가로 상을 달라고 외친다. 두리오는 실비아를 포기한다고 선포한다. 왜냐하면 다른 남자를 좋아해서 숲속으로 도망친 여자와 결혼한다는 것은 어리석은 자나 하는 짓거리라는 것이다. 그러자 밀라노 대공은 발렌타인의 남자다움을 칭찬하고, 젊고 용감한 발렌타인에게 자기의 딸 실비아와의 결혼을 허락한다고 선언한다.

모든 사람이 모두 즐거워하고 있는데, 발렌타인은 한 가지 중요한 일을 밀라노 공작에게 요청하겠다고 하고, "이 사람들이 이곳에서 범한 죄를 용서하시고 추방을 사면해 주시면, 일동 회개하여 감사히 여기며, 충분히 선량한 인간들이 되어 공작님을 섬기는 훌륭한 쓸모가 있을 줄로 압니다. 전하."라고 간청한다. 공작은 산적들을 용서하고 추방령을 취소한다고 선언함으로써, 모든 사람은 밀라노로 돌아온다. 그리고 발렌타인은 하루에 두 쌍의 아름다운 젊은 남녀가 결혼하게 될 것이라고 선포한다.

누가복음 17:3-4에서 "너희는 스스로 조심하라 만일 네 형제가 죄를 범하거든 경고하고 회개하거든 용서하라 만일 하루에 일곱 번이라도 네게 죄를 짓고 일곱 번 네게 돌아와 내가 회개한다고 하거든 너는 용서하라 하시더라"라고 하셨다.

52

남편을 무시한 어머니의 아들 사랑

데이비드 허버트 로렌스, 『아들과 연인』
(D. H. Lawrence, *Sons and Lovers*)

빌립보서 2:1-3에서 바울은 "그러므로 그리스도 안에 무슨 권면이나 사랑의 무슨 위로나 성령의 무슨 교제나 긍휼이나 자비가 있거든 마음을 같이하여 같은 사랑을 가지고 뜻을 합하며 한마음을 품어 아무 일에든지 다툼이나 허영으로 하지 말고 오직 겸손한 마음으로 각각 자기보다 남을 낮게 여기고"라고 했다.

영국의 소설가 D. H. 로렌스(1886-1930)는 『아들과 연인』에서 성격이 서로 다른 두 남녀가 결혼하여 파국에 이르게 되고, 부인은 남편에게 사랑을 주지 못하자 그녀의 사랑과 열정을 아들에게 쏟아부었으며, 아들들은 아버지를 혐오하고 어머니를 사랑하는 이야기를 하고 있다. (아버지를 미워하고 어머니와의 사랑의 관계를 "오이디푸스 콤플렉스"라고 한다.)

가난한 기관사의 딸인 거트루드 코파드는 석탄 광부인 월터 모렐과 결혼했다. 거트루드는 23세로, 자그마한 키에, 예쁘고, 독서를 많이 하고 지적인 대화를 즐기는 신앙심이 깊으면서 자존심 강한 여자였다. 월터는 27세로. 원기가 왕성하고, 활달한 웃음에다, 잘생긴 가무잡잡한 사나이로 관능적이었으나, 교육은 받지 못했다. 그들은 결혼한 첫해 동안은 노팅감 북쪽에 있는 베스트우드의 탄광촌에서 비교적 행복하게 살았다. 그들은 네 명의 자녀를 갖게 되었다. 딸 아이와 세 명의 아들들 윌리엄, 폴, 그리고 아스였다.

결혼한 후 일 년이 지나자 모렐 부인은 남편의 지적 빈곤에 대한 환멸을 느끼게 되었다. 첫아들 윌리엄이 태어나자, 모렐 부인은 남편을 멸시하게 되고, 남편에 대한 애정을 더 이상 느낄 수 없었다. 모렐 부인은 사랑과 열정을 그녀의 장남인 윌리엄에게 쏟았다.

월터 모렐은 자신의 가정의 문제를 잊기 위해 주점에서 술을 마시면서 저녁을 보냈다. 모렐 부인은 남편의 술 마시는 낭비벽을 책망했다. 모렐은 친구와 술을 마시고 와서, 화가 나서 부인과 다투고는 부인을 밤거리로 쫓아내었다. 모렐 부인은 겁이 나기도 했지만, 달빛 비치는 정원에서 신비스러움에 넋을 잃기도 했다. 한 시간이 지나자, 모렐 부인은 부엌 식탁 위에서 인사불성이 되어 잠자는 남편을 깨웠다. 모렐은 부인을 방으로 들어오게 하고 부인은 침실로 가서 잠을 자게 되었다. 모렐은 자신이 한 행동이 부끄러웠으며 후회했다. 모렐 부부는 얼마 동안 싸우지 않고 조용하게 지냈다.

모렐 부인은 교회의 히톤 목사님과 우정을 나누게 되었다. 그들은 지적으로 공통점이 있었다. 목사님은 때때로 모렐 부인과 차를 마시기도 했다. 그들의 우정이 두터워질수록, 월터 모렐의 노여움은 더해갔다. 월터 모렐은 더욱더 화가 나서, 술에 만취하여, 책상 서랍을 던져 부인의 머리에 상처를 내었다. 술이 깬 후 모렐은 자기 행동에 수치스러움을 느꼈다. 그의 수치스러운 감정이 그의 남성적인 활력과 정신력까지 약화하게 했다. 모렐은 집과 가정을 떠나고 싶었다. 그러나 갈만한 곳이 없었다. 모렐은 도덕적이고 종교적이고 믿음직

한 가정적인 남편이 되려고 노력을 해 보았으나, 서투른 짓거리에
불과했다.

모렐은 아침이 되면 즐거웠다. 자기 손으로 아침을 지어 먹고,
들판을 가로질러 탄광 어둠의 세계로 들어가는 것이다. 그곳엔 함께
일하는 광부들의 공동체가 있는 곳이었다.

모렐은 부인의 머리에 상처를 낸 수치심으로 죄의식에 사로잡히게
되고 무기력하게 되었다. 그는 위로받기 위해 술을 마시러 갔다.
그의 남성 다움은 망가져 버렸다. 모렐 부인은 남편이 실망스러워지
자 더욱더 도덕적이고 종교적으로 빠져들게 되었다. 그녀는 더 이상
남편을 사랑하지 않는다는 것을 인식하게 되고, 자신의 사랑과 노력
을 자식들에게 쏟아부었다.

자식들은 그들의 아버지를 싫어하면서 자라나게 되고, 반면에 그
들의 어머니에게 완전히 의존하게 되었다. 어머니는 아들들의 삶에
가장 강한 요소가 되었다. 그런데 문제는 아들들이 성년 남자가 되었
을 때, 그들은 어떤 여자와도 만족한 사랑의 관계를 유지할 수 없다는
데 있었다.

이 소설의 제3장은 "모렐을 버리고 윌리엄을 택하다"라고 하여,
모렐 부인은 남편을 "버리고" 아들 윌리엄을 "택했다"라는 것으로,
남편 대신에 아들 윌리엄에게 애정과 관심을 쏟기로 했다는 것이다.
윌리엄은 학교에서 최우수 학생이었으며 장래가 촉망한 똑똑한 학생
이었다. 윌리엄이 다른 소년과 싸웠는데, 싸움은 이겨야 한다고 강조
하는 남편의 의견을 모렐 부인은 완전히 무시해 버림으로 아들 앞에
서 아버지의 권위를 무시해 버렸다.

윌리엄은 13세 때 어머니와 아들의 관계가 좋았다. 아버지 모렐은

윌리엄이 탄광에서 일하기를 원했으나, 어머니 모렐 부인의 단호한 반대로 윌리엄은 사무실 서기로 근무하게 되었다. 윌리엄이 16세 때 야간학교를 다니면서, 최고의 속기사요 최고의 사무직을 수행한다는 칭찬을 받았다.

윌리엄은 야심에 찬 젊은이였다. 그는 돈을 모아 부르주아 사회에서 예쁜 아가씨와 댄스하며 산업 사회에서 출세하는 야심이 있었다. 모렐 부인은 아들의 삶에서 여자들과 어울리는 것을 싫어하고, 아가씨들과 댄스하며 즐기는 삶을 철저하게 싫어하여 반대했다. 이 문제로 어머니와 아들 사이에 갈등이 빚어지기도 했다. 윌리엄은 어린이에서 젊은이로 자라나면서, 아버지를 증오하고, 어머니를 사랑하면서 자라게 되었다.

윌리엄은 런던에서 신사가 되었다. 모렐 부인은 아들 윌리엄이 반했다고 하는 어떤 아가씨도 받아들일 수 없었다. 크리스마스 휴가 때 윌리엄은 약혼녀 릴리 웨스턴과 함께 왔다. 윌리엄의 3남매는 모두 공개적으로 릴리를 좋아하고 공주처럼 대했다. 주일날 가족들이 함께 교회에 갈 때 윌리엄과 릴리는 완전히 런던에서 온 왕가의 신사와 숙녀처럼 보였다.

윌리엄과 릴리는 성령강림절 주간에 일 주간 동안 집에 왔다. 윌리엄은 이제 23세 나이로 내적 비참함과 맹렬함으로 고통하고 있는 것처럼 보였다. 그는 릴리에게 번갈아서 부드러웠다가 잔인하게 굴었다. 윌리엄은 릴리가 영적으로나 지적으로 자기 어머니와 닮지 않았음을 인식했으며, 릴리와는 결혼할 수 없다고 생각했다. 어머니의 왜곡된 자식 사랑이 자식을 무기력하게 만들어 버린 것이었다.

아들이 런던으로 돌아간 지 3일 후에 모렐 부부는 윌리엄이 단독

(丹毒)으로 아프다는 전보를 받았다. 모렐 부인은 즉시 윌리엄에게 갔다. 그다음 날 윌리엄은 어머니 품에서 세상을 떴다. 그들은 윌리엄의 시신을 베스트우드 묘지 언덕바지에 묻었다.

윌리엄이 파리에서 죽자, 모렐 부인은 슬픔에 잠겼다가, 시간이 지나 감정을 추스르고 난 후, 그녀의 애정을 폴에게로 돌리고, 폴은 어머니의 사랑을 독차지한다. 폴은 섬세하고 조용하며, 자라날 때 어머니 뒤를 그림자처럼 따라다녔다. 폴은 일반적으로 활동적이고 관심이 많은 아이였으나 가끔 우울증에 걸리곤 했다. 폴은 특별히 아버지를 싫어했다. 그는 아버지가 밤에 술에 취해 들어와서, 어머니와 다투고, 어머니를 때리는 것을 증오했다. 소년 시절, 폴의 가장 큰 기쁨은 어머니를 기쁘게 해 드리는 것이었다.

윌리엄이 죽은 후, 폴은 폐렴으로 2개월 동안 중병을 앓다가 회복되기 시작했다. 폴과 그의 어머니는 기분 전환을 위해 레이버즈 부부의 야생 목장과 농장을 방문했다. 그들은 4명의 아들들과 미리엄이란 딸이 있었다. 미리엄은 폴보다 한 살 어린 16세 소녀로서 대단히 아름다웠으며, 근엄한 면이 있었다. 미리엄은 폴을 사랑한다는 것을 알게 되었을 때, 자신을 전적으로 희생하여 폴을 사랑하도록 기도했다. 모렐 부인은 폴이 미리엄과 가까워지는 관계를 점점 짜증이 나게 바라보았다. 어머니는 미리엄을 질투하고 싫어했다. 폴은 어머니와 미리엄 사이에 잡혀 있다고 느끼게 되었기에, 폴은 미리엄과의 8년간의 관계를 끝내려고 했다.

폴의 그림이 그림 박람회에서 일등으로 전시되자 모렐 부인은 장차 폴이 크게 두각을 나타내리라 생각하고, 폴의 성공이 부인 자신의 성공이라 느꼈다. 어느 날 폴은 남편과 이별한 유부녀 클라라를

만나게 되었다. 클라라는 뛰어난 여자로 금발의 머리에, 멸시하는
듯한 희색 눈에, 흰 꿀 같은 피부에, 약간 두툼한 입술에, 풍만한
가슴에, 아름다운 팔을 가진 여자로 폴에게 관심을 보였다. 폴은
클라라의 야생적이고 여성적인 면에 흥분을 느끼고 사랑하게 되었
다. 클라라는 31세고, 폴은 25세였다. 둘은 육체적인 교감이 이루어
졌으며, 정열의 불꽃이 오갔다. 그러나 클라라는 폴과 사랑을 나누면
서도, 이상한 두려움을 느꼈다. 폴은 늙어가는 어머니와의 불편한
관계를 클라라에게서 찾았기 때문이었다. 그러기에 클라라는 전남편
에게 가버렸다.

　모렐 부인이 병들어 죽게 되었을 때, 그녀는 자신을 점점 더 젊은
여자가 된 것처럼 느끼고 폴을 사랑하고 있다고 생각한다. 폴은 죽어
가는 쇠약해진 어머니를 껴안고, "나의 사랑, 나의 사랑, 오, 나의
사랑"하고 속삭인다. 어머니가 세상을 떠난 후, 폴은 죽음의 망각
속에 빠졌다가, 계속 살아야겠다는 흥분으로 두 주먹을 쥐고 도시
속으로 달려간다.

　빌립보서 2:3-4에서 "아무 일에든지 오직 겸손한 마음으로 각각
자기보다 남을 낮게 여기고 각각 자기 일을 돌볼뿐더러 또한 각각
다른 사람들의 일을 돌보아 나의 기쁨을 충만하게 하라"는 말씀을
모렐 부인은 알았어야 했다.

53
사랑의 배신자

빅토르 위고, 『노틀담의 꼽추』
(Victor Hugo, *The Hunchback of Notre Dame*)

사사기 16:18-20에 보면, 블레셋 여자 들릴라는 사랑을 가장하여 이스라엘의 삼손에게 접근하여, 삼손의 힘이 그의 머리털에서 나온다는 비밀을 알아낸다. 들릴라는 삼손을 자기 무릎에서 잠들게 한 후, 사람을 불러 일곱 가닥으로 땋은 그의 머리털을 깎게 했다. 삼손의 엄청난 힘이 사라져 버린 삼손은 블레셋 군사들에게 잡혀 비극적인 죽음을 당하게 된다.

프랑스의 문호 빅토르 위고(1802-1885)는 『노틀담의 꼽추』에서 미남의 친위 헌병대의 페뷔스 중대장은 너무나 아름답고 순진한 집시 아가씨 에스메랄다의 사랑을 배반하고 에스메랄다가 마녀재판에서 교수형에 당하도록 방관하는 슬픈 이야기를 전하고 있다.

파리의 그레브의 광장에서 한 아가씨가 군중들에 둘러싸여 춤을 추고 있었다. 그녀는 인간인지 천사인지 구별하기 힘들 정도로 눈부시도록 아름다웠다. 그녀는 에스메랄다 집시 아가씨였다. 수많은 얼굴 가운데 그녀를 유심히 바라보는 준엄하면서도 침울한 표정의 사나이가 그녀를 유심히 바라보았다. 그의 옆에는 험상궂게 생긴 꼽추가 있었다. 그는 집시 아가씨에게 반해버린 노트르담 대성전의 클로드 부주교였다.

집시 아가씨가 집으로 가는 도중 길모퉁이를 돌자, 두 사나이(음란한 부주교와 그의 시종 꼽추)는 집시 아가씨를 납치하여 욕망을 채우려 했다. 그녀는 "살려주세요!"를 반복했다. 그때 네거리에서 쑥 튀어나온 기병 하나가 "거기 멈춰라! 그 여자를 내려놓아라!"하고 벽력같이 소리쳤다. 그러고는 집시 아가씨를 꼽추에게서 빼내어 자신의 말 위에 앉혔다. 그는 완전히 무장한 친위 헌병대의 페뷔스 중대장이었다. 그의 뒤로 15-6명의 헌병들이 나타났다. 꼽추는 체포당하고, 부주교는 도망쳤다.

말 등 뒤에 앉은 집시 아가씨는 중대장에 감사하며 그를 뚫어지게 바라보았다. 그녀는 용감무쌍하고 잘생긴 중대장에게 마음이 빼앗겼다. "성함이 누구신지요, 훌륭한 나리?" "난 페뷔스 중대장입니다 미인 아가씨!" 그녀는 인사를 한 다음 말에서 내려, 쏜살같이 사라져버렸다.

그 후, 여러 날이 흘러간 뒤, 3월이었다. 파리 시민들이 광장에서 봄날을 즐기고 있었다. 파리 귀족의 딸들이 모여 태자비를 위한 시녀를 뽑는 이야기를 나누고 있었다. 그들 옆에는, 여자라면 누구라도 한눈에 반할만한 용맹스러운 얼굴의 한 청년이 있었다. 그 젊은 기사는 친위 헌병대의 중대장 페뷔스였다. 귀부인이 페뷔스를 보고 "자네 약혼자인 우리 리스보다 더 귀엽고 명랑한 얼굴을 본 적이 있는가?"라고 물었다.

그때 방울 달린 북소리가 은은히 들리면서, 사람들에게 둘러싸여 예쁜 아가씨가 춤을 추고 있었다. 세상에서 보기 드문 미녀 집시 아가씨 에스메랄다였다. 페뷔스 중대장은 에스메랄다와 다시 만났다. 페뷔스는 재빨리 "에스메랄다!"하고 불렀다. 그 이름을 들은 아가씨들은 미친 듯 웃음을 터뜨리면서 "끔찍한 이름이군! 집시 계집 애야."라고 말했다. 에스메랄다는 항상 끌고 다니는 훈련받은 염소로 하여금 알파벳 나무 조각으로 "페뷔스"란 이름을 배열하게 했다. 클로드 부주교는 주변에서 침울한 표정으로 에스메랄드와 페뷔스를 유심히 지켜보고 있었다.

페뷔스 중대장은 에스메랄다와 약속한 장소에서 만났다. 그들은 궤짝 위에 앉아 있었다. 페뷔스는 매우 멋진 옷차림이었다. 에스메랄 다는 "저를 경멸하지 마세요, 페뷔스 대장님."이라고 했다. 페뷔스는 "왜 그런 말을 하지?"하고 다정한 표정으로 물었다. "제가 뒤쫓아 다녔으니 말이에요." "난 당신을 경멸하는 것이 아니라, 미워해요." "저를 미워하다니요? 제가 무슨 짓을 했기에?" "그토록 나를 애타게 만들었으니 말이오." 에스메랄다는 "오, 당신을 사랑해요!"하고 열정 적인 목소리로 말했다. 페뷔스는 그녀의 허리를 감싸 안았다. "당신 은 저를 살려주셨어요. 페뷔스 저를 사랑하세요?" "암, 사랑하고 말고. 나의 천사! 내 몸도 내 마음도 모두 당신 것이오. 난 당신을 사랑해요. 당신밖엔 결코 사랑해 본 적이 없어." 페뷔스는 이와 비슷 한 말을 다른 여자에게도 여러 번 했었기 때문에 단숨에 말했다. 순진한 에스메랄다는 행복에 겨워 그를 쳐다보았다. 그 순간 페뷔스 는 다시 그녀에게 키스하며 감싸 안았다.

그때 페뷔스 중대장의 머리 위로 얼굴 하나가 나타나더니, 칼로 페뷔스의 등을 내리 찔렀다. 클로드 부주교였다. 페뷔스는 비명을 지르며 쓰러졌다. 에스메랄다는 정신을 잃었다. 그 순간 불같이 뜨거 운 클로드 부주교의 입술이 그녀의 입술에 와 닿는 것이 느껴졌다.

에스메랄다가 의식을 차렸을 때는 경찰들에게 둘러싸여 있었다. 사람들은 피투성이가 된 페뷔스를 떠메어서 갔고, 신부는 사라져 버렸다. 사람들은 "중대장을 찌른 건 마녀다!"라고 큰 소리로 외쳤다.

재판소에서 헌병(페뷔스 중대장)을 암살한 집시 여자 마녀를 재판한다고들 했다. 피고의 몸에서 단도가 발견되었다고 했다. 에스메랄다 집시 아가씨는 "중대장을 찌른 것은 어떤 신부예요. 제 뒤를 따라다니는 악마 같은 신부예요."라고 했다. 에스메랄다는 아무리 무관함을 주장해도 소용이 없었다. 그녀는 빨리 죽여 달라고 했다. 불쌍한 에스메랄다는 마녀재판에서 교수형을 선고받았다. 마지막 고해 시간에 나타난 신부는 페뷔스를 찌른 그 악마의 얼굴이었다. 부주교였다. 그는 "나는 당신을 사랑해요. 나에게 당신의 몸을 허락하면 살려주겠어!"라고 했다. 집시 아가씨는 "저주받은 자의 사랑이군요." 하고는 무서워서 뒷걸음쳤다.

페뷔스 중대장은 다행히 죽지 않았다. 그는 파리에서 좀 떨어진 곳에 있는 부대로 복귀했다. 에스메랄다가 집시라는 것, 염소를 시켜 이름을 쓴다는 것, 마술과 마녀를 보는 것만 같은 것 모두가 꺼림칙했다. 그에게 약혼녀 리스는 두 번째로 사랑하는 아가씨였다. 매혹적인 지참금을 가진 아가씨였다. 노트르담 광장에 많은 사람들이 모여 있었지만 상관하지 않았다. 리스는 페뷔스를 보고 너무나 좋아했다. 리스는 "세상에! 참 불쌍한 여자도 있군! 염소를 데리고 다니던 그 집시 계집애예요!"라고 했다. 죄수 호송 수레에는 속옷 하나만 걸친 죄수가 앉아 있었다. 페뷔스는 "염소를 데리고 다니던 집시 계집애라니!"하고 반문했다.

죄수는 틀림없이 에스메랄다였다. 이런 상황에서도 에스메랄다는 여전히 아름다웠다. 그 창백한 모습은 순결하고 숭고했다. 죄수를 실은 수레는 노트르담 성당 입구 중앙에서 멎었다. 그녀는 "페뷔스"라는 이름을 나지막하게 되풀이하고 있었다.

신부들의 무리가 성가를 부르면서 죄수를 향해 오고 있었다. 에스메랄다는 행렬의 앞줄에 서서 걸어오는 사람을 보고 "또 저 사람이네!"라고 했다. "넌 나를 원망하느냐? 난 널 살릴 수 있어." "가라. 악마야!" 에스메랄다는 마지막으로 눈을 들어 하늘과 태양과 구름을 우러러보았다. 신부들은 줄을 지어 대성전 안으로 들어가기 시작했다. 군중은 무릎을 꿇었다. 그런데 갑자기 에스메랄다는 기쁨의 탄성을 질렀다. 저 아래 광장 모퉁이의 발코니에 서 있는 페뷔스를 보았던 것이다. 그녀는 "페뷔스! 페뷔스!"하고 외쳤다. 그때 페뷔스가 눈살을 찌푸리는 것이 보였다. 페뷔스와 리스는 얼른 발코니에서 사라져 버렸다. 에스메랄다는 모든 것을 참았으나, 이 마지막 타격은 너무나 가혹하여 그대로 쓰러지고 말았다. 그때 노트르담 대성전 종탑에서 꼽추가 밧줄을 타고 내려와서 그 억센 손으로 쓰러진 에스메랄다를 어깨 위로 들어 올리고는 성당 안으로 들어가 버렸다. 아무도 성당을 범하지 못했다.

『노틀담의 꼽추』에서 에스메랄다와 관계되는 남성들 페뷔스 중대장, 클로드 부주교, 종 치기 꼽추 카지모도는 모두 진정한 의미에서 에스메랄드를 사랑하지 못하는 자들이다.

에스메랄다 아가씨가 진정으로 사랑하게 된 페뷔스 중대장은 에스메랄다를 향해 "사랑하고 말고. 나의 천사! 내 몸도 내 마음도 모두 당신 것이요. 난 당신을 사랑해요. 당신밖엔 결코 사랑해 본 적이 없어."라고 사랑을 고백했는데, 그 고백은 다른 여자에게도 여러 번 고백한 진정성이 없는 연극에 불과했다. 중대장은 순진한 에스메랄다를 속이는 지능적인 사랑의 사기꾼이었다.

클로드 부주교는 음욕으로 부패한 성직자로서, 자기 마음속에 악마의 웃음이 터지는 것을 느낄 수 있는 자이다. 인간에게 아름다움의 원천인 사랑이 신부의 가슴 속에서 끔찍한 악마가 된다는 것을 보여주고 있다. 그는 "나는 네 생명을, 너는 내 영혼을 각각 결정지으려는 순간이다. 난 널 사랑한다. 난 너를 살려낼 수 있다. 너는 이 신부의 것이 되어야만 한다! 자, 결정을 해라. 무덤이냐, 내 잠자리냐!"이라고 하면서 그녀에게 마구 키스를 퍼붓는 자였다.

노트르담의 종 치기 꼽추 카지모도는 외모가 너무나 기형이고 추했기 때문에 남녀 간의 사랑 자체가 불가능했다. 그러나 납골당에서 해골들 사이에서 하나는 여자였고, 그 송장을 꼭 껴안고 있는 또 한 송장은 남자로서, 등뼈가 구부러졌고 머리가 어깨에 들어가 있는 것이 발견되었다. 이 땅에서 이룰 수 없는 사랑이 저세상에서 이루어졌을까?

요한1서 4:7-8에서 "사랑하는 자들아 우리가 서로 사랑하자 사랑은 하나님께 속한 것이니 사랑하는 자마다 하나님으로부터 나서 하나님을 알고 사랑하지 아니하는 자는 하나님을 알지 못하나니 이는 하나님은 사랑이심이라"라고 했다.

54

40일간 금식한 예수를
사탄은 음식으로 유혹하다

존 밀턴, 『복낙원』

(John Milton, *Paradise Regained*)

누가복음 4:3-4에서 "마귀가 이르되 네가 만일 하나님의 아들이어든 이 돌들에게 명하여 떡이 되게 하라 예수께서 대답하시되 기록된 바 사람이 떡으로만 살 것이 아니라 하였느니라"고 했다.

이 돌들에게 명하여 떡이 되게 하라: 영국의 시인 존 밀턴(1608-1674)은 『복낙원』에서 40일간 금식하신 예수님에게 마귀는 음식으로 유혹하는 장면을 무게 있게 묘사하고 있다.

예수님은 "이제 나는/ 어떤 강한 의도에 이끌려 이 광야로 왔다./ 어떤 의도인지 나는 아직 모르나, 알 필요도 없으리./ 내가 알아야 할 바를 하나님은 계시해 주시리."라고 했다.

"만 40일을 광야에서 보냈다./ 금식이 끝날 때까지, 사람의 양식을 맛보지 않았으나/ 굶주림을 느끼지 않았다. 마침내 야수들 속에서/ 굶주림을 알았다. 그들은 그의 모습을 보자/ 온순해졌고,/ 불 뱀도 독사도 그의 걸음을 피해 달아났고,/ 사자도 사나운 범도 멀리서 서성거렸다."

한 초라한 옷을 입은 "노인(능력이 약화 된 마귀)"이 호기심에 찬 눈초리로 예수님의 뒤를 쫓더니, 이렇게 말을 꺼냈다. "그대, 어떤 불운이 이런 곳까지 오게 했소./.내가 물어보고 싶은데, 내가 보기엔 그대는 요즈음/ 요단강에서 새 세례를 베푸는 선지자가 그토록/ 그대를 예우하며 하나님의 아들이라 불렀던 그 사람 같구려."

시골 노인은 자기들은 여기서 단단한 나무뿌리와 줄기를 먹고 살아서 낙타보다도 갈증에 익숙하고, 물을 마시러 멀리까지 간다고 하고는, 시골 노인은 "그러나 그대가 하나님의 아들이라면, 명령하소서/ 이 단단한 돌들이 빵이 되라고./ 그러면 그대 자신과 우리들을 구할 수 있을 것이요/ 우리 천한 것들이 좀처럼 맛볼 수 없는 음식으로 말이외다."

하나님의 아들은 이렇게 대답한다. "빵 속에 그런 힘이 있다고 생각하오?/ 사람은 빵으로만 사는 것이 아니라고 쓰여 있지 않소,/ 하나님의 입에서 나오는 말씀으로 살리라고 쓰여 있지./ 하나님은 우리 조상들을 만나로 먹여주셨고,/ 모세는 산에서 사십일을 지냈으나 먹지도 않고 마시지도 않았소./ 엘리야도 먹지 않고 사십 일간을 이 황무지에서/ 헤매었고, 지금 나도 마찬가지요./ 그대가 내가 누구인지 알듯이, 나도 그대가 누구인지 알아요."

촌노가 이제는 궁인으로 잘 차려입고 나타나서 예수님에게 "그대를 영예롭게 대접하고자 모든 원소로부터/ 일품으로 요리를 준비했으니, 거저 편안히 앉아 드십시오."라고 했다. 예수님이 눈을 들어보니, 넓은 그늘 밑에 널찍한 장소에 궁중식의 호화로운 식탁이 차려져 있었다. 쌓아 올린 접시들 위에 최고로 냄새 좋은 생선류, 쇠꼬챙이에 구운 사냥에서 잡은 짐승들의 고기, 흑해 연안이나 나폴리에서 잡은 진기한 물고기와 조개. 향기 풍기는 술을 차려놓았고, 미소년, 소녀들이 화려하게 차려입고 질서정연하게 서 있었다.

유혹자는 성심성의껏 구세주를 식사에 초대했다. "하나님의 아들이신 그대, 무엇을 주저합니까? 어서 앉아서 드소서." 예수님은 대답했다. "나는 그대의 호화로운 진미를 멸시하고/ 그대의 허울 좋은 선물은 선물이 아니라, 간계로 간주하도다." 그 순간 식탁도 음식도 사라져 버렸다.

고린도전서 10:31에서 바울은 "그런즉 너희가 먹든지 마시든지 무엇을 하든지 다 하나님의 영광을 위하여서 하라"고 했다.

사탄은 예수님을 높은 산으로 데리고 가서 내게 경배하면 천하만국을 주겠다 함: 마태복음 4:8-9에서 "마귀가 또 그를 데리고 지극히 높은 산으로 가서 천하만국과 그 영광을 보여 이르되 만일 내게 엎드려 경배하면 이 모든 것을 네게 주리라"라고 했다.

존 밀턴은 『복낙원』 제3편과 제4편에서 사탄은 예수님을 높은 산으로 데리고 가서 내게 절하고 경배하면 천하만국과 그 영광을 예수님께 주겠다고 유혹했다. (밀턴은 사탄이 예수님을 성전 꼭대기에 올려놓은 유혹과 높은 산 위에 올려놓고 사탄을 경배하라는 유혹을 바꾸어 놓았다.)

사탄은 뱀의 모든 간계를 모아서 예수님을 칭찬한다. "그대의 말은 / 그대의 넓은 마음을 바로 표현하고/ 그대의 마음은 선하고 현명하고 바르니 완전하도다." 이에 우리 구세주는 조용하게 대답했다. "참된 영광과 명예는 하나님이/ 땅위를 둘러보시다가 의로운 사람을 발견하고,/ 인정하셔서 이를 온 하늘을 통해 모든 천사에게/ 알릴 때, 천사들 또한 진심으로 그를 칭송하는 경우니라./ 욥처럼 말이다."
내가 찾은 영광은 나의 것이 아니라,/ 나를 보내시고, 내가 증언하는
그분의 것이로다.“

　이에 사탄은 중얼거렸다. "영광을 그렇게 가볍게 여기지 말라/
영광을 추구하는 그대의 위대한 아버지와는 너무나 닮지 않았도다./
그분은 영광을 추구하여, 영광을 위해 만물을 창조하고,/ 모든 것을
명하고 다스리고, 하늘의 모든 천사도 드리는/ 영광도 부족하여,
인간에게 영광을 요구하니,/ … 그는 영광만을 구하고, 영광만을
받도다."

　사탄에게 우리 구세주는 열렬하게 답한다. "그분의 말씀이 모든
것을 창조했으니,/ 그러나 영광을 위해서만 주된 목적이 아니라,/
그의 선하심을 보여주고, 모든 영혼에게 자유로이/ 그의 선을 알리고
자 함이라. 사람에게/ 찬송과 기도를 요구함은 최소한의 것이니/
이는 감사함의 표시요, 가장 미약하고, 손쉬운 보답이니라." "인간은
그렇게 많은 사랑과 은총을 받았으니,/ 이 보답은 실로 미미하고
부족하도다./ 그런데 인간인 내가 어찌 영광을 구하랴?" 사탄은 답할
말이 없어 가만히 서 있기만 했다. 사탄은 예수님의 미숙한 상태를
벗기고, 세상 제왕들의 위엄을 보게 한다면서, 예수님을 지극히 높은
산으로 데리고 갔다.

　그 산 밑에는 푸른 광대한 광야가 시원하게 내려다보이고, 두 줄기
강물이 굽이쳐 흐르고, 땅에는 곡식과 올리브와 포도가 풍성하고,
풀밭에는 소 떼가 가득하고, 동으로는 인디스강, 서로는 유프라테스
강, 남으로는 페르시아만, 그리고 그 많은 제국을 보라고 한다. 사탄
은 땅 위의 왕국들을 다 주겠다고 한다. 그러나 한 가지 조건이

있는데, 바로 "그대가 땅에 엎드려, 아주 쉬운 일이지만,/ 나를 그대보다 우월한 주님으로 경배하라고/…. 이것도 아니 하고 어찌 그렇게 큰 선물을 받을 수 있겠는가?"

우리 구세주는 사탄에게 경멸로 대답한다. "십계명 중 첫째는 '주 너의 하나님께 경배하고/ 다만 그를 섬기라' 하였느니라./ 그런데 그대는 감히 하나님의 아들더러/ 저주받은 그대를 섬기라 하는가? 떠나가라/ 영원히 저주받을 사탄이로다." 사탄은 쩔쩔매면서 "광야가 바로 그대에게 알맞은 곳이로다."하고, 하나님의 아들을 광야에 내려놓고 사라진다.

출애굽기 20:3에서 하나님은 "너는 나 외에는 다른 신들을 네게 두지 말라"고 하셨다.

사탄은 예수님을 성전 꼭대기에 올려놓고 뛰어내리라 함: 마태복음 4:5-6에서 "이에 마귀가 예수를 거룩한 성으로 데려다가 성전 꼭대기에 세우고 이르되 네가 만일 하나님의 아들이거든 뛰어내리라 기록되었으되 그가 너를 위하여 그의 사자들을 명하시리니 그들이 손으로 너를 받들어 발이 돌에 부딪히지 않게 하리로다"라고 했다.

존 밀턴은 『복낙원』 제4편에서 사탄은 하나님의 아들을 성전 가장 높은 정상에 올려놓고 조롱 섞인 말로 "서 있게 못 하겠으면/ 뛰어내리라. 하나님의 아들이면 안전할 터이니,/ 기록되기를 '그분은 천사들에게 명령하여/ 저들의 손으로 그대를 받들지니, 그대 혹시라도/ 발이 돌에 부딪히지 않도록 할 것이외다.'"고 시험하는 장면을 다루고 있다.

예수님은 "또한 기록되기를,/ 주 너의 하나님을 시험하지 말라."고

하시고는 성전 꼭대기에 섰다. 사탄은 경악하여 강타당한 듯이 쓰러졌다.

이렇게 오만한 사탄이 떨어져 나가자, 천사들의 무리가 그분 앞에 하늘의 식탁 위에 신성한 하늘의 음식과 생명 나무에서 따 온 과일을 놓고, 생명의 샘에서 생수를 가져다 차려놓았다. 지쳐 있는 그를 곧 회복시켰고, 배고픔과 갈증이 치료되었다. 그때 천사들의 합창대가 오만한 유혹자를 이긴 구세주를 위해 승리의 찬송가를 불렀다. "가장 높은 분의 아들이시여, 두 세계 하늘과 땅의 상속자여,/ 사탄의 진압자시여, 그대의 영광된 사업을/ 이제 착수하소서. 그리고 인류를 구하소서."

이같이 천사들은 하나님의 아들이시오, 온화한 우리의 구세주를 승리자로 찬송하고 하늘의 성찬으로 원기를 북돋워 기쁘게 그의 길로 인도하니, 예수님은 눈에 띄지 않게 고향 어머니의 집으로 혼자 돌아갔다.

히브리서 1:3에서 "이는 하나님의 영광의 광채시오 그 본체의 형상이라 그의 능력의 말씀으로 만물을 붙드시며 죄를 정결하게 하는 일을 하시고 높은 곳에 계신 지극히 크신 이의 우편에 앉으셨느니라"라고 했다.

55
허황된 미국인의 꿈

스콧 피츠제럴드, 『위대한 개츠비』
(Scott Fitzgerald, *The Great Gatsby*)

시편 94:11에서 "여호와께서는 사람의 생각이 허무함을 아시느니라"라고 하시고, 베드로전서 1:24에서 "그러므로 모든 육체는 풀과 같고 그 모든 영광은 풀의 꽃과 같으니 풀은 마르고 꽃은 떨어지되"이라고 함으로써 하나님이 없는 사람의 생각과 인생이 허무함을 말씀하고 있다.

미국의 소설가 스콧 피츠제럴드(1896-1940)는 『위대한 개츠비』(1991)에서 제1차 세계대전 직후 온갖 사치와 향락이 난무하던 '재즈의 시대'였던 1920년대 미국을 배경으로 무너져 가는 아메리칸드림(미국인의 꿈)을 예리한 필치로 그려내고 있다.

소설의 화자인 닉 캐러웨이는 젊은이로서 예일 대학에서 교육받고 증권 사업을 연구하기 위해 1922년 여름에 뉴욕으로 와서 롱아일랜드 지역의 웨스트 에그의 셋집에 들게 된다. 이 지역은 새로 갑부들이 된 자들이 사는 곳으로, 닉의 이웃에는 거대한 저택에 살면서 토요일 밤마다 호화판 파티를 벌리는 억만장자 제이 개츠비가 살고 있었다.

닉은 사촌 동생뻘 되는 데이지와 그녀의 남편 톰 뷰캐넌에게 식사 초대를 받아 갔다. 그들은 뉴욕의 확립된 상류계급이 사는 이스트

에그의 부르주아 지역에 산다. 톰은 엄청난 부자로 닉과는 예일 대학 동창이다. 그곳에서 닉은 직업 골프선수인 죠르단 베이커라는 불성실하지만, 아름다운 여성을 만나게 되어 그녀의 매력에 끌린다. 닉은 베이커를 통해 톰은 자동차 수리소 주인인 죠지 윌슨의 아내 멀털과 부정한 밀회를 거듭 갖는 것도 알게 된다. 그리고 데이지는 미모가 뛰어났기에 젊은 장교들의 동경 대상이었으며, 그 당시 제이 개츠비 중위와 서로 사랑하게 되었으며, 잠자리도 함께했다는 것과 데이지는 개츠비가 참전했다가 돌아올 때까지 기다리기로 했으나, 개츠비가 전선에 참가한 후에 데이지는 톰과 결혼하게 되었다는 것도 알게 된다.

닉은 개츠비의 파티에 초청받게 되고, 개츠비는 데이지와의 옛사랑을 회복하기 위해 뉴욕에 와서 데이지가 사는 집 가까이에 굉장한 저택을 구입하여 토요일마다 호화판 파티를 연다는 속내를 말한다. 개츠비는 닉과 함께 화려하게 꾸며진 자기 집 수영장에서 즐기면서도 불안한 표정으로 닉에게 데이지를 티 파티에 데리고 와달라고 간청한다. 닉이 그렇게 하겠다고 말하자, 개츠비는 일꾼들을 시켜 닉 집의 정원의 잔디를 깎게 하고, 크게 돈벌이가 되는 사업에 동업하자고도 하고, 데이지를 데려오는 수고비도 주겠다고 한다. 닉은 개츠비의 제안을 거절하지만, 데이지를 데리고 오겠다고 한다.

개츠비와 데이지가 만나는 날, 비가 내리고 있었다. 개츠비는 데이지와의 만남을 처음에는 너무나 어색하게 대했다. 그러나 그들이 반 시간 정도 만나고 난 다음에는, 데이지는 기쁨의 눈물을 흘리고, 개츠비는 얼굴이 상기되어 있었다. 비는 그치고, 개츠비는 닉과 데이지를 자기 집의 구조와 가구들을 보여주었다. 데이지는 개츠비의 엄청난 경제적인 성공과 화려한 삶에 압도되고, 개츠비가 굉장한 영국제 와이셔츠들을 수집한 것을 보여줄 때, 데이지는 감동되어 울기 시작했다. 개츠비는 데이지에게 그 많은 밤 동안 데이지가 사는 선창을 바라보면서 그들의 미래의 행복을 꿈꾸고 있었다고 말한다.

닉은 개츠비가 데이지를 이상화하고 있다는 것을 알았다. 그러나 데이지가 개츠비의 기대를 충족시킬 수 없을 것으로 생각했다. 그들의 낭만은 다시 불붙는 것 같았다. 개츠비는 자신이 고용한 피아노 연주자에게 피아노를 연주하게 했다. 개츠비의 감정은 데이지를 만난 후부터 가장 순수하고 가장 깊은 의미가 있는 것 같았다. 데이지도 진실한 것 같았다. 개츠비는 영국의 봉건시대의 봉건 영주처럼 화려한 삶을 누리면서, 데이지와의 과거의 의미가 미래를 불러일으키도록 하려고 했다. 개츠비는 시간을 멈추고 과거를 만회하려고 재치 없는 계획을 세우고 있었다.

개츠비는 북 다코타 주의 농부의 아들로 태어났다. 대학에서 등록금을 마련하기 위해 청소 일을 하다가 싫증이 나서 2주 만에 대학을 그만두고, 여름 동안 연어와 조개잡이를 했다. 어느 날 개츠비는 화려한 요트를 보았는데, 보트를 저어가서 요트 주인 덴 코디 씨에게 폭풍이 올 것을 경고하고 대피하라고 했다. 덴 코디 씨는 구리광산 사장으로 거부였다. 그는 개츠비를 개인 조수로 채용하여 함께 북아프리카의 바바리 해안과 서인도로 여행했다. 그때 개츠비는 부와 호화스러움을 사랑하게 된다. 개츠비의 일은 심한 술꾼인 코드 사장을 돌보는 일이었다. 코드 사장은 죽으면서 개츠비에게 2만 5천 달러를 주었는데, 코드 사장의 정부가 그 유산을 받지 못하도록 방해했다. 그때부터 개츠비는 자신이 부자로 성공한 사람이 되기를 작심

한다.

닉은 개츠비와 데이지의 만남을 주선한 후에 몇 주간 동안 그들을 만나지 못했다. 어느 날 오후 닉이 개츠비와 차를 한잔하려고 방문하였다가 톰과 그의 친구들이 와있는 것을 보고 의아하게 생각한다. 개츠비는 불안하고 흥분한 듯이 보였다. 톰은 개츠비를 멸시하는 눈치였고, 데이지가 혼자서 개츠비를 방문하는 것을 못마땅하게 비판하고 있었다.

토요일 밤에 톰과 데이지는 개츠비의 집에 초대받았다. 톰은 파티가 싫었으나 데이지를 눈여겨보기 위해 참석한다. 파티의 분위기는 숨 막히고 어색하였다. 톰은 데이지에게 개츠비의 엄청난 재산은 주류밀매업으로 이루어진 것이라고 하자, 데이지는 화를 내면서 개츠비의 재산은 약품 연쇄점을 통해서 이루어졌다고 항변한다.

데이지와 톰이 떠난 후, 개츠비는 닉에게 데이지가 톰을 떠나 자기와 함께 옛날처럼 사랑하며 살기를 원한다고 말한다. 닉은 과거를 재창조할 수는 없다고 말한다. 개츠비는 돈이면 어떤 문제든지 해결할 수 있다고 말한다.

닉은 개츠비의 데이지에 대한 개념 자체가 꿈인 것을 알았다. 개츠비는 옛날 루이스빌에서 자신을 사랑한 아름답고 향기로운 데이지의 모습 그대로를 생각하고 있었다. 그렇지만 톰과 그의 귀족적인 이스트 에그 사람들은 개츠비가 돈은 많지만, 자신들과 같은 사회 뉘앙스나 귀족적인 우아함은 없다고 생각하여, "새로운 돈부자"인 개츠비를 멸시하고 조롱한다.

여름철 가장 더운 날에 닉은 톰과 데이지의 집에 점심을 초대받아 간다. 개츠비와 죠르단 베이커 양도 초대받아 와있었다. 유모가 데이지의 딸을 데리고 들어오자, 개츠비는 어리벙벙하여 믿지 못하겠다는 표정을 짓는다. 개츠비와 데이지는 서로 사랑하고 있음이 눈에 역력하게 보일 정도이다. 톰은 개츠비와 데이지의 관계를 짐작하게 되고, 공개적으로 개츠비가 술 밀매로 돈을 모았다고 공격을 가한다. 개츠비는 데이지에게 자신을 사랑한다는 것을 톰에게 고백하라고 한다.

데이지는 지루함을 견딜 수가 없다면서 뉴욕으로 가자고 한다. 닉과 톰과 죠르단 베이커는 개츠비의 차를 몰고 가고, 데이지는 톰의 차를 운전하면서 개츠비만을 태우고 간다. 데이지는 부주의하여 어떤 여인을 치어 죽게 한다. 그 여인은 자동차 수리소 주인인 죠지 윌슨의 아내 멀털이었다. 개츠비는 자기가 운전하다가 멀털을 죽게 했다고 말하여, 사고 책임을 자신이 진다. 개츠비는 데이지를 위한 것이라면 얼마든지 자신을 희생할 수 있다는 것이다. 개츠비는 새벽 4시까지 데이지의 집 앞에 서서 만일의 경우 데이지를 보호하려고 했으나, 톰과 데이지 사이에 아무런 일도 일어나지 않았다. 닉은 개츠비에게 데이지를 잊어버리고 롱아일랜드를 떠나라고 권유한다.

멀털의 남편인 자동차 수리소 주인 죠지 윌슨은 아내 멀털이 사고로 죽기 전에 다른 남자와 밀회하며 간통 짓을 하고 있었다는 것을 알게 된다. 윌슨은 아내에게 하나님의 눈은 속이지 못한다고 했다는 것이다. 윌슨은 추리하기를 자기 아내를 죽게 한 자동차를 운전하던 자가 자기 아내와 밀회한 남자라고 단정을 지었다. 윌슨은 "하나님은 복수를 원하신다."라고 말하고는 개츠비를 찾아갔다. 개츠비는 수영장 위에 공기 매트리스를 띄워놓고 그 위에 편안히 누워서 하늘을 쳐다보고 있었다. 윌슨은 총으로 개츠비를 쏘아 죽이고, 그 자리에서 자기도 자살한다.

닉은 급히 개츠비의 집으로 달려갔다. 수영장 위의 공기 매트리스 위에 죽어 있는 개츠비를 발견한다. 개츠비는 데이지가 없는 삶은 꿈이 없는 삶이요, 삶 자체가 공허하고 무의미하기에 환멸을 느끼고 있었을 것이다. 개츠비의 장례식에는 닉과 몇 명의 하인들과 개츠비의 부친뿐이었다. 톰과 데이지는 주소도 남기지 않고 뉴욕을 떠나버렸다. 닉도 뉴욕을 떠나기로 했다.

개츠비는 부와 데이지 모두를 이상화하였다. 개츠비가, 변덕스럽고 천박한 데이지를 그의 삶의 중심으로 삼고, 부를 축적함으로써 데이지와의 과거의 사랑을 재생할 수 있다는 특별한 비전에 희망을 둔 것 자체가 허상이었다. 개츠비의 부를 축적함으로써 성공하려는 꿈은 1920년대 아메리칸드림의 상징이었다. 행복을 추구하는 미국인의 꿈은 단순히 부를 위한 추구로 퇴화되어버린 것이다. 개츠비의 비극은 이런 퇴화를 인식하지 못한 것에 있다. 비록 자신의 꿈을 현실화시키는 개츠비의 힘이 그를 "위대하게" 만든 것이라고 해도, 꿈의 시대는 (개츠비의 꿈과 미국인의 꿈) 지나가 버린 것이다.

잠언 31:31은 "고운 것도 거짓되고 아름다운 것도 헛되나 오직 여호와를 경외하는 여자는 칭찬받을 것이라"라고 하시고, 잠언 1:7은 "여호와를 경외하는 것이 지식의 근본이거늘"이라고 하심으로서 하나님을 경외하는 남녀는 칭찬받고 삶의 보람을 갖게 되리라.

56
근로자를 위해 헌신한 잔다크

베르톨트 브레히트, 『도살장의 성 요한나』
(Bertolt Brecht, *Joan of the Stockyards*)

잠언 10:15에서 "부자의 재산은 그의 견고한 성이 되지만, 가난한 사람의 빈곤은 그를 망하게 한다"(표준)라고 함으로써 부자들(자본주의)와 가난한 사람들(노동계급)의 본질에 관해 말씀하고 있다.

독일의 극작가 베르톨트 브레히트(1898-1956)는 『도살장의 성 요한나』에서 가공의 시카고를 배경으로 "검은 밀짚모자"라는 구세군 형의 종교단체의 일원인 요한나(영어로는 Joan Dark 잔다크)가 도살장에서 일하는 근로자들을 위해 헌신하다가 희생당하는 씁쓸한 모습을 묘사하고 있다. 이 작품의 주제는 거대한 도살장의 근로자들이 말하는 "먼저 먹고, 그 후에 도덕"이란 주제를 다루고 있다. [베레히트는 15세기 프랑스를 영국으로부터 해방하는데 공헌한 잔다르크(Joanne d' Arc)의 생애를 모방했으나, 주인공의 이름을 잔다크(Joan Dark 어두움)라고 했다.]

증권 거래소는 공경에 빠졌다. 브렉 스트로 헷츠(검은 밀짚모자란 뜻, 구세군 형의 기독교 조직체) 회원인 잔다크는 육류시장의 대실업가인 피에르포인트 모울러 회장에게 왜 도살장을 팔려고 하느냐고 물었다. 모울러 회장은 도살장에서 처음으로 동물들이 살육당하는 것을 보고서 피 흘리는 직업이 너무나 비위가 상해서 사업계를 떠나겠다고 했다. 모울러 회장은 잔다크의 단순성과 아름다움에 정신이 아찔함을 느꼈다. 모울러는 근로자들로부터 강압적으로 돈을 모아서 잔다크에게 주면서 가난한 사람들에게 나누어 주라고 했다. 잔다크는 거절했다.

모울러 회장은 동료 사업가인 크라이덜에게 자기에게 할당된 배당 주식을 팔아버리고, 품위 있는 사람이 되기를 원한다고 했다. 모울러가 도살장을 팔게 되면, 도살장들에서 일하는 50,000명의 근로자들의 생계를 위협하게 된다. 모울러는 크라이덜에게 자기 회사를 넘기는 조건으로 육류계의 라이벌인 렌녹스 업체를 망하게 하자고 했다. 모울러는 감상적이면서 무자비한 역설적인 인물이었다. 동물이 살육당하는 것을 볼 수 없으면서도, 다른 인간이 파멸되기를 원하는 자였다.

렌녹스의 공장 앞에서 근로자들이 인금 인상을 위해 항의 대모를 하고 있었다. 신문배달 소년이 렌녹스가 공장을 폐쇄하게 되었다고 외치면서 신문을 돌렸다. 렌녹스가 경제적인 실패를 겪게 되도록 하자고 하지만, 진짜 고통당하는 것은 근로자들이었다.

한 무리의 브렉 헷츠 선교회 회원들이 찬송을 부르면서 행진하고 있었다. 이들의 목표는 불신 사회에 하나님을 전하는 일이었다. 그들의 문제는 이 세상이 아니라, 내세의 문제라고 했다. 이 때 잔다크는 시위하는 근로자들에게 노사 갈등을 해소하기 위해 폭력을 사용하지 말라고 했다. 근로자들은 아무런 반응을 보이지 않았다. 근로자들은 하나님보다 일자리에 관심이 있었다. 굶주리고 있는 사람들에게 내세에 대한 약속은 무의미했다. 잔다크는 근로자들의 비참함을 보고,

누구의 책임인가를 알고자 했다. 다른 브렉 헷츠 회원이 잔다크에게 세상 갈등 문제에 관여하지 말라고 했으나, 잔다크는 노사문제를 알아야 한다고 했다. 잔다크의 근로자에 대한 건전한 관심은 다른 선교회원과는 달랐다.

근로자들의 문제를 알기 위한 노력으로, 잔다크는 모울러 회장을 만났다. 모울러 회장은 이상하게 잔다크에게 관심을 가졌으나, 그녀의 생각은 비현실적이라 생각했다. 모울러는 가난한 자들은 사악하기 때문에 동정받을 가치가 없다고 했다.

모울러 회장의 말에 놀란 잔다크는 그 이유를 알기를 원했다. 모울러는 동료 거물 사업가로 하여금 잔다크를 데리고 근로자들을 둘러보게 했다. 잔다크는 근로자들이 정말 사악한 것을 보았다. 그러나 그들을 사악하게 만든 것은 가난 때문인 것을 알게 되었다. 그들은 생존하기 위해서 무슨 짓이든지 해야만 했다. 도덕이란 경제적인 여유를 가진 자들만이 누리는 사치임을 알았다. 잔다크는 큰 사업기관도, 심지어는 브렉 헷츠 선교회도 부패한 것을 보기 시작했다.

모울러의 도살장 처분 여하의 행동에 따라 시장을 혼란에 빠뜨렸다. 축산업, 포장업, 도매업 등 모두가 파산을 당하지 않을까 두려워했다. 그러나 모울러는 관련된 업종들이 파산하는 일에는 무관심했다. 사람들이 모울러를 욕하고 있을 때, 북소리가 울렸다. 브렉 헷츠가 잔다크를 앞장세우고 행진하고 있었으며, 그리고 빈곤자들의 대군대가 뒤따라 왔다. 모울러가 놀라고 당황하여 포장업자들로부터 물건을 구입함으로써 시장이 무너지지 않게 하겠다고 했다.

모울러는 어려운 가운데 고통당하는 가난한 사람들을 보고서 영향을 받았는지, 자기 저택에서 앉아서 생각에 잠겼다. 동료 거물 실업가는 모울러가 포장 업자들과 거래하다간 아마도 파산할 것이라고 했다. 그러나 모울러는 자기는 저질이 아니라고 했다. 실업가들은 몇 명의 국회의원들에게 뇌물을 주고 관세를 낮추도록 하고는 포장 업자들로부터 물건을 사려했다. 그러나 모울러는 저택밖에 잔다크가 있는 것을 보고서 크게 놀랐다. 이번에는 축산업자들을 동원하여 왔기 때문이다. 축산업자들은 모울러에게 자기들의 가축들을 구매해 달라고 요구했다. 모울러는 잠깐 속으로 계산해 보더니 구입하겠다 고 동의했다. 모울러 같은 악한 자도 좋은 일을 하려고 한다는 것이다.

브렉 헷츠 선교회 본부에서 그 교단 대표인 스나이더 소령은 포장 업자들에게 선교회로 헌금해 주시면 고맙겠다고 한다. 스나이더 소 령은 굶주리는 근로자들에게 설교하기를, 불행은 사람들(고용주들) 때문에 일어나는 것이 아니라, 비가 오는 것처럼 그냥 발생하는 것이 라고 한다. 스나이더 소령은 매월 800불씩 헌금해 주시면, 감동적인 설교가 계속될 것이라고 했다.

잔다크는 스나이더 소령이 하는 설교는 부자들로 하여금 그 설교 (종교)를 이용하여 가난한 사람들의 반항을 진압하는데 사용한다는 것을 알게 되었다. 잔다크는 선교회를 이용하려는 포장 업자들을 선교회에서 나가라고 했다. 잔다크의 이런 행동은 예수님께서 돈 바꾸는 사람들을 성전에서 내어 쫓아내시는 것을 생각나게 한다. 잔다크의 행동은 보다 현실에서 굴러먹은 스나이더 소령을 화나게 했다. 스나이더 소령은 오히려 잔다크를 선교회에서 나가라고 명령 한다. 스나이더 소령은 마치 교회가 성전에서 돈 바꾸는 일을 하고 있음을 나타내고 있다. 잔다크는, 예수님처럼, 오해받고 핍박을 받게 된다.

잔다크는 모울러 회장을 방문하여 자기의 불행을 자세하게 말한
다. 모울러는 감동되어 눈물 지우면서, 돈을 줄 테니 브렉 헷츠 선교회
로 가서 탐욕스런 건물 주인에게 밀린 집세를 주라고 한다. 모울러는
콧노래로 자본주의와 종교는 서로 의지하며 돕는 것이 좋다고 한다.
잔다크는 모울러의 돈을 거절하고, 자신들의 권리를 요구하면서 가
축 사역 장에 모여 있는 가난한 사람들과 함께 서서 항의 시위에
가담하겠다고 한다.

잔다크는 가난한 근로자들의 투쟁에 가담한다. 브렉 헷츠 선교회
가 와서 내세의 영광을 설교하지만, 가난한 사람들은 설교에 반응을
보이지 않는다. 한 근로자가 공산주의만이 기업심을 가지고 있다고
선전한다.

가축 교환시장에서 모울러는 포장 업자들에게 가축을 팔겠다고
한다. 그러나 가격은 자기가 결정하겠다고 한다. 가축교환 시장에서
모울러 회장은 스리프트 회장의 도움을 받아 가축 값을 올리고 또
올린다. 그리고서 모울러는 경찰을 동원하여 가축사육장에 운집한
파업자들을 공격하여 강제 해산하게 한다. 기자들은 존을 만나게
되는데, 그들은 존이 아직도 브렉 헷츠 선교회에 속한 줄로 알고
있다. 잔다크는 기자들에게 자본주의는 시소노리 꾼이라고 한다.
한쪽에서는 돈 많은 자본주의자들이 있고, 다른 쪽에는 가난한 무리
들이 있다고 한다. 근로자들은 폭력이 필요하다고 더욱더 강하게
주장한다. 잔다크는 자기에게 위탁 된 메시지를 전달할 수가 없음을
인식한다. 잔다크는 폭력을 행사하는 일에는 가담할 수 없다고 생각
하기 때문이다. 잔다크는 아직도 잘난체하는 면이 있어서 가난한
사람들의 눈앞의 빈곤을 알지 못하는 것 같다.

기대치 않게 가격이 떨어졌다. 모울러가 파산하게 되었다. 모울러는 브렉 헷츠 선교회를 찾아와서 자기는 죄인이라고 하고 구원을 받겠다고 한다. 브렉 헷츠 선교회는 별로 달가워하지 않는다. 모울러는 선교회에게 자기의 영혼을 구원해 달라고 하지만, 선교회는 모울러의 돈에 관심을 갖고 있었다. 모울러는 전적으로 파산된 것은 아니었다. 모울러가 가축 업계를 떠나자 시장이 혼란 상태에 빠졌다. 포장 업자들과 거상들이 찾아와서 모울러에게 축산업계로 돌아와서 모두를 도와달라고 탄원한다. 모울러는 주저하다가 다시 축산업계로 돌아오겠다고 한다. 그는 브렉 헷츠 선교회를 돕겠다고 하고, 선교회도 계속 하나님의 메시지를 설교해주기를 바란다고 한다. 선교회는 자신의 사업에도 대단히 도움이 된다고 한다. 그는 시장과 재정 사정이 붕괴 직전에 처하게 되는 것은 하나님과의 관계가 잘못되어 있기 때문이라고 하다. 그는 동업자들에게 종교를 품어야지, 그렇지 않으면 그들의 재산이 소멸될 것이라고 하고, 하나님께로 돌아오는 것이 그들을 곤궁에서 구원하게 될 것이라고 했다.

가축사육 장에서 잔다크는 전체적 파업이 실패한 것을 보게 된다. 그녀는 총파업에 가담하여 활동해온 자신의 역할이 실패한 것을 인식하게 되고, 너무나 좌절한데 더하여 그동안의 피곤으로 쇠약해져서 폐렴으로 기절하여 쓰러지게 된다. 죽어가는 잔다크를 브렉 헷츠 선교회로 옮겨 놓았다. 모울러는 브렉 헷츠 선교회에서 설교를 하고, 잔다크는 죽어가면서, 가난한 사람들이 고통을 면하려면, 힘이 필요하다고 한다. 그러나 모울러와 거상들과 브렉 헷츠 선교회는 잔다크의 말을 무시해 버린다. 그들은 잔다크는 성자로서 브렉 헷츠 선교회의 이념을 위한 순교자라는 말을 퍼뜨린다. 잔다크는 냉혹한 자본주의자와 파업자들과 몹시 가난한 근로자들의 세상에서 냉소적인 쓰라린 순교자로 죽어간다.

잔다크는 진실(진리)를 위해 타협 없는 탐색을 함으로써 영웅적인 인물이었다. 그녀는 헌신적인 신앙인으로부터 헌신적인 혁명가로 바뀌게 된다. 잔다크가 인식하게 된 것은, 투쟁해야 하는 것은 부도덕이 아니라 빈곤이라는 것이다. 잔다크는 파업에 가담하면서도 선교회 신앙에서 전적으로 벗어날 수가 없었다. 잔다크의 비극은 총파업이 실패로 끝남에도 불구하고 총파업에 용기와 성실성을 가지고 헌신적으로 가담해야 했다는데 있다.

모울러는 무국적인 자본주의의 개념을 지닌 환상적인 인물이다. 그는 시카고의 축산업계 상권을 장악하고 있는 거부이다. 그는 사회에 유익한 일에 공헌하려고 노력한다. 자본주의 체계의 정신으로 사회악에 빠지지 않도록 노력하면서 거대한 회사를 운영하고 있다. 잔다크가 모울러로 하여금 그의 부정한 사업운영 때문에 가난한 자가 희생당하는 것을 보라고 강요했을 때 그는 마음이 약해지기도 한다. 그럼에도 모울러는 파업자들을 교묘한 방법으로 시장경제를 조종하고 경찰을 동원함으로써 파업자들을 간접적으로 진압하려 하고 있다.

57

거짓으로 가득 찬 부조리한 삶

알베르 까뮈, 『전락』
(Albert Camus, *The Fall*)

빌라도는 예수님을 십자가에 못 박으라고 내어주고 난 다음 "빌라도는, 자기로서는 어찌할 도리가 없다는 것과 또 민란이 일어나려는 것을 보고, 물을 가져다가 무리 앞에서 손을 씻고 말하기를 '나는 이 사람의 피에 대하여 책임이 없으니, 알아서 하시오'"라고 거짓된 몸짓을 하였다(미 27:24).

프랑스의 부조리 문학 소설가이자 극작가인 알베르 까뮈(1913-1960, 1957년 노벨 문학상)는 『전락』에서 이전에 파리에서 유명한 변호사였던 클라망스(Clemence)가 네덜란드의 암스테르담의 술집에서, 센 강의 다리 위에서 투신자살하려는 여인을 구하지 않고 못 본체하고 지나 가버린 자임을 말하면서 자기는 거짓으로 가득 찬 부조리한 삶을 살아온 인간임을 고백하고 있다. 그에게는 신도 없고 섬길 주인도 없기에 그는 고독자이다. 신이란 말에는 더 이상 의미가 없다는 것이다. 그러기에 인간은 자유라는 것이지만, 이 자유에서 오는 인간의 행동은 부조리하다는 것이다.

장 바티스타 클라망스는 파리에서 꽤 유명한 판사요 변호사 노릇을 하고 있다가 지금은 네덜란드의 암스테르담에 '멕시코 시티'라는 바(주점)에 와서 낯선 사람과 대화를 나누면서 자기 이야기를 독백식으로 이야기하고 있다.

클라망스가 파리라는 아름다운 휘황찬란한 수도로부터 암스테르담이라는 해변보다 낮고 축축하고 차고, 안개가 드리운 가운데 희미하게 네온사인 불빛이 줄지어 있는 장소로 왔다는 자체가 클라망스가 파리사회의 고도로 높은 계급으로부터 암스테르담의 어둡고 음산한 단테의 지하세계 같은 곳으로 전락한 것을 상징적으로 나타내고 있다.

클라망스가 자주 출입하는 '멕시코 시티'라는 바는 세계 제2차 대전 때 유대인 지역으로 히틀러의 군대가 유대인들을 색출하여 대학살을 자행하던 곳이요 그리고 '멕시코 시티'는 스페인에 침략당하여 파괴된 멕시코를 상징한다. 클라망스는 "나는 역사에서 가장 큰 범죄의 자리에서 살고 있다."라고 말한다. 그러기에 『전락』은 어떻게 인간이 히틀러나 스페인 같은 악을 행할 수 있는가를 설명하고 있는 것이다.

클라망스는 '멕시코 시티'란 바에 앉아 외국인(독자들)에게 별생각 없이 이야기를 나누고 있다. 그들은 서로 파리에서 온 동포들임을 알아보고 가까이 대화를 나눈다.

클라망스는 파리에서 꽤 유명한 변호사 노릇을 할 때, 꽤 성공적이고 존경받는 변호사로서 본래 완전한 삶을 살았다. 그의 일의 대부분은 "과부나 고아"를 위한 것, 즉 가난한 자와 권력이 없는 자를 위한 것이었다. 털끝만큼이라도 부당하게 희생당한 듯한 낌새를 느끼면, 그는 변호사 복을 입고 폭풍우와도 같이 맹렬한 활동을 개시했다. 사람들은 클라망스 변호사는 매일 밤 정의의 신과 잠자리를 같이 한다고 진지하게 생각할 정도였다. 그의 정확한 어조, 적당한 감동, 변론의 설득력과 정열, 그리고 지그시 억누르면서 터뜨리는 분노 같은 태도 때문에 사람들을 감동시켰다.

클라망스는 거리에서 외국인들에게 친절하게 길을 안내해주는데 항상 기쁨을 느끼고, 버스에서 자리를 다른 사람들에게 양보하고, 가난한 사람들을 돕고, 무엇보다도 맹인들을 도와 길을 건너게 하였다. 그는 자신을 순수하게 다른 사람들에게 봉사함으로서 지고의 미덕을 나타내었다.

거기에 더하여 클라망스의 체격도 당당한 편이어서 숭고한 태도를 나타내어 보이기란 그에게는 조금도 어려운 일이 아니었다. 그런 당당한 외모의 클라망스는 법정에서 자신은 성실한 감정을 가지고 자신의 입장이 떳떳하다는 마음으로 양심의 평정을 누릴 수 있었다는 것이다. 법률을 존중하는 감정, 재판하는 일게 정당한 이치가 있다는 만족감, 자기 자신을 존중할 수 있는 기쁨 등, 이런 것들이 자기를 분발하게 하고 전진시키는 강력한 원동력이 되었다는 것이다. 반대로, 인간에게서 이런 것들을 빼앗아 버린다면 인간은 침을 질질 흘리는 미친개나 다를 바가 없다고 생각한다는 것이다.

11월의 일이었다. 그날 밤 클라망스는 센 강을 건너 집으로 돌아오는 길이었다. 안개비가 내리고 있어서 사람들의 그림자도 드물었다. 여자 친구와 막 헤어지고 오는 길이라, 약간 몽롱한 기분으로 걷는 것이 즐거웠다. 몸은 차분하게 가라앉고, 부슬부슬 내리는 비처럼 따스한 피가 온몸에 감돌고 있었다. 그 때 클라망스는 다리 위에서 난간에 기대고 있는 여인의 뒤를 지나가게 되었다. 가까이 다가가 보니, 검은 옷을 입은 날씬한 젊은 아가씨였다. 그녀는 강물이 흘러가는 것을 내려다보고 있는 듯했다. 거무스름한 머리와 외투 깃 사이로 청초하게 젖은 목덜미가 드러나 있어 그의 가슴을 설레게 만들었다. 그런 텅 빈 거리에서 늦은 밤에 여인이 다리 난간에 서 있다는 것이 이상했다. 그러나 클라망스는 잠시 머뭇거리다가 계속해서 걸음을 옮겼다. 약 50미터쯤 걸어갔을 때, 강물 속으로 뛰어드는 소리가 풍덩하고 들렸다. 꽤 떨어져 있었는데도, 밤의 정적을 깨고 굉장한 소리로 울렸다. 그는 우뚝 걸음을 멈추었다. 클라망스는 "그 순간 절규하는 소리가 몇 번이나 들렸습니다. 한 번 긴 여운을 남기며 강을 흘러내려 가더니, 이윽고 뚝 끊어졌습니다."라고 말했다.

클라망스는 이럴 때 둘 중의 하나를 선택해야만 했다. 그녀 뒤를 좇아 물 속에 뛰어들어 자살하려는 자를 구해 내든지, 그러면 이 썰렁한 날씨에 자칫하면 자기도 죽을지도 모른다고 생각했다. 또 다른 행동은 못 본체하고 죽게 내버려 두든지, 그러면 구해주지 않았다는 야릇한 죄책감의 씨가 되겠지 하는 것이었다.

클라망스는 달려가려고 생각했지만 발이 움직여지질 않았다. 일 초라도 빨리 서둘러야겠다고 생각하면서도, 어쩌지 못하는 무기력함이 온몸에 퍼지는 듯했다. 무슨 일이 벌어졌는지 분명히 알았지만, 아무런 행동도 취하지 않았다. 뒤돌아보지도 않았다. 클라망스는 자신이 약자와 불행한 자들을 위해 사심 없는 변호자라고 생각하고 있음에도 불구하고, 그는 단순히 이 사건을 무시하고 계속 집으로 갔다. 물에 빠진 여인을 구해줌으로서 자신이 어려운 일에 처할지도 모른다는 이기적인 생각에서였다. 어떤 방향으로 선택하든지 인간 선택은 부조리한 상황인 것이다.

그 이후부터 클라망스는 밤에 절대로 다리를 건너지 않는다. 그

때마다 그는 투신자살한 여인을 생각하고 죄의식에 사로잡히는 것이다.

여인의 자살 사건 이후 몇 년이 지나서 자신의 기억 속에서 여인의 자살 사건을 깨끗이 씻어버릴 노력을 하고 있었다. 어느 가을날, 기분 좋은 하루 일이 끝난 후, 저녁에 집으로 가는 도중에, 그는 텅 빈 센 강변에 멈추어 서서 자살 사건을 생각하고 있었다.

클라망스는 "나는 행복했다."라고 하면서, 좋은 하루였다고 말한다. 그는 고객들과 악수하고, 그리고 고위층의 위선적인 지도자들과 즉흥적인 화려한 사귐을 갖고, 마치 권력을 가진 자처럼 느껴졌다. 그는 마음이 들떠서 만족한 담배를 피우려고 할 때, 그 순간에, 그의 등 뒤에서 웃음소리가 터져 나왔다. 그는 되돌아서서 보니 그 웃음소리는 그를 보고 웃는 것이 아니라, 조금 떨어진 곳에서 친구들끼리 대화하면서 웃는 소리였다. 그런데 클라망스는 그 웃음소리가 분명히 그의 뒤에 있는 강물에서 나오는 것 같았다고 한다. 그 웃음소리는 경고하는 것 같았다. 왜냐하면 그 웃음소리는 몇 년 전에 센 강물에 뛰어들어 자살하려는 여인을 구하지 못한 일을 생각하게 했기 때문이다. 그는 자신이 이기심 없는 사람이란 것을 자축하려는 순간에, 불행히도 그는 자살하려는 여인의 생각을 하게 되었다. 그 웃음은 처음에는 "마음으로부터 우러나오는, 거의 우정 어린 웃음"이었다고 생각되었으나, 그 다음 순간 그 웃음은 자신을 "마음으로부터 우러나오는 남을 괴롭히는 위선자"로 생각하게 했다. 이것은 그 웃음이 클라망스 자신의 내부 차원의 것임을 의미한다. 센 강가에서의 저녁은, 클라망스에게는, 그의 진정한 자아와 그의 과장된 자아 이미지와의 사이에서의 충돌임을 나타낸다.

클라망스 자신의 위선적인 행위는 고통스럽게도 분명했다. 클라망스 주위에 웃음소리는 그치지 않았다. 아무리 몸부림치면서 노력을 해 보았으나, 그 웃음소리로부터, 호의적이고 거의 애정에 가까운, 그러면서도 그에게는 기분 나쁘게 생각되었던 여운을 제거해 버릴 수는 없었던 것이다. 그런데 어느 날, 클라망스는 어떤 여자를 꾀어서 여행을 떠나, 대서양 항로의 배 위에 있었다. 그는 그 배 위에서 바닷물을 바라보는 순간, 투신자살한 그 여자를 생각한 것이다. 몇 해 전에 센 강 다리 위에서 그의 등 위에서 울려온 그 절규가 강물을 타고 도버 해협으로 실려 와서, 대서양의 무한한 공간을 거처 세계를 떠돌아다니면서 그를 기다리고 있다는 것이다.

클라망스는 "오, 아가씨여, 다시 한번 물속에 몸을 던져다오! 그렇게 하면 나는 이번에야말로 우리 둘을 함께 구할 수 있을지도 몰라!" 라고 절규한다. 이번에야말로 라고! 물은 몹시 차갑거든요? 이제는 때가 늦었답니다. 앞으로도 역시 영원히 때는 늦었답니다.

마태복음 16:48-49에 보면 유다가 유대인들에게 암호를 정하여 주기를 "내가 입을 맞추는 사람이 바로 그 사람이니, 그를 잡으시오" 하고 말해 놓고는 유다가 곧바로 예수께 다가가서 "안녕하십니까? 선생님!"하고 말하고, 입을 맞추었다. 유다는 예수님에게 거짓된 사랑으로 입을 맞추고 판 것이다. 유다는 후회하여 목매어 자살하여 배가 터져 죽었지만, 다시 한번 돌이켜서 기회가 주어진다 해도 영원히 때는 늦었다는 것이다.

58

병약한 인간상

테네시 윌리엄즈, 『유리 동물원』
(Tennessee Williams, *The Glass Menagerie*)

전도서 6:11-12에 "헛된 것을 더하게 하는 많은 일이 있나니 그것들이 사람에게 무슨 유익이 있으랴 헛된 생명의 모든 날을 그림자같이 보내는 일평생에 사람에게 무엇이 낙인지를 누가 알며 그 후에 해 아래에서 무슨 일이 있을 것을 누가 능히 그에게 고하리요"라고 했다. 사람이 하는 소란한 일들, 삶의 염려들, 조바심과 의심에 찬 말들을 많이 해도 인간이 무슨 유익을 얻겠는가의 질문들을 던진다. 그 답은 인간의 헛된 삶의 날수 동안 그림자같이 그날들을 보내기에 아무런 선한 열매도 맺지 못하고, 만족한 소원도 이루지 못하고, 헛된 삶을 산다는 것이며, 세월이 빨리 지나간 뒤에는 아무런 흔적도 남기지 않는다는 것이다.

미국의 현대 극작가 테네시 윌리엄즈(Tennessee Williams)의 『유리 동물원』(The Glass Menagerie)은 신을 상실한 인간이 아무런 만족한 소원도 달성하지 못하고 영혼의 갈등과 심리적 강박관념에 빠져 병약해진 나약한 인간상을 타락한 미국 남부 문화를 배경으로 그리고 있다. 그의 작품에서는 남부 문화에 내재한 비도덕성과 성적 타락 및 현실외면의 위선적인 면이 적나라하게 파헤쳐지고 있다.

윌리엄즈는 동성연애자, 살인자, 잔인한 자, 색정광, 알코올중독자, 가난에 시달린 자, 오해와 멸시받은 자, 고독하고 버림받은 자, 소외된 자 등 심리적인 강박관념에 사로잡힌 인간들의 내적 갈등을 다루고 있다.

윌리엄즈는 자신의 극작 태도를 "열정적으로 개인적인 문제들에 대한 참된 표현"이라고 하여 그의 문학세계는 온전히 인간의 개인적인 영역을 다루고 있음을 밝히고 있다. 비록 그의 인물들은 의지가 약하고 불행한 패배자들이며 사회에 잘 적응하지 못하는 자들이지만 그들에게는 흥미로운 인간들로 만들어 주는 독특함이 있다. 그들은 자기 비애와 낭만에 사로잡혀 애처롭게 보이며, 그들의 허무와 실망은 불만족스러운 삶에서 생겨난 것이기에 동정을 사게 된다. 이런 삶의 세계가 곧 내적 심리적 상태를 표현하는 표현주의적 세계이며, 작가 윌리엄즈는 이런 세계를 시적이며 꿈꾸는 듯한 분위기 속에서 묘사하고 있다.

이러한 퇴폐적인 세계 속에 사는 인간들은 삶의 풍요로움과 기쁨을 위해서는 어떤 대가도 치를 각오가 되어 있는 자들이다. 이들은 진정으로 강렬한 한순간을 살기 위해 면도날 위를 걷는 사람들이다. 그들은 사랑과 아름다움에 대한 끊임없는 추구로 인해 신경질적인 강박관념에 사로잡혀 있다. 그 결과 술이나, 성적 환상이나, 심리적 강박관념에 젖어 들어 내부 세계에 환상을 창조하고 현실과 환상과의 갈등을 겪게 된다.

어머니 아만다(Amanda)는 과거의 환상 속에 살면서 절름발이 딸 로라(Laura)와 아들 톰(Tom)마저 그녀의 환상의 유리 동물원

속에 가두어 훈련 시키고자 하는 조련사와 같은 인물이다.

아만다 윙필드(Amanda Wingfield)는 도심의 고립된 아파트에 살면서도 그녀의 어린 시절의 "푸른 산(Blue Mountain)"의 시대 속에서 살아가는 시대착오적인 인물이다. 이 "푸른 산"은 아만다가 그리는 이상향이다. 그러나 이 "푸른 산"은 로라의 "푸른 장미(Blue Rose)"처럼 실존하지 않는 허상이다.

이 "푸른(Blue)"의 상상의 상징성은 세르반테스의 『돈키호테』에서 돈키호테가 그의 하인 산초에게 하는 말에서 찾아볼 수 있다. "푸른 것은 거리감과 고귀함의 색깔이야. 그래서 노 기사는 언제나 자신의 어딘가에 푸른 리본을 달고 다녀야 하는 거야." 푸른색은 곧 거리감과 고귀함의 상징이라고 설명한다. 따라서 아만다가 동경하는 "푸른 산"의 세계는 그녀의 남부적인 고귀함과 전통에 집착하는 향수를 표현한다.

아만다는 도시 속에 살면서 느끼는 것은 고립되어 있다는 느낌이다. 도시의 모든 거대한 건물들은 항상 절망감을 가져다준다. 거대한 벌집 같은 아파트는 집합된 세포처럼 중하류 계급의 사람들이 밀집되어 사는 미국 사회의 질식할 것 같은 삶을 상징한다.

아만다는 젊은 시절 즐겼던 화려한 남부 귀족 생활에 집착한 나머지 현실을 외면하고, 과거의 영광된 삶을 재현해 보려는 노력으로 자식들에게 비현실적인 기대감으로 가족들 간의 갈등을 초래한다. 아만다의 과거 집착적인 삶에서 초래되는 현실의 갈등 어린 삶을 회피하려는 현실 도피적 심리상태가 묘사되고 있다.

아만다의 아파트는 두 골목길로 둘러싸여 있는데, 이것은 그녀의 차단된 삶을 의미한다. 그녀가 사는 집은 삶의 절망감이 느릿느릿

꺼지지 않는 불길처럼 타고 있는 모습을 보여주고 있으며, 바깥 아파트의 우중충한 흰색은 윙필드가의 퇴폐성을 상징하고, 집 모퉁이의 비상구는 사실주의적 요소를 강조하면서 이러한 세계를 박차고 나간 아들 톰과 아버지 윙필드 씨의 탈출구를 상징한다.

아만다의 환상의 동물원에 사는 딸 로라(Laura)는 그녀의 희생물로서 아버지의 유산인 전축이나 듣고 환상의 유리 동물이나 모으는 부적응아이다. 아버지에게서 물려받은 전축은 환상과 과거에 사로잡힌 여자임을 상징하고, 어두운 방 안의 촛불 아래서의 환상의 세계 속의 삶을 의미한다. 그녀가 수집한 작은 유리 동물들은 밖의 거친 세계에서는 곧 깨어지고 오래 지속할 수 없는 시대착오적인 것을 상징한다.

로라는 전깃불에 비친 투명한 유리 동물 같아서 너무 부서지기 쉽기 때문에 바깥세상의 삶에 적응할 수 없다. 이러한 로라의 부적응성은 그녀의 신체적 결함인 절름발이에 의해서 더욱 강화되며, 이는 또한 그녀의 병든 심리상태에 대한 육체적 표현이기도 하다. 오빠 톰이 "로라는 작은 유리 장식품들로 된 자기 자신의 세계에서 살고 있는 거야."라고 얘기하듯이 로라는 고립된 자신의 세계를 살아가고 있다.

어머니 아만다는 이러한 로라를 톰의 친구인 짐(Jim)을 집에 초대하여 그와 사랑하도록 만들려고 한다. 그녀를 아름답게 꾸미려는 노력은 로라를 더욱 비실재적인 환상의 인물로 만들어서, 깨어지기 쉽고 오래 지속하지 못하는 처녀의 이미지로 만들어 놓는다.

짐(Jim)은 식사를 대접받은 후에 이러한 환상적인 로라를 실존하지 않는 "푸른 장미(Blue Rose)"라 부르며 그녀의 환상과 고립의 상징인 유리로 된 일각수를 부숴버리고 자신의 애인인 베티(Betty)를 만나려고 총총걸음으로 빠져나가 버린다. 이때의 어머니 아만다의 놀랍고 충격적인 심리상태를 "하늘이 무너지고 있다."라고 표현하고 있다. 로라는 신체적 장애에 더하여 내성적 성격으로 인해 현실에서 도피하여, 자신의 유리 동물원에 안주하려 한다. 유리 동물원의 섬세하고 깨어지기 쉬운 것은 마치 로라가 섬세하고 깨어지기 쉬운 내면의 연약함을 상징한다.

작가 윌리엄즈는 환상과 현실의 교차를 음악과 조명효과를 통해 표현주의적(내적 심리적) 기법으로 나타내고 있다. 로라의 음악은 서커스 음악으로 나타낸다. 곡예 중 지상과 괴리된 상황에서 나타난 음악이므로 현실과의 거리감을 보여주는 동시에 곡예 중 아슬아슬한 표현할 수 없는 비극성을 나타낸다. 이것을 "단 한 번 되풀이 하여 돌아서는 표현할 수 없는 슬픔"이라고 설명한다. 현실과의 거리감과 아울러 슬픈 어조를 띤 이 음악은 아만다의 푸른색이나 로라의 푸른 장미의 색상처럼 깨어지기 쉬운 슬픈 음악적 기능을 하고 있다.

서커스 음악과 마찬가지로 파라다이스 댄스홀에서 나오는 음악 또한 깨어지기 쉬운 순간의 음악이다. 일시적인 만족을 주고 사라지는 것이 댄스홀 음악이다. 그래서 짐(Jim)이 찾아와서 식사 후 일시적인 희망을 주고 사라질 때 댄스홀 음악이 상징적으로 들려온다. 셰익스피어의 맥베스가 말하는 것처럼 "인생이란 백치가 지껄이는 일장의 이야기에 불과해,/ 소음과 분노로 가득 찼으나 아무 의미도 없이."와 같은 것이다.

음악과 마찬가지로 조명효과 또한 작중 인물들의 심리상태를 나타낸다. 아만다와 톰 모자가 싸울 때 그들에겐 희미한 붉은 빛이 비치는데, 붉은빛은 그들의 격한 흥분 상태를 나타낸다. 한편 로라에겐 밝은 빛이 쏟아지는데, 이것은 종교적인 성화의 후광처럼 그녀의 순결함을 마돈나처럼 나타낸다고 하겠다.

초창기의 성화에서 볼 수 있는 이러한 종교적인 빛은 로라의 일각수가 나타내는 그녀의 고립과 환상의 세계처럼 세속에 물들지 않는 그녀의 거리감과 순수함을 동시에 나타내고 있다. 민감한 불빛은 그녀가 깨어질 듯한 상태에서 슬픔에 젖어 있는 침울하고도 시적인 분위기를 자아내게 한다. 또한 환상 속에 나타나는 이미지는 분위기를 더해준다.

이처럼 작가 윌리엄즈는 색상과 음악, 상징과 영사막과 같은 표현주의적 기법을 이용하여 환상과 실재의 세계를 동시에 표현하고 있으며, 아만다와 로라의 환상과 현실에 대한 갈등과 아만다와 로라에 대한 책임 의식과 죄의식을 느끼면서도 현실의 세계로 뛰쳐나가는 톰의 문제를 이 작품에서 보여주고 있다.

톰은 가족의 생계를 책임지려는 노력으로 자신이 원하는 삶을 살지 못하는 인물이다. 톰은 작가로서 자유로운 삶을 영위해 보려고 꿈을 지니고 활동해 보려고 하지만, 어머니와 누나에 대한 책임감이 강하여 자신의 꿈을 이루지 못한다. 톰은 끊임없이 현실에서 벗어나려고 몸부림치지만, 로라에 대한 죄책감에서 벗어날 수 없었다. 톰의 갈등은 인간이 꿈과 의무 사이에서 느끼는 내적 갈등을 상징한다.

데살로니가전서 5:14에서 우리에게 권면한 것처럼 하나님을 상실한 현대인에게 우리는 그리스도의 사랑을 가지고 "마음이 약한 자들

을 격려하고 힘이 없는 자들을 붙들어 주며"의 말씀대로 그리스도의
위로를 주어야 할 것이다.

59
옷이 사람을 만든다

마크 트웨인, 『왕자와 거지』
(Mark Twain, *The Prince and the Pauper*)

하나님께서 모세에게 "네 형 아론을 위하여 거룩한 옷을 지어서 영화롭고 아름답게 할찌니"(출 28:2)라고 하고, "그들은 여호와께서 모세에게 명령하신 대로 청색 자색 홍색 실로 성소에서 섬길 때 입을 정교한 옷을 만들고 또 아론을 위해 거룩한 옷을 만들었더라"(출 39:1)라고 함으로서 제사장을 위한 옷을 지어 입혔음을 알 수 있다.

미국의 소설가 마크 트웨인(1835-1910)은 『왕자와 거지』에서 사람이 어떤 옷을 입느냐에 따라서 그 사람의 사회적인 지위에 대한 인식이 결정된다고 말한다.

1525년과 1550년 사이의 어느 가을 같은 날 런던에서 톰 캔티와 에드워드 튜도란 두 소년이 태어났다. 에드워드는 영국의 튜도 왕조의 헨리 8세(1491-1547)의 세자였으나, 톰은 도둑이요 거지인 부모의 거지 아들이었다. 우연의 일치로 톰과 에드워드는 얼굴이 일란성 쌍둥이처럼 똑같았다.

톰은 런던의 가장 빈곤한 지역인 오팔코트 지역에서 단칸방에 6명이 어렵게 살고 있었다. 톰의 할아버지와 아버지도 도둑이요 거지

엿으며, 아버지는 톰에게 구걸하도록 가르쳤으며, 소득이 없는 날에는 심한 매질을 했다.

그런 생활에서도 엔드류 신부님은 톰과 두 누이에게 순고한 삶에 관한 이야기도 해주고 라틴어도 가르쳐 주었다. 톰은 구걸하면서도 신부님이 들려주는 왕자 중 한 사람인 것처럼 행동했으며, 진짜 왕자를 보고 싶어 했다.

일월 어느 날 톰은 런던을 돌아다니다가 웨스트민스터 궁궐 쪽으로 가게 되어, 궁궐 담 너머로 에드워드 왕자를 보게 된다. 군인이 고함을 지르며 톰을 거칠게 담에서 끌어 내리자, 왕자는 군인을 꾸짖고, 톰을 궁궐로 데리고 온다. 톰은 에드워드 왕자의 화려한 제복과 궁중 생활에 매혹되고, 에드워드 왕자는 톰의 자유로운 삶에 매력을 느끼게 된다. 왕자는 톰에게 "넌 머리도. 눈도, 음성도, 태도도, 키도, 얼굴도 나와 똑같구나. 옷을 벗으면 누가 누군지 모르겠는데."라면서 재미로 서로 옷을 바꾸어 입어보자고 한다.

충동적으로 두 소년은 옷을 바꾸어 입고 서로 너무나 닮은 것에 놀란다. 에드워드는 톰의 손에 상처가 난 것을 보고, 자신이 낡은 거지 옷을 입고 있다는 것을 생각하지 않고, 톰을 끌어 내린 군인에게 가서 그를 힐책한다. 그 군인은 즉시 왕자를 궁중 밖으로 밀어내 버린다. 왕자는 진흙 속에 쓰러져서, 큰 소리로 "나는 에드워즈 왕자란 말이야, 나에게 손을 대기만 해봐, 교수형에 처해버릴 터이니."라고 항의한다. 군중들은 진흙 속의 왕자를 보고 조롱하듯이 큰 소리로 웃는다. 명령하는 왕자는 불량소년으로 취급당한다.

에드워드는 런던 거리를 방황하다가 "그리스도의 병원" 뜰로 오게 된다. 말쑥하게 입은 견습생들을 보고 자신이 에드워드 왕자라고 말한다. 소년들은 처음에는 호기심으로 바라보더니 왕자를 조롱하기 시작한다. 왕자는 좌절감과 분노로 한 소년을 발로 차버리고 모두 교수대로 보내겠다고 한다. 소년들은 왕자를 때리고 차고 개들을 풀어서 왕자를 괴롭힌다.

밤이 되자, 두들겨 맞고 진흙투성이가 된 왕자는 톰이 말한 오팔 코트로 찾아간다. 톰의 아버지 캔티가 왕자를 보자, 왕자의 목덜미를 잡고 집안으로 끌고 들어온다. 에드워드는 자신은 왕자라고 하고 즉시 임금님에게 데리고 가라고 명령하자, 캔티는 마을 사람들에게 자기 아들이 미친 것이라고 한다. 그날 밤 에드워드는 캔티의 집을 빠져나와 도망친다.

다른 한편, 궁중에서 왕자가 돌아오기를 기다리던 톰은 거울을 보고 자신의 화려한 옷에 감탄하며 제왕의 걸음을 걸어보기도 하고, 칼을 빼서 인사에 답하는 것도 해본다. 그때 에드워드 왕자의 배다른 자매인 제인 그래이가 들어오자, 톰은 자기는 오팔코트의 톰 캔티라고 말한다. 이런 소문이 궁중에 퍼지자, 궁중에서 '왕자가 미쳤다!' 라는 소문이 퍼지게 된다.

궁중 수행원들이 톰을 헨리 8세 왕 앞에 데리고 왔다. 톰이 왕 앞에 무릎을 꿇고 자신의 신분을 솔직히 말하자, 왕과 귀족들은 세자가 미친 것으로 생각한다. 톰이 라틴어를 아는 것을 보고 사람들은 톰이 진짜 왕자라고 믿는다. 헨리 왕은 3가지를 명령한다. 첫째 왕자를 반대 없이 후계자로 지명하기 위해서 천주교를 믿는 대역죄인 놀 포크 공작을 처형할 것, 둘째 궁중에 있는 모든 사람은 왕자가 미쳤다는 말을 일체 하지 말 것, 셋째 왕자는 오팔코트 빈민가에 살았다는 말을 하지 말 것 등이었다. 그러나 왕자만이 아는 영국

왕의 옥새(인장)를 찾지 못해서 놀 포크 공작의 처형이 연기된다.

톰은 귀족들과 식사를 하면서, 성대한 만찬의 화려한 차림에 놀란다. 그 반면에 에드워드 왕자는 궁궐 밖에서 자기는 왕자라고 주장하면서 궁궐에 들어오려고 한다. 군중들이 왕자를 조롱하면서 때리려하자 왕자의 친구가 된 마일즈 헨돈이 만류하여 겨우 화를 면하게 된다. 이런 소동이 일어나는 동안 헨리 8세가 서거했다는 소식이 전해지고, 에드워드가 왕이 된다. 갑자기 왕이 된 톰이 제일 먼저 한 일은 놀 포크 공작을 석방하는 것이었다. 다음 날 아침 헬트포드 경은 톰을 알현실로 모시고 가서 많은 지루한 국사에 관한 보고를 어떻게 받는가를 알려준다.

톰은 12세 정도의 "매 맞는 소년" 험프리 말로우로부터 궁중 예절에 관한 많은 것을 배우게 된다. "매 맞는 소년"은 왕자가 실수하거나 공부를 게을리할 때 매를 대신 맞는 소년이다. 왕자는 왕권신수설에 의하면 하나님이 주신 자리이기에 사람이 감히 매로 때리지 못하기에 왕자 대신에 다른 소년이 매를 맞음으로써 왕자를 깨우치게 한다는 것이다.

마일즈 헨돈은 에드워드를 런던 다리를 건너 자기가 사는 방으로 데리고 가서 쉬게 한다. 마일즈는 에드워드가 "나는 왕이다"라면서 명령하는 순진함과 용기에 감탄하여 진정으로 왕자를, 마치 충실한 신하가 하듯이, 섬긴다. 아침에 일어나 젊은 에드워드 6세 왕은 마일즈에게 "기사, 마일즈 헨돈 경"이라고 부른다. 마일즈 헨돈은 기사가 된 것이다.

아침에, 왕자가 아직도 잠자는 사이에 마일즈는 왕자를 위해 옷을 사려 나갔다가 돌아오니 왕자가 없어졌다. 캔티와 그 일당이 왕자를 시골 헛간으로 납치해 간 것이다. 왕자는 밀짚 더미 위에서 자다가, 영국 법의 이름으로 행해지는 많은 불의한 이야기를 부랑자들한테서 듣게 된다. 왕자는 분노하여, 왕으로서 영국의 악법은 폐지할 것이라고 선포한다. 캔티의 일당은 왕자를 놀리면서 함께 도둑질하러 가자고 하지만, 왕자는 단호하게 거부한다.

마일즈는 왕자를 데리고 십 년 동안 가보지 못한 자신이 살던 헨돈 집에 가보기로 한다. 마일즈의 형제 휴와 마일즈가 사랑한 에디스는 마일즈가 죽었다고 생각한다. 휴가 마일즈를 사기꾼으로 고발하여 왕자와 마일즈가 체포되게 한다. 왕자는 죄수들을 통해 많은 영국법이 불공평하다는 것과 영국의 감옥 상태가 너무나 불결한 것을 알게 된다. 판사는 마일즈를 두 시간 동안 칼을 씌워 군중들 앞에 서게 하고 태형 12대를 맞게 하고 석방한다. 왕자와 마일즈는 마침내 런던으로 돌아오게 된다.

왕자가 런던으로 돌아오게 되는 날, 톰은 왕의 수업을 마치고 대관식 준비를 하고 있었다. 대관식 날 톰은 런던 거리를 통해 사열을 하면서, 오팔 코트 빈민가를 지날 때, 자기 어머니를 보고도 못 본 체한다. 그러나 그는 죄책감에 사로잡힌다.

작가 트웨인은 젊은 거지가 왕권의 새로운 생활에 얼마나 멋지게 적응하는가를 보여줌으로써, 두 소년이 입는 옷(제복)이나 그들이 교제하는 인물들 외에는, 왕자와 거지 사이에 다름이 별로 없음을 보여주고 있다. 좋은 성품을 지닌 톰은, 왕권을 통해 새로 경험하는 부귀와 영화를 즐겼음에도 불구하고, 어머니를 보고도 잔인하게 거부해야 하는 현재의 왕권보다는 가족과 함께 거지의 삶을 영위하는 단순한 톰 캔티가 되고 싶어진다. 톰은 어머니와 누이들과 나누는 사랑에 비교해서 그의 왕의 역할은 공허한 것이었다.

캔터베리의 대주교가 왕관을 톰의 머리 위에 씌우려는 순간, 진짜 왕자인 에드워드가 군중 속에서 앞으로 나와 대관식을 중단시킨다. 톰은 왕자를 인정한다. 두 소년이 너무나 똑같아서, 진짜 왕자를 알기 위해 한 가지 시험을 하기로 한다. 왕의 옥새가 있는 곳을 아는 소년이 왕자였다. 에드워드가 정통 에드워드 6세로 왕관을 받게 된다.

마일즈 헨돈은 기사로서 캔트의 백작이 되어 에디스와 결혼하게 되고, 톰 캔티는 왕의 호위관이 되고, 톰의 어머니와 여동생들은 그리스도 병원에서 평생 돌봄을 받게 된다.

왕자와 거지 두 소년은 장난으로 옷을 바꾸어 입긴 했으나, 두 소년의 경험은 그들의 삶에 영향을 주었다. 톰은 왕권에 대한 것을 알게 되고, 그보다 더 중요한 것은 에드워드 6세는 정의와 불의에 대한 것과 신하들에 대한 것을 더욱 깊이 알게 되어 왕국을 잘 다스리는 법을 알게 된 것이다.

에드워드 6세(1537-1553)는 9세에 왕위에 올라 16세에 세상을 떠날 때까지 짧은 기간 동안 톰과의 옷을 바꾸어 입고 경험한 모험을 생각하면서 자비롭게 왕국을 다스렸다.

이사야 61:10에서 "주께서 나에게 구원의 옷을 입혀 주시고, 의의 겉옷으로 둘러 주셨으니, 내가 주 안에서 크게 기뻐하며, 내 영혼이 하나님 안에서 즐거워할 것이다."라고 했다. 우리도 이 믿음의 고백을 하며 살아야 할 것이다.

60
죽음에 직면한 인간의 선택과 부조리

쟝 폴 싸르트르, 『벽』
(Jean Paul Sartre, *The Wall*)

시편 14:1에서 "어리석은 자는 그의 마음에 이르기를 하나님이 없다 하는도다 그들은 부패하고 그 행실이 가증하니 선을 행하는 자가 없도다"라고 하였다.

프랑스의 실존주의 작가 사르트르(1905-1980)의 『벽』은 스페인 내전 때(1936-1938) 프랑코 총통의 독재에 항거하여 궐기한 파블로 이비에타(Pablo Ibbieta)의 일인칭 설화식의 단편소설로서, 파블로가 자유행동으로 선택한 결과가 자신이 조종할 수 없는 부조리한 상황으로 끝나버림을 묘사하고 있다.

이 소설은 파블로와 함께 다른 두 명의 공화당원이 프랑코 파시스트들에게 체포되어 사형선고를 받고, 평복을 한 네 명의 조사관에게 심문받는 장면으로부터 시작한다. 파블로는 혁명군 지도자 라몽 그리(Ramon Gris)를 자기 집에 숨겨준 것 때문에 고발당한 자이며, 톰 스타인복크는 아일랜드 사람으로 외국 지원병 단체인 국제 여단에 소속된 인물이며, 꼬마 쥬앙 미르발은 무정부주의자요, 뛰어난 반파시스트 지도자인 형 때문에 잡혀 온 자이다. 그들은 난로가 없는 병원 지하실에 끌려왔는데, 그 방은 프랑코의 군사들이 감옥으로 사용하고 있었다. 이들 죄수들은 모두 다음 날 아침 총살 집행되도록 사형선고를 받은 자들이었다. 파블로는 두 죄수들의 얼굴이 공포에 질려있는 것을 보았다. 파블로 자신도, 몹시 추운 날씨인데도, 식은땀을 많이 흘리고 있음을 알았다.

톰은 "프랑코 군인들이 사라코스에서 어떤 짓을 하는지 아나? 사람들을 도로 위에 눕혀 놓고, 그 위로 트럭을 타고 넘어갔다네!"라고 말하면서 떨기 시작했다. 파블로는 그런 이야기를 하는 톰에게 화를 내었다. 톰은 파블로에게 자신의 말랑말랑한 살덩어리 속으로 총알이나 총검들이 박혀 뚫고 들어오는 것을 느낀다고 했다. 그러나 톰은 자신의 죽음을 이해할 수 없다고 하고, 그리고 자기가 죽은 다음에, 자기 없이도 삶은 계속될 것이라고 말한다.

저녁 여덟 시쯤에 소령 한 명이 파시스트 당원 둘을 데리고 들어와서 "톰 스타인복크, 파블로 이비에타, 쥬앙 미르발이 누구요?"라고 묻고는 "톰 스타인보크, 당신은 사형이 언도되었소. 내일 아침에 총살될 것이요. 나머지 두 사람도 마찬가지요."라고 했다. 쥬앙은 "나는 아무 일도 하지 않았어요."라고 항변했다. 쥬앙의 얼굴은 공포로 일그러지고, 모습 전체가 비틀려져 있었다.

파블로는 셋 중에 가장 강인한 사람이었다. 그는 자신의 과거의 삶, 여인들, 무정부주의 활동에 참여한 일들, 스페인을 해방시키려고 한 일을 생각해 보았다. 모든 것이 터무니없는 거짓된 것 같이 보였다. 그의 삶은 더 이상 어떤 가치를 갖지 못했다. 그러나 후회하지는 않았다. 세 시간 동안 그가 분명히 알게 된 것은 삶은 영원히 지속되지 않는다는 것을 분명히 알았다. 전에는 자신은 영원히 사는 것처럼 행동했었다. 그는 지금부터 죽음의 그림자 가운데서 살게 될 것이다.

하루를 살던, 몇 년을 살던 근본적인 차이는 없었다. 사르트르는 다가오는 죽음이 개인에게 미치는 막대한 심리적 긴장감을 잘 묘사하고 있는 것이다.

문이 열리고 감시병 두 명이 들어왔다. 그 뒤로 베르기 군복을 입은 금발머리 군의관이 딸아 들어와서 경례를 했다. "나는 의사입니다. 여러분들을 도와 드리도록 허가를 받았습니다. 여러분의 말이나 기념품을 여러분이 사랑하는 사람에게 전해 드리겠습니다."라고 했다. 꼬마 쥬앙이 "고통은… 오래가나요?"라고 물었다. 의사는 "곧 끝납니다. 첫 번 사격으로 치명적 기관에 명중하지 못하면 몰라도…"

한 겨울 지하실에 갇혀 있는데도 파블로는 땀으로 흠뻑 젖어 있었다. 그것은 거의 병리학적 공포상태의 표시일까? 파블로는 그의 몸으로 보기도 하고 듣기도 하고 있었다. 그러나 그의 몸은 더 이싱 자신의 것이 아니었다. 그는 한 마리의 거대한 해충에 묶여 있다는 인상을 갖게 되었다.

이른 아침에 꼬마 쥬앙은 완전히 망가진 상태였다. 톰은 바지에서 물방울이 떨어지고 있었다. 오줌을 싼 것이다. 파블로는 웃기 시작했다. 마침내 문이 열리고, 중위 한 명이 사병 세 명을 데리고 들어왔다. 그들은 톰과 쥬앙을 사형 집행장으로 끌고나갔다. 쓰러지려는 쥬앙을 군인들 두 사람이 겨드랑이를 끼고 데리고 나갔다. 쥬앙의 뺨을 통해 눈물이 흘러내리고 있었다. 감방에는 파블로만이 남게 되었다.

한 시간 후에 파블로는 다시 신문을 받았다. "자네가 파블로 이비에 타인가?" "네." "라몽 그리(Ramon Gris)는 어디 있나?" "모르겠습니다." 키가 작달막하고 똥똥한 심문관은 코걸이 안경 뒤로 매서운 눈으로 파블로를 쳐다보더니 파블로를 두 손으로 왈칵 떠다밀고는 앉았다. "라몽의 목숨과 자네 목숨을 교환하잔 말이야. 그가 어디 있는지 말하면 자네를 살려주지."

파블로는 혁명지도자 라몽 그리가 도시에서 몇 마일 떨어져 있는 그의 사촌 집에 숨어 있는 것을 알았다. 그러나 파블로는 그 사실을 절대로 말하지 않기로 마음먹었다. 사실, 파블로는 그날 아침 자신의 죽음은 피할 수 없는 사실이라는 것을 알게 된 이래로 그는 라몽 그리에게나 모든 무정부주의자들에게 무슨 일이 벌어지든지 관심을 두지 않았다. 그는 모든 장면이 부조리하다는 것을 발견했다. 똥똥하고 수염이 난 심문관도 우습게 보였다.

파블로는 생각했다. "내 생애와 마찬가지로 그의 생애도 아무 가치도 없다. 어떤 생애도 가치 있는 생애는 없다. 벽에다 붙여놓고 죽을 때까지 총을 쏘려는 것이다. 그것이 나건, 라몽 그리건 이든지 또는 다른 사람이건 마찬가지다. 스페인의 대의를 위해서는 나보다 라몽 그리가 더 유익하단 말이야." 파블로는 심문관들을 속이기 위해서 라몽 그리가 공동묘지 안에 있는 지하 납골 소나 묘파는 사람 집에 숨어 있을 것이라고 했다. 그들은 즉시 군사들을 묘지로 파견하였다. 반 시간 후가 되었을까, 똥똥하고 수염이 난 심문관이 들어와서 파블로를 일반 죄수실로 옮기게 했다.

파블로는 무슨 일이 발생했는지 이해하지 못했다. 얼마 후에 새로 체포되어 들어온 갈시아(Garcia)란 자로부터 진실을 알게 되었다. 라몽 그리는 그날 아침 사촌 집에서 말다툼을 하여, 사촌 내 집을 떠나 공동묘지로 옮겨 갔다는 것이다. 감추어 줄 사람들이 있었는데도, 아무한테도 더 폐를 끼치고 싶지 않아서 묘지에서 숨어 있겠다고 했다는 것이다. 이런 소리를 들은 파블로는 억제할 수 없이 웃었다.

사르트르에 의하면, 신이 없는 세계에서 인간은 선택함으로서 가치를 창조한다는 것이다. 선택하는 자유가 인간의 존엄성의 근원이란 것이다. 우주는 아무것도 의식하지 않고, 아무것도 느끼지 못하고, 아무것도 선택하지 못하고, 아무런 가치도 갖지 못하는 사물들로 가득 찼다는 것이다. 은하수도 광대하지만 바위처럼 무감각하고 벙어리라는 것이다. 인간만이 선택하고 그 무엇을 창조한다는 것이다. 인간은 계속 선택하고 행동하기 때문에 인간은 계속적으로 내가 누구이며 내가 무엇인가를 창조한다는 것이다. 인간은 정직하고 용감하게 살기를 선택한다면, 그는 정직하고 용감한 사람임을 입증한다는 것이다. 그것만이 인간이 할 수 있는 것이다. 그렇지만 인간의 선택은 환경(결과)을 조종할 수는 없다. 그러기에 인간의 조건은 부조리한 것이다.

주역인 파블로는 체포되어 사형선고를 받고도, 반 파시스트 지도자인 라몽 그리의 은신처를 말하기를 계속 거부한다. 최후의 도전 행위로 파블로는 라몽 그리가 공동묘지에 숨었다고 거짓말을 한다. 그러나 그는 라몽 그리가 공동묘지에서 체포되어 총살된 것을 알게 된다. 파블로 이비에타는 상황의 비극적인 부조리함에 압도되어 버린다. 파블로는 파시스트에 저항하기로 선택하였으나 파시스트가 권력을 잡는 것도 조종할 수 없었고, 자신의 행동의 결과도 조종할 수 없었다. 파블로의 경우는 자신의 자유로운 선택의 결과는 부조리하게도 비극적인 것이었다.

사르트르처럼 신(神)이 없는 세계에서는 인간의 모든 자유의지 행사인 선택의 결과는 결국 인간이 조종할 수 없는 궁극적으로 부조리한 것이다. 인간은 저것보다 이것을 선택함으로서, 저것에 가치를 주기보다 이것에 가치를 둔다는 것이다. 그러기에 인간의 자유는 최상의 선이라고 한다. 그렇지만 결국 그 선택 자체의 결과는 부조리한 것이다.

그러기에 사르트르는 "존재는 본질에 선행한다(existence prece-des essence)"라고 말한다. 이것은 주관(의식) 그 자체는 "아무 것도 아님(nothing)"이다. 주관이 선택함으로서만 "그 무엇(some-thing)"이 된다. 사르트르는 무신론자로서 신(神)이 없다고 하기 때문에 인간이란 "아무 것도 아님"으로 시작한다. 인간은 자신이 선택을 시작하기 이전에는 "아무것도 아님"인 것이다. 사물의 본질은 미리 결정되어 있다. 인간은 자신의 본질을 그 이후에 창조한다. 사물은 단순히 그들이 있는 곳에 있다. 어떤 의미로서는 인간은 사물이다. 그러나 주관(인간)은 완전한 자유로서 선택함으로서 무엇인가를 창조하는 것이다. 그렇지만 그 선택의 결과는 인간이 조종할 수 없는 것으로 부조리한 것이다.

로마서 1:20은 "이 세상 창조 때로부터, 하나님의 보이지 않는 속성, 곧 그분의 영원하신 능력과 신성은, 사람이 그 지으신 만물을 보고서 깨닫게 되어 있습니다. 그러므로 사람들은 핑계를 댈 수가 없습니다"라고 했다.

61
야후(인간) 보다 후이넘(말)이 좋아

조나단 스위프트, 『걸리버의 여행기』
(Jonathan Swift, *Gulliver's Travels*)

에베소서 4:18에서 "그들의 총명이 어두워지고 그들 가운데 있는 무지함과 그들의 마음이 굳어짐으로 말미암아 하나님의 생명에서 떠나 있도다"라고 하여 인간의 무지함을 탄식하고 있다.

영국 풍자 작가 조나단 스위프트(1667-1745)의 초기 생애는 별로 좋지 않았다. 아버지는 일찍 돌아가시고 어머니와 누나와 삼촌들 돌봄으로서 안정성이 없는 어린 시절을 보냈다. 그러나 교육은 드불린의 트리니티 칼리지와 옥스포드 대학에서 비교적 정상적으로 잘 받았다. 대학 졸업 이후 윌리엄 템플경의 비서로 지내는 동안 많은 책을 읽을 수 있었기에 스위프트는 지적으로 많이 성숙하게 되는 기회를 가지게 된 것은 다행한 일이었다.

스위프트는 초기에는 시를 썼으나 풍자문학을 쓰기 시작하면서부터 작가로서 문학에 천재적인 소질을 발휘하게 된 것은 다행한 일이었다. 1699년 출판한 『지어낸 이야기』는 종교계와 학문계에 널리 퍼진 부패를 풍자하여 그의 문인으로서의 인기를 끌게 되었으나, 훗날 여왕과 권세 가진 자들에게 불경한 책으로 규탄을 받게 되었다. 그렇지만 1721년에 쓰기 시작하여 1726년에 출판된 스위프트의 대표작인 풍자문학 『걸리버의 여행기』는 성공을 거두었으며 세계적으로 읽히게 되었다.

조나단 스위프트는 『걸리버의 여행기』의 제4책 "후이넘"편에서 주인공 레뮤얼 걸리버를 통해 혐오스러운 야후(인간)보다 후이넘(말)이 훨씬 높은 지성과 자제심과 예절을 갖춘 아름다운 존재임을 말하고 있다.

레뮤얼 걸리버는 영국 노팅엄의 작은 농장에서 5명의 아들 중 셋째로 태어났다. 의학 공부를 하고 외과 의사로 배를 탔다. 걸리버는 첫 번째 항해에서 키가 6인치도 안 되는 소인들이 사는 릴리퍼트라는 섬나라를 여행하고, 두 번째 항해에서 키가 60피트도 더 되는 거인들이 사는 브롭딩낵 섬나라로 여행하고(걸리버는 소인이 됨), 세 번째 항해에서 해적의 습격으로 작은 보트로 러프탱이란 섬나라로 그리고 룩넥 섬나라로 갔는데 1,500명의 아무리 죽으려 해도 죽지 못하는 기괴한 사람들도 만나게 된다.

1710년 9월에 걸리버는 마지막 항해를 떠나는데 의사로가 아니라 에드벤처(모험)호의 선장으로 떠난다. 항해 도중에 전염병으로 일부 선원들이 죽자, 발바도스 부두에 정박하여 선원들을 모집했는데, 그들은 해적들이었다. 해적들은 배를 빼앗고 걸리버를 이상한 섬에 내려놓았다.

그 섬에서 걸리버는 사람들과 동물들의 발자국을 보게 되고, 털투성이로 꼬리가 없는 원숭이 같은 동물들을 보았다. 그들은 소리를 지르면서 걸리버에게 배설물을 던졌다. 걸리버가 그들을 피했다. 그들은 불결하고 야만적이고 타락하고 혐오스러운 '야후(Yahoo)'

라고 하는 인간들임을 알고 소름이 끼쳤다.

말 한 마리가 나타났다. 그 말은 걸리버를 놀라운 표정으로 보더니, 히힝 소리를 내어 다른 말을 불러와서, 히힝 하는 언어로 대화를 나누는 것이었다. 그들은 걸리버의 옷을 당겨서 데리고 갔다. 그들은 '후이넘' 이라고 부르는 말들이었다. 걸리버는 말의 안내로 목제와 짚으로 된 말 집에 갔는데, 깨끗하고 달콤한 냄새가 나는 곳이라 신기했다. 그들이 차려주는 음식은 건초에다 썩은 고기라 먹을 수가 없었으나, 점차 익숙해져서 완전히 먹지 못한 것은 아니었다. 가끔 귀리 죽에 우유를 마시고, 토끼와 참새, 풀잎을 먹음으로 3년을 건강하게 지낼 수 있었다.

후이넘은 절제심이 강하여 마치 아담이 전락하기 이전의 분별력과 인내력이 있는 인간 모습 같았다. 반면에 야후는 외모와 몸짓은 인간 이지만 추하고 냄새나고, 고기와 채소를 좋아하고, 구약성경에서 먹지 말라는 것은 무엇이나 먹었다. 걸리버는 자신이 야후와 닮은 것에 경악했다.

걸리버는 후이넘의 언어를 빨리 배웠다. 고지 네덜란드 언어(고지 독일어)와 비슷하다고 생각했다. (르네상스 시대의 게르만 학자들은 에텐동산에서의 아담과 하와는 고지 네덜란드 언어를 사용했다고 증언했음) 후이넘은 책이 없었다. 걸리버가 글 쓰는 법을 알려 주었더 니, 그들은 신기하다고 생각했다. 걸리버는 야후 같은데, 이성적인 야후 같다고 생각하는 것 같았다.

걸리버는 자기를 궁지에 빠지게 한 해적들의 반란과 인간들이 하는 거짓말에 대한 것을 말해 주었다. 후이넘은 '거짓말' 이란 용어 가 없으므로 거짓말이란 개념을 몰랐으나, 그 뜻을 알고는 굉장히 놀랐다. 그들에게 '말(horse)'이란 뜻은 '성품의 완전함'이란 뜻에서 온 것이었다. 그들은 거짓말을 이해하지도 못하고, 거짓말을 할 필요도 없었다. 걸리버가 자신의 과거를 이야기했을 때 후이넘은 권력, 정부, 전쟁, 법, 형벌, 배신, 위조, 동성애 등의 용어들의 뜻을 몰랐다.

후이넘은 걸리버가 옷을 입은 비밀을 알겠다고 했다. 후이넘은 아담처럼 옷을 입지 않았다. (신학적으로 후이넘은 순결하고 아담처럼 전락한 적이 없었다. 옷은 야후(인간)의 몸을 숨기는 역할을 했다. 아담은 타락한 이후 옷을 입었기에 하나님은 아담에게 왜 옷을 입었느냐고 물었다.)

걸리버는 종교적인 이유로 유럽의 야후들은 피비린내 나는 전쟁을 이뤘다고 설명했다. 성찬식 때 '떡은 몸이요 포도주는 피요'라는 것 때문에 싸웠다고 하고, 정부의 자리를 차지하기 위해 질투 때문에 서로 죽였다고 했다. 침략하는 군주는 다른 나라를 공격하고, 반은 죽이고, 남은 반은 노예로 끌고 간다고 했다. 이런 행동은 문명이란 거룩한 이름으로 칭해졌다고 했다. 가장 존경받는 인물은 같은 야후들을 가장 많이 죽인 자를 '영웅'으로 칭송받는 인물이라고 했을 때 후이넘은 크게 충격을 받았다. 법률가(변호사)는 정의를 부르짖으면서 돈 받고 불의를 정의로 만드는 자라고 했다. 걸리버는 유럽 야후들은 이성을 악용하고 있다고 했다.

걸리버는 돈과 무역에 관해서 후이넘에게 이야기했다. 돈은 빈부 사이의 차이를 나타내는데, 돈 있는 자는 먹을 수 있고, 돈 없는 자는 먹을 수 없다고 했다. 돈으로 장사하여 생계를 유지하는 유럽의 야후들은 돈 때문에 훔치고, 속이고, 거짓말하고, 뚜쟁이 질을 하고,

거짓 맹세하고, 아첨하고, 독살하고, 매춘 행위하고, 중상하고, 등등 온갖 짓을 다 한다고 했다. 인간들은 사치하기를 좋아하고, 한번 사치에 빠지면 질병을 낳게 되고, 병들면 의사들을 찾아가는데, 의사들은 환자의 죽음을 예고하고, 항상 환자들을 죽게 한다고 했다. 의술이 발견한 독약은 정치하는데 유용하게 사용된다고 했다.

걸리버는 후이넘들의 미덕에 좋은 인상을 받아, 후이넘들을 존경하게 되고, 여생을 후이넘들과 함께 살기를 원했다. 걸리버는 후이넘에게 인간들에 관해 이야기하면 할수록, 인간들과 야후들 사이에는 유전적으로 심리적으로 결부되어 있다는 것을 확신시키는 것 같았다. 이 섬의 야후들도 빛나는 돌들(보석들)을 모으고, 감추고, 가지려고 싸우고, 그리고 추하고, 음탕하고, 호색적이고, 아양 떨고, 탐욕스럽고, 배신하는 것이 유럽의 야후들만큼은 사악하지 못하다고 했다.

걸리버는 야후들을 방문했다. 야후들은 개구리와 생선을 먹고, 냄새를 피우며, 배설물을 서로에게 퍼부었다. 야후들은 너무나 저속했다. 걸리버가 강에서 알몸으로 수영했는데, 걸리버는 너무나 잘생긴 야후처럼 보였기에, 호색적인 여자 야후 하나가 욕정의 피가 끓은 나머지 걸리버에게 다가와서 껴안는 것이었다. 만일 그때 걸리버의 보호자가 만류하지 않았다면, 걸리버는 성추행당할 뻔했다.

후이넘들은 청소년들의 교육을 본능적인 사랑의 감정을 바탕으로 하지 않고 이성을 바탕으로 하기 때문에 청소년들은 단정한 품행을 갖게 되고, 간통과 같은 문제는 전혀 없다는 것이다. 후이넘들은 4년마다 사회문제를 토론한다고 한다. 후이넘들의 사회는 희랍의 플라톤이나 토마스 무어(1478-1535, 『유토피아』를 저술한 영국의 인문주의자·저작가)가 말하는 그런 유토피아였다. 후이넘들은 회의를 한 결과 퇴화한 야후들을 박멸해 버리는 것보다는 짐 운반을 하는 짐승으로 사용하기로 했다고 한다.

걸리버는 야후를 닮았는데도 후이넘이 되려고 하는데 후이넘들은 놀랐다. 후이넘들은 걸리버가 다른 야후들을 설득하여 반란을 시도할까 염려하여 고향으로 돌려보내기로 했다. 걸리버는 하는 수 없이 후이넘의 도움으로 배를 만들어 후이넘의 섬을 떠났다. 걸리버는 다행히도 패드로 멘대즈란 관대한 선장을 만나, 영국으로 무사히 돌아오게 되었다. 그러나 야후 같은 부인과 자식들의 냄새를 견디지 못하고 얼마 동안을 마구간에서 지냈다. 걸리버는 일종의 극단적인 인간 혐오증에 걸린 것이다. 걸리버는 자신도 야후이면서 후이넘처럼 행동하려는 교만으로 가득 차게 된 것은 정말 아이러니이다.

에베소서 5장 3-5에서 "음행과 온갖 더러운 것과 탐욕은 너희 중에서 그 이름조차도 부르지 말라 이는 성도에게 마땅한 바나라 누추함과 어리석은 말이나 희롱의 말이 마땅치 아니하니 오히려 감사하는 말을 하라 너희도 정녕 이것을 알거니와 음행하는 자나 더러운 자나 탐하는 자 곧 우상 숭배자는 다 그리스도와 하나님의 나라에서 기업을 얻지 못하리니"라고 했다.

62

생기 없는 삶을 탈출하려 하지만

안톤 체호프, 『세 자매』
(Anton Chekhov, *The Three Sisters*)

전도서 1:2, 4에서 "헛되고 헛되며 헛되고 헛되니 모든 것이 헛되도다. 한 세대는 가고 한 세대는 오되 땅은 영원히 있도다 해는 뜨고 해는 지되 그 떴던 곳으로 빨리 돌아가고"라고 함으로서 삶의 무상함을 말하고 있다.

러시아 사실주의 극작가 안톤 체호프(1860-1904)는 『세 자매』에서 제정 러시아 시대 포병 여단이 주둔하는 어느 지방 도시를 배경으로, 여단장이었던 아버지가 세상을 떠난 일 년 후, 남겨진 세 자매들 올가, 마샤, 이레나와 그들의 남자 형제 아드레이의 무상한 삶의 현실을 탈출하려고 몸부림치는 모습을 그리고 있다.

세 자매들과 안드레이는 아버지 프로조로프 여단장을 따라 11년 전에 지방 도시로 왔다가 아버지가 죽자 모스크바로 되돌아가기를 원했다. 이 마을에 주둔한 포병연대 장교들은 매일같이 이 집을 찾아왔다.

아버지 프로조로프 여단장은 세 자매와 아들 안드레이에게 언어 교육을 잘 받도록 하여 세 자매들과 안드레이는 불어, 독어, 영어를 잘하고, 이레나는 이탈리아어까지 잘 하게 되었다. 그러나 마샤는

"이런 촌구석에서 3개 국어를 한다는 것은 불필요한 사치입니다. 시치라기보다 필요 없는 방해물이지요. 손가락 5개에 한 개 더 있는 6손과 같은 것이지요."라고 불평을 했다. 시골 도시의 생활이 세 자매들에게는 불만의 겨울임을 말하고 있다.

장녀인 올가는 28세의 아름다운 처녀로 프로조로프 가문의 여가장 적인 인물로서 고등학교 교사이며 교장직을 수행하게 된다. 올가는 노처녀로서 여동생 이레나에게 누구하고 든지 늙은이와도 결혼하고 싶다고 했다. 올가는 늙은 가정부에게도 어머니처럼 돌보아주는 자 애로운 여성이었다.

프로조로프 가족들이 식사하러 가는데 안드레이의 애인 시골 처녀 나타샤도 초대받았다. 나타샤는 핑크색 옷에 푸른 색 벨트를 매고 나타났다. 올가는 나타샤를 보고 놀란 표정을 지으면서 "핑크색 옷에 푸른 벨트를 매다니, 색깔이 어울리지 않잖아!"라고 불만을 표시했 다. 마샤는 "푸른 참나무에 금줄 사슬이구먼!"라고 비아냥거렸다. 세 자매들에게 나타샤는 촌뜨기 여자로 멸시를 받고 있었다. 나타샤 는 응접실로 가버린다. 안드레이가 뒤따라와서 "관심 두지 말아요. 상처받지 말아요. 누이들은 그저 놀리는 거예요. 그들은 우리들을 좋아해요."라고 위로한다. 나타샤는 "부끄러워요. 내가 무엇이 잘못 되었어요? 나를 비웃고 있잖아요. 어쩔 수 없어요!"라고 하고는 두 손으로 얼굴을 감싼다. 안드레이는 "나타샤, 당신 정말 멋있어요. 정말 아름다워요. 당신을 사랑해요."라고 위로한 후, 결혼하자고 제 안한다. 나타샤는 결혼을 받아들인다.

나타샤는 야하고, 짓궂고, 정식 교육을 받지 못한 시골 여자였으며, 문화적으로 세 자매와는 맞지 않았다. 그러나 나타샤는 기민하게 힘을 행사하여 당혹스런 상황을 극복해나가면서 프로조로프 가정의 주도권을 장악하여, 세 자매들과 안드레이로 하여금 자기에게 의존하도록 유도했다.

안드레이는 프로조로프 가문의 유일한 남성으로서 모든 희망과 긍지의 저장고이지만, 나타샤와 결혼 후 미래의 대학교수라는 집안의 꿈과 기대를 저버리고, 지방의회 서기관으로 취직하지만, 도박에 빠져 많은 빚을 지게 된다. 세 자매들 몰래 집을 저당 잡히고, 그 돈으로 35,000루블이나 되는 큰 빚을 갚고, 나머지는 나타샤에게 주었다고 고백한다. 이제 더 이상 도박은 하지 않는다고 하고, 그래도 여형제들은 연금을 받을 수 있으니 다행이라고 한다. 그리고 "나타샤는 좋은 여자에요. 자매들이여, 젠장!" 하고 눈물을 지운다. 그런데 나타샤는 안드레이가 서기관으로 있는 지방의회 회장과 부정한 관계를 가지면서, 안드레이를 오쟁이진 남편으로 만들고, 두 아기의 베이비시터로 나날을 보내게 한다. 안드레이는 패자가 된 것이다.

올가는 시골학교의 생활에 지쳐 있는데 더하여, 안드레이가 또 도박을 하여 200루블 날려 버렸다고 탄식하며 골치가 아프다고 한다. 이레나는 지방 도시를 떠나 모스크바로 가고 싶다고 "모스크바, 모스크바, 모스크바"라고 울부짖는다.

새벽 2시경이었다. 갑자기 "불이야!" 하는 소리가 들린다. 사이렌 소리가 요란하게 들린다. 지방 도시에 불이 나서 상당히 많은 지역을 태워버린다. 그때 올가가 잠을 자다가 일어나고, 나이 많은 가정부도 나타난다. 가정부는 머리를 올가의 가슴에 대고 "내가 할 수 있는 한 열심히 일하고 있어요. 몸에 힘이 자꾸 빠져나가긴 하지만. 그런데 나보고 나가래요. 내가 80세인데 어디로 가겠어요."라고 한다. 그때 나타샤가 들어와서 가정부를 보고 "감히 내 앞에서 앉아 있어요? 일어나요! 여기서 나가요!"라고 하고는, 올가를 보고 "왜 형님이 저 늙은 여자를 집에 두는지 이해를 못하겠어요. 우리 집엔 저런 시골뜨기 여편네는 필요 없단 말이에요. 당신이 저런 여자를 버릇없게 만들었어요. 이 가정에 질서가 필요해요. 저런 무용지물은 우리 집에 필요 없어요."하고는 올가의 뺨을 탁탁 쳤다.

올가는 나타샤에게 어떻게 감히 연만한 가정부에게 그런 소리를 하는지 이해를 하지 못하겠다고 하고, 가정부는 30년간을 프로조로프 가정을 위해 일해 왔다고 한다. 나타샤는 가정부는 단순히 잠자고 앉아 있기만 한다고 불평을 한다. 올가는 앉아서 쉬게 하라고 한다. 나타샤는 "저 여잔 하인인데 어떻게 앉아 있으라고 해요?"라고 항의하고는, "아기들을 돌보는 유모가 요리도 하고 가정 일을 돌볼 수 있으니 저런 늙은이는 내보내야 해요."라고 말한다. 올가는 "나타샤가 오늘 밤 나를 10년이나 늙게 만들었어."라고 힐책한다. 나타샤는 "우린 각자의 일을 구별해야 해요. 형님(올가)은 학교에서 일을 하지만, 나는 집에서 일을 해요. 형님은 가르치는 일을 하지만, 나는 집안을 다스리고 있다고요. 하인들에 관한 것은 나의 소관이지요. 저 늙은 도적은, 저 마녀는 내일 당장 내 보내겠어요. 형님이 어떻게 감히 나를 화나게 한단 말이에요."하고 발을 굴렀다.

프로조로프 가문의 오랜 친구인 의사 체부티킨 박사는 술에 취하고 죄의식에 사로잡혀 더 이상 훌륭한 의사가 아니었다. 그는 "나는 기억 상실증에 걸린 것 같아요. 어떻게 치료해야 할지 모르겠단 말이야. 젠장, 지난 수요일 한 여인을 치료했는데, 죽어버렸어. 내 잘못이야! 25년 전에 그 총기 발랄하던 것이 모두 사라졌어. 나는 손과

발과 머리가 있긴 해도, 걸어 다니고, 먹고, 자고 하는 것뿐이야!"하고
는 울기 시작한다. 그는 울음을 멈추고 "내가 더 이상 존재하지 않았
으면 좋겠어. 그저께 사람들이 셰익스피어와 볼테르에 관해 이야기
하고 있었지. 나는 읽지도 않았는데, 아는 척했단 말이야. 모두가
하찮은 일이야! 정말 비열한 짓이야! 그런데 갑자기 수요일 내가
죽인 여인이 생각났단 말이야. 나는 내가 돼지 같다고 생각했어.
나는 나 자신이 싫어졌어. 그래서 술을 마셨단 말이야."하고 넋두리
를 했다.

둘째 자매 마샤는 18세 때 가장 영리하다고 생각되었던 지방 고등
학교 교사 쿨리긴과 결혼을 했으나, 쿨리긴은 지루하고 아둔하고
보잘것없는 자였다. 마샤는 질식할 것 같은 생활에서 벗어나기 위해
모스크바에서 부임해온 장교 베르쉬닌 대령과 사랑에 빠지게 되었다
마샤는 "난 그 분을 사랑한단 말이야. 난 그분의 모든 것, 그분의
음성, 그분의 이야기, 그분의 불행, 그분의 두 딸들까지 사랑한단
말이야. 그분도 날 사랑한단 말이야."라고 넋두리를 했다. 올가는
마샤에게 바보짓을 하지 말라고 충고했다. 베러쉬닌은 부대 이동과
함께 떠나면서 "내 부인과 내 두 딸은 이곳에 한 달 더 머물 것이요.
편지로 소식이나 전해주세요. 날 잊지 말아요. 이제 가보아야 해요.
굿 바이!"하고 가버린다. 그의 과장되고 이기적인 성품 때문에 그들
의 사랑은 이렇게 허무한 결말로 끝났다. 그 후에 마샤는 항상 검은
옷을 입고 애처롭고 신비한 시를 읊기를 좋아했다.

막내 여동생 20세의 이레나는 숨 막히는 지방 도시의 삶에서 벗어
나 모스크바로 가고 싶은 마음뿐이었다. 그녀는 처음에 전신국에서
일하다가 지금은 지방의회 사무실에서 일하지만 "난 점점 여위고,

추하고, 늙어버린 것 같아요. 진정으로 희망찬 삶과는 점점 멀어져서 어두운 심연으로 빠져드는 것 같아요. 실망이에요. 왜 자살하지도 못하지?”라고 탄식한다. 그래서 언니 올가의 충고를 따라 뚜젠바흐 남작과 결혼하기로 하고 약혼을 하게 되지만 남작은 이레나를 사랑하는 연적 솔료니와 결투하여 피살되고 만다.

이윽고 연대가 마지막 사열을 하고 마을을 떠나자, 세 자매는 사랑도 꿈도 모두 잃고 만다. 그래도 세 자매는 한데 모여 서로 격려하면서 살아가기로 한다. 이레나는 “언젠가는 이 모든 고통의 목적이 무엇인가를 알게 될 거야. 우린 계속 일하면서 살아가야 해요. 난 어디론가 가서 학생들을 가르칠 거야. 나를 필요로 하는 사람들을 위해 나의 삶을 바칠 거야. 지금은 가을이지만, 곧 겨울이 오겠지. 눈이 모든 것을 덮어버리겠지!”라고 한다. 올가는 “군악대가 경쾌한 음악을 연주하고 있구나. 자비로우신 하나님! 시간이 지나면 사람들은 우리 세 자매들을 기억도 하지 않겠지요. 그렇지만 평화와 행복이 지배하는 세상이 오겠지요. 자매들, 그땐 사람들은 축복받은 우릴 기억할 거야.”라고 희망찬 말을 남긴다. 신여성 나타샤는 새로운 형태의 삶을 개척할 것이고, 그리고 세 자매는 슬픔과 불운 가운데서 다시 희망을 가지고 삶을 시작하리라!

잠언 31:30에서 “고운 것도 거짓되고 아름다운 것도 헛되나 오직 여호와를 경외하는 여자는 칭찬을 받을 것이라 그 손의 열매가 그에게로 돌아갈 것이요 그 행한 일로 말미암아 성문에서 칭찬을 받으리라”라고 했다.